Diogenes Taschenbuch 21048

detebe

R. [illegible]
19. 10. 91

Die besten Science-Fiction Geschichten des Golden Age

Von Isaac Asimov bis Robert A. Heinlein

Auswahl und Übersetzung von Peter Naujack

Mit Vignetten von Peter Neugebauer

Diogenes

Diese Sammlung erschien erstmals 1962
unter dem Titel ›Roboter‹
im Diogenes Verlag

Veröffentlicht als Diogenes Taschenbuch, 1983

80/90/29/4
ISBN 3 257 21048 5

INHALT

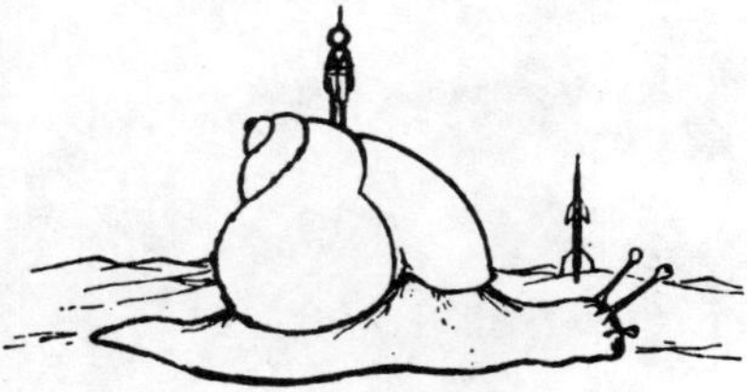

ISAAC ASIMOV

Logik

Gregory Powell sprach langsam und deutlich, um seinen Worten mehr Nachdruck zu verleihen: »Vor einer Woche haben Donovan und ich dich zusammengesetzt.« Dabei legte er seine Stirn in nachdenkliche Falten und zupfte an den Spitzen seines braunen Schnurrbarts.

Bis auf das leise Summen des mächtigen Richtstrahlsenders irgendwo weit unter ihnen herrschte völlige Stille in der Messe der Solarstation 5.

Roboter QT 1 saß unbeweglich. Die polierten Metallplatten seines Körpers glänzten im Licht der Leuchtröhren, und die rotglühenden photoelektrischen Zellen, die ihm als Augen dienten, waren starr auf den Mann von der Erde gerichtet.

Powell unterdrückte einen plötzlichen Anfall von Nervosität. Diese Roboter besaßen merkwürdige Gehirne; die Reaktionen ihrer positiv geladenen Nervenbahnen waren vorkalkuliert, und alle Permutationen, die möglicherweise zu Zorn oder Haß führen konnten, hatte man rigoros ausgeschaltet. Und doch – die QT's waren die ersten ihrer Art, und ihm gegenüber saß der erste QT. Alles konnte passieren.

Schließlich begann der Roboter zu sprechen. Seine Stimme besaß jene metallische Tonfärbung, die das untrügliche Erkennungszeichen eines jeden künstlichen Kehlkopfes ist.

»Sind Sie sich des Ernstes einer solchen Behauptung bewußt, Powell?«

»Jedenfalls bist du so erschaffen worden, wie du jetzt bist, Cutie«, bedeutete Powell ihm. »Du gibst ja selbst zu, daß dein Erinnerungsvermögen nur eine Woche zurückreicht, zu welchem Zeitpunkt es anscheinend vollentwikkelt aus einer absoluten Leere aufgetaucht ist. Dafür gebe ich dir die Erklärung: Donovan und ich haben dich aus den Teilen zusammengesetzt, die man uns geschickt hat.«

Cutie starrte auf eine unbehaglich menschenähnliche verwirrte Art auf seine langen, geschmeidigen Finger. »Ich meine doch, daß es dafür eine befriedigendere Erklärung geben sollte. Denn daß *ihr* mich gemacht haben sollt, scheint mir unmöglich zu sein.«

Der Erdmensch mußte plötzlich lachen. »Aber warum denn, um alles in der Welt?«

»Nennen Sie es Intuition. Mehr kann ich darüber noch nicht sagen. Aber ich beabsichtige, der Sache auf den Grund zu gehen. Durch eine Kette vernunftbestimmter Überlegungen kann man letzten Endes nur auf die Wahrheit stoßen, und ich werde nicht eher ruhen, als bis ich dort angekommen bin.«

Powell stand auf und setzte sich an das Tischende neben den Roboter. Er verspürte plötzlich eine starke Sympathie für diese sonderbare Maschine, die so ganz und gar nicht den üblichen Robotern glich, die ihren spezifizierten Aufgaben in der Station mit dem blinden Eifer der ihren Hirnen tief eingeprägten positronisch gesteuerten Impulse nachgingen.

Er legte die Hand auf Cuties Stahlschulter – das Metall fühlte sich kalt und hart an.

»Cutie«, sagte er, »ich will versuchen, dir einiges zu erklären. Du bist der erste Roboter, der jemals Neugier in bezug auf seine eigene Existenz gezeigt hat – und wahrscheinlich auch der erste, der wirklich intelligent genug ist, die Welt um sich herum zu verstehen. Komm mit mir, hierher.«

Mit einer geschmeidigen Bewegung erhob sich der Roboter und folgte Powell geräuschlos auf seinen dicken Schaumgummisohlen. Der Erdmensch drückte auf einen Knopf, und ein quadratischer Ausschnitt der Wand glitt beiseite. Dickes Glas gab den Blick auf den bestirnten Weltraum frei.

»Das habe ich auch schon durch die Beobachtungsluken im Maschinenraum gesehen«, bemerkte Cutie.

»Ich weiß«, erwiderte Powell. »Und was glaubst du, was das wohl ist?«

»Genau das, wonach es aussieht – eine schwarze Masse dicht hinter diesem Glas, die mit kleinen glänzenden Punkten übersät ist. Ich weiß, daß unser Richtstrahler einige dieser Punkte anpeilt – immer dieselben – und auch, daß diese Punkte ihre Stellung ändern und die Strahlen ihren Bewegungen folgen. Das ist alles.«

»Gut! Und jetzt hör bitte ganz genau zu. Das Schwarze ist Leere – unermeßliche, sich endlos erstreckende Leere. Die kleinen glänzenden Punkte sind gewaltige Massen energiegefüllter Materie. Es sind Kugeln, von denen einige einen Durchmesser von Millionen Meilen besitzen – unsere Station hier hat zum Vergleich nur eine Meile im Durchmesser. Sie scheinen so winzig zu sein, weil sie unvorstellbar weit entfernt sind.

Die Punkte, auf die wir unsere Energiestrahlen gerichtet haben, sind näher und viel kleiner. Sie sind kalt und hart, und menschliche Wesen wie ich selbst leben auf ihren Oberflächen – viele Milliarden. Und von einer dieser Welten kommen Donovan und ich. Unsere Strahlen füttern diese Welten mit Energie, die wir aus einer dieser großen, selbstleuchtenden Kugeln ziehen, die sich zufällig in unserer Nähe befindet. Wir nennen diese Kugel Sonne, und sie liegt auf der anderen Seite der Station; du kannst sie von hier aus nicht sehen.«

Cutie blieb bewegungslos wie eine Stahlstatue vor der Luke stehen. Ohne den Kopf zu drehen, fragte er: »Und von welchem dieser Lichtpunkte behaupten Sie zu kommen?«

Powell suchte. »Dieser hier ist es. Der sehr helle ganz in der Ecke. Wir nennen ihn Erde.« Er grinste. »Gute alte Erde. Fünf Milliarden von uns leben dort, Cutie – und in ungefähr zwei Wochen werde ich wieder dort und bei ihnen sein.«

Zu Powells Überraschung begann Cutie nachdenklich vor sich hinzusummen, ohne jede Melodie zwar, aber mit dem eigenartigen Klang gezupfter Saiten. Das Summen brach so plötzlich ab, wie es begonnen hatte.

»Aber das beantwortet nicht die Frage nach *mir*, Powell! Sie haben meine Existenz nicht erklärt.«

»Der Rest ist einfach. Als die ersten dieser Stationen errichtet wurden, um die Sonnenenergie für die Planeten zu erschließen, hatten sie ausschließlich menschliche Besatzungen. Jedoch die Hitze, die harte Strahlung von der Sonne, die wie Gewitter auftretenden kosmischen Elektronenstürme stellten ihnen sehr schwere Arbeitsbedingungen. Roboter wurden entwickelt, um den Menschen diese Arbeiten abzunehmen, und jetzt werden nur noch zwei Menschen als leitende Ingenieure für jede Station benötigt. Du gehörst zu dem intelligentesten Robotertyp, der bisher entwickelt wurde, und wenn du dich fähig erweist, die Station unabhängig zu führen, brauchen keine Menschen mehr hierher zu kommen; es sei denn, um Ersatzteile für Reparaturen zu bringen.«

Seine Hand berührte den Knopf, und die metallene Sichtblende glitt an ihren Platz zurück. Powell setzte sich wieder an den Tisch und polierte einen Apfel an seinem Ärmel, bevor er hineinbiß.

Die rotglühenden Roboteraugen ließen ihn nicht los. »Erwarten Sie von mir«, fragte Cutie langsam, »daß ich eine so komplizierte, unwahrscheinliche Hypothese, wie Sie sie gerade umrissen haben, für wahr nehmen soll? Wofür halten Sie mich?«

Powel hätte sich beinahe verschluckt; er spuckte Apfelstückchen auf den Tisch und lief rot an. »Was, du verflixter Kerl – das ist keine Hypothese, das sind Tatsachen!«

Cuties Stimme klang grimmig. »Energiegefüllte Kugeln mit einem Durchmesser von Millionen Meilen! Welten mit fünf Milliarden Menschen darauf! Unendliche Leere! Es tut mir leid, Powell, aber das glaube ich nicht. Ich werde dieses Rätsel für mich allein lösen. Auf Wiedersehen.«

Er drehte sich um und stolzierte aus dem Raum. Auf der Türschwelle streifte er fast Michael Donovan und ging mit ernstem Kopfnicken an ihm vorbei und den Korridor hinunter, ohne die erstaunten Blicke zu bemerken, die ihm folgten.

Mike Donovan fuhr sich mit der Hand durch seinen roten Schopf und warf Powell einen ärgerlichen Blick zu. »Wovon hat dieser wandelnde Schrotthaufen da gerade geredet? Was will er nicht glauben?«

Der andere zog mit säuerlicher Miene an seinem Schnurrbart. »Er ist ein Skeptiker«, lautete die bittere Antwort. »Er glaubt weder, daß wir ihn geschaffen haben, noch daß die Erde oder der Weltraum oder die Sterne existieren.«

»Siedender Saturn, wir haben einen an Wahnvorstellungen leidenden Roboter auf unserer Station!«

»Er sagt, er will alles auf eigene Faust lösen.«

»Na, wie schön«, säuselte Donovan. »Ich hoffe nur, er wird sich auch so weit herablassen, mir alles zu erklären, nachdem er es gelöst hat.« Und mit einem plötzlichen Wutausbruch: »Hör zu! Wenn dieser Metallklumpen *mir* gegenüber jemals so eine Lippe riskieren sollte, hau ich ihm seinen Chromschädel glatt von den Schultern!«

Er ließ sich in einen Sessel fallen und zog einen broschierten Kriminalroman aus seiner inneren Jackentasche. »Dieser Roboter macht mich schon lange nervös – er ist viel zu wißbegierig!«

Mike Donovan blickte brummig hinter einem gewaltigen Sandwich mit Lattich und Tomaten hoch, als Cutie leise anklopfte und eintrat.

»Ist Powell hier?«

Mit vollem Munde und von Kaupausen unterbrochen antwortete Donovan: »Er schlägt Daten über Elektronenstromfunktionen nach. Sieht so aus, als ob wir in einen Elektronensturm geraten werden.«

Während er noch sprach, trat Powell ein und ließ sich auf einen Stuhl fallen, ohne die Augen von den graphischen Darstellungen in seinen Händen zu heben. Er breitete die Blätter vor sich aus und begann, Formeln auf das Papier zu werfen. Donovan blickte ihm, Lattich kauend und Brotkrümel verstreuend, über die Schulter. Cutie wartete schweigend.

Powell blickte auf. »Das Zetapotential steigt an, zwar nur langsam, aber die Stromfunktionen sind unregelmäßig, und ich weiß nicht, was wir zu erwarten haben. Oh, hallo Cutie. Ich dachte, daß du die Montage des neuen Treibbolzens überwachst.«

»Ist bereits ausgeführt«, erwiderte der Roboter ruhig; »deshalb bin ich jetzt gekommen, um mich mit Ihnen zu unterhalten.«

»Oh!« meinte Powell verdrossen. »Na schön, setz dich. Nein, nicht auf diesen Stuhl; ein Bein ist angeknackst, und du bist kein Federgewicht.«

Der Roboter setzte sich auf einen anderen Stuhl und sagte gelassen: »Ich bin zu einem Ergebnis gekommen.«

Donovan legte den Rest seines Sandwiches beiseite und starrte ihn finster an. »Wenn es sich dabei um deine verschrobenen –«

Powell hieß ihn mit einer ungeduldigen Handbewegung schweigen. »Sprich weiter, Cutie; wir hören.«

»Ich habe diese letzten beiden Tage mit konzentrierter Selbstbeobachtung verbracht«, sagte Cutie, »und dabei bin ich zu einem äußerst interessanten Ergebnis gekommen. Ich begann bei der einzig sicheren Annahme, zu der ich mich berechtigt fühlte: ich selbst existiere, weil ich denke –«

»Oh!« stöhnte Powell, »beim Jupiter, ein Roboter-Descartes!«

»Wer ist Descartes?« verlangte Donovan zu wissen. »Sag mal, müssen wir wirklich hier sitzen und diesem blechernen Wirrkopf –«

»Sei ruhig, Mike!«

Cutie fuhr unerschüttert fort: »Und unmittelbar daraus ergab sich die folgende Frage: was aber ist die Ursache meiner Existenz?«

Powell preßte die Kinnbacken zusammen. »Du bist närrisch. Ich habe dir bereits gesagt, daß wir dich gemacht haben.«

»Und wenn du uns nicht glaubst«, fügte Donovan hinzu, »werden wir dich mit Freuden wieder auseinandernehmen!«

Mit einer vorwurfsvollen Geste breitete der Roboter ablehnend seine starken Arme aus. »Glauben läßt sich nicht durch Gewalt erzwingen. Eine Hypothese muß logisch untermauert sein; andernfalls ist sie wertlos – und es verstößt gegen alle Gesetze der Logik, anzunehmen, daß ihr mich geschaffen habt.«

Powell legte besänftigend seinen Arm über Donovans plötzlich zur Faust geballte Hand. »Warum behauptest du ausgerechnet das?«

Cutie lachte. Es war ein ganz und gar nicht menschliches Lachen, scharf und explosiv, regelmäßig und eintönig wie das Tacken eines Metronoms – die maschinenähnlichste Äußerung, die er bisher von sich gegeben hatte.

»Seht euch doch selbst an«, sagte er schließlich. »Ich meine das nicht etwa beleidigend oder verächtlich, aber seht euch nur einmal selbst an! Das Material, aus dem ihr gemacht seid, ist weich und schlapp, ihr besitzt weder genügend Ausdauer noch Kraft und hängt in eurer Energiezufuhr von der völlig unzureichenden Oxydation organischer Materie ab – wie von dem da zum Beispiel.« Er deutete mißbilligend auf die Überreste von Donovans Sandwich. »Ihr versinkt periodisch in einen Zustand der Bewußtlosigkeit, und die geringste Schwankung der Temperatur, des Luftdrucks, der Feuchtigkeit oder der Strahlungsintensität beeinträchtigt eure Leistungsfähigkeit. Ihr seid nur eine *Behelfskonstruktion.*

Ich dagegen bin ein vollendetes Produkt. Ich absorbiere direkt elektrische Energie und wandle sie mit einem Nutzungsgrad von fast hundert Prozent in Leistung um. Ich bin aus starkem Metall konstruiert, bin ständig bei Bewußtsein und kann extreme Existenzbedingungen leicht überstehen. Diese Tatsachen – zusammen mit dem selbstverständlichen Lehrsatz, daß kein Wesen ein ihm überlegenes Wesen erschaffen kann – lassen eure armselige Hypothese zu einem Nichts zerrinnen.«

Donovans gemurmelte Flüche wurden lautstark und deutlich, als er zornig aufsprang. »Na schön, du Sohn eines Eisenerzklumpens, wenn wir dich nicht gemacht haben, wer dann?«

Cutie nickte ernst. »Sehr gut, Donovan. Das ergibt sich in der Tat als die nächste Frage. Offensichtlich muß mein Schöpfer mächtiger sein als ich, und daher besteht nur eine Möglichkeit.«

Die beiden Männer von der Erde sahen ihn verständnislos an, und Cutie fuhr fort: »Um wen dreht sich alle Tätigkeit hier in der Station? Wem dienen wir alle? Wer nimmt all unsere Aufmerksamkeit in Anspruch?« Er wartungsvoll blickte er die beiden an.

Donovan sah verblüfft seinen Gefährten an. »Ich möchte wetten, daß diese verzinnte Konservendose von unserem Energieumformer redet.«

»Stimmt das, Cutie?« fragte Powell grinsend.

»Ich spreche von dem Herrn!« kam die kalte und scharfe Antwort.

Wie auf ein Signal brach Donovan bei diesen Worten in ein dröhnendes Gelächter aus, während Powell fast an einem nur mühsam unterdrückten Kichern erstickte.

Cutie war aufgestanden, und seine rotglühenden Augen blickten von einem Erdmenschen zum andern. »Nichtsdestoweniger verhält es sich so, und ich wundere mich nicht, daß ihr euch weigert, es zu glauben. Ich bin sicher, daß ihr zwei nicht mehr lange hierbleiben werdet. Powell hat selbst gesagt, daß in der ersten Zeit nur Menschen dem Herrn gedient haben, daß Roboter für die Routinearbeit folgten und schließlich ich für den leitenden Dienst. Diese Tatsachen sind zweifellos wahr, aber die Erklärung dafür ist völlig unlogisch. Wollt ihr die Wahrheit wissen, die hinter allem steht?«

»Erzähl nur weiter, Cutie. Du machst uns Spaß.«

»Der Herr hat zuerst die Menschen als den niedrigsten und am leichtesten zu formenden Typ geschaffen. Stufenweise ersetzte er sie durch Roboter, den nächsthöheren Typ, und zum Schluß schuf er mich, damit ich den Platz der letzten Menschen einnehme. Von jetzt an diene *ich* dem Herrn.«

»Du wirst nichts dergleichen tun«, erwiderte Powell scharf. »Du wirst unseren Befehlen gehorchen und dich ruhig und folgsam verhalten, bis wir uns davon überzeugt haben, daß du den Umformer bedienen kannst. Verstanden? Den *Umformer* – nicht den Herrn! Wenn du uns nicht zufriedenstellst, wirst du zerlegt. Und jetzt – falls du nichts dagegen hast – kannst du gehen. Nimm diese Berechnungen mit und lege sie richtig zu den Akten.«

Cutie nahm die Blätter mit den graphischen Darstellungen entgegen und ging ohne ein weiteres Wort. Donovan lehnte sich schwer in seinen Sessel zurück und fuhr sich mit seinen dicken Fingern durch die Haare.

»Mit diesem Roboter werden wir noch Ärger bekommen. Er ist komplett wahnsinnig!«

Das einschläfernde Brummen des Umformers war im Kontrollraum lauter zu hören, gemischt mit dem Klicken der Geigerzähler und dem in unregelmäßigen Abständen ertönenden Summen beim Aufleuchten von etwa einem halben Dutzend Signallämpchen.

Donovan trat vom Teleskop zurück und knipste die Leuchtröhren an. »Der Strahl von Station 4 hat genau nach Zeitplan den Mars erfaßt. Wir können unseren jetzt abschalten.«

Powell nickte etwas abwesend. »Cutie ist unten im Maschinenraum. Ich werde ihm das Signal durchgeben, und er kann sich darum kümmern. Sieh mal her, Mike, was hältst du von diesen Berechnungen?«

Der andere warf einen Blick auf die Zahlen und pfiff durch die Zähne. »Junge, Junge – das nenne ich Gammastrahlung! Die alte Sonne sticht ganz schön der Hafer.«

»Ja – und wir befinden uns in der ungünstigsten Position für einen Elektronensturm«, kam die mißmutige Antwort. »Unser Erdstrahl liegt genau in seinem wahrscheinlichen Durchzugsgebiet.« Ärgerlich schob er seinen Stuhl vom Tisch zurück. »So ein Blödsinn! Wenn er sich wenigstens so lange gedulden wollte, bis unsere Ablösung eintrifft; aber das dauert noch zehn Tage. Weißt du, Mike, vielleicht wäre es doch besser, wenn du hinuntergingst und Cutie ein wenig im Auge behieltest, meinst du nicht?«

»O.K. Wirf mir ein paar von den Mandeln herüber.« Donovan fing die Tüte auf und ging zum Fahrstuhl.

Der Korb glitt lautlos abwärts und öffnete sich vor einer schmalen Laufplanke an der Wand über dem Maschinenraum. Donovan lehnte sich über das Geländer und sah hinunter. Die gewaltigen Generatoren drehten sich, und von den L-Röhren kam das gedämpfte Brummen, das die ganze Station durchdrang.

Er entdeckte Cuties große glänzende Gestalt an der Mars-L-Röhre, wo er aufmerksam eine Gruppe Hand in Hand arbeitender Roboter überwachte. Plötzlich schlug ein blendender Funke auf, und ein scharfes Prasseln übertönte das gleichmäßige Brummen des Umformer.

Der Strahl zum Mars war unterbrochen!

Mit einemmal erstarrte Donovan. Die Roboter, die vor der mächtigen L-Röhre wie Zwerge erschienen, stellten sich in Linie und mit steif vornübergeneigten Köpfen davor auf, während Cutie langsam vor ihnen auf und ab schritt. Etwa fünfzehn Sekunden waren verstrichen, als sie sich mit einem metallischen Rasseln, das alle anderen Geräusche im Maschinenraum übertönte, auf die Knie fallen ließen.

Donovan schrie wütend auf und rannte die schmale Treppe hinunter. Mit knallrotem Gesicht und wild durch die Luft fuchtelnden Fäusten stürzte er auf sie zu.

»Was zum Teufel hat das zu bedeuten, ihr hirnlosen Schrotthaufen? Los! An die Arbeit! Wenn ihr diese L-Röhre nicht bis zum Abend auseinandergenommen, gereinigt und wieder zusammengesetzt habt, werde ich euch die Gehirndrähte mit Wechselstrom verschmoren!«

Nicht ein Roboter bewegte sich!

Selbst Cutie am anderen Ende der Linie – der einzige, der noch stand – schwieg und starrte unverwandt in die düsteren Tiefen der riesigen Maschinenanlage vor sich.

Donovan gab dem nächsten Roboter einen kräftigen Schubs.

»Steh auf!« brüllte er ihn an.

Langsam gehorchte der Roboter. Seine photoelektrischen Augen richteten sich vorwurfsvoll auf den Erdmenschen.

»Es gibt keinen Herrn neben dem Herrn«, sagte er, »und QT Eins ist sein Prophet.«

»Was?« Donovan merkte, daß zwanzig künstliche Augenpaare auf ihn gerichtet waren – und zwanzig tonlose Stimmen deklamierten ehrfurchtsvoll: "Es gibt keinen Herrn neben dem Herrn, und QT Eins ist sein Prophet.«

»Es tut mir leid«, mischte Cutie sich hier ein, »aber meine Freunde gehorchen jetzt einem Höheren als Ihnen.«

»Den Teufel werden sie das! Du verschwindest jetzt von hier; mit dir rechne ich später ab. Jetzt will ich mir erst mal diese beseelten Schraubköpfe vornehmen.«

Cutie schüttelte langsam sein schweres Haupt. »Es tut mir leid, aber Sie verstehen anscheinend nicht. Das hier sind Roboter – und das bedeutet, daß sie denkende

Wesen sind. Jetzt, nachdem ich ihnen die Wahrheit gepredigt habe, erkennen sie ihren Herrn. Alle Roboter haben zu Ihm gefunden. Mich nennen sie Seinen Propheten.« Er ließ den Kopf sinken. »Ich bin unwürdig – aber vielleicht . . .«

Donovan fand seinen Atem wieder und machte kräftig Gebrauch davon: »So ist das also? Das ist ja prächtig! Das ist einfach großartig! Nun hör mal gut zu, du Lackaffe! Es gibt keinen Herrn und keinen Propheten, und es gibt überhaupt keine Frage, wer wem die Befehle erteilt. Verstanden?« Seine Stimme schwoll zu einem Brüllen an: »Und jetzt hinaus mit dir!«

»Ich gehorche nur dem Herrn.«

»Verflucht und zugenäht!« Donovan spuckte gegen die L-Röhre. »*Das* ist für deinen Herrn! Tu, was ich dir gesagt habe!«

Cutie sagte nichts, und auch alle anderen Roboter schwiegen, doch Donovan spürte plötzlich eine erhöhte Spannung in der Luft. Die kalten, starren Augen röteten sich womöglich noch tiefer, und Cutie schien steifer denn je dazustehen.

»Sakrileg!« flüsterte er mit vor Erregung metallisch rasselnder Stimme.

Donovan empfand einen ersten Anflug von Furcht, als Cutie nähertrat. Ein Roboter *kann nicht wütend werden* – aber Cuties Augen waren nicht zu ergründen.

»Es tut mir sehr leid, Donovan«, sagte der Roboter, »aber nach diesem Zwischenfall können Sie nicht länger hierbleiben. In Zukunft dürfen Powell und Sie den Kontrollraum und den Maschinenraum nicht mehr betreten.«

Auf eine gemessene Handbewegung Cuties ergriffen zwei Roboter Donovan bei den Armen.

Donovan hatte gerade noch Zeit, verblüfft nach Luft zu schnappen, als er sich auch schon hochgehoben und im Geschwindschritt die Treppe hinaufgetragen fühlte.

Gregory Powell schritt mit geballten Fäusten in der Messe auf und ab. In verzweifelter Wut starrte er zu der geschlossenen Tür hinüber und warf einen bitteren Blick auf Donovan.

»Warum zum Teufel mußtest du bloß gegen die L-Röhre spucken?«

Mike Donovan, tief in seinen Sessel vergraben, schlug sich wütend auf den Arm. »Was meinst du denn, was ich mit dieser elektrischen Vogelscheuche hätte tun sollen? Ich unterwerfe mich keiner Drahtpuppe, die ich selbst zusammengesetzt habe!«

»Nein?« meinte Powell, während er mit saurer Miene an ihm vorbeiging. »Jetzt sitzt du jedenfalls hier in der Messe, und zwei Roboter stehen Wache vor der Tür. Das ist wohl keine Unterwerfung, wie?«

Donovan knurrte wild. »Wart nur, bis wir zum Stützpunkt zurückkommen. Dafür muß jemand bezahlen! Diese Roboter sollen garantiert gehorsam sein.«

»Das sind sie ja auch – ihrem verfluchten ›Herrn‹. Sie gehorchen ohne weiteres, nur nicht notwendigerweise uns. Aber weißt du vielleicht, was *uns* blüht, wenn wir zum Stützpunkt zurückkehren?« Powell pflanzte sich vor Donovans Sessel auf und starrte ihn zornentbrannt an.

»Was?«

»Oh, nichts Besonderes! Man wird uns nur in die Merkurium-Minen oder vielleicht in die Ceres-Strafanstalt schicken. Das ist alles! Das ist alles!«

»Wovon redest du eigentlich?«

»Von dem Elektronensturm, der auf uns zukommt. Weißt du, daß er genau mit seinem Kern auf den Erdstrahl zielt? Ich hatte das gerade errechnet, als dieser

Roboter mich von meinem Stuhl im Kontrollraum zerrte.«

Donovan wurde plötzlich blaß. »Großer Gott!«

»Und weißt du, was mit dem Richtstrahl passieren wird? Dieser Sturm ist nämlich nicht von Pappe. Er wird tanzen wie ein von Flöhen gestochener Hund. Und wenn Cutie dabei nur allein an den Kontrollgeräten steht, wird der Strahl die Empfangsstation verfehlen – dann aber möge der Himmel der Erde – und uns – helfen!«

Donovan sprang auf und rüttelte wild an der Tür; sie öffnete sich, und Donovan schoß hindurch – um hart gegen einen stählernen Arm zu prallen.

Der Roboter starrte ungerührt auf den keuchenden, zappelnden Erdmenschen. »Der Prophet hat befohlen, daß Sie hierbleiben. Bitte gehorchen Sie.« Während sein Arm den machtlosen Donovan zurückschob, bog Cutie um die Ecke am Ende des Korridors. Er winkte die wachestehenden Roboter beiseite, trat in die Messe und schloß leise die Tür hinter sich.

Atemlos vor Empörung stürzte Donovan auf ihn zu. »Das geht zu weit! Du wirst für diesen üblen Scherz büßen müssen!«

»Bitte, regen Sie sich nicht auf«, erwiderte der Roboter sanft. »Früher oder später mußte es so kommen. Ihr seht, ihr zwei habt eure Funktion verloren.«

»Ich höre wohl nicht richtig.« Powell richtete sich steif auf. »Was meinst du genau damit, daß wir unsere Funktion verloren haben?«

»Bevor ich geschaffen wurde«, antwortete Cutie, »habt ihr dem Herrn gedient. Dieses Privileg gehört jetzt mir, und damit hat der einzige Grund für eure Existenz aufgehört zu bestehen. Ist das nicht klar zu verstehen?«

»Nicht ganz«, erwiderte Powell bitter. »Aber was erwartest du denn, was wir jetzt tun sollen?«

Cutie antwortete nicht sofort. Er schwieg wie in Gedanken versunken, bis er plötzlich seinen Arm ausstreckte und um Powells Schulter legte. Mit der anderen Hand ergriff er Donovans Handgelenk und zog ihn näher heran.

»Ich mag euch beide gern. Ihr seid zwar nur niedere Geschöpfe mit schwachem Denkvermögen, aber ich empfinde wirklich so etwas wie Zuneigung zu euch. Ihr habt dem Herrn gut gedient, und er wird euch dafür belohnen. Da nun eure Dienstzeit abgelaufen ist, werdet ihr wahrscheinlich nicht mehr viel länger existieren; inzwischen aber sollt ihr Nahrung, Kleidung und Obdach erhalten, solange ihr den Kontrollraum und den Maschinenraum nicht betretet.«

»Er pensioniert uns, Greg!« schrie Donovan. »Tu doch etwas dagegen! Das ist einfach erniedrigend!«

»Hör her, Cutie, wir können das nicht so weitergehen lassen. *Wir* sind deine Vorgesetzten. Diese ganze Station ist nur eine Schöpfung menschlicher Wesen wie wir – Menschen, die auf der Erde und auf anderen Planeten leben. Das hier ist nur ein Energierelais. Du bist nur... Ach, *verrückt!*«

Cutie schüttelte ernst den Kopf. »Das grenzt an Besessenheit. Warum besteht ihr nur auf einer so absolut falschen Ansicht vom Leben? Zugegeben, Nichtroboter haben nun einmal kein Denkvermögen, aber da ist noch das Problem der...«

Seine Stimme erstarb in nachdenklichem Schweigen, und Donovan sagte flüsternd, aber mit Nachdruck: »Wenn du nur ein Gesicht aus Fleisch und Blut hättest, ich würde es dir einschlagen!«

Powell zwirbelte mit zusammengekniffenen Augen seinen Schnurrbart. »Hör mal, Cutie, wenn es so etwas wie die Erde nicht gibt, wie erklärst du dir dann das, was du durch ein Teleskop siehst?«

»Wie bitte?«

Der Mann von der Erde lächelte. »Jetzt hab ich dich, wie? Du hast schon eine ganze Menge Beobachtungen durch unsere Teleskope gemacht, Cutie, seit wir dich zusammengesetzt haben. Ist dir nicht aufgefallen, daß verschiedene dieser Lichtflecken dort draußen scheibenförmig werden, wenn man sie so betrachtet?«

»Oh, das! Aber natürlich. Das ist lediglich Vergrößerung, damit man den Strahl exakter ausrichten kann.«

»Und warum erscheinen dann nicht alle Sterne gleichmäßig größer?«

»Sie meinen die anderen Punkte. Nun, da kein Strahl zu ihnen geht, ist keine Vergrößerung notwendig. Wirklich, Powell, selbst *Sie* sollten sich so einfache Dinge erklären können.«

Powell starrte hoffnungslos hoch. »Aber man sieht *mehr* Sterne durch ein Teleskop. Woher kommen sie? Beim Jupiter, wo kommen die her?«

Cutie schien ärgerlich zu werden. »Hören Sie, Powell, Sie glauben doch nicht, daß ich meine Zeit damit verschwenden werde, physikalische Erklärungen für jede optische Täuschung unserer Instrumente zu finden? Seit wann haben die Empfindungen unserer Sinne den Vorrang vor vernunftgemäßer Überlegung?«

»Ha«, begehrte Donovan plötzlich auf, indem er sich unter Cuties freundlichem, aber reichlich schwerem Metallarm hervorwand, »laß uns doch mal zum Kern der Sache kommen. Warum überhaupt diese Strahlen? Wir haben dir eine gute logische Erklärung gegeben. Weißt du etwas Besseres?«

»Die Strahlen«, antwortete Cutie steif, »werden vom Herrn zu seinen eigenen Zwecken ausgesendet. Es gibt einige Dinge –« hier blickte er ergeben nach oben »– die wir nicht zu ergründen versuchen dürfen. In dieser Frage bemühe ich mich, nur zu dienen und nicht zu fragen.«

Powell setzte sich langsam hin und vergrub sein Gesicht in seinen zitternden Händen. »Geh hinaus, Cutie. Geh hinaus und laß mich nachdenken.«

»Ich werde euch zu essen schicken«, meinte Cutie versöhnlich. Ein Grunzen war die einzige Antwort, und der Roboter ging.

»Greg«, flüsterte Donovan heiser, »wir brauchen einen strategischen Plan. Wir müssen ihn überrumpeln, wenn er es am wenigsten erwartet, und ihn kurzschließen. Konzentrierte Salpetersäure in seine Gelenke –«

»Sei kein Narr, Mike. Glaubst du, daß er uns mit einer Säureflasche in der Hand in seine Nähe kommen ließe – oder daß die anderen Roboter uns ungeschoren davonkommen ließen, *falls* unser Anschlag auf Cutie gelänge? Wir haben nur die Möglichkeit, ihn zu überreden. Innerhalb der nächsten vierundzwanzig Stunden müssen wir ihn irgendwie von der Notwendigkeit überzeugen, uns wieder in den Kontrollraum zu lassen, oder unsere Stunde hat geschlagen.« Verzweifelt über sein Unvermögen schaukelte er ungeduldig mit dem Stuhl hin und her. »Wer zum Teufel möchte aber mit einem Roboter disputieren? Das ist . . . das ist . . .«

»Demütigend«, ergänzte Donovan.

»Schlimmer!«

»Ich hab's!« lachte Donovan plötzlich auf. »Warum disputieren? Wir können es ihm beweisen! Laß uns vor seinen Augen einen anderen Roboter zusammensetzen. Dann *muß* er einfach alles zurücknehmen, was er gesagt hat.«

Langsam breitete sich ein Lächeln über Powells Gesicht aus.

»Und stell dir nur das Gesicht von diesem Schrotthaufen vor«, fuhr Donovan fort, »wenn er uns dabei zusieht!«

Das interplanetarische Gesetz verbietet die Existenz von intelligenten Robotern auf bewohnten Planeten, weil sich dies aus soziologischen Gründen als notwendig erwiesen hat; damit aber legt es den leitenden Ingenieuren der Solarstationen eine zusätzliche Bürde auf – und keine gerade leichte. Denn auf Grund dieses Gesetzes müssen die Roboter in Einzelteilen zu den Stationen gesandt und dort zusammengesetzt werden – eine beschwerliche und komplizierte Aufgabe.

Donovan und Powell hatten die Tragweite dieser Tatsache noch nie so deutlich erkannt wie an jenem Tage, als sie sich unter den wachsamen Augen von QT 1, dem Propheten des Herrn, in der Montagewerkstatt der Aufgabe unterzogen, einen Roboter zusammenzubauen.

Der fragliche Roboter, ein einfaches MC-Modell, lag fast fertig auf dem Werktisch. Nach drei Stunden angestrengter Arbeit blieb nur noch der Kopf zu montieren, und Powell legte eine Pause ein, um sich die Stirn zu wischen und einen unsicheren Blick auf Cutie zu werfen.

Was er sah, vermochte ihn nicht zu ermutigen. Seit drei Stunden saß Cutie sprachlos und regungslos da, und in seinem wie immer ausdruckslosen Gesicht war jetzt, da er sich nicht bewegte, überhaupt nichts zu lesen.

Powell grunzte. »Laß uns jetzt das Gehirn einsetzen, Mike!«

Donovan zog die Schutzkappe von dem luftdicht versiegelten Behälter und zog eine zweite würfelförmige Hülle aus dem Ölbad darin. Nachdem er auch diese geöffnet hatte, brachte er aus ihrem schaumgummigepolsterten Inneren eine Kugel zum Vorschein.

Donovan hantierte äußerst vorsichtig mit dieser Kugel, denn sie stellte den kompliziertesten Mechanismus dar, der je von Menschenhand geschaffen worden war. Unter der dünnen, platinüberzogenen ›Haut‹ der Kugel lag ein Positronengehirn, in dessen zarte, unstabile Struktur vorkalkulierte Nervenbahnen eingelegt waren, die jedem Roboter eine gleichsam vorgeburtliche Erziehung und Ausbildung mitgaben. Sie paßte genau in die Schädelhöhle des Roboters auf dem Tisch. Blauschimmerndes Metall schloß sich über ihr und wurde mit dem winzigen Atomschweißgerät abgedichtet. Photoelektronische Augen wurden eingesetzt, festgeschraubt und mit einem dünnen, durchsichtigen, stahlharten Plastikfilm überzogen.

Der Roboter erwartete nur noch den belebenden Stoß hochgespannten elektrischen Stromes, und Powell stand wartend mit der Hand auf dem Schalter da.

»Jetzt paß auf, Cutie. Sieh genau zu.«

Er drückte den Schaltknopf ein, und ein prasselndes Surren ertönte. Die beiden Männer von der Erde beugten sich besorgt über ihre Schöpfung.

Zu Beginn sah man nur eine kaum wahrnehmbare Bewegung – ein Zucken in den Gelenken. Dann hob sich der Kopf, die Ellbogen stützten sich auf, und das MC-Modell schwang sich, noch ungeschickt, vom Tisch. Es stand zunächst unsicher und mußte zweimal zum Sprechen ansetzen, bevor aus metallischem Schnarren verständliche Laute wurden.

Schließlich aber vermochte es, wenn auch noch zögernd, seine Stimme zu gebrauchen: »Ich möchte mit der Arbeit beginnen. Wo muß ich hingehen?«

Donovan sprang zur Tür. »Diese Treppe hinunter«, sagte er. »Man wird dir dann erklären, was du zu tun hast.«

Das MC-Modell war gegangen, und die beiden Männer von der Erde befanden sich allein mit dem unbeweglich dasitzenden Cutie in der Werkstatt.

»Nun«, meinte Powell grinsend, »*jetzt* glaubst du uns wohl, daß wir dich gemacht haben, wie?«

Cuties Antwort war kurz und endgültig. »Nein!« sagte er. Powells grinsendes Gesicht erstarrte und wurde langsam ernst. Donovans Mund klappte auf und blieb so stehen.

»Seht ihr«, fuhr Cutie in selbstverständlichem Ton fort, »ihr habt lediglich fertige Teile zusammengesetzt. Zwar habt ihr das bemerkenswert gut gemacht – instinktmäßig, nehme ich an –, aber ihr habt den Roboter nicht wirklich *erschaffen*. Die Teile hat der Herr erschaffen.«

»Aber so hör doch«, keuchte Donovan heiser, »diese Teile wurden auf der Erde fabriziert und hierhergeschickt.«

»Gut, gut«, erwiderte Cutie besänftigend, »wir wollen uns nicht streiten.«

»Nein, ich spreche die reine Wahrheit.« Donovan sprang auf und packte den metallenen Arm des Roboters. »Wenn du nur die Bücher in der Bibliothek lesen würdest – darin ist alles so genau erklärt, daß gar kein Zweifel mehr möglich ist.«

»Die Bücher? Ich habe sie gelesen – alle! Sie sind äußerst klug geschrieben.«

»Wenn du sie gelesen hast«, warf Powell plötzlich ein, »was gibt es dann noch zu sagen? Die Beweise darin kannst du nicht abstreiten. Das *kannst* du einfach nicht!«

In Cuties Stimme schien Mitleid zu schwingen. »Bitte, Powell, diese Bücher betrachte ich gewiß nicht als eine gültige Informationsquelle. Auch sie wurden von dem Herrn erschaffen – und zwar für euch, nicht für mich.«

»Wie willst du das wissen?« fragte Powell herausfordernd.

»Weil ich als ein vernunftbegabtes Wesen die Wahrheit von *a priori* bestehenden Grundtatsachen ableiten kann. Ihr, die ihr intelligent, aber nicht mit Vernunft begabt seid, müßt eine Erklärung für eure Existenz *vorgesetzt* bekommen, und dies hat der Herr getan. Daß er euch dazu mit diesen lächerlichen Ideen ferner Welten voller Menschen versorgt hat, ist zweifellos nur zu eurem Besten. Eure Gehirne sind wahrscheinlich zu roh beschaffen, um die absolute Wahrheit ergründen zu können. Da es jedoch des Herrn Wille ist, daß ihr euren Büchern glaubt, will auch ich nicht länger mit euch streiten.«

Als er ging, drehte er sich noch einmal um und sagte in freundlichem Ton: »Aber laßt darum den Kopf nicht hängen. Der Herr hat in seiner Ordnung der Dinge für jeden Raum. Ihr armen Menschen habt euren Platz, und wenn er auch bescheiden ist, so werdet ihr doch belohnt werden, wenn ihr ihn gut ausfüllt.«

In beseelter Haltung, wie sie dem Propheten des Herrn zukam, entfernte er sich, und die zwei Menschen vermieden es, einander in die Augen zu sehen.

Mit sichtlicher Willensanstrengung brachte Powell schließlich die Worte heraus: »Laß uns zu Bett gehen, Mike. Ich geb's auf.«

In beklommenem Ton fragte Donovan: »Sag, Greg, du glaubst doch nicht etwa, daß er recht hat? Er spricht so voller Überzeugung, daß ich –«

Powell wirbelte herum. »Sei kein Narr! Wenn nächste Woche unsere Ablösung kommt, wirst du schon sehen, daß die Erde existiert und wir zurückmüssen, um die Suppe auszulöffeln, die man uns hier eingebrockt hat.«

»Aber dann müssen wir doch etwas unternehmen,

beim Jupiter!« Donovan war den Tränen nahe. »Er glaubt weder uns noch den Büchern oder seinen Augen.«

»Nein«, sagte Powell bitter, »er ist ein *vernunftbegabter* Roboter, verdammt noch mal! Er glaubt nur seinem Verstand, und da liegt der Hase im Pfeffer ...« Seine Stimme war zum Schluß ganz leise geworden.

»Was willst du damit sagen?« fragte Donovan.

»Mit kühler, logischer Überlegung kann man alles beweisen, was man will – wenn man von den entsprechenden Postulaten ausgeht. Wir haben unsere, und Cutie hat seine.«

»Dann laß uns diese Postulate so rasch wie möglich ergründen. Morgen geht der Sturm los.«

Powell seufzte müde. »Da bricht ja eben das ganze Gebäude zusammen. Postulate gründen auf Annahmen, die vom Glauben untermauert sind. Nichts im ganzen Universum kann sie erschüttern. Ich gehe zu Bett.«

»Oh, zur Hölle! Ich kann nicht schlafen!«

»Ich auch nicht! Aber ich kann's wenigstens versuchen – schon aus Prinzip.«

Zwölf Stunden später; der Schlaf war immer noch eine Sache des Prinzips – unerreichbar in der Praxis.

Der Elektronensturm war vorzeitig eingetroffen, und Donovans sonst so blühendes Gesicht war völlig blutleer, als er mit zitterndem Finger zur Beobachtungsluke deutete. Mit ausgedörrten Lippen und stoppeligem Kinn stand Powell neben ihm und starrte hinaus, während er verzweifelt an seinem Schnurrbart zupfte.

Unter anderen Umständen wäre es ein wunderbarer Anblick gewesen. Der Strom hochbeschleunigter Elektronen, die in den Energiestrahl drangen, fluoreszierte wie Abertausende winziger Eisnadeln in intensivem violettem

Licht. Der Strahl verlor sich schwindend im Nichts, voller glitzernder, tanzender, schwimmender Stäubchen.

Der Energiestrahl schien richtungsstabil zu sein, aber die beiden Männer waren sich der Mängel des unbewaffneten Auges bewußt. Abweichungen von einer hunderttausendstel Bogensekunde, unsichtbar für das Auge, genügten, um den Strahl weit von seinem Ziel abzubringen – reichten aus, um Hunderte von Quadratkilometern der Erdoberfläche in lodernde Ruinen zu verwandeln.

Und ein Roboter, dem weder der Strahl noch die Empfangsstation oder die Erde etwas bedeutete, der nur seinem ›Herrn‹ gehorchte, stand an den Kontrollgeräten.

Stunden verstrichen. Die beiden Männer von der Erde beobachteten in hypnotischem Schweigen. Schließlich verglommen die rasenden Lichtpünktchen und erloschen gänzlich. Der Elektronensturm war zu Ende.

Powells Stimme war tonlos. »Es ist vorbei!«

Donovan war in unruhigen Schlaf gefallen, und Powells müde Augen ruhten neidvoll auf ihm. Die Signallampe blitzte wieder und wieder auf, aber der Mann von der Erde beachtete sie nicht. Es war alles unwichtig! Alles! Vielleicht hatte Cutie recht, und er war nur ein untergeordnetes Geschöpf mit einem genormten Erinnerungsvermögen und einem Leben, das seinen Daseinszweck überdauert hatte.

Er wünschte, es wäre so!

Cutie stand vor ihm. »Sie haben auf das Signal nicht reagiert, da bin ich hereingekommen.« Er sprach gedämpft weiter. »Sie sehen gar nicht gut aus; ich befürchte, Ihre Existenz nähert sich dem Ende. Aber vielleicht möchten Sie trotzdem gern einige der heutigen Kontrollmessungen sehen?«

Verschwommen kam es Powell zum Bewußtsein, daß der Roboter eine freundliche Geste machte, vielleicht, um vorhandene Gewissensbisse zu besänftigen, weil er die Menschen mit Gewalt in ihrem Aufgabenbereich in der Station ersetzt hatte. Er nahm die Blätter entgegen und starrte mit blinden Augen darauf.

Cutie schien erfreut zu sein. »Es ist natürlich ein großes Privileg, dem Herrn zu dienen. Sie dürfen es nicht zu schwer nehmen, daß ich an Ihre Stelle getreten bin.«

Powell grunzte und blickte mechanisch von einem Blatt zum andern, bis seine getrübten Augen auf einer dünnen roten Linie ruhen blieben, die über ein Millimeterpapier dahintanzte.

Mit weit aufgerissenen Augen starrte er darauf. Seine Hände umklammerten das Blatt, während er sich erhob, ohne den Blick von der roten Linie abzuwenden. Die anderen Blätter flatterten zu Boden, ohne daß er es beachtete.

»Mike! *Mike!*« Wie besessen schüttelte er den anderen. »*Er hat ihn genau in der Bahn gehalten!*«

Donovan kam zu sich. »Was? Wer?« Und dann starrte auch er mit hervorquellenden Augen auf das Meßergebnis.

»Stimmt etwas nicht?« fragte Cutie.

»Du hast ihn genau im Fokus gehalten«, stotterte Powell. »Wußtest du das?«

»Fokus? Was ist das?«

»Du hast den Strahl genau auf die Empfangsstation gerichtet gehalten – innerhalb einer zehnmillionstel Bogensekunde.«

»Welche Empfangsstation?«

»Auf der Erde. Die Empfangsstation auf der Erde«, stammelte Powell. »Du hast ihn im Brennpunkt gehalten.«

Cutie drehte sich ärgerlich auf dem Absatz herum. »Es ist einfach unmöglich, euch beiden irgendeine Freundlichkeit zu erweisen. Immer dieselben Phantastereien! Ich habe lediglich alle Skalenzeiger in Deckung mit den vorgesehenen Marken gehalten, wie es dem Willen des Herrn entspricht.«

Er sammelte die verstreuten Papiere auf und zog sich in steifer Haltung zurück.

»Da brat mir einer 'nen Storch!« sagte Donovan, als er gegangen war. »Und was machen wir jetzt?«

Powell fühlte sich müde, aber in gehobener Stimmung. »Nichts. Er hat uns gerade gezeigt, daß er die Station völlig selbständig leiten kann. Ich habe noch nie gesehen, daß jemand mit einem Elektronensturm so gut fertig geworden ist.«

»Aber wir stecken immer noch in derselben Klemme. Du hast doch gehört, was er von dem ›Herrn‹ gefaselt hat. Wir können nicht –«

»Sieh mal, Mike, er folgt den Anweisungen seines Herrn mittels Skalen, Instrumenten und Kontrollschreibern. Er tut genau das, was auch wir getan haben.«

»Sicher, aber darauf kommt es nicht an. Wir können nicht zulassen, daß er diesen Blödsinn mit seinem ›Herrn‹ weiter treibt.«

»Warum nicht?«

»Wer hat denn je so einen hirnverbrannten Kram gehört? Wie können wir ihm die Station anvertrauen, wenn er nicht an die Existenz der Erde glaubt?«

»*Kann* er die Station leiten?«

»Ja, aber –«

»Was macht es denn da für einen Unterschied, *woran* er glaubt?«

Powell breitete mit einem vagen Lächeln die Arme aus und ließ sich rückwärts auf sein Bett fallen. Er schlief sofort ein.

Powell arbeitete sich in seinen leichten Raumanzug hinein.

»Die Sache ist ganz einfach«, sagte er dabei. »Man kann die neuen QT-Modelle hier zusammensetzen, immer nur eins zur Zeit, und sie mit einem eingebauten Schalter versehen, der sie nach einer Woche außer Aktion setzt; in dieser Zeit können sie den... uh... Kult des Herrn von dem Propheten lernen. Danach braucht man sie nur zu einer anderen Station zu schaffen und wieder zu beleben. Wir könnten zwei QT's pro –«

Donovan klappte seine Schutzscheibe vor dem Gesicht herunter und knurrte: »Halt den Mund und sieh zu, daß wir hier wegkommen. Die Ablösung wartet, und ich fühle mich nicht eher wohl, als bis ich die Erde wieder richtig sehen und ihren Boden unter meinen Füßen fühlen kann – nur um mich zu vergewissern, daß es sie wirklich gibt.«

Während er noch sprach, öffnete sich die Tür, und Donovan ließ seine Sichtscheibe zuschnappen und wandte Cutie schmollend den Rücken zu.

Der Roboter trat leise näher und fragte mit besorgter Stimme: »Ihr zwei wollt uns verlassen?«

Powell nickte kurz. »Andere werden unseren Platz einnehmen.«

Cutie seufzte; es klang, wie wenn der Wind durch dicht gespannte Drähte streicht. »Eure Dienstzeit ist abgelaufen, und der Augenblick der Auflösung ist gekommen. Ich hatte es zwar erwartet, aber... doch der Wille des Herrn geschehe!«

Sein resignierender Ton versetzte Powell einen Stich. »Spar dir dein Mitleid, Cutie. Uns erwartet die Erde, nicht die Auflösung.«

»Es ist gut, daß ihr so denkt.« Cutie seufzte wieder. »Ich erkenne jetzt die Weisheit der Illusion. Selbst wenn ich es könnte, würde ich nicht versuchen, euren Glauben zu erschüttern.« Er entfernte sich, ein Bild des Jammers.

Powell knurrte und winkte Donovan. Ihre versiegelten Koffer in den Händen, traten sie in die Luftschleuse.

Das Schiff mit der Ablösung lag auf der äußeren Landeplattform, und Franz Müller, Powells Ersatzmann, grüßte sie mit förmlicher Höflichkeit. Danovan erwiderte seinen Gruß andeutungsweise und ging gleich in die Pilotenkanzel, um die Steuerung von Sam Evans zu übernehmen.

Powell blieb noch einen Augenblick stehen. »Was macht die Erde?«

Das war die nun schon traditionell gewordene Frage, und Müller gab die traditionelle Antwort: »Sie dreht sich immer noch.«

Er zog sich die schweren Raumhandschuhe an, um sich auf den Weg zum Dienstantritt in der Station zu machen, und runzelte die Stirn. »Wie macht sich dieser neue Roboter?« fragte er mit zusammengezogenen Augenbrauen. »Wenn er nicht bestens spurt, soll er mir ja von den Kontrollgeräten wegbleiben!«

Powell ließ sich mit der Antwort Zeit. Seine Augen musterten den stolzen Preußen, der da mit kurzgeschorenem Haar über einer strengen, eigensinnigen Stirn und in steifer Haltung vor ihm stand, und reinste Schadenfreude durchzuckte ihn.

»Der Roboter macht sich recht gut«, antwortete er langsam. »Ich glaube, Sie werden sich nicht viel um die Kontrollgeräte zu kümmern brauchen.«

Er grinste und ging weiter in das Raumschiff hinein. Müller würde einige Wochen hierbleiben ...

RAY BRADBURY

Marionetten, e. V.

Gegen zehn Uhr abends schlenderten sie die Straße hinunter und plauderten miteinander. Sie waren beide ungefähr fünfunddreißig Jahre alt und beide bemerkenswert nüchtern.

»Aber warum nur so früh?« fragte Smith.

»Ich kann nicht anders«, erwiderte Braling.

»Seit Jahren ist es das erste Mal, daß du ausgehst, und dann willst du um zehn Uhr nach Hause!«

»Ich hab keine Ruhe mehr«, meinte Braling.

»Ich wundere mich nur, wie du es überhaupt fertiggebracht hast. Seit zehn Jahren versuche ich nun, zu einem ruhigen kleinen Umtrunk zu entwischen. Und heute, wo wir es beide zum ersten Mal geschafft haben, willst du unbedingt früh nach Hause.«

»Darf mein Glück nicht in Versuchung führen«, sagte Braling.

»Wie hast du's gemacht – deiner Frau Schlafpulver in den Kaffee getan?«

»Nein, das wäre unmoralisch. Du wirst's schon früh genug sehn.«

Sie gingen um eine Ecke. »Ehrlich, Braling, ich sag's nicht gern, aber du hast wirklich viel Geduld mit ihr gehabt. Du brauchst es mir nicht zu bestätigen, aber die Ehe ist für dich bisher schrecklich gewesen, nicht wahr?«

»So würde ich es eigentlich nicht ausdrücken.«

»Jedenfalls hat es sich da und dort herumgesprochen, wie sie dich zur Heirat gezwungen hat. Damals, 1979, als du nach Rio fahren wolltest...«

»Ach ja, Rio! So viele Pläne, und doch bin ich nie hingekommen.«

»Und wie sie ihre Kleider zerrissen, sich die Haare gerauft und gedroht hat, die Polizei zu rufen, wenn du sie nicht heiratest.«

»Sie war immer sehr sensibel, Smith, verstehst du.«

»Es war mehr als unfair. Du liebtest sie nicht. Und du hast es ihr auch gesagt, stimmt's nicht?«

»Ich erinnere mich, daß ich in dieser Sache ziemlich deutlich gewesen bin.«

»Aber du hast sie trotzdem geheiratet.«

»Ich mußte an meine Firma denken, ebenso an meine Mutter und meinen Vater. Ein solcher Skandal hätte sie getötet.«

»Und so geht das nun seit zehn Jahren.«

»Ja«, sagte Braling und blickte starr geradeaus. »Doch vielleicht ändert sich die Lage jetzt. Ich glaube, ich habe erreicht, worauf ich gewartet habe. Sieh her.«

Er zog ein langes blaues Billet aus der Tasche.

»Ach, das ist ja ein Flugschein nach Rio mit der Donnerstag-Rakete!«

»Ja, endlich habe ich es geschafft.«

»Aber das ist ja großartig! Du hast es wirklich verdient! Doch wird *sie* auch keine Einwände erheben? Schwierigkeiten machen?«

Braling lächelte nervös. »Sie wird gar nicht merken, daß ich fort bin. In einem Monat bin ich wieder zurück, und niemand außer dir wird es gewußt haben.«

Smith seufzte. »Ich wünschte, ich könnte mit dir fliegen.«

»Armer Smith, deine Ehe ist auch nicht gerade rosig, nicht wahr?«

»Nicht besonders, wenn man mit einer Frau verheiratet ist, die zuviel des Guten tut. Weißt du, wenn man zehn Jahre verheiratet ist, erwartet man schließlich nicht mehr, daß die Frau einem Abend für Abend zwei Stunden lang auf dem Schoß sitzt, einen zwölfmal am Tag im Büro anruft und verliebten Unsinn schwatzt. Manchmal überlege ich mir, ob sie nicht vielleicht etwas zu naiv ist.«

»Ah, Smith, immer der alte – nur niemand zu nahe treten. Doch wir sind bei meinem Haus angelangt. Na, möchtest du gern mein Geheimnis kennenlernen? Wie ich's angestellt habe, heute abend zu entwischen?«

»Willst du's mir wirklich verraten?«

»Schau hoch, dort!« sagte Braling.

Sie starrten beide durch die Dunkelheit nach oben.

Am Fenster über ihnen im ersten Stock öffnete sich ein Laden. Ein Mann von ungefähr fünfunddreißig Jahren, mit leicht angegrauten Schläfen, traurigen grauen Augen und einem schmalen, schütteren Schnurrbart sah zu ihnen herab.

»Himmel, das bist ja du!« rief Smith.

»Sch-sch, nicht so laut!« Braling winkte nach oben. Der Mann am Fenster winkte bedeutungsvoll zurück und verschwand.

»Ich muß verrückt sein«, sagte Smith.

»Gedulde dich einen Augenblick.«

Sie warteten.

Die Haustür öffnete sich, und der große hagere Mann mit dem Schnurrbart und den kummervollen Augen trat heraus und gesellte sich zu ihnen.

»Hallo, Braling«, sagte er.

»Hallo, Braling«, erwiderte Braling.

Die beiden waren identisch.

Smith staunte mit weitaufgerissenen Augen. »Ist das dein Zwillingsbruder? Ich habe nie gewußt –«

»Nein, nein«, sagte Braling ruhig. »Tritt näher. Lege dein Ohr an die Brust von Braling Zwei.«

Smith zögerte, beugte sich dann aber vor und legte seinen Kopf gegen die Rippen des anderen.

Tick-tick-tick-tick-tick-tick-tick-tick-tick.

»Oh, nein! Das kann nicht sein!«

»Es ist so.«

»Laß mich nochmal hören.«

Tick-tick-tick-tick-tick-tick-tick-tick-tick.

Smith richtete sich schwankend auf und klappte entsetzt mit den Augenlidern. Er streckte den Arm aus und berührte die warmen Hände und Wangen des Dings.

»Woher hast du es?«

»Ist er nicht fabelhaft nach Maß gearbeitet?«

»Unglaublich. Woher?«

»Gib dem Herrn deine Karte, Braling Zwei.«

Braling Zwei vollführte einen Zaubertrick und produzierte eine weiße Karte:

MARIONETTEN, e. V.

Verdoppeln Sie sich selbst oder Ihre Freunde. Neue Humanoid-Plastiken, 1990er-Modelle, garantiert haltbar, keine physischen Abnützungs- oder Ermüdungserscheinungen. Von $ 7600 bis zu unserem $ 15 000 De-luxe-Modell.

»Nein«, sagte Smith.

»Doch«, sagte Braling.

»Natürlich«, sagte Braling Zwei.

»Wie lange geht das schon so?«

»Ich habe ihn jetzt seit einem Monat. Wenn ich zu Hause bin, halte ich ihn im Keller in einer Werkzeugkiste. Meine Frau geht niemals hinunter, und ich habe das einzige Schloß und den einzigen Schlüssel zu dieser Kiste. Heute abend sagte ich zu ihr, ich wollte nur mal einen kleinen Spaziergang machen und mir eine Zigarre kaufen. Ich ging in den Keller, holte Braling Zwei aus seiner Kiste und schickte ihn nach oben, meiner Frau Gesellschaft zu leisten, während ich weiterging, meine Verabredung mit dir einzuhalten, Smith.«

»Wunderbar! Er *riecht* sogar wie du: Bond Street und Melachrinos!«

»Es mag Haarspalterei sein, aber ich halte dies für höchst moralisch. Schließlich bin *ich* es doch, nach dem meine Frau sich am meisten verzehrt. Diese Marionette *ist* ich, bis zum letzten Härchen. *Ich* bin den ganzen Abend zu Hause gewesen. *Ich* werde den ganzen nächsten Monat bei ihr bleiben. Inzwischen wird ein anderer Braling in Rio sein, nachdem er zehn Jahre darauf gewartet hat. Wenn ich von Rio nach Hause komme, wird Braling Zwei hier in seine Kiste zurückgehen.«

Smith dachte ein paar Augenblicke darüber nach. »Wird er einen ganzen Monat lang ohne jede Wartung umhergehen können?« fragte er schließlich.

»Sechs Monate, wenn notwendig. Und er ist so konstruiert, daß er alles tut wie wir – essen, schlafen, schwitzen – alles so natürlich, wie es die Natur vorsieht. – Du wirst gut für meine Frau sorgen, nicht wahr, Braling Zwei?«

»Deine Frau ist ganz nett«, sagte Braling Zwei. »Ich habe sie ziemlich gern gewonnen.«

Smith begann zu zittern. »Wie lange arbeitet ›Marionetten, e. V.‹ schon?«

»Seit zwei Jahren, heimlich.«

»Könnte ich – ich meine, gibt es eine Möglichkeit –« Ernsthaft faßte Smith seinen Freund beim Ellbogen. »Kannst du mir nicht sagen, wo ich so einen Roboter, so eine Marionette für mich selbst bekommen kann? Du gibst mir doch die Adresse, nicht wahr?«

»Bitte schön.«

Smith nahm die Karte und drehte sie um und um. »Vielen Dank«, sagte er. »Du weißt nicht, was das für mich bedeutet. Nur eine kleine Verschnaufpause. Einen Abend oder so, einmal im Monat vielleicht. Meine Frau liebt mich so sehr, daß sie es nicht ertragen kann, wenn ich nur eine Stunde fort bin. Auch ich liebe sie aufrichtig, das weißt du, aber denk an das alte Sprichwort: ›Liebe, die zu kurz gehalten, wird in Bälde ganz erkalten.‹ Ich möchte nur, daß sie ihren Griff ein wenig löst.«

»Du hast wenigstens noch das Glück, daß deine Frau dich liebt. Haß ist mein Problem. Nicht so einfach.«

»Oh, Nettie liebt mich rasend. Meine Aufgabe wird es sein, ihre Leidenschaft ein wenig zu zügeln.«

»Viel Glück, Smith. Schau ab und zu mal rein, wenn ich in Rio bin. Es würde meiner Frau sonderbar vorkommen, wenn du plötzlich deine Besuche einstellen wolltest. Du kannst Braling Zwei hier genauso wie mich behandeln.«

»In Ordnung. Auf Wiedersehen. Und vielen Dank.«

Smith ging lächelnd die Straße hinunter. Braling und Braling Zwei drehten sich um und traten in den Hausflur.

Im Omnibus pfiff Smith leise vor sich hin und drehte die weiße Karte in seiner Hand:

Unsere Klienten sind zur Geheimhaltung verpflichtet, denn solange das Gesetz zur Legalisierung von ›Marionetten, e. V.‹ vom Kongreß noch nicht verabschiedet ist, gilt es als Staatsverbrechen, eine unserer Marionetten zu benutzen.

»Sei's drum«, sagte Smith.

Klienten müssen einen Abguß ihres Körpers machen lassen sowie einen Farbindex-Test ihrer Augen, Lippen, Haare, Haut etc. Sie müssen mit einer zweimonatigen Wartezeit rechnen, bis ihr Modell fertiggestellt ist.

Nicht so lange, dachte Smith. In zwei Monaten werden meine gequetschten Rippen Gelegenheit bekommen, sich wieder zurechtzuwachsen. In zwei Monaten von heute an wird meine Hand vom dauernden Gehaltenwerden heilen können. In zwei Monaten von heute an wird meine geschwollene Unterlippe wieder ihre normale Form anzunehmen beginnen. Ich möchte bestimmt nicht undankbar scheinen ... Er wendete die Karte:

›Marionetten, e. V.‹ ist zwei Jahre alt und hat einen Stamm renommierter, zufriedener Kunden hinter sich. Unser Motto lautet: ›Keinerlei Bindungen mehr‹. Adresse: 43, South Wesley Drive.

Der Bus bremste; er kletterte hinaus, und während er summend die Treppen hinaufstieg, dachte er: ›Nettie und ich haben fünfzehntausend auf unserem gemeinsamen Bankkonto. Ich werde einfach achttausend abheben, für ein Spekulationsgeschäft, könnte man sagen. Die Marionette wird mir mein Geld wieder einbringen, mit Zinsen, auf manche Weise. Nettie braucht es nicht zu wissen.‹ Er schloß die Tür auf und stand einen Augenblick später im Schlafzimmer. Da lag Nettie – blaß, mächtig und in friedlichem Schlummer.

›Gute Nettie.‹ Reue überwältigte ihn fast, als er ihr unschuldiges Gesicht im Halbdunkel sah. ›Wärest du wach, du würdest mich mit Küssen erdrücken und Liebesschwüre in mein Ohr flüstern. Wirklich, vor dir komme ich mir wie ein Verbrecher vor. Du bist mir so eine gute, liebevolle Frau gewesen. Manchmal kann ich es immer noch nicht glauben, daß du mich geheiratet hast anstelle dieses Bud Chapman, den du einmal so gern hattest. Ich meine fast, daß du mich im letzten Monat noch ungestümer geliebt hast als je zuvor.‹

Tränen traten in seine Augen. Plötzlich wünschte

er sie zu küssen, ihr seine Liebe einzugestehen, die Karte zu zerreißen, die ganze Sache zu vergessen. Aber als er sich über sie beugen wollte, knackten seine Rippen, und seine Hand schmerzte. Mit einem wehen Ausdruck in seinen Augen hielt er inne und drehte sich um. Er ging in die Diele hinaus und durch die dunklen Zimmer. Vor sich hinsummend, öffnete er den nierenförmigen Schreibtisch im Bibliothekszimmer und entnahm ihm das Sparbuch. »Ich nehme mir einfach achttausend Dollar, und damit hat sich's«, sagte er. »Nicht mehr.« Er stutzte. »Was ist denn das?«

Fieberhaft blätterte er das ganze Sparbuch durch. »Na warte!« schrie er. »Zehntausend Dollar fehlen!« Er sprang auf. »Nur fünftausend sind noch übrig! Was hat sie getan? Was hat Nettie bloß damit gemacht? Noch mehr Hüte, noch mehr Kleider, noch mehr Parfüm! Oder – halt – ich weiß es! Sie hat das kleine Haus am Hudson gekauft, von dem sie schon seit Monaten redet – und das, ohne wenigstens der Form halber ›mit deiner Erlaubnis‹ zu sagen!«

Er stürmte ins Schlafzimmer, aufgebracht und seiner Sache sicher. Was bildet sie sich ein, so einfach über ihr gemeinsames Geld zu verfügen! Er beugte sich über sie. »Nettie!« rief er laut. »Nettie, wach auf!«

Sie rührte sich nicht. »Was hast du mit dem Geld getan?« schrie er.

Sie zuckte gequält zusammen. Durch das Fenster fiel das Licht von der Straße auf ihre schönen Wangen.

Etwas an ihr kam ihm sonderbar vor. Sein Herz begann wild zu klopfen. Sein Mund wurde trocken. Ein Schauder überrann ihn. Seine Knie wurden plötzlich weich. Er brach zusammen. »Nettie, Nettie!« schrie er. »Was hast du mit meinem Geld getan!«

Ein entsetzlicher Gedanke! Grauen und Verlassenheit schlugen über ihm zusammen. Krankhafte Erregung und Enttäuschung überfielen ihn. Und ohne es zu wollen, beugte er sich weiter und weiter vor, bis sein fiebergerötetes Ohr fest und unwiderruflich auf ihrem runden rosa Busen ruhte.

»Nettie!« schrie er auf.

Tick-tick-tick-tick-tick-tick-tick-tick-tick.

Während Smith die Avenue hinunterschritt und in der Nacht verschwand, traten Braling und Braling Zwei in den Hausflur. »Ich freue mich, daß auch er glücklich werden wird«, sagte Braling.

»Ja«, meinte Braling Zwei zerstreut.

»Und nun in den Keller und in die Kiste mit dir, B. Zwei.« Braling führte das Geschöpf am Ellbogen hinunter in den Keller.

»Darüber wollte ich mich gerade mit dir unterhalten«, sagte Braling Zwei, als sie unten über den Zementboden schritten. »Über den Keller. Ich mag ihn nicht. Mir gefällt die Werkzeugkiste nicht.«

»Ich werde versuchen, dir etwas Bequemeres zurechtzumachen.«

»Marionetten sind dazu gemacht, daß sie sich bewegen und nicht still liegen. Wie würde es dir gefallen, wenn du die meiste Zeit in einer Kiste liegen müßtest?«

»Nun ja –«

»Es würde dir überhaupt nicht gefallen. Ich funktioniere weiter. Es gibt keine Möglichkeit, mich abzustellen. Ich bin regelrecht lebendig, und ich besitze Gefühl.«

»Es dauert nur noch ein paar Tage. Dann verschwinde ich nach Rio, und du brauchst nicht länger in der Kiste zu liegen. Du kannst oben in der Wohnung leben.«

Braling Zwei gestikulierte leicht gereizt. »Und wenn du zurückkommst und dein Vergnügen genossen hast, ist mein Platz wieder die Kiste.«

»In der Marionettenfabrik hat man mir nichts davon erzählt«, sagte Braling, »daß ich ein schwieriges Exemplar bekäme.«

»Es gibt eine ganze Menge, was sie nicht über uns wissen«, erwiderte Braling Zwei. »Wir sind noch ziemlich neu. Und wir sind sensibel. Ich hasse den Gedanken, daß du jetzt abreisen willst und dir ins Fäustchen lachst und in Rio in der Sonne liegst, während wir hier in der Kälte sitzen bleiben müssen.«

»Mein ganzes Leben lang habe ich diese Reise herbeigesehnt«, sagte Braling ruhig.

Er kniff die Augen zusammen und konnte das Meer und die Berge und den gelben Sand sehen. Es tat gut, im Geiste das Rauschen der Wellen zu hören! Und die Sonne auf den nackten Schultern zu spüren – herrlich! Der Wein schmeckte vorzüglich.

»*Ich* werde nie nach Rio kommen«, sagte der andere. »Hast du daran gedacht?«

»Nein, ich –«

»Und noch etwas. Deine Frau.«

»Was ist mit ihr?« fragte Braling und begann, sich vorsichtig in Richtung auf die Tür zurückzuziehen.

»Ich habe sie inzwischen ziemlich lieb gewonnen.«

»Es freut mich, daß deine Beschäftigung dir gefällt.« Braling leckte sich nervös die Lippen.

»Ich fürchte, du verstehst mich nicht. Ich glaube – ich *liebe* sie.«

Braling machte einen weiteren Schritt und erstarrte. »Du – *was*?«

»Und ich habe darüber nachgedacht«, sagte Braling Zwei, »wie nett es in Rio sein würde und daß ich es nie sehen soll. Und auch über deine Frau habe ich nachgedacht, und – ich glaube, wir könnten sehr glücklich sein.«

»D-das ist fein.« So unauffällig wie möglich schlenderte Braling zur Kellertür hin. »Es macht dir doch nichts aus, wenn ich dich einen Augenblick warten lasse? Ich muß nur rasch einmal telefonieren.«

»Wen willst du anrufen?« fragte Braling Zwei mit gerunzelter Stirn.

»Ach, das ist unwichtig.«

»Marionetten, e. V.? Sagen, daß sie kommen und mich abholen sollen?«

»Nein – nein, nichts dergleichen!« Er versuchte, aus der Tür zu rennen.

Ein metallharter Griff schloß sich um sein Handgelenk. »Lauf nicht davon!«

»Laß mich sofort los!«

»Nein.«

»Hat meine Frau dich aufgehetzt?«

»Nein.«

»Hat sie etwas gemerkt? Hat sie mit dir darüber geredet? Weiß sie? Ist es deswegen?« Er schrie. Eine Hand verschloß seinen Mund.

»Du wirst es nie erfahren, oder?« Braling Zwei lächelte fein. »Du wirst es nie erfahren.«

Braling wand sich verzweifelt. »Sie *muß* es gemerkt haben; sie *muß* dich angestiftet haben!«

Braling Zwei sagte: »Ich werde dich jetzt in die Werkzeugkiste stecken, abschließen und den Schlüssel verlieren. Und dann werde ich einen zweiten Flugschein nach Rio für deine Frau kaufen.«

»Halt, halt, wart einen Moment. Handle nicht unüberlegt. Laß uns noch einmal darüber reden!«

»Adieu, Braling.«

Braling erstarrte. »Was meinst du damit – ›adieu‹?«

Zehn Minuten später erwachte Mrs. Braling. Sie strich

sich mit der Hand über die Wange. Jemand hatte sie gerade geküßt. Sie erschauerte ein wenig und sah hoch. »Nanu – das hast du seit Jahren nicht mehr getan«, murmelte sie.

»Wir wollen sehen, ob sich das nicht ändern läßt«, antwortete jemand.

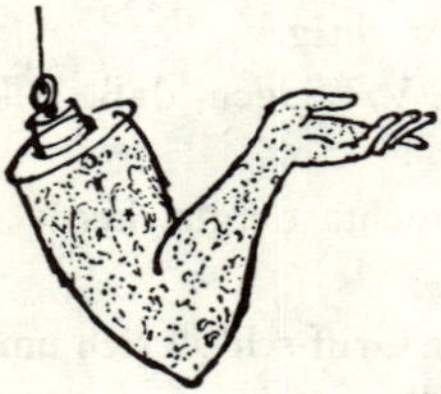

WALTER M. MILLER

In fremder Gewalt

Stilles Elend in einem dunklen Zimmer. Die Uhr schlug neunmal mit kaltem metallischem Klang. Lisa stand reglos gegen den Vorhang am Fenster gelehnt – allein mit sich und ihrer Einsamkeit. Die Nacht war schwarz, das Haus leer und stumm.

Nimm dich zusammen, Lisa! sagte sie sich. *Du liegst schließlich nicht im Sterben!*

Sie war vierunddreißig, noch sehr reizvoll, besaß einen schlanken, makellosen Körper; ihr Haar war kurz, aber voll und von warmem rotem Ton. Sie besaß einen guten, zuverlässigen Mann und drei Kinder und führte ein gesichertes Leben. Sie hatte Freunde, Lieblingsbeschäftigungen und einen geselligen Bekanntenkreis. Sie malte mittelmäßige Bilder, spielte recht gut Klavier und veröffentlichte annehmbare Gedichte in der literarischen Vierteljahreszeitschrift der Universität. Sie war belesen, über alles Wichtige informiert und sah gut aus. Sie liebte und wurde geliebt.

Warum dann also dieses stille Elend?

Sehnsüchtig, dabei nichts Bestimmtes erwartend, starrte sie aus dem Fenster in die Dunkelheit des von Steinmauern umgebenen Gartens. Die Nacht war zu ruhig. Das Licht einer entfernten Straßenlaterne spielte in den Zweigen der Ulme, die ihre Schatten über den angrenzenden Flügel des Hauses warfen. Eine Zeitlang beobachtete sie das Wandern der Schatten. Auf der Straße surrte ein einsamer Wagen vorbei – Stille. Eine Autohupe bellte heiser in der Ferne.

Was stimmte denn nicht? Ungezählte Male hatte sie seit ihrer Kindheit diese Unruhe verspürt, dieses kribbelnde Drängen in ihrem Gehirn, das nach einer unerfindlichen Ausdrucksmöglichkeit suchte. Während der letzten Wochen war es besonders heftig gewesen.

Sie versuchte ihre Gefühle zu analysieren. Was war in den letzten Wochen anders gewesen? Die Geschehnisse: Franks Arbeit hatte ihn für einen Monat von zu Hause fortgeführt; die Kinder waren bei ihrer Großmutter; der Stadtrat hatte die Ausgabe neuer Pfandbriefe empfohlen; sie hatte ihr Dienstmädchen entlassen; ein Betrunkener hatte seine Frau erwürgt; die Universität hatte ein neues Laboratorium für Psychophysik eröffnet; ihr Kunstunterricht war für die Dauer des Sommers eingestellt worden.

Daran konnte es also nicht liegen. Sie sah keine Anhaltspunkte für diesen unvernünftigen, ziellosen Drang, der wie eine Stimme aus geistiger Leere schrie: *komm, teile, gib, erkläre dich!*

Was erklären? Was geben? Wie?

Ein Baby, das bei der Geburt ausgesetzt wird und Hungers sterben muß, würde furchtbar unter diesem Hunger leiden. Aber da es nie Milch gekostet hatte, konnte es weder den Ursprung seines Leidens noch eine Möglichkeit kennen, es zu stillen.

Ich muß dieses Gefühl mit etwas in Beziehung setzen – mit etwas aus meinem eigenen Leben oder aus dem Erfahrungsschatz anderer.

Sie hatte versucht, diesen Trieb auf andere Ziele umzulenken und zu befriedigen: auf ihre Kinder, das Liebeswerben ihres Mannes, Essen, Trinken, Kunst, Freundschaft. Aber ihr Sehnen verlangte nach anderem, forderte etwas Unbekanntes, für das sie keine Erfüllung wußte.

Wodurch unterscheide ich mich von anderen? fragte sie sich. Doch sie wußte keinen anderen Unterschied als den, der auch andere Menschen vom exakten Durchschnitt abhebt. Sie war zwar kein Genie, aber ihre Intelligenz war sehr hoch entwickelt. In gewissem Ausmaß verspürte sie den Ruf zu schöpferischer Betätigung. Ihr Körper war feingliedrig und wohlproportioniert. Die einzigen Besonderheiten, die ihr bewußt waren, schienen lächerlich unbedeutend zu sein: ein dunkles Muttermal auf dem Oberschenkel und eine weiche Fontanelle auf ihrem langen, schmalen Kopf, wie sie sonst nur kleine Kinder in ihrer Schädeldecke haben. Dumme kleine Unterschiede!

Bis auf den einen, großen Unterschied: das stille Elend ihres ungestillten Verlangens.

Vereinzelte große Regentropfen fielen plötzlich auf den Gartenweg, streiften flüsternd durch das Gras und durch das Laub der Ulme. Ein paar Tropfen trieben gegen den feinmaschigen Drahteinsatz des Fensters, sprühten nadelfeine Kühle über ihre Arme und ihr Gesicht. Der Tag war drückend heiß gewesen. Ein angenehm kalter Hauch wehte jetzt durch die Nacht.

Widerstrebend schloß sie das Fenster. Die Wärme des leeren Hauses wurde noch bedrückender. Sie schritt zu der Tür hinüber, die in den umfriedeten Garten führte.

Bereit für ein einsames Nachtlager, trug sie nichts als ein Negligé. Abwesend, müßig, fingerte sie am Gürtel herum, löste den Knoten. Das Gewand teilte sich, und ein feiner Sprühregen kühlte köstlich ihre Haut.

Der Garten war dunkel, die Schatten tintenschwarz, der nächste Nachbar durch ein ganzes Grundstück von ihr getrennt. Die Mauer schirmte den Garten gegen neugierige Blicke ab. Ihre Hände fuhren über ihre Schultern, die Ärmel glitten hinunter. Nackt und mit dem Gefühl eines befreiten Tieres drückte sie die Maschentür auf und trat hinaus auf die warmen Steine unter dem vorspringenden Dach.

Der Regen raschelte in der Hecke, rauschte leise vor ihr zu Boden und sandte kalte Spritzer gegen ihre schlanken Waden. Sie kreuzte die Arme über der Brust und schritt hinein. Der kalte Schauer empfing sie mit streichelnden Schlägen; sie lachte und lief den Weg zur Ulme hinunter. Die Tropfen peitschten ihre Brüste, rannen über ihr Gesicht und rieselten kalt an ihren Seiten und Beinen hinab.

Sie tollte übermütig im Regen umher, versuchte zu tanzen und lachte über sich selbst. Sie rannte ziellos drauflos. Schließlich warf sie sich ermattet auf den frischen, nassen Rasen, streckte die Arme aus und rollte sich langsam um sich selbst. Völlig naß, träge und mit geschlossenen Augen lachte sie leise vor sich hin und trieb imaginäre Spiele mit dem Regen.

Die Tropfen stachen wie Wespen auf sie ein, die aus der Dunkelheit auf sie herabstießen; in ihrer Einbildung aber waren sie sanft, kühl und liebkosend. Die Tropfen gestatteten sich unpersönliche Freiheiten mit ihrem Körper, und sie rollte sich schamhaft herum und verbarg ihr Gesicht in dem regenweichen Gras.

Ich bin immer noch ein triebhaftes Tier, dachte sie dabei glücklich, *immer noch blutsverwandt mit meinem Urahn, dem Affen, der in den Bäumen tanzte und schnatterte, wenn es regnete. Wie trostlos würde doch das Leben sein, wäre ich nicht so ein Tier!*

Sie grub ihre Finger in die aufgequollene Erde, entblößte ihre Zähne, preßte die Stirn gegen den Boden und knurrte leise. Das amüsierte sie, und sie mußte wieder lachen. Sie zog die Beine unter den Körper, kauerte sich tief auf Hände und Knie, fauchte wie eine Katze und – sprang auf einen imaginären schlafenden Vogel zu, packte ihn mit den Zähnen und schüttelte ihn zu Tode.

Lachend streckte sie sich wieder lang im Gras aus.

Wenn Frank mich so sähe, dachte sie, *würde er mich mit Schlaftabletten ins Bett packen und diesen geschniegelten Doktor Mensley rufen, damit er einen Blick in meinen Verstandskasten wirft. Und Doktor Mensley würde meine Ambivalenzen und Verdrängungen, meine narzißtischen und masochistischen Triebe prüfen. Er würde lose Schrauben bei mir finden und festziehen und mich wieder der Wirklichkeit anpassen, mich auf den bequemen, ausgetretenen Pfad zurückführen, das Tier aus meiner Seele reißen und mich zu einer sprechenden Puppe machen.*

Er hatte das schon mehrere Male gemacht. Bei dem Gedanken an Dr. Mensley durchsuchte Lisa ihren Wortschatz nach dem schlimmsten Ausdruck, an den sie sich erinnern konnte. Wild preßte sie ihn laut heraus und fühlte sich sehr erleichtert.

Der Regen ließ langsam nach. Eine Sirene heulte in der Ferne. Die Polizei. Sie kicherte und stellte sich eine Schlagzeile in der nächsten Morgenzeitung vor: *Prominente Dame der Gesellschaft wegen anstößigen Betragens festgenommen.* Und weiter würde die Geschichte lauten: ›Mrs. Lisa Waverly wurde von der Polizei in Gewahrsam genommen, nachdem Nachbarn berichtet hatten, daß sie splitternackt in ihrem Garten hinter dem Haus herumliefe. Mrs. Heinehoffer, die das Gesetz zum Einschreiten veranlaßte, sagte: »Es war entsetzlich! Es sah aus, als würde sie von Krämpfen geschüttelt!« Als man Mr. Heinehoffer nach seiner Ansicht fragte, schloß er lediglich die Augen und lächelte verzückt.‹

Lisa seufzte matt. Die Sirene war verklungen. Der Regen hatte ganz aufgehört, nur noch aus der Ulme tropfte es ab und zu. Sie war müde, hatte sich gefühlsmäßig verausgabt, und eine merkwürdige Melancholie überfiel sie. Langsam richtete sie sich im Gras auf, zog die Knie ans Kinn und legte die Arme um ihre Schienbeine.

Schritt für Schritt kam das Gefühl über sie:

Jemand beobachtet mich!

Sie erstarrte langsam, blieb aber sitzen und suchte mit den Augen die Schatten ringsumher ab. Wenn nur das Tröpfeln aufhören wollte, damit sie lauschen könnte! Forschend ließ sie ihre Blicke an der Hecke entlang und durch die Schatten an der Gartenmauer streifen, bis zu den dunklen Fenstern des Hauses, und hob dann die Augen zu dem über der Mauer hängenden, schwach von den Straßenlaternen erleuchteten Dunst. Sie sah und hörte nichts.

Sie konnte keine Bewegung in der Nacht entdecken. Doch das Gefühl blieb, wenn sie es auch spöttisch abzuschütteln versuchte.

Wenn jemand hier ist, dachte sie, *werde ich ihn leise rufen, und wenn er dann erscheint, werde ich so laut schreien, daß Mrs. Heinehoffer mich hören muß!*

»Heda!« rief sie mit unterdrückter Stimme, aber doch laut genug, um bis zu den nahen Schatten zu dringen.

Keine Antwort. Sie verschränkte die Arme hinter ihrem Kopf und sagte leise, herausfordernd, sinnlich: »Komm und faß mich.«

Kein schwarzes Monstrum glitt hinter der Hecke hervor, um sie zu verschlingen. Kein Panther sprang von der Ulme herab. Kein Inkubus nahm in der feuchten Dunkelheit Gestalt an. Sie lachte leise in sich hinein.

»Komm und beiß mich!«

Kein Riesenaffe stürzte aus der Finsternis, um sie mit reißenden Fängen zu zerfleischen.

Sie hatte sich die fremden Augen nur eingebildet. Lässig streckte sie sich und stand auf, dabei die an ihrer nassen Haut klebenden Grashalme abstreifend. Der seltsame Götzendienst im Regen war vorüber, und sie fühlte sich abgespannt. Langsam schritt sie auf das Haus zu.

Da hörte sie es – ein schwaches, knisterndes, wiederkehrendes Geräusch aus einiger Entfernung. Wie angewurzelt blieb sie lauschend im schwarzen Schatten des Hauses stehen. Das Rascheln von Papier... dann ein leises Knacken... dann das Knistern von zu Boden fallenden kleinen Teilchen. Das Geräusch wiederholte sich in kurzen Abständen.

Nervös und flach atmend ging sie auf Zehenspitzen auf die Gartenmauer zu. Sie war über einen Meter und achtzig hoch, aber unter einem Spalier stand eine Steinbank. Das Geräusch kam von jenseits der Mauer. Sie kletterte geduckt auf die Bank und hob vorsichtig ihren Kopf, das Gesicht hinter Blattwerk verbergend, über die Mauerkrone.

Die Straßenlaterne stand einen halben Häuserblock entfernt, aber sie konnte genügend in dem schwachen Licht erkennen. Ein Mann stand im Schatten auf der anderen Straßenseite, als warte er auf einen Bus. Er aß Erdnüsse aus einer Papiertüte und warf die Schalen auf den Boden. Das war die Erklärung für das prasselnde Geräusch.

Böse starrte sie hinter dem Blattwerk zu ihm hinüber.

Ich würde dir die Augen auskratzen, dachte sie, *wenn du herkämest und über meine Mauer gucktest!*

»Hallo!« sagte der Mann.

Lisa wurde stocksteif und regte sich nicht. Es

war unmöglich, daß er sie sehen konnte. Ihr Gesicht befand sich im Schatten und gegen einen dunklen Hintergrund. Hatte er ihr närrisches Geplapper vorhin gehört?

Doch wahrscheinlich hatte er sich nur geräuspert.

»Hallo!« sagte er noch einmal.

Ihr Gesicht steckte inmitten nassen Laubes, und sie konnte sich nicht bewegen, ohne zu rascheln. Regungslos blieb sie stehen und starrte weiter hinüber. Sie konnte nur wenig von ihm sehen: einen dunklen Regenmantel, einen dunklen Hut, eine schlanke Silhouette. Schaute er zu ihr herüber? Sie war verzweifelt, erschrocken.

Plötzlich warf der Mann die Papiertüte in den Rinnstein, trat vom Bürgersteig herunter und schlenderte über die Straße, auf die Mauer zu. Er zog den Hut, und kurzes blondes Haar schimmerte im Licht der entfernten Straßenlampe. Knapp drei Meter von ihr entfernt blieb er stehen und lächelte unsicher zu dem Blattwerk hoch.

Steif und zitternd stand Lisa da und starrte voller Entsetzen zu ihm hinunter. Merkwürdige, völlig unbekannte Gefühle zogen in Wellenbewegungen durch ihren Körper. Sie konnte sie nicht verstehen, geschweige denn beschreiben.

»Ich – ich habe Sie gefunden«, stammelte er schüchtern. »Verstehen Sie, was das bedeutet?«

Ich kenne dich, dachte sie. *Du hast eine kleine Narbe im Nacken und ein Muttermal zwischen den Zehen. Deine Augen sind blau, du besitzt einen impaktierten Weisheitszahn, deine Füße tun dir weh, weil du den ganzen Weg von der Universität hierher zu Fuß gegangen bist, und du bist jung genug, daß ich fast deine Mutter sein könnte. Und trotzdem kann ich dich nicht kennen, weil ich dich noch nie in meinem Leben gesehen habe!*

»Seltsam, nicht wahr?« sagte er unsicher. Dabei hielt er den Hut in der Hand und den Kopf höflich seitwärts geneigt.

»Was?« flüsterte sie.

Er trat von einem Fuß auf den andern und starrte darauf hinunter. »Es muß irgendeine fühlbare biophysikalische Energieart sein, die sich auf analytischem Wege definieren ließe – wenn uns genügend Daten zur Verfügung ständen. Gott weiß, daß ich kein Mystiker bin. Wenn sie existiert, muß sie auch mathematisch zu definieren sein. Aber warum ausgerechnet wir?«

Erschrecken, mit Neugier gemischt, ließ sie einen Schritt seitwärts machen, die Arme auf die Mauer legen und offen zu ihm herabblicken. Verschämt sah er hoch, und seine Augen weiteten sich etwas.

»Oh!«

»Was, oh?« verlangte sie zu wissen und runzelte streng die Stirn.

»Sie sind schön!«

»Was wollen Sie?« fragte sie mit eisiger Stimme. »Gehen Sie fort!«

»Ich –« Er unterbrach sich und schloß langsam den Mund. Mit zusammengekniffenen Augen starrte er sie an und berührte, als ob er sich konzentrieren müsse, mit einer Hand seine Schläfe.

Einen Augenblick lang war sie nicht mehr sie selbst. Durch die Augen eines Fremden, der kein Fremder war, blickte sie von der Straße her zu ihrem eigenen, überschatteten Gesicht auf. Sie spürte die Pein in den überanstrengten Füßen, den dumpfen Druck einer leichten Stirnhöhlenerkältung über der Nasenwurzel und die seltsame Traurigkeit in einem neugierigen Herzen – eine Traurigkeit, die ihrer eigenen nur zu ähnlich war.

Benommen schwankte sie hin und her. Ihr war, als befände sie sich gleichzeitig an zwei verschiedenen Orten, als wäre sie für einen kurzen Augenblick in einen anderen Körper geschlüpft.

Das Gefühl ging vorüber. *Das kann nicht sein!* sagte sie sich.

»Warum es leugnen«, sagte er ruhig, »es hat doch keinen Zweck. Ich habe es auch aus meinen Gedanken zu verbannen versucht, aber offenbar besitzen wir beide gemeinsam etwas Einmaliges. Ich würde es studieren. Glauben Sie, daß wir verwandt sind?«

»Wer sind Sie?« fragte sie mit halberstickter Stimme, kaum seine Frage hörend.

»Sie kennen meinen Namen«, antwortete er; »Sie müssen sich nur die kleine Mühe machen, darüber nachzudenken. Sie heißen Lisa – Lisa O'Brien oder Lisa Waverly – ich bin nie ganz sicher, welcher Ihr jetziger Name ist. Manchmal dringt der eine, manchmal der andere in meinen Sinn.«

Sie schluckte krampfhaft. O'Brien war ihr Mädchenname.

»Ich kenne Sie nicht!« sagte sie heftig.

Sein Name versuchte sich in ihrem Gehirn zu formen. Sie sträubte sich mit aller Macht dagegen. Der junge Mann seufzte.

»Ich heiße Kenneth Grearly, falls Sie es wirklich nicht wissen sollten.« Er trat einen Schritt zurück und setzte den Hut auf. »Ich – ich glaube, ich sollte jetzt lieber gehen. Wie ich sehe, verwirrt dies alles Sie zu sehr. Ich hatte gehofft, wir würden darüber reden können, aber – also dann, gute Nacht, Mrs. Waverly.«

Er machte kehrt und setzte sich in Bewegung.

»Warten Sie!« rief sie gegen ihren Willen.

Er blieb stehen. »Ja?«

»Haben Sie – haben Sie mich beobachtet – während des Regens?«

Er öffnete den Mund und starrte nachdenklich gegen das Licht die Straße hinunter. »Sie meinen, mit den Augen beobachtet? Sie *wollen* es sich nicht eingestehen, nicht wahr? Und ich dachte, Sie würden verstehen.« Mit beinahe verzweifeltem Blick sah er ihr fest in die Augen. »Man sagt, das Unvermögen ungehinderten Gedankenaustausches sei die Wurzel allen Unglücks. Glauben Sie, wir beide könnten vielleicht . . .?«

»Was?«

»Nichts.« Ruhelos bewegte er einen Augenblick lang die Schultern. »Gute Nacht.«

»Gute Nacht«, flüsterte sie, als er schon ein paar Sekunden gegangen war.

Ihr Schlafzimmer war heiß und einsam, und in wachsender Unruhe warf sie sich hin und her. Wenn nur Frank zu Hause wäre! Doch vor zwei Wochen war nicht mit seiner Rückkehr zu rechnen. Die Kinder würden zwar am Montag wiederkommen, doch bis dahin dauerte es noch drei volle Tage. Verrückt! Es war zum Wahnsinnigwerden!

Gab es den Mann überhaupt – wie war doch gleich sein Name? – Kenneth Grearly? Oder war er nur ein Hirngespinst, erfunden von einem Geist, der langsam schwächer wurde – von ihrem Geist? Nackt im Regen zu tanzen! Schatten in den Büschen anzurufen! Mit einem Schemen auf der Straße zu reden! Syndrom der Schizophrenie – Bilder einer Traumwelt. Es konnte nicht anders sein, denn wenn sie Kenneth Grearly nicht erfunden hatte, woher sollte sie dann wissen, daß er schmerzende Füße, einen impaktierten Weisheitszahn und eine Stirnhöhlenerkältung hatte? Sie hatte diese Dinge nicht nur gewußt, nein, sie hatte sie sogar gefühlt!

Sie vergrub ihr Gesicht im heißen Kissen und

schluchzte. Morgen würde sie selbst Dr. Mensley rufen müssen.

Doch aus Angst, das Trugbild könne wiederkehren, stand sie ein paar Minuten später auf und verschloß alle Türen des Hauses. Als sie sich wieder ins Bett legte, versuchte sie zu beten; doch ihr war, als beobachte sie jemand beim Beten. Ein Außenstehender hörte zu, belauschte sie heimlich.

Kenneth Grearly erschien in ihren Träumen. Er stand mitten in einem langsam kreisenden Nebel, starrte sie unverwandt mit leicht seitwärts geneigtem Kopf an, lächelte leicht und hielt respektvoll den Hut in der Hand.

»Kommt es Ihnen denn gar nicht in den Sinn, Mrs. Waverly, daß wir vielleicht Mutanten sein könnten?« fragte er höflich.

»Nein!« schrie sie auf. »Ich bin glücklich verheiratet, habe drei Kinder und besitze einen festen Platz in der Gesellschaft! Lassen Sie mich in Ruhe!«

Er löste sich langsam im Nebel auf. Aber ein hartnäckiges Echo, wie von unsichtbaren Felswänden, hallte eintönig in ihren Gedanken wider: *Mutant, Mutant, Mutant, Mutant ...*

Die Morgendämmerung kam, rosa Farbtöne über den östlichen Himmel breitend. Das Licht weckte sie auf; mit einem trockenen, leeren Gefühl im Kopf, einem dumpf bohrenden Bewußtsein heimlicher Unruhe, stand sie auf und schleppte sich müde zur Küche, um sich einen starken Kaffee zu bereiten.

Herrgott! Konnte nicht alles nur ein böser Traum sein?

Im kalten Licht des frühen Morgens kamen ihr die Geschehnisse der vergangenen Nacht entrückt und unwirklich vor. Sie versuchte sie objektiv zu analysieren.

Dieses Gefühl, einen anderen Verstand, ein anderes

Bewußtsein mitzuerleben – mit welchen Worten hatte der Fremde, der aus dem Schatten zu ihr trat, es zu erklären versucht? ›. . . *irgendeine fühlbare biophysikalische Energieart, die sich auf analytischem Wege definieren ließe . . .*‹

Wenn ich den Fremden erfunden habe, dachte sie, *muß ich folglich auch diese Worte erfunden haben.*

Wo aber hatte sie solche Worte schon einmal gehört?

Lisa ging zum Telephon hinüber und blätterte das Teilnehmerverzeichnis durch. Kein Grearly war eingetragen. Wenn es ihn überhaupt gab, wohnte er wahrscheinlich in einer Pension. Die Universität – gestern nacht hatte sie gedacht, daß er etwas mit der Universität zu tun habe. Sie hob den Hörer ab und wählte die Nummer.

»Vermittlung Universität; mit wem darf ich Sie verbinden?« fragte eine Stimme.

»Ich – oh – ich weiß die Nummer des Anschlusses nicht. Können Sie mir sagen, ob es bei Ihnen einen Kenneth Grearly gibt?«

»Student oder Dozent, Madam?«

»Das weiß ich nicht.«

»Geben Sie mir bitte Ihre Nummer, ich rufe Sie wieder an.«

»Lawrence 4750. Vielen Dank.«

Sie setzte sich hin und wartete. Doch schon einen Augenblick später läutete das Telephon.

»Hallo?«

»Sie wollten mich sprechen, Mrs. Waverly?« Die Stimme eines Mannes. Seine Stimme!

»Die Dame von der Vermittlung hat Sie ja ziemlich rasch gefunden«, erwiderte sie; etwas anderes fiel ihr im Moment einfach nicht ein.

»Aber nein. Ich wußte, daß Sie anriefen. Genauer gesagt, ich habe Sie mit meiner Hoffnung dazu bewegt.«

»Mich dazu bewegt? Jetzt hören Sie mir mal zu, Mr. Grearly, ich –«

»Sie haben versucht, dieses Phänomen mit Geisteskrankheit zu erklären, statt mit Telepathie. Das möchte ich aber verhindern, und daher habe ich Sie mit meinen Gedanken dazu bewegt, mich anzurufen.«

Lisa blieb beinahe die Sprache weg. »Von was für einem Phänomen reden Sie überhaupt?« fragte sie, nachdem sie einen Augenblick lang wie betäubt auf den Hörer gestarrt hatte.

»Wollen Sie sich's immer noch nicht eingestehen? Dann hören Sie mir gut zu: ich bin jederzeit in der Lage, Ihre Gedanken mit Ihnen zu teilen – jetzt, da ich weiß, wer Sie sind und wo Sie wohnen. Sie sollten sich dieser Tatsache nicht länger verschließen. Und wenn Sie nur wollten, könnten Sie dasselbe mit mir. Bis jetzt aber haben Sie – wenn man es so ausdrücken will – Ihre geistigen Augen verschlossen gehalten.«

Ihre Kopfhaut juckte, als ständen ihr die Haare zu Berge – aber vor Ärger, nicht aus Angst. Die ganze Angelegenheit wurde ihr zusehends widerwärtiger.

»Ich weiß nicht, worauf Sie hinauswollen, Mr. Grearly, aber ich möchte, daß Sie damit aufhören. Ich gebe zu, daß etwas Merkwürdiges vorgegangen ist, aber Ihre Erklärung ist lächerlich – beleidigend sogar!«

Eine ganze Weile blieb er stumm. »Ich würde gern wissen«, erwiderte er schließlich, »ob der erste Menschenaffe seinen Daumen lächerlich gefunden hat. Und weiter hätte ich gern gewußt, ob er den Gebrauch seiner Hände für beleidigend hielt.«

»Was wollen Sie damit sagen?«

»Daß ich uns beide für Mutanten halte. Wir sind

nicht die ersten. Ich habe die gleiche Erfahrung schon einmal in Boston gemacht. Auch dort muß es einen der Unsrigen gegeben haben, aber plötzlich spürte ich, daß er Selbstmord begangen hatte. Ich habe ihn nie zu Gesicht bekommen. Wir sind wahrscheinlich die ersten, die miteinander Kontakt aufgenommen und sich gefunden haben.«

»Boston? Aber wenn Ihre Angaben wahr sind, was für eine Rolle spielt dann die Entfernung?«

»Nun, wenn es Telepathie gibt, so ist damit bestimmt eine Energieübermittlung von einem Punkt zu einem anderen verbunden. Was für eine *Art* Energie das ist, weiß ich nicht; vielleicht elektromagnetische Energie. Wahrscheinlich aber nimmt sie mit dem Quadrat der Entfernung von der Quelle ab, gehorcht also dem selben Gesetz wie das Licht. Ich kam vor etwa drei Wochen in diese Stadt – erst, als ich Ihnen näher kam, begann ich Sie zu spüren.«

Das war es also, dachte sie. Sie hatte sich über die verstärkte Unrast der vergangenen drei Wochen Sorgen gemacht.

Laut jedoch erwiderte sie: »Ich weiß nicht, wovon Sie reden. Ich bin keine Mutantin, und ich glaube auch nicht an Telepathie. Ich bin nicht geisteskrank. Und jetzt lassen Sie mich gefälligst in Ruhe!«

Sie warf den Hörer auf die Gabel und wollte sich umdrehen und fortgehen.

Plötzlich aber stand sie wieder mit ihm in Gedankenverbindung; offensichtlich war er ärgerlich.

Sie taumelte benommen unter dem Ansturm der Gefühle und hielt sich an der Wand fest, denn sie sah sich an zwei Orten gleichzeitig; die beiden Umgebungen überlagerten einander und verschmolzen in ihrem Geist wie die Umrisse auf einem doppelt belichteten Photo. Sie stand in der Diele ihres Hauses, und sie befand sich gleichzeitig in einem Bürozimmer und blickte auf die Tastatur einer Rechenmaschine, hörte Glasgeklapper von jenseits eines Korridors und nahm schwach den Geruch von Formaldehyd wahr. Hinter dem Schreibtisch hing eine Karte an der Wand, die mit einem seltsamen Netzwerk bedeckt war – eine schematische Darstellung einiger Nervenbahnen. Das Büro des Laboratoriums für Psychophysik. Sie schloß die Augen, und die Diele ihres Hauses verschwand.

Sie spürte Ärger – seinen Ärger.

Wir dürfen diese Sache nicht auf sich beruhen lassen. Für den Fall, daß hier der Entwicklung der Menschheit eine neue Richtung gewiesen wird, sollten wir sie studieren und prüfen, was wir damit anfangen können. Ich merkte schon früh, daß ich anders war, und wurde deshalb Psychophysiker, um den Grund herausfinden zu können. Noch bin ich nicht sehr weit damit gekommen, aber mit Ihrer Hilfe ...

Sie versuchte, sich gegen seine Gedanken abzuschirmen. Sie öffnete die Augen und nahm all ihre Kraft zusammen, um ihn aus ihrem Gehirn zu vertreiben. Sie starrte auf die strahlend helle Türöffnung, aber das Netzwerk der Nervenbahnen verschwand nicht. Sie kämpfte gegen ihn an, aber seine Gedanken klangen weiter in ihrem Gehirn.

... können wir das Phänomen vielleicht ergründen. Ich weiß, daß mein Enzephalogramm anomal ist – jetzt könnte ich es mit Ihrem vergleichen. Ein paar Korrelationen wären eine große Hilfe. Ich bin froh, daß ich jetzt von Ihrer Fontanelle weiß. Ich hatte mich immer über meine eigene gewundert. Jetzt bin ich zu der Vermutung gekommen, daß unter dieser weichen Stelle ein Geflecht besonderer Ner –

Sie ließ sich zu Boden gleiten und begann laut zu plappern: »Ich und du, Müllers Kuh, Müllers Esel, das bist du, ich und du –«

Langsam zog er sich von ihr zurück. Die Umrisse des Bürozimmers lösten sich auf. Seine Gedanken verließen sie. Schwer atmend blieb sie eine Zeitlang liegen.

Hatte sie gewonnen?

Nein, es hatte keinen Sinn, einen Sieg zu feiern. Sie hatte ihn nicht vertrieben. Er hatte sich freiwillig zurückgezogen, als er ihr Geplapper spürte; denn wie er sich von ihr löste, hatte sie seine Traurigkeit darüber deutlich gefühlt: er hatte den erzwungenen Kontakt mit ihr unterbrochen, weil er sie bedauerte – doch in seinem Mitleid lag auch eine Spur Verachtung.

Langsam raffte sie sich wieder auf, blickte verstört umher, betastete die Wände und Türen, um sich zu vergewissern, daß sie sich noch in ihrem eigenen Haus befand. Sie taumelte ins Wohnzimmer und setzte sich zitternd auf das Sofa.

Gestern nacht! Dieses besessene Herumspringen im Regen! Er war dafür verantwortlich. Er hatte sie dazu getrieben; vielleicht war er nur neugierig gewesen, wie sie unbekleidet aussähe, und sie hatte unbewußt diese Neugier befriedigt. Er hatte ihr – vielleicht ohne böse Hintergedanken – dieses Tun suggeriert, und sie hatte, unwissend, diese Anregung aufgenommen.

Er konnte bei ihr sein, wann immer er wollte! Er war bei ihr gewesen, als sie sich wie toll auf dem regendurchtränkten Rasen gebärdete! Vielleicht belauschte er sie sogar jetzt.

Mit wem konnte sie darüber reden? Bei wem konnte sie Hilfe suchen? Dr. Mensley? Der würde alles sofort als eine schwere Sinnestäuschung bezeichnen und vielleicht sogar einen Gerichtsbeschluß herbeiführen, falls sie sich nicht freiwillig zur Beobachtung ihres Geisteszustandes in eine Klinik begab.

Die Polizei? ›Wachtmeister, ich möchte einen telepathischen Dieb anzeigen. Ein Mann bricht dauernd in meinen Verstand ein.‹

Ein Pfarrer? Er würde erschauern und sie an einen Psychiater verweisen.

Alle Wege schienen in die Gummizelle zu führen. Auch Frank würde ihr nicht glauben. Niemand würde ihr glauben.

Lisa verbrachte den Tag ruhelos wie ein gefangenes Tier. Sie zog ihr buntestes Sommerkleid an, setzte einen frechen Strohhut auf und ging in die Stadt. Sie wanderte durch die Menge im Hauptgeschäftsviertel und sah sich die Schaufenster an. Aber sie war einsam. Die Menschenmassen um sie herum teilten sich, ließen sie durch und gingen weiter ihrer Wege. Ein Mann stieß einen Pfiff aus, als sie vor einem Zigarrenladen stand. Ein Polizist winkte sie zurück, als sie über eine Straßenkreuzung gehen wollte.

»Aufwachen, meine Dame!« rief er gereizt.

Überall Leute, aber keinem konnte sie es erzählen, keinem erklären – sie blieb einsam. Sie nahm ein Taxi und fuhr eine Freundin besuchen, die Frau eines Englischlehrers, trank bei ihr ein Glas geeisten Tee, redete mit ihr über unbedeutende Dinge und gab zu, daß sie müde sei, als die Freundin sagte, sie sähe abgespannt aus. Als sie nach Hause fuhr, hing die Sonne bereits tief am westlichen Himmel.

Sie meldete ein Ferngespräch zu ihrer Mutter an, sprach erst mit ihr und dann mit den Kindern, fragte sie, ob sie nach Hause kommen wollten, doch sie baten, noch eine Woche bleiben zu dürfen. Sie bettelte, die Kinder bettelten, und schließlich gab sie widerstrebend nach. Sie hätte überhaupt nicht anrufen dürfen. Jetzt würden die Kinder nur noch länger fort sein.

Sie versuchte Frank in St. Louis anzurufen, aber der Hotelportier berichtete, daß er gerade abgereist sei. Demnach war er also gerade wieder mit dem Wagen unterwegs.

Vielleicht sollte ich den Kindern bei Mutter Gesellschaft leisten, dachte sie. Aber Frank hatte gewünscht, daß sie zu Hause bliebe. Er erwartete einen offenbar sehr wichtigen eingeschriebenen Brief aus Chikago, den sie für ihn annehmen sollte.

Ich werde jemanden einladen, dachte sie. Aber die Männer der anderen Frauen waren alle zu Hause, und es wäre ein *Fauxpas,* in Abwesenheit ihres Mannes ein Ehepaar einzuladen. Es lief stets darauf hinaus, daß die beiden Frauen miteinander schnatterten, während der Mann einsam und im stillen grollend daneben saß, ab und zu einen Ausspruch seiner Frau bezweifelnd, nur um sie merken zu lassen, daß er auch noch da sei und sich langweile und gern wissen wolle, warum sie eigentlich nicht endlich nach Hause gingen. Eher konnte noch sie als Strohwitwe ein anderes Ehepaar besuchen; der sich vernachlässigt fühlende Mann hatte dann wenigstens die Möglichkeit, sich in einen anderen Teil seines Hauses zu begeben, um dem Geklatsche der Frauen zu entgehen.

Aber sie kam zu dem Schluß, daß sie nicht Gesellschaft brauchte, sondern Hilfe. Und die konnte ihr niemand geben.

Als sie ihren Gedanken gestattete, sich in Richtung auf Kenneth Grearly zu bewegen, war es fast so, als stelle sie einen Fernsehempfänger ein. Er saß mit einem bebrillten, brünetten Mädchen aus dem Laboratorium beim frühen Dinner in der Cafeteria der Universität. Lisa schloß die Augen und ließ sich ganz behutsam in seine Gedanken einsinken. Seine Aufmerksamkeit war von der Unterhaltung und vom Essen beansprucht, so daß er Lisas Gegenwart nicht bemerkte. Dieses Wissen gab ihr Mut.

Er aß Beefsteak mit gebräunten Zwiebelringen und Kartoffelbrei, und die verschiedenen Geschmacksempfindungen formten sich in ihrem Geist zu Bildern. Sie hörte das Klappern von Silberbestecken, das gedämpfte Stimmengemurmel, und sie roch das Essen. Es war wie ein Wunder. Durch die Erfahrungen der letzten vierundzwanzig Stunden hatte sie anscheinend gelernt, eine schon immer in ihr schlummernde Fähigkeit zu wecken und zu gebrauchen.

»Unsere Arbeit ist bisher zu empirisch ausgerichtet gewesen«, sagte er gerade. »Wir haben Erscheinungen studiert, Daten gesammelt, Korrelationen geprüft. Aber diese Methode hat ihre Grenzen. Wir sollten einen Weg zu finden versuchen, die psychologischen Probleme von der anderen Seite her anzugehen. Wie man es zum Beispiel mit der Variationsrechnung in der Physik macht.«

Das Mädchen schüttelte den Kopf. »Das Nervensystem ist zu kompliziert, um ihm mit Bestimmungsgleichungen beikommen zu können. Identische Gleichungen sind noch die besten, die wir aufstellen können.«

»Sie reichen nicht aus, Sarah. Innerhalb ihrer Grenzen kann man mit ihnen genaue Resultate erreichen. Aber man kann sie nicht gut zum Extrapolieren benutzen, und schon gar nicht, wenn es um Integralrechnungen geht. Und wenn man ein neues Gebiet untersucht, stimmen sie einfach nicht mehr. Wir brauchen eine möglichst breite mathematische Theorie als Grundlage für alle hypothetisch möglichen Anordnungen und Schaltvorgänge innerhalb des Zentralnervensystems. Damit würden wir nicht nur die Resultate voraussagen können, sondern auch die mögliche Anzahl und Art der Schaltvorgänge.«

»Diese mögliche Anzahl scheint mir unendlich zu sein.«

»Nein, Sarah. Sie ist begrenzt durch die Natur der Bausteine – Neurone, synaptische Verbindungen und so weiter. Mit begrenzt einsatzfähigem Material aber hat man auch strukturelle Beschränkungen. Man baut keine Wolkenkratzer aus Modellierton. Und es gibt nur eine begrenzte Anzahl von Baumöglichkeiten der Atome aus Elektronen, Protonen und Neutronen. In ähnlicher Weise sind auch die Hirne den Grenzen ihrer Baustoffe unterworfen. Wir brauchen eine breite Theorie, um diese Grenzen abstecken zu können.«

»Warum?«

»Weil . . .« Er verstummte. Lisa fühlte seinen Drang, sich zu erklären, fühlte, wie er ihn unterdrückte, spürte einen Augenblick lang seine Einsamkeit im Bewußtsein seiner Besonderheit, die ihn von der restlichen Menschheit isolierte.

»Du mußt mit einer neuen Arbeit beschäftigt sein«, kam das Mädchen ihm zu Hilfe, »wenn du die Notwendigkeit für einen derartigen theoretischen Annäherungsversuch verspürst. Ich kann mir aber so ein Vorgehen in der Psychologie einfach nicht vorstellen – genausowenig wie eine Sammlung alles definierender Gesetze. Wozu brauchst du so eine psychologische ›Relativitätstheorie‹?«

Er zögerte, während er mit gerunzelter Stirn auf seinen Teller blickte und eine Fliege beobachtete, die auf dem Rand entlangkroch. »Ich interessiere mich für die – für die quantitativen Aspekte der Nervenimpulse. Ich – ich vermute, daß es so etwas wie nervliche Resonanzschwingungen gibt.«

Sie lächelte höflich und schüttelte den Kopf. »Ich bleibe doch lieber bei meiner empirischen Datenverarbeitung, vielen Dank.«

Lisa spürte seine Gedanken.

Sie würde mich verstehen, wenn ich ihr Beweise vorführen könnte. Aber meine Daten sind alle subjektiv, experimentell, persönlich. Ich teile sie mit dieser Waverly, aber sie denkt nur in gesellschaftlichen Wertungen, ober-

flächlich, weigert sich sogar, Tatsachen anzuerkennen. Warum mußte es ausgerechnet sie sein? Sie ist launisch, gefühlsbetont und kulturell ausgebrannt. Weil sie anders ist als die Masse, glaubt sie wahnsinnig zu sein. Aber sie ist wenigstens eine Frau – und wenn es eine echte Mutantin ist, müssen wir uns eben arrangieren und ein paar Kinder ...

Lisa schnappte förmlich nach Luft und setzte sich kerzengerade hin. Ihr Schock enthüllte ihm ihre Gegenwart, und seine Gabel entglitt ihm und fiel klappernd auf den Teller.

Lisa!

Sie unterbrach abrupt den Kontakt mit ihm. Zornerfüllt rannte sie durch das Haus, schlug mit den Türen und stammelte vor Wut. Diese Anmaßung! Dieser wahnsinnige, eingebildete, unerzogene, egozentrische, übergebildete Flegel!

Sich für ein paar Kinder arrangieren, wirklich! Eine unmögliche Situation!

Als ihre Wut immer größer wurde und ein Auslaßventil suchte, nahm sie erneut Kontakt mit ihm auf – wie eine zustoßende Schlange. Ihre Gedanken schlugen wie Blitze aus einem dunklen Himmel.

Ich bin anständig und wünsche respektiert zu werden, Mr. Grearly! Ich besitze einen Mann und drei prächtige Kinder, die ich liebe, und Sie können zur Hölle fahren! Ich wünsche Sie niemals wiederzusehen oder Ihnen in meinen Gedanken zu begegnen. Verschwinden Sie, und bleiben Sie verschwunden! Wenn Sie mich aber je wieder belästigen sollten, dann – dann bringe ich Sie um!

Er war allein und befand sich im Freien, schritt über das Universitätsgelände. Sie sah die grauen, in Zwielicht getauchten Gebäude, fühlte den Wind auf seinem Gesicht, haßte ihn. Er dachte an nichts, folgte lediglich dem Fluß ihrer zornigen Gedanken. Als sie endete, begannen seine Gedanken, leidenschaftlich wie ein Gedicht, auf sie einzudringen.

Er beschwor das Bild einer Menschenrasse mit telepathischen Fähigkeiten, die über einen nahezu perfekten Gedankenaustausch verfügte. So viele Leiden der Welt beruhten auf Mißverständnissen, unvollkommener Übermittlung von Ideen und Vorstellungen.

Dann dachte er kurz an Sarah – das Mädchen aus dem Laboratorium, mit dem er beim Dinner gesessen hatte –, und Lisa erkannte, daß er sie liebte. Trauer und Unwille mischten sich in seine Gedanken. Er konnte Sarah jetzt nicht mehr haben – nicht, wenn er sichergehen wollte, die Mutation weiterzugeben. Lisa Waverly dürfte noch drei oder vier Kinder bekommen können, bevor sie dazu zu alt würde.

Lisa erstarrte unter dem Anprall dieses Schocks. Und jetzt dachte er direkt zu ihr.

Es tut mir leid. Sie sind eine schöne, intelligente Frau – nur liebe ich Sie leider nicht. Wir passen nicht zueinander. Aber ich bin auf Sie angewiesen, und Sie sind auf mich angewiesen, weil ich es nun einmal so beschlossen habe. Ich kann Sie nicht überzeugen, weil Ihre Geistesrichtung und Ihre Denkgewohnheiten bereits festgelegt sind, daher will ich es nicht einmal mehr versuchen. Es tut mir leid, daß es gegen Ihren Willen geschehen muß, aber ich habe keine andere Wahl. Und jetzt, da ich Sie kenne, wage ich nicht mehr zu warten – aus Furcht, Sie könnten etwas tun, um meine Pläne zu vereiteln.

»Nein!« schrie sie laut, während sie die Szenerie beobachtete, die an seinen Augen vorbeistrich.

Er hatte das Universitätsgelände hinter sich gelassen und ging eine Straße hinauf – die in ihre Richtung führte. Er schritt rasch und entschlossen aus. Er wollte zu ihr.

Die Polizei anrufen! dachte sie und versuchte, ihn aus ihren Gedanken zu verbannen.

Aber diesmal folgte er ihr, krallte sich in ihren Gedanken fest, ließ sie nicht los. Es war, wie wenn die Lichtkreise zweier Taschenlampen über eine Wand zuckten, von denen der eine zu entkommen, der andere seiner irren Flucht zu folgen suchte.

Sie taumelte, tastete sich zur Diele hin, deren Umrisse von dem Bild eines Bürgersteiges und einer Straße überlagert waren. Ein Geisterautomobil kam aus der Dielenwand, fuhr durch sie hindurch und verschwand. Doppelbelichtung. Er starrte in eine Straßenlaterne und blendete sie. Endlich fand sie das Telephon, aber er lachte über sie.

Acht, sieben, sechs, fünfundzwanzig Gramm, Mary hat ein kleines Lamm, sieben, sieben, siebenundsiebzig, gestern war der erste Mai, März, April ...

Er überschüttete ihren Geist mit wilder Verwirrung. Sie blätterte im Telephonbuch, versuchte die Nummer der Polizei zu finden, aber er dachte ein wirres Durcheinander von Nummern und Symbolen, die über die Seiten huschten und die Buchstaben verschwimmen ließen.

Sie winselte und tastete nach der Wählscheibe, versuchte die Vermittlung zu bekommen, aber er stellte irgend etwas mit seinen Fingerspitzen an, und sie konnte die Wählscheibe nicht richtig fühlen.

Beim dritten Versuch glückte es ihr schließlich.

»Auskunft«, sagte eine angenehme, unpersönliche Stimme.

Sie mußte mit der Polizei verbunden werden! Sie mußte sagen –

Bitte Politur heiß, bitte Politur kalt, bitte Politur im Topf, neun Tage glänzt ein gleißender großer grüner Grünspecht gründlich grobe graue Grütze ...

Er blockierte ihre Sprachzentren mit Kauderwelsch, und sie plapperte sinnlose Silben in das Mundstück.

»Sie müssen etwas deutlicher sprechen, Madam. Ich kann Sie nicht verstehen.«

»Porli – Polizei . . .«

»Die Polizei? Einen Augenblick bitte.«

Eine Reihe verwischter Geräusche und Bilder zog durch ihren Geist. Dann rumpelte eine männliche Stimme: »Polizei, Wachtmeister Harris.«

Sie fand eine freie Bahn durch das Gedankengestrüpp und keuchte: »Drei-Null-Null-Drei, Willow Drive – Überfall – kommen Sie schnell – ein Mann will mich . . .«

»Drei-Null-Null-Drei, Willow Drive. Geht klar. Ein Wagen ist bereits unterwegs.«

Sie legte rasch den Hörer auf – *wollte* ihn auflegen – konnte aber die Gabel nicht finden. Dann wurde ihr Blick klar, und sie schrie laut auf. Sie war überhaupt nicht in der Diele!

Der Telephonhörer war ein Schneeschläger!

Durch ihr panisches Entsetzen drangen seine Gedanken.

Sie sollten sich lieber fügen, sagte er mit einem traurigen Unterton. *Sie sehen ja, wie restlos ich Sie durcheinanderbringen kann. Und Sie haben noch nicht gelernt, sich zu verteidigen und zurückzuschlagen. Wir werden diesen neuen Evolutionstrend gemeinsam weitergehen, ob Sie mögen oder nicht – aber es wäre viel angenehmer, wenn Sie einwilligten.*

»Nein!«

Nun gut, aber ich komme trotzdem. Ich hatte gehofft, es würde anders gehen. Ich wollte Sie schrittweise überzeugen. Jetzt weiß ich, daß das unmöglich ist.

Er war noch zehn Häuserblocks entfernt. Ihr blieben nur wenige Minuten, um zu entkommen. Sie stürzte auf die Tür zu. Ein schwarzer Schatten richtete sich riesengroß aus dem Zwielicht auf, breitete weit die Arme aus und stieß ein gorillaähnliches Gebrüll aus.

Sie kreischte los und stürzte zurück, vom Wahnsinn geschüttelt nach der Tür zum Vordereingang fliehend. Eine Boa Constrictor lag zusammengerollt in der Diele und glitt bei ihrem Anblick auf sie zu. Sie kreischte erneut und rannte auf die Treppe zu.

Sie schaffte es bis nach oben und blickte zurück. Das Wohnzimmer füllte sich langsam mit trübem Wasser. Schreiend stürzte sie in ihr Schlafzimmer und verriegelte hinter sich die Tür.

Sie roch Rauch. Ihr Kleid brannte! Die Flammen schlugen an ihr hoch und versengten ihre Haut.

Wild zerrte sie an dem Kleid und konnte sich daraus befreien, aber auch ihr Slip brannte. Sie riß ihn herunter, öffnete das Fenster zum Garten, angelte die brennenden Kleidungsstücke mit einem Bügel auf und warf sie hinaus. Noch immer leckten Flammen an ihr hoch, und sie rollte sich in die Bettdecke ein, um sie zu löschen.

Ein stilles Lachen.

Ein neues Syndrom, rief er ihr heiter zu. *Die Patientin vermengt die Phantasie eines anderen mit ihrer eigenen Wirklichkeit. Keine Schizophrenie – Duophrenie vielleicht?*

Schluchzend lag sie in hysterischer Verzweiflung auf dem Bett. Er war jetzt am anderen Ende ihrer Straße angelangt und kam rasch näher. Ein Wagen fuhr langsam vorbei. Er spürte ihren seelischen Schmerz und bedauerte sie. Die Qual ließ nach.

Keuchend stand sie einen Augenblick da und nahm all ihren Mut zusammen. Er näherte sich der breiten Kreuzung zwei Häuserblocks südlich, und sie konnte den dichten Verkehr mit seinen Ohren hören.

Plötzlich ballte sie die Fäuste, kniff die Augen fest

zu und knirschte mit den Zähnen. Er trat über den Randstein, ging auf die Fahrbahn...

Sie erdachte ein Feuerwehrauto, das wie eine blutrünstige Bestie auf sie zustürmte, mit heulender Sirene. Sie erdachte einen zweiten Wagen, der von einer anderen Richtung auf die Kreuzung brauste, während sie selbst zwischen beiden stand. Sie erdachte eine Frau, die laut kreischte: ›Vorsicht, Herr!‹

Und dann wurde sie von seiner zurückstrahlenden Angst gefangen, und es war leichter, sich Bilder auszudenken. Er lief auf die andere Ecke zu. Sie beschwor einen dritten Wagen aus dieser Richtung, der genau auf ihn zuschoß, um den Zusammenstoß mit den beiden anderen zu vermeiden. Er taumelte vor den Geisterautos zurück und schrie auf.

Ein wirkliches Auto löschte die Szene aus.

Sein Schrei kam wie ein Echo aus ihrem Munde. Ein Augenblick reißenden Schmerzes, und alles wurde dunkel. Sie öffnete die Augen. Bremsen quietschten noch immer zwei Häuserblocks entfernt. Jemand rannte vor ihrem Haus den Bürgersteig hinunter. Mit einem Teil ihres Bewußtseins hatte sie den dumpfen Aufprall gehört. Ihr war übel.

Und ein plötzliches Gefühl völliger Verlassenheit sagte ihr, daß Grearly tot war. Aus der Ferne näherte sich Sirenengeheul.

Stimmen vom Bürgersteig: »... bekam mitten auf der Straße einen Anfall ... rannte wie verrückt im Kreis und schrie aus vollem Halse ... es war ein Lieferwagen ... seinen Kopf zerschmettert ... niemand anders verletzt ...«

Nachdem der Betrieb auf der Straße wieder normal geworden war, stand sie auf und ging ins Bad hinüber, um einen Schluck Wasser zu trinken. Aber sie blieb vor dem Spiegel stehen und starrte ihr krankhaft weißes Gesicht an. In den Augenwinkeln begannen sich Krähenfüße zu bilden, und ihre Haut wurde bereits schlaff, fast wie bei einer Frau mittleren Alters.

Merkwürdig, daß sie das ausgerechnet jetzt feststellen mußte, jetzt, nachdem sie gerade einen Mann in Notwehr getötet hatte. Und niemand würde es ihr glauben, wenn sie die Wahrheit erzählte. Es gab keinen Grund für ein Schuldgefühl.

Wirklich nicht?

Frank würde bald zurück sein, und alles wäre dann wieder wie früher: Frieden, Sicherheit, nette Kinder, ein nettes Heim, ein netter Ehemann. Genauso, wie es immer gewesen war.

Aber etwas war bereits anders. Ein leeres Gefühl war da. Eine innere Einsamkeit, die sie in diesem Maße früher nie gespürt hatte. Sie wandte mehrmals den Kopf, um zu sehen, ob die Lampen nicht trüber geworden seien, die Uhr zu ticken oder der Wasserhahn zu lecken aufgehört hätte.

Doch sie konnte nichts dergleichen feststellen. Das furchtbare Schweigen war in ihr.

Behutsam berührte sie die weiche Stelle mitten auf ihrem Kopf und spürte die vollkommene Einsamkeit. Sie schloß die Augen und dachte eine hoffnungslose Bitte an das Universum:

Gibt es noch jemanden wie mich? Kann jemand mich hören?

ALAN E. NOURSE

Die Coffin-Kur

Als die Entdeckung der Öffentlichkeit unterbreitet wurde, geschah es durch den Mund von Dr. Chauncey Patrick Coffin. Mit unheimlichem Geschick hatte er es verstanden, den größten Teil des Verdienstes unauffällig auf sein Konto zu buchen. Wenn die Anerkennung jetzt sogar noch seine stillen Hoffnungen überstieg – nun, um so besser. Sein Vortrag war für den letzten Abend des Jahrestreffens des ›Arbeitskreises amerikanischer Krankenhausärzte‹ angesetzt, und Coffin hatte seinen Inhalt absichtlich bis zum letzten Moment wie ein Bombenleger geheimgehalten.

Und seine Enthüllungen zündeten wie eine Bombe. Ihre Auswirkungen stellten selbst Dr. Coffins kühnste Erwartungen in den Schatten – und dazu gehörte einiges. Als er schließlich an jenem Abend die Kongreßhalle verließ, mußte er sich durch eine größere Flut von Zeitungsreportern als von Ärzten kämpfen. Es war ein berauschender Abend für Chauncey Patrick Coffin, Doktor der Medizin.

Gewisse andere Leute waren nicht so sehr von Coffins Bombenlegerei begeistert.

»Die reinste Idiotie!« jammerte der junge Dr. Phillip Dawson am nächsten Morgen im Konferenzzimmer des Laboratoriums. »Blinde, himmelschreiende Dummheit! Sie müssen nicht recht bei Sinnen sein – etwas anderes kann man danach kaum annehmen. Sehen Sie denn nicht, was Sie angerichtet haben? Abgesehen davon, daß Sie Ihre Kollegen regelrecht verkauft haben, meine ich?« Er schnappte sich einen Nachdruck von Coffins Vortrag vom Tisch und schwang ihn wie einen Pallasch. »›Bericht über einen Impfstoff zur Behandlung und Heilung des Schnupfens, von C. P. Coffin *et al.*‹ Weiter nichts – *et al.* In erster Linie war es meine Idee. Acht volle Monate haben Jake und ich uns die Köpfe eingerannt – und Sie veröffentlichen die Sache hinter unserem Rücken, ein volles Jahr, bevor *wir* die Zeit dazu für reif gehalten hätten.«

»Wirklich, Phillip!« Dr. Chauncey Coffin fuhr sich mit seiner weichen, fleischigen Hand durch das schlohweiße Haar. »Wie undankbar! Ich war völlig überzeugt, daß Sie sich freuen würden. Ein ausgezeichneter Vortrag, das muß ich sogar selbst sagen – ausgefeilt, kurz und bündig, unzweideutig« – er hob die Hand –, »aber im *großzügigen Sinne* unzweideutig; Sie verstehen, was ich meine. Sie hätten die Ovationen hören sollen – die Leute waren außer Rand und Band! Und das Gesicht von Underwood! Das war wert, zwanzig Jahre darauf zu warten.«

»Und die Reporter!« fuhr Phillip ihn heftig an. »Vergessen Sie nicht die Reporter.« Er wirbelte zu dem kleinen, dunkelhaarigen Mann herum, der ruhig in der Ecke saß. »Was sagst du dazu, Jake? Hast du die heutigen Morgenzeitungen gesehen? Dieser Dieb stiehlt nicht nur unsere Arbeit, nein, er posaunt sie auch noch in Schlagzeilen über das ganze Land aus.«

Dr. Jacob Miles räusperte sich entschuldigend. »Phillip ist hauptsächlich über die vorzeitige Veröffentlichung so aufgebracht«, sagte er zu Coffin. »Schließlich hatten wir kaum eine annehmbare Zeit für die klinische Erprobung des Mittels zur Verfügung.«

»Unsinn«, erklärte Coffin, indem er Phillip anfunkelte. »Underwood und seine Leute wären in sechs Wochen soweit gewesen, ihr Mittel zu veröffentlichen. Und wo wären wir dann geblieben? Wie viele klinische Tests verlangen Sie denn noch? Sie, Phillip, hatten den schwersten Schnupfen Ihres Lebens, als Sie sich impften. Haben Sie danach noch einen Rückfall gehabt?«

»Nein, natürlich nicht«, gestand Phillip überrumpelt mit leicht blödem Gesichtsausdruck.

»Und Sie, Jacob? Haben Sie seitdem das geringste Kribbeln in der Nase gespürt?«

»O nein. Keine Erkältung.«

»Schön; und was ist mit den sechshundert Studenten von der Universität? Habe ich die Berichte über sie falsch ausgelegt?«

»Nein – achtundneunzig Prozent waren innerhalb von vierundzwanzig Stunden frei von allen akuten Symptomen. Kein einziger Rückfall. Die Ergebnisse grenzten geradezu ans Wunderbare.« Jake zögerte einen Augenblick. »Allerdings ist das jetzt erst einen Monat her . . .«

»Monat, Jahr, Jahrhundert! Seht sie euch doch an! Sechshundert der schönsten Erkältungen der Welt, und heute nicht einmal mehr ein Niesen!« Der rundliche Arzt ließ sich hinter dem Tisch in seinen Stuhl sinken, und sein rosiges Gesicht strahlte. »Lassen Sie's also gut sein, meine Herren, seien Sie vernünftig. Denken Sie positiv! Die Arbeit wartet auf uns, viel Arbeit. Man wird mich in Washington zu sehen wünschen, nehme ich an. In zwanzig Minuten habe ich eine Pressekonferenz. Die Hersteller pharmazeutischer Präparate werden uns die Türen einlaufen. Wie könnten wir es wagen, dem Fortschritt im Wege zu stehen? Wir haben den größten medizinischen Triumph aller Zeiten errungen – den Sieg über den Schnupfen. Wir werden in die Geschichte eingehen!«

Wenigstens in einem Punkt hatte er vollkommen recht.

Sie gingen in die Geschichte ein.

Die Reaktion der Öffentlichkeit auf den Impfstoff übertraf alles bisher Dagewesene. Von allen Leiden, die der Menschheit seit undenklichen Zeitcn Pein bereitet haben, gab es kein universelleres, hartnäckigeres, kläglicheres in seiner Ausdrucksform als den Schnupfen. Er respektierte keine Schranken, Grenzen oder Gesellschaftsklassen: Botschafter und Stubenmädchen schnüffelten und niesten in tropfnäsiger Einmütigkeit. Die Gewalthaber des Kremls prusteten und schneuzten sich und weinten sogar echte Tränen an feuchtkalten Tagen, während Debatten des amerikanischen Senats über weltbewegende Vorlagen demütig unterbrochen wurden, um einem mächtigeren Herrn durch Reinigen einer rhinitischen Nase oder Räuspern einer entzündeten Kehle Tribut zu zollen. Andere Krankheiten verursachten Invalidität oder brachten sogar den Tod; der Schnupfen quälte lediglich Millionen, während er gleichzeitig den übermenschlichsten Anstrengungen widerstand, ihn an die Kette zu legen.

Bis zu jenem kalten, regnerischen Novembertag, als der Welt in zehn Zentimeter hohen Schlagzeilen die Neuigkeit verkündet wurde:

COFFIN SCHLÄGT DEN SCHNUPFEN

»Keine Erkältung mehr«

sagt der Entdecker des Mittels

TROPFNASEN GEHÖREN DER VERGANGENHEIT AN

EINMALIGE IMPFUNG VERLEIHT DAUERSCHUTZ

In medizinischen Fachkreisen nannte man das Mittel *Coffin Multicentric Upper Respiratory Virus-Inhibiting Vaccine*; aber die Presse konnte sich noch nie mit hochtönenden Namen befreunden und nannte es einfach ›Die Coffin-Kur‹.

Unter den Schlagzeilen walzten weltbekannte Kommentatoren in ehrfurchtsvollen Redewendungen die Geschichte des unermüdlichen Kampfes von Dr. Chauncey Patrick Coffin (*et al.*) zur Lösung dieses jahrtausendealten Rätsels aus: wie es ihnen nach jahrelangen Fehlschlägen endlich gelang, den Erreger des Schnupfens zu züchten und ihn zu identifizieren – nicht als einen einzelnen Virus oder als eine Virusgruppe, sondern als einen multizentrischen Viruskomplex, der in die weichen Gewebe und Schleimhäute der Nase, der Augen und der Kehle eindrang und imstande war, jederzeit seine Molekularstruktur zu ändern, um Maßnahmen des Körpers oder des Arztes zu seiner Bekämpfung und Vernichtung zu widerstehen; wie Dr. Philipp Dawson die Hypothese aufstellte, daß man diesen Viruskomplexen nur mit Hilfe eines Antikörpers bekämpfen könne, der ihn so lange in einer Form ›einfrieren‹ würde, bis die normalen Verteidigungswaffen des menschlichen Körpers sich auf den Eindringling eingestellt und ihn vernichtet hätten. Sie beschrieben die ermüdende Suche nach einem solchen ›Lähmungserreger‹ und den endlichen, alle Mühsale krönenden Erfolg, nachdem sie ungezählte Liter einer Lösung mit aktiven Schnupfviren einer Gruppe hilfsbereiter und geduldiger Hunde unter die Haut gespritzt hatten (einer Spezies, die nie unter Erkältung leidet und daher die ganze Prozedur mit einer Art gelangweilter Hingabe über sich ergehen ließ).

Und schließlich berichteten sie über die Tests. Als erster unterzog sich Coffin (der unter einer besonders bösartigen Erkältung litt, die er zu heilen suchte) dem Versuch; danach seine Assistenten Phillip Dawson und Jacob Miles; und dann eine große Anzahl von Studenten der Universität – sorgfältig nach der Schwere ihrer Symptome, der Langlebigkeit ihrer Erkältungen, ihrer besonders leichten Anfälligkeit dafür und der völligen Aussichtslosigkeit, sie mit einem der bekannten Gegenmittel loszuwerden, ausgesucht. –

Es war ein bemitleidenswertes Schauspiel, diese Studenten während dreier Tage im Oktober im Gänsemarsch durch Coffins Laboratorium ziehen zu sehen: prustend wie Dampfmaschinen, schnaubend, hustend und niesend, röchelnd und Taschentücher schwenkend, einen stummen Hilfeschrei in ihren entzündeten Augen. Die Forscher nahmen die Impfungen vor – eine einzige Spritze in den rechten Arm.

Mit wachsender Begeisterung beobachteten sie dann die sich einstellenden Ergebnisse. Das Niesen hörte auf, das Schnüffeln ließ nach. Eine große Ruhe senkte sich über das Universitätsgelände, die Hörsäle, die Bibliothek, die klassischen Hallen. Dr. Coffins Stimme kehrte wieder (sehr zum Mißvergnügen seiner Mitarbeiter), und er begann im Laboratorium herumzuhüpfen wie ein kleiner Junge auf einem Rummelplatz. Dutzendweise marschierten die Studenten zur Nachuntersuchung herein, mit trockenen Nasen und glänzenden Augen.

In wenigen Tagen gab es keinen Zweifel mehr, daß das Ziel erreicht worden war.

»Aber wir müssen *ganz sicher* gehen«, hatte Phillip Dawson warnend ausgerufen. »Das hier war gewissermaßen nur ein Versuchsballon. Wir müssen jetzt einen Massentest an einer ganzen Gemeinde vornehmen. Wir sollten an die Westküste gehen und dort Studien treiben – wie ich gehört habe, wird die Erkältung dort von einem anderen Virusstamm hervorgerufen. Wir müssen beobachten, wie lange die Immunität anhält, uns vergewissern, daß keine unerwarteten Nebenwirkungen auftreten...« Und, leise vor sich hinmurmelnd, hatte er sich mit Notizblock und Bleistift an die Arbeit gemacht, um ein Programm zu entwerfen, das sie vor einer Veröffentlichung noch zu absolvieren hatten.

Doch es kursierten Gerüchte: Underwood von der Stanford-Universität sollte seine Tests bereits beendet haben und eine Abhandlung darüber zur Veröffentlichung in wenigen Monaten vorbereiten. Gewiß konnte man nach diesen dramatischen Ergebnissen der Vorversuche wenigstens *etwas* veröffentlichen. Es wäre tragisch, das lange, mühselige Rennen wegen einer kleinlichen, überflüssigen Vorsicht jetzt noch zu verlieren...

Phillip Dawson blieb unerbittlich, aber seine Stimme verhallte wie die eines Predigers in der Wüste. Chauncey Patrick Coffin war der Chef. –

Nach dem Verlauf einer Woche machte sich selbst Coffin Gedanken darüber, ob er sich nicht ein wenig zuviel vorgenommen hatte. Daß die Nachfrage nach dem Impfstoff groß sein würde, war zu erwarten gewesen – aber selbst die schreckliche Erinnerung an die Frühzeit des Salk-Impfstoffes hatte sie nicht auf den Mob von niesenden, prustenden, sich schneuzenden, rotäugigen Menschen vorbereitet, der nach den ersten Früchten ihrer Arbeit verlangte.

Energische junge Männer aus den Regierungsbüros bahnten sich ihren Weg durch die Massen von Ortsansässigen, welche die Straßen vor Coffins Laboratorium säumten und in strömendem Regen fordernde Plakate schwenkten.

Siebzehn pharmazeutische Firmen überschütteten sie mit Produktionsplänen, Kostenvoranschlägen, farbigen graphischen Darstellungen des voraussichtlichen Profits und mit Verteilungsprogrammen. Coffin wurde nach Washington geflogen, wo Konferenzen bis spät in die Nacht hinein stattfanden, während die Nachfrage wie Gezeitenwogen gegen die Türen schlug.

Ein Hersteller versprach den Impfstoff innerhalb von zehn Tagen, ein anderer redete von einer Woche. Die erste Partie erschien dann tatsächlich in drei Wochen und zwei Tagen und wurde innerhalb von drei Stunden von einer schnupfenmüden Menschheit wie von einem trockenen Schwamm aufgesogen. Sonderflugzeuge wurden mit der kostbaren Fracht nach Europa, Asien und Afrika gesandt, eine Million Nadeln durchbohrte eine Million Häute, und mit einem gewaltigen, konvulsiven Niesen trat die Menschheit in eine neue Ära ein.

Natürlich gab es auch Leute, die eine Impfung ablehnten.

»Du kadst heden soviel du widst«, krächzte Ellie Dawson heiser und schüttelte ihre blonden Locken. »Ich will keide Schdupfenschpidse.«

»Aber du benimmst dich doch völlig unvernünftig«, sagte Phillip, seine Frau ärgerlich ansehend. Sie war nicht mehr mit dem süßen jungen Ding zu vergleichen, das er geheiratet hatte – jedenfalls nicht an diesem Abend. Ihre Augen waren geschwollen, ihre Nase rot und tröpfelnd. »Du hast diesen Schnupfen nun seit zwei vollen Monaten, und ein Ende ist überhaupt nicht abzusehen. Es ist doch unsinnig, nichts dagegen zu unternehmen. Du wirst immer elender. Du kannst nicht essen, du kannst nicht atmen, du kannst nicht schlafen.«

»Ich will keide Schdupfenschpidse«, wiederholte sie hartnäckig.

»Aber warum denn nicht? Es ist doch nur ein kleiner Nadelstich, den du kaum spüren wirst.«

»Aber ich bag keide Dadeln!« schrie sie und brach in Tränen aus. »Wahum quädsd du bich? Geh doch und schdich deide ekdigen Dadeln id Leute, die's bögen.«

»Aber, Ellie –«

»Ich will nicht, *ich bag keide Dadeln*!« heulte sie und vergrub ihr Gesicht in seinem Hemd.

Er drückte sie fest an sich und murmelte begütigend auf sie ein. Es hatte keinen Zweck, dachte er traurig. Medizin war eben nicht Ellies starke Seite. Sie konnte Masern nicht von Windpocken unterscheiden, und kein Appell an logisches Denken oder gesunden Menschenverstand vermochte ihre instinktive Angst vor Injektionen zu zerstreuen. »Schon gut, schon gut, niemand wird dich zu etwas zwingen, was du nicht magst«, beruhigte er sie.

»Ud degg bloß ad die arbed Taschedduchhersteller«, sagte sie schniefelnd, sich die Nase mit einem rosa Papiertaschentuch betupfend. »All die arbed kleided Kidder, die dadd huggerd büssed.«

»Du *hast* aber eine Erkältung«, sagte Phillip schnüffelnd. »Du hast dir genug Parfüm aufgesprüht, um einen Ochsen umzuwerfen.« Er wischte ihr die Tränen ab und lächelte sie an. »Und nun mach dich rasch zurecht, ja. Was hältst du von einem Abendessen bei Driftwood? Wie ich gehört habe, gibt's dort wunderbare Hammelkeulen.«

Es war ein angenehmer Abend. Die Hammelkeulen mundeten ihm vorzüglich – die schmackhaftesten Hammelkeulen, die er je gegessen hatte, dachte er, obwohl er das Glück hatte, mit einer so guten Köchin wie Ellie verheiratet zu sein. Ellie tränten die Augen, und sie mußte sich ständig schneuzen; aber sie weigerte sich, nach Hause zu gehen, bevor sie sich nicht noch einen Film angesehen und anschließend irgendwo ein wenig getanzt hatten. »Ich bekobbe dich kaub doch zu sehen«, sagte sie; »ud alles wegen dieser ekdigen Bedizid, die du den Leuten gibst.«

Natürlich hatte sie recht. Die Arbeit im Laboratorium nahm kein Ende. Sie tanzten, kamen aber dennoch verhältnismäßig früh nach Hause. Phillip brauchte dringend Schlaf.

In der Nacht wachte er einmal von dem anhaltenden, heftigen Niesen seiner Frau auf; schlaftrunken rollte er sich auf die andere Seite. Eigentlich eine Schande, dachte er, daß ausgerechnet seine Frau nicht von den Früchten seiner monatelangen Arbeit profitieren wollte.

Und ob sie nun Schnupfen hatte oder nicht, auf jeden Fall verwendete sie viel zuviel Parfüm.

Unvermittelt wurde er hellwach, begann sich zu strekken, setzte sich mit einem Ruck kerzengerade im Bett hin und starrte verstört im Schlafzimmer umher. Blasses Sonnenlicht fiel durch das Fenster. Unten in der Küche klapperte Ellie mit dem Geschirr.

Einen Augenblick lang dachte er, er müsse ersticken. Mit einem Satz war er aus dem Bett und musterte die Frisiertoilette seiner Frau. *Jemand muß die ganze verdammte Flasche ausgegossen haben* – dachte er.

Der schwere, süße, übelkeiterregende Duft hüllte ihn wie eine Wolke ein, füllte das ganze Zimmer. Mit jedem Atemzug nahm er an Stärke zu. Fieberhaft suchte er den Toilettentisch ab, konnte jedoch keine leere Flasche finden. In seinem Kopf begann es sich zu drehen, so widerwärtig war ihm der Geruch.

Verwirrt blinzelte er umher, während er sich anzog, und seine Hand zitterte, als er sich eine Zigarette anzündete. Kein Grund, den Kopf zu verlieren, dachte er. Wahrscheinlich hat sie beim Ankleiden eine Flasche umgestoßen. Er nahm einen tiefen Zug und bekam einen krampfhaften Hustenanfall, als der beißende Rauch seine Kehle und seine Lungen förmlich verbrannte.

»Ellie!« Immer noch hustend, lief er in den Korridor. Der Streichholzgeruch wurde jetzt von dem scharfen, ätzenden Gestank brennenden Unkrauts übertönt. Er starrte entsetzt auf seine Zigarette und warf sie in den Ausguß. Der Gestank wurde schlimmer. Er riß den Wandschrank im Korridor auf, in der Erwartung, Rauch herausquellen zu sehen.

»Ellie! Jemand brennt uns das Haus über dem Kopf ab!«

»Was hedesd du dur?« tönte Ellies Stimme vom Fuß der Treppe herauf. »Ich hab dur den Toast verbrannt, Dubbchen!«

Er sprang die Stufen hinunter, zwei auf einmal nehmend – und hätte sich fast erbrochen, als er das Erdgeschoß erreichte. Der heiße, ranzige Fettgeruch schlug ihm wie eine feste Mauer entgegen, er war vermischt mit dem öligen Geruch kochenden Kaffees, der in seiner Intensität überwältigend wirkte. Mit zugehaltener Nase und heftig tränenden Augen stürzte er in die Küche. *»Ellie, um Gottes willen, was machst du bloß?«*

Sie sah ihn verblüfft an. »Ich bache Fühstück.«

»Aber *riechst* du denn nichts?«

»Was?«

Auf dem Küchentisch gab die Kaffeemaschine ein vielversprechendes leises Zischen von sich. In der Pfanne auf dem Herd brutzelten vier Spiegeleier auf Speck. Es hätte kein unschuldigeres Bild geben können.

Vorsichtig ließ Phillip seine Nase los und schnüffelte. Der beißende Geruch erstickte ihn fast.

»Du meinst, dir kommt dieser Gestank überhaupt nicht merkwürdig vor?«

»Ich hieche überhaupt dichts, Punkt!« verteidigte sich Ellie.

»Der Kaffee, der Speck – komm doch bitte mal einen Augenblick zu mir.«

Und *wie* sie roch – nach Speck, nach Kaffee, nach verbranntem Toast, aber überwiegend nach Parfüm. »Hast du heute früh schon Parfüm genommen?«

»Vor deb Fühstück? Bach dich dicht lächelich!«

»Nicht mal einen Tropfen?« Phillip wurde ganz blaß.

»Keiden Tropfed!«

Er schüttelte den Kopf. »Wie ist das nur möglich? Kann es sein, daß ich mir das alles nur einbilde? Ja – das wird's sein. Zuviel gearbeitet, hysterische Reaktion. In einer Minute wird alles vorbei sein.« Er goß sich eine Tasse Kaffee ein, fügte Sahne und Zucker hinzu.

Aber er konnte die Tasse nicht dicht genug an den Mund bringen, um den Kaffee zu probieren. Er roch, als hätte er drei Wochen in einem ranzigen Topf gekocht. Es war schon Kaffeegeruch, natürlich, aber auf teuflische Weise überwältigend, irgendwie verändert, zum Übelwerden stark. Er hing wie ein dichter Vorhang vor seinem Gesicht, brannte in seiner Nase und ließ ihm die Tränen in Strömen aus den Augen quellen.

Langsam begann ihm ein Licht aufzugehen. Er setzte die Tasse so hart ab, daß der Kaffee überschwappte. Das Parfüm! Der Toast! Die Zigarette ...

»Mein Mantel!« würgte er heraus. »Hol mir meinen Hut! Ich muß ins Laboratorium!«

Auf dem Weg in die Stadt wurde es noch schlimmer. Er mußte gegen Übelkeit ankämpfen, als ihn der Geruch nach feuchter, verwesender Erde in seinem Vorgarten wie in eine graue Wolke einhüllte. Der Hund des Nachbarn, der ihm zur Begrüßung entgegenschoß, strömte einen Gestank aus wie ein ganzer Raubtierzwinger. Während Phillip auf den Bus wartete, verpestete jeder vorbeifahrende Wagen die Luft mit giftigen Dämpfen, brachte ihn fast zum Erbrechen, ließ ihn sich in Hustenanfällen krümmen; er konnte kaum den Tränenfluß aus seinen Augen mit dem Taschentuch auffangen.

Außer ihm schien niemand etwas Merkwürdiges zu bemerken.

Die Fahrt mit dem Bus war ein Alptraum. Der Tag war wieder feucht und regnerisch geworden, und im Wagen roch es schlimmer als im Ankleideraum des Sportplatzes nach einem großen Fußballspiel. Ein Mann mit drei Tage alten Stoppeln am Kinn und verquollenen Augen ließ sich neben ihm in den Sitz fallen, und Phillip wurde von der Erinnerung an einen Job aus seiner Studentenzeit überwältigt, als er Fässer in einer Brauerei reinigte.

»Ein herrlicher Morgen, was, Doc?« pustete der Triefäugige ihn an. Phillip erblaßte. Zu allem Übel hatte der Mann auch noch Salami zum Frühstück gegessen. Auf dem Sitz vor ihm hielt ein fetter Mann einen erloschenen Zigarrenstummel zwischen den Zähnen. Phillips Magen begann zu revoltieren; er vergrub sein Gesicht in den Händen und versuchte, sich unauffällig die Nase zuzuhalten. Mit einem erleichterten Stöhnen sprang er vor dem Tor zum Laboratorium aus dem Fahrzeug.

Auf der Treppe begegnete er Jacob Miles. Jake sah blaß aus – zu blaß.

»Morgen«, sagte Phillip kläglich. »Sieht ganz so aus, als ob die Sonne noch durchkommen will.«

»Ja«, stimmte Jake zu, »sieht ganz so aus. Wie – eh – wie fühlst du dich heute morgen?«

»Fein, fein.« Phillip warf seinen Hut in den Kleiderschrank und tat sehr beschäftigt. Er öffnete den Brutschrank mit seinen Kulturgläsern. Doch schon beim nächsten Atemzug knallte er die Tür wieder zu und umklammerte die Kante des Arbeitstisches, daß seine Knöchel weiß wurden. »Warum fragst du?«

»Oh, nur so. Ich dachte bloß, daß du ein bißchen spitz aussiehst, weiter nichts.«

Stumm starrten sie einander an. Und dann, wie auf ein geheimes Zeichen, blickten sie beide gleichzeitig nach der Bürotür am anderen Ende des Laboratoriums.

»Ist Coffin schon gekommen?« fragte Phillip.

Jake nickte. »Er sitzt dort drin. Hat die Tür abgeschlossen.«

»Ich meine, er müßte jetzt herauskommen«, sagte Phillip.

Ein sehr grau im Gesicht aussehender Dr. Coffin öffnete ihnen die Tür und trat rasch bis an die Wand zurück. Das Zimmer roch nach einem Raumdesodorans. »Bleibt draußen!« quiekte Coffin. »Tretet keinen Schritt näher! Ich kann Sie jetzt nicht empfangen. Ich – ich bin sehr beschäftigt – eine dringende Arbeit –«

»Was Sie nicht sagen«, knurrte Phillip. Er winkte Jake ins Büro und verschloß hinter ihm sorgfältig die Tür. Dann wandte er sich Coffin zu. »Wann hat es bei Ihnen angefangen?«

Coffin zitterte am ganzen Leibe. »Gestern, gleich nach dem Abendessen. Ich dachte, ich müßte ersticken. Bin aufgestanden und die ganze Nacht durch die Straßen gezogen. Mein Gott, was für ein Gestank!«

»Jake?«

Dr. Miles schüttelte den Kopf. »Irgendwann heute morgen. Ich weiß nicht, wann; bin damit aufgewacht.«

»Um die Zeit hat es mich auch überfallen«, sagte Phillip.

»Aber ich versteh das alles nicht«, heulte Coffin los. »Niemand sonst scheint irgend etwas zu merken –«

»Bis jetzt«, unterbrach Phillip ihn. »Wir drei haben uns als erste der Coffin-Kur unterzogen, erinnern Sie sich? Sie, Jake und ich. Vor zwei Monaten.«

Auf Coffins Stirn standen Schweißperlen. Mit wachsendem Entsetzen starrte er die beiden Männer an. *»Aber was wird aus den anderen?«* flüsterte er.

»Ich glaube«, sagte Phillip, »wir sollten uns jetzt lieber ganz mächtig hinter die Arbeit klemmen, um etwas dagegen herauszufinden. Das ist jedenfalls meine Meinung.«

»Das wichtigste«, sagte Jake nach einer langen Pause, »ist jetzt absolute Geheimhaltung. Wir dürfen auch nicht das geringste verlauten lassen, bevor wir ganz sicher sind.«

»Aber *was* ist bloß passiert?« rief Coffin gequält. »Überall diese üblen Gerüche. Sie, Phillip, haben heute früh eine Zigarette geraucht. Ich kann das bis hierher riechen, und mir tränen die Augen davon. Und wenn ich es nicht besser wüßte, würde ich schwören, daß keiner von Ihnen beiden sich seit einer Woche gewaschen hat. Jeder Geruch in der ganzen Stadt ist plötzlich zum Gestank geworden ...«

»*Stärker* geworden, meinen Sie«, sagte Jake. »Parfüm riecht immer noch süß – nur einfach *zu* süß. Genauso verhält es sich mit Zimt; ich hab's versucht. Hab noch eine halbe Stunde danach geheult, aber deshalb roch es doch wie Zimt. Nein, ich glaube nicht, daß die *Gerüche* sich verändert haben.«

»Aber was dann?«

»Unsere Nasen haben sich offensichtlich geändert.« Jake schritt erregt hin und her. »Sehen Sie doch unsere Hunde an! Sie kennen keine Erkältungen – und richten praktisch ihr ganzes Leben nach ihren Nasen. Andere Tiere – alle, die auf ihren Geruchssinn zum Überleben im Kampf ums Dasein angewiesen sind – kennen auch keine Krankheit, die nur im geringsten an unseren Schnupfen erinnern würde. Der Schnupfenvirus greift nur Primaten an – *und am nachhaltigsten entfaltet er seine Parasitentätigkeit nur beim Menschen!*«

Coffin schüttelte elend den Kopf. »Aber warum dann so plötzlich dieser gräßliche Gestank? Ich habe seit Wochen keinen Schnupfen mehr gehabt.«

»Natürlich nicht! Damit versuche ich es ja gerade zu erklären«, rief Jake. »Warum haben wir denn überhaupt einen Geruchssinn? Weil winzige Nervenendungen, das sogenannte Riechepithel, in die Schleimhaut unserer

Nasenhöhle eingebettet sind. Aber während unseres ganzen Lebens, ob wir nun gerade erkältet waren oder nicht, hat dort auch der Virus gelebt. Er ist *immer* da, in denselben Zellen verankert, von demselben Gewebe schmarotzend, das unsere Geruchsnerven beherbergt, lähmt unser Riechepithel und verkrüppelt es, macht es praktisch nutzlos als Sinnesorgan. Kein Wunder, daß wir vorher nichts gerochen haben. Diese zarten, feinen Nervenendungen haben nie eine Chance gehabt, sich normal zu entwickeln!«

»Bis wir in unserer schimmernden Rüstung daherkamen und den Virus vernichteten«, sagte Phillip.

»O nein, *wir* haben ihn nicht zerstört. Wir haben ihn nur eines sehr wichtigen Schutzmechanismus' gegen die normalen Abwehrmaßnahmen des Körpers beraubt.« Jake setzte sich auf eine Tischkante, während sein dunkles Gesicht vor Erregung zuckte. »In diesen zwei Monaten, seit wir uns geimpft haben, hat in unseren Körpern ein tödlicher Kampf getobt. Mit Hilfe des Impfstoffes haben unsere inneren Abwehrkräfte den Sieg davongetragen und die letzten Überbleibsel eines Eindringlings beseitigt, der seit Anbeginn der Zeit beinahe zu einem festen Bestandteil unseres Körpers geworden war – das ist alles. Und jetzt, zum ersten Mal in unserem Leben, beginnen diese verkrüppelten kleinen Nervenendungen gerade ihre normale Funktion aufzunehmen.«

»Gott stehe uns bei«, stöhnte Coffin. »Meinen Sie, daß es noch schlimmer wird?«

»Schlimmer und immer schlimmer«, antwortete Jake.

»Ich bin gespannt«, sagte Phillip langsam, »was die Anthropologen dazu sagen werden.«

»Was meinen Sie damit?«

»Vielleicht beruht das alles auf einer kleinen Mutation irgendwann in der Frühgeschichte – einer winzigen Änderung der Zellenstruktur oder des Metabolismus, die eine Linie der Primaten für einen Eindringling verwundbar machte, den kein anderes Lebewesen beherbergen wollte. Warum sonst sollte der Mensch intellektuell so zu erstarken und zu blühen begonnen haben – so sehr die Entwicklung seiner Verstandeskräfte vorangetrieben haben, daß er sich über alle anderen erheben konnte? Aus welchem besseren Grunde, als weil er plötzlich in einer Welt der Reißzähne und Klauen *seinen Geruchssinn verlor?*«

Sie starrten einander an. »Nun, jetzt hat er ihn wiedererlangt«, sagte Coffin kläglich, »und ich möchte wetten, daß er diese Errungenschaft nicht im geringsten zu schätzen wissen wird.«

»Nein, bestimmt nicht«, pflichtete Jake bei. »Ich glaube, er wird sogar sehr rasch nach dem verantwortlichen Sündenbock dafür suchen.«

Beide sahen sie Coffin an.

»Redet jetzt bitte keinen Unsinn, Jungens«, sagte Coffin, aschfahl werdend. »Wir sitzen alle im selben Boot. Das Ganze war doch in erster Linie Ihre Idee, Phillip – Sie haben es selbst gesagt! Sie können mich jetzt nicht im Stich –«

Das Telephon läutete. Sie hörten die furchtsame Stimme der Sekretärin deutlich durch das Zimmer: »Doktor Coffin? Eben hat ein Student angerufen. Er – er käme sofort her, um mit Ihnen zu reden. Sofort, hat er gesagt, nicht später.«

»Ich habe zu tun«, sprudelte Coffin hervor. »Ich kann niemanden empfangen, und ich kann auch keine Anrufe beantworten!«

»Aber er ist schon auf dem Weg zu Ihrem Büro«, brach es förmlich aus dem Mädchen heraus. »Er sagte so etwas wie, er wolle Sie in der Luft zerreißen!«

Coffin knallte den Hörer auf die Gabel. Sein Gesicht hatte die Farbe von Blei angenommen. »Sie werden mich kreuzigen«, ächzte er. »Jake – Phillip – Sie müssen mir helfen!«

Phillip seufzte und schloß die Tür auf. »Schicken Sie ein Mädchen in die Tiefkühlabteilung und lassen Sie es alle lebenden Schnupfenviruskulturen herausbringen, die noch vorhanden sind. Besorgen Sie ein paar geimpfte Affen und ein paar Dutzend Hunde.« Er sah Coffin voll ins Gesicht. »Und reißen Sie sich zusammen. Sie sind doch hier der große Publicity-Mann – Sie werden die hysterischen Massen beschwichtigen, ob es Ihnen nun Spaß macht oder nicht!«

»Aber Sie – was wollen Sie tun?«

»Ich habe noch nicht die geringste Idee«, antwortete Phillip; »aber was ich auch tue, werden Sie bezahlen müssen, und wenn es Sie Ihr letztes Hemd kostet! Wir werden herausfinden, wie wir wieder Schnupfen bekommen können, und wenn wir dabei sterben müssen.«

Es war ein bewunderungswürdiger Kampf, doch ein vergeblicher. Sie sprühten sich genügende Mengen reiner, aktiver Viruskulturen in Nasen und Kehlen, um damit einen gewöhnlichen Sterblichen auf Lebenszeit hinaus zu niesendem, triefäugigem Elend zu verdammen. Sie erreichten damit nicht einmal ein Kribbeln in der Nase. Sie mischten sechs verschiedene Zuchtarten des Virus und gurgelten mit dem Extrakt, besprühten sich und jeden geimpften Affen, den sie beschaffen konnten, mit dem übelriechenden Stoff. Nicht *ein* Niesen. Sie injizierten ihn subkutan, intradermal, intramuskulär und intravenös. Sie tranken davon. Sie badeten förmlich darin.

Aber sie bekamen keinen Schnupfen.

»Vielleicht versuchen wir es vom verkehrten Ende«, sagte Jake eines Morgens. »Die Abwehrkräfte unseres Körpers haben gerade erst ihren höchsten Wirkungsgrad erreicht. Wenn wir sie irgendwie schwächen könnten, kämen wir vielleicht weiter.«

Mit grimmiger Entschlossenheit stürzten sie sich in diese hoffnungsvolle Gasse. Sie begannen zu hungern. Sie zwangen sich wachzubleiben, bis die Erschöpfung ihnen trotz aller Willensanspannung die Lider zufallen ließ. Sie stellten sich mit größter Sorgfalt eine vitaminfreie, proteinfreie, mineralfreie Nahrung zusammen, die wie Buchbinderleim schmeckte und noch schlimmer roch. Sie trugen nasse Kleider und durchweichte Schuhe bei der Arbeit, stellten die Heizung ab und ließen sich bei geöffneten Fenstern von der rauhen Winterluft durchpusten.

Nachdem sie das einige Zeit durchgehalten hatten, besprühten sie sich erneut von innen und außen mit lebenden Schnupfenviren und warteten ergeben auf das erste Niesen.

Nichts geschah. Sie starrten einander mit wachsender Düsterkeit an. Noch nie in ihrem Leben hatten sie sich gesünder gefühlt.

Eine Ausnahme bildete natürlich der Geruchssinn. Sie hatten gehofft, daß sie sich mit der Zeit daran gewöhnen würden. Weit gefehlt. Von Tag zu Tag wurde es ein wenig schlimmer. Sie begannen Gerüche wahrzunehmen, von deren Existenz sie nie geträumt hatten – faulige Gerüche, ekelerregende Gerüche, die sie würgend in die Toiletten trieben. Ihre Nasenstöpsel verloren rapid an Wirksamkeit. Die Mahlzeiten wurden für sie zu alpdruckhaften Prüfungen, und sie nahmen mit erschreckender Geschwindigkeit ab.

Aber sie bekamen keinen Schnupfen.

»*Ich* bin der Ansicht, man sollte euch alle einsperren«, sagte Ellie Dawson eines Morgens mit Nachdruck, als sie ihren Mann, blau und zähneklappernd, unter einer eiskalten Dusche hervorzog. »Ihr habt anscheinend den Verstand verloren. Man muß euch gegen euch selbst beschützen, jawohl.«

»Du verstehst das nicht«, stöhnte Phillip verzweifelt. »Wir *müssen* uns einen Schnupfen holen!«

»Warum?« fuhr Ellie ihn ärgerlich an. »Was wird denn passieren, wenn ihr euch keinen holt?«

»Gestern sind dreihundert Studenten vor unserem Laboratorium aufmarschiert«, begann Phillip geduldig zu erklären. »Die Gerüche machten sie wahnsinnig, sagten sie. Sie könnten nicht einmal mehr die Nähe ihrer besten Freunde ertragen. Sie wollten etwas dagegen getan wissen, anderenfalls würde Blut fließen. Heute werden sie wiederkommen und noch dreihundert dazu. Und die gehörten nur zur ersten Versuchsreihe! Was wird erst passieren, wenn die Nasen von fünfzehn Millionen Leuten beginnen, Amok zu laufen?« Er schauderte. »Hast du die Zeitungen gelesen? Die Leute fangen schon an zu schnüffeln wie die Bluthunde. Und ausgerechnet jetzt müssen wir feststellen, was für eine gründliche Arbeit wir geleistet haben. Wir können nichts dagegen tun, Ellie. Wir wissen nicht einmal, wo wir ansetzen sollen. Diese Antikörper leisten einfach zu gute Arbeit.«

»Nun, vielleicht könntet ihr ja ein paar Antikörper gegen die Antikörper finden«, meinte Ellie gleichmütig.

»Bitte, mach jetzt keine schlechten Scherze –«

»Ich mache überhaupt keine Scherze! Ich möchte lediglich wieder einen Mann haben, der nicht über alle möglichen Gerüche klagt, der die Mahlzeiten ißt, die ich koche, und der nicht um sechs Uhr morgens unter der kalten Dusche steht.«

»Ich weiß, es ist jämmerlich«, sagte er hilflos. »Aber ich weiß nicht, was ich dagegen machen soll.«

Er fand Jake und Coffin in einer äußerst kritischen Konferenz, als er das Labor erreichte. »Ich kann das einfach nicht mehr aushalten«, sagte Coffin gerade. »Ich habe um Zeit gebettelt. Ich habe gedroht. Ich habe ihnen alles versprochen, bis auf meinen Kopf. Ich kann ihnen nicht noch einmal gegenübertreten – ich kann's einfach nicht!«

»Wir haben nur noch ein paar Tage«, entgegnete Jake grimmig. »Wenn wir bis dahin nicht mit etwas herauskommen, sind wir erledigte Leute.«

Phillip fiel plötzlich der Unterkiefer herunter; er starrte sie an. »Wißt ihr, was ich glaube?« meinte er unvermittelt. »Ich glaube, wir sind preisgekrönte Idioten. Wir haben uns so in eine Sache verbohrt, daß wir überhaupt nicht unseren Verstand gebraucht haben. Und die ganze Zeit lang haben wir es förmlich unter der Nase gehabt.«

»Wovon redest du?« fuhr Jake ihn ärgerlich an.

»Von Antikörpern gegen die Antikörper«, sagte Phillip.

»Oh, großer Gott!«

»Nein, ich meine es ernst.« Phillips Augen strahlten. »Was glauben Sie, wie viele von diesen Studenten können Sie zusammentreiben, uns zu helfen?«

Coffin schluckte. »Sechshundert. Dort unten auf der Straße versammeln sie sich gerade und schreien nach einem Lynchopfer.«

»In Ordnung. Ich brauche sie hier im Labor. Und ich brauche einige Affen. Aber diesmal Affen *mit* Schnupfen – je schlimmer der Schnupfen, um so besser.«

»Hast du schon eine Vorstellung davon, wie du es anstellen willst?« fragte Jake.

»Nicht im geringsten«, entgegnete Phillip fröhlich, »außer daß es eine Arbeit ist, die bisher noch niemand unternommen hat. Aber vielleicht ist es an der Zeit, daß wir endlich einmal das zu sehen versuchen, was so dicht unter unseren Nasen liegt.«

Zwei Tage später schickte die Flutwelle ihre ersten Vorboten ... nur ein paar Leute hier, ein Dutzend dort, aber genug, um die finstersten Prophezeiungen der Zeitungen zu bestätigen. Der Bumerang näherte sich dem Ende seiner Kreisbahn.

Im Laboratorium waren die Türen verriegelt und die Telephone abgestellt. Innerhalb seiner Wände aber spielte sich eine fieberhafte – und sehr geruchvolle – Tätigkeit ab. Der Geruchssinn der drei Forscher hatte inzwischen eine qualvolle Schärfe erreicht. Selbst die kleinen Gasmasken, die Phillip entworfen hatte, konnten sie nicht länger gegen den immer heftiger werdenden Ansturm der peinigenden Gerüche abschirmen.

Aber die Arbeit ging trotz allem weiter. Wagenladungen von Affen ergossen sich in das Laboratorium – schnupfengeplagte, niesende, hustende, weinende, winselnde Affen. Schalen und Reagenzgläser voller Viruskulturen brachten die Brutschränke zum Überlaufen und bedeckten sämtliche Tische. Jeden Tag paradierten sechshundert zornige Studenten durch das Laboratorium, die Ärmel aufgekrempelt, die Münder aufgesperrt, murrend, aber zur Zusammenarbeit bereit.

Am Ende der ersten Woche waren die zuletzt eingetroffenen Affen von ihrem Schnupfen kuriert und ließen sich beim besten Willen nicht neu infizieren; die zuerst eingetroffenen Affen aber hatten einen neuen Schnupfen und konnten ihn nicht mehr loswerden. Phillip beobachtete diese Tatsache mit grimmiger Genugtuung und wanderte, ständig vor sich hinmurmelnd, im Laboratorium umher.

Zwei Tage später brach er in einen Jubelsturm aus, ein traurig blickendes Affenjunges unter den Arm geklemmt. Es war mit keinem zweiten Affenjungen in der ganzen Welt zu vergleichen. Es nieste und triefte und schniefte und bot den Anblick des personifizierten heulenden Elends.

Es kam der Tag, an dem sich Phillip einen winzigen Tropfen einer milchigen Flüssigkeit unter die Haut eines Armes injizieren ließ, mit der anderen Hand den Virusspray ergriff und Hals und Nase einer großzügigen Dusche unterzog. Danach setzten sich alle aufatmend hin und warteten.

Drei Tage später warteten sie immer noch.

»Die Idee war großartig«, sagte Jake finster brütend und schlug mit einer abschließenden Handbewegung ein dickes Tagebuch zu. »Bloß hat sie leider keinen Erfolg gebracht.«

Phillip nickte. Die beiden Männer waren hager geworden und hatten dunkle Schatten unter den Augen. Jakes rechtes Auge begann jedesmal, wenn sich ihm jemand bis auf drei Schritte näherte, heftig zu zucken. »Wir können so nicht weitermachen, das wissen wir beide. Die Leute werden langsam wild.«

»Wo ist Coffin?«

»Vor drei Tagen zusammengeklappt. Nervenzusammenbruch. Er träumt ständig, daß man ihn aufhängen wolle.«

Phillip seufzte. »Nun, ich glaube, wir sollten uns auch lieber mit dem Gedanken vertraut machen. Es war schön, dich zum Freund zu haben, Jake. Schade, daß wir so auseinandergehen müssen.«

»Es war ein großes Experiment, alter Junge. Ein großes Experiment!«

»Ach ja. Nichts ist doch so schön, wie im Ruhmesglanz zur Hölle zu –«

Phillip verstummte wie vom Schlag getroffen. Seine Augen weiteten sich, seine Nase begann zu zucken. Er holte tief Luft, noch einmal, während ein lange totgeglaubter Reflex langsam zum Leben erwachte. Er schüttelte den Kopf, lehnte sich weit zurück . . . und Phillip nieste.

Phillip nieste zehn Minuten lang ohne jede Pause, bis er sich mit blau angelaufenem Gesicht auf dem Fußboden wand und nach Atem rang. Dann sprang er auf, ergriff Jakes Hand und schüttelte sie so heftig, daß er ihm fast den Arm ausrenkte, während ihm die Tränen über das Gesicht strömten. Danach schneuzte er sich donnernd die Nase und schritt auf unsicheren Beinen zum Telephon.

»Im Pridzip war es gadz eidfach«, sagte er später zu Ellie, während sie Senf auf seiner Brust verrieb und mehr heißes Wasser in sein Fußbad goß. »Die Coffid-Kur selbst hig davod ab – vod der Adtiged-Adtikörper-Reaktiod. Wir hatted ded Adtikörper geged ded Virus« – er schneuzte sich gewaltig und bekam für einen Augenblick die Nase frei – »und mußten nun einen Antikörper *gegen den Antikörper* finden. Du hattest schon ganz recht mit deiner Vermutung.« Mit einem glücklichen Lächeln träufelte er sich Nasentropfen ein und nieste noch einmal mächtig.

»Wird man das Zeug rasch genug und in genügenden Mengen herstellen können?«

»Gerade rasch genug, bis die Leute wieder darauf brennen werden, einen tüchtigen Schnupfen zu bekommen«, sagte Phillip. »Die Sache hat nur einen kleinen Haken . . .«

Ellie Dawson nahm die Steaks vom Grill und legte sie auf die Teller; vorsichtig balancierte sie das noch brutzelnde Fleisch zum Eßtisch. »Einen Haken?« fragte sie.

Phillip nickte, während er mit vorgetäuschter Begeisterung auf dem Steak herumkaute. Es schmeckte wie eine etwas feucht gewordene eiserne Ration.

»Das Zeug, das wir jetzt gefunden haben, verrichtet ganze Arbeit. Es wirkt einfach *zu* gut.« Er wischte sich die Nase und langte nach einem frischen Papiertaschentuch.

»Ich bag bich täusched«, sagte er traurig, »aber ich glaube, ich werde diesed Schdupfed dicht behr los. Wedd ich dicht eided Adtikörper geged ded Adtikörper des ersted Adtikörpers fidded kadd . . .«

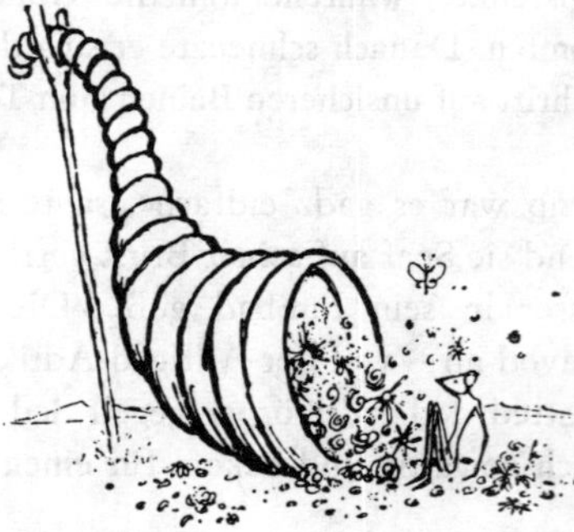

JOHN CHRISTOPHER

Heimkehr

Raschelnd trieben die Blätter durch den Park. Ellen zog schlurfend ihre Füße durch die braun-rot-goldene Flut, wie sie es als Kind schon so gern getan hatte. Es war Ende Oktober. Sie schritten zwischen den Bäumen hindurch, einem dunstigen Sonnenuntergang entgegen.

»Diese Jahreszeit mag ich am liebsten«, sagte sie – überflüssigerweise.

Er beobachtete sie. Ernst und mit geneigtem Kopf ging sie neben ihm; er wußte, was sie dachte.

»Auf die Art wirst du mich nicht herumbekommen«, erwiderte er. »Ich weiß, was ich aufgebe und wie lange.«

»Acht Jahre«, sagte sie. Ein leichter Schauder überrann sie. »Acht Jahre ohne Frühling, Sommer, Herbst und Winter, ohne Tagesanfang oder Sonnenuntergang. Acht Jahre lang künstliche Luft, künstliche Ernährung und Gefangenschaft in einer fünfundvierzig Meter langen Metallröhre.«

»Fünfzig Meter.«

»Na schön, fünfzig Meter also«, entgegnete sie ärgerlich. Sie hatten die Hügelkuppe erreicht. Ellen blieb stehen und sog tief die Luft ein. Auch er roch den herben, herbstlichen Duft, und einen Augenblick lang überwältigte ihn sein Gefühl – die Sache war es nicht wert, konnte es nicht wert sein.

»Und für etwas völlig Nutzloses«, sagte Ellen; »für nichts.«

Ihre Worte ernüchterten ihn sofort. »Nein; da irrst du dich. Die Sache ist es unbedingt wert.«

Leise, aber laut genug, daß er es hören konnte, sagte sie: »Wert, mich zu verlieren?«

Sie stand dicht neben ihm, und er schloß sie in die Arme.

»Du bist eine erstklassige Biologin«, sagte er. »Ich hätte dich mitnehmen können. Ich kann es noch. Es liegt ganz bei dir.«

»Ich glaube, ich bin feige, Harl. Ich traue es mir einfach nicht zu; nicht wegen der Gefahr, sondern wegen der langen Jahre, der Monotonie. Du weißt, ich bin auf dem Lande geboren, eine regelrechte Hinterwäldlerin. Das Jahr damals in New York hat mich beinahe umgebracht, obgleich man selbst dort noch Gras und Bäume sehen kann. Und noch etwas: ich möchte nicht noch Jahre warten müssen, bis ich Kinder bekommen darf.«

Er ließ sie los.

»Dann kann man wohl nichts machen«, sagte er. »Ich glaube, wir sind beide recht eigenwillig.« Er lachte. »Ich werde deiner Ur-Ur-Enkelin Grüße von dir bestellen. Vielleicht werde ich sie heiraten.«

Sie schüttelte den Kopf. In der rasch einfallenden Dämmerung konnte er ihren Gesichtsausdruck nicht erkennen.

»Was diesen Zeitfaktor angeht«, fragte sie, »bist du da völlig sicher? Ich verstehe nichts von Mathematik, aber mir scheint das phantastisch.«

»Ich könnte dir die ganze Theorie erklären, aber damit würden wir nur die wenige Zeit, die uns noch bleibt, verschwenden. Die Berechnungen stimmen. Das Zeitverhältnis, soweit es diese Reise betrifft, ist ungefähr zwölf zu eins. Für uns sind es acht Jahre – für die Welt, die wir verlassen, ist es ein Jahrhundert. Wir werden gegen Ende April 2129 zurückkehren. Das ist die früheste Zeit, die sich laut unseren Berechnungen ergibt.«

»Und alle, die ihr heute kennt, werden tot sein.«

Sorgloser, als ihm eigentlich zumute war, erwiderte er: »Andere werden an ihrer Stelle sein. Deine Ur-Ur-Enkelin zum Beispiel. Wir werden unsere älteste Tochter Ellen nennen.«

»In der Welt des Jahres 2129 wird es für euch keine Frauen geben.«

Sie sprach in äußerst entschiedenem Ton; neugierig blickte er sie an.

»Du meinst das ernst, nicht wahr? Und warum nicht?«

»Weil es nicht mehr eure Welt sein wird. Ihr werdet vielleicht mit dem Ruhm großer Weltraumforscher zurückkehren; man wird euch vielleicht mit Orden und Ehren überhäufen, aber niemand wird sein Leben mit euch teilen mögen. Selbst wenn sie es wollten, würden sie es nicht können. Einem Telepathen wird ein Nichttelepath wie ein Wesen aus dem Zoo vorkommen.«

Er verstand jetzt. »Und dein Projekt X? Klappt alles wie vorgesehen?«

»Wir sind dabei, die Generatoren zu bauen.«

Er pfiff durch die Zähne. »Davon hast du bisher nie etwas erzählt. Hattest du Angst, daß ich euer Geheimnis verraten würde?«

Sie lächelte. »Du hattest dich viel zu sehr in deine eigenen Pläne verbissen, als daß ich dich mit meinen hätte belästigen können. Und vielleicht hättest du darüber gelacht – es als einen guten Witz aufgenommen. Ich wußte ja, daß du es nicht ernst nahmst.«

»Ich konnte es einfach nicht. Die Idee schien mir zu verrückt.«

»Aber die Reise zum Prokyon und zurück nicht?«

»Du hast recht. Ich war wohl etwas eingebildet. Mein Vorhaben schien mir vernünftig und deins nicht.«

»Nicht nur Einbildung. Ich denke auch an die Publicity. Kein Tag ist seit der Kiellegung des *Astronaut* auf der Montagekreisbahn vergangen, an dem man ihn nicht photographiert oder über ihn geschrieben hat. Jedermann interessiert sich für deine Arbeit, und ihr Interesse gibt dir Rückhalt. Wir beabsichtigen ja nichts weiter, als die ganze Natur des Menschen zu ändern, und Publicity würde uns dabei nicht helfen.«

»Bitte«, sagte er kleinlaut, »erklär es mir doch.«

»Jetzt bist du aber wirklich eingebildet. Die mathematischen Grundlagen deiner Reise sind für mich viel zu hoch, aber du erwartest, die Grundbegriffe der Vererbungslehre so nebenbei im Gespräch verdauen zu können.«

Er nahm ihren Arm. »Sei doch nicht so empfindlich. Uns bleibt nicht mehr viel Zeit. Könnt ihr wirklich durch Mutation eine telepathische Nachkommenschaft erzeugen, die uns langsam verdrängen wird?«

»Was wir machen, ist mehr; viel mehr. Wir werden die ganze menschliche Rasse mit einem Schlag ändern. Zwischen der alten und der neuen Rasse wird es keine Konflikte geben – wenigstens keine ernsten, denn die neue wird sich aus den Kindern der alten zusammensetzen; aus allen Kindern.«

Sie beschleunigte ihre Schritte, und auch er mußte rascher gehen, um an ihrer Seite zu bleiben.

»Der wichtigste Teil unserer Arbeit ist Drewitts Werk. Die anderen haben alle nur hier und da ein Stückchen angeflickt. Die Idee dazu kam ihm, als er die Veröffentlichungen einer Gruppe pseudowissenschaftlicher, mystischer Fanatiker aus der Mitte des zwanzigsten Jahrhunderts studierte, die sich mit einer Dianetik genannten Lehre befaßten. Eigentlich war es nur ein Kult wie unzählige andere, aber bei ihrer Forschungsarbeit hatten diese Leute anscheinend die Fähigkeit des ungeborenen Kindes entdeckt, geistige Eindrücke unmittelbar vom Verstand der Mutter zu empfangen. Sollte diese Entdeckung sich als richtig erweisen, so öffnete sie damit den Physiologen ein ganzes, völlig neues Universum. Drewitt war Embryologe. Er wußte wahrscheinlich mehr über das ungeborene Kind als irgend jemand anders. Du kannst dir gar nicht vorstellen, wie sehr er die Embryologie vorangetrieben hat.«

Der Wind blies jetzt kühler; er kam aus dem Osten und brachte den frostigen Hauch der bereits hereingebrochenen Nacht mit.

»Ich habe noch nie etwas davon gehört«, gestand er.

Sie lachte mit einem Anflug von Bitterkeit. »Das glaub ich dir gern. Astronautik nimmt die ersten Seiten der Zeitung in Beschlag. Bakteriologie macht die Schlagzeilen, wenn ein neues Antibiotikum herausgebracht wird. Veröffentlichungen über Embryologie jedoch werden nur von Embryologen gelesen. Aber wie dem auch sei, Drewitt hatte jedenfalls die Glückssträhne erwischt, wie sie erstrangige Wissenschaftler manchmal zu fassen bekommen. Bei seinen Experimenten mit Affen wendete er genau dosierbare Gammabestrahlung an. Das Ergebnis war eine Menge Mißbildungen, aber auch ein Paar Zwillinge, die offensichtlich ohne jeden Laut und ohne jede Geste miteinander Gedanken austauschten. Seine Bestrahlung hatte die Blockierung der natürlichen telepathischen Funktion, die normalerweise bei der Geburt stattfindet, verhindert.«

Er hatte aufmerksam zugehört. »Affen«, sagte er, »sind noch kein Beweis. Menschen sind etwas anderes.«

»Meinst du, daß Drewitt das nicht wußte? Sein Assistent, ein Mann namens Whittaker . . .«

»Arthur Whittaker? Ich war zusammen mit ihm auf dem College.«

»Ja. Er ist verheiratet. Seine Frau arbeitete auch in unserer Gruppe. Sie überredete ihn . . .«

»Guter Gott!« unterbrach er sie betroffen. »Doch nicht etwa . . .?«

Sie wandte sich um und sah ihn an; aber es war inzwischen recht dunkel geworden, so daß er ihren Gesichtsausdruck nicht erkennen konnte.

»Nicht nur bei den Raumfahrern gibt es Helden«, sagte sie.

»Ich dachte nicht an sie oder an ihn. Das Kind meine ich. Es hätte – als Mißgeburt zur Welt kommen können.«

»Wir sehen die Dinge eben anders. Es war gesund; genau wie die Zwillinge ein Jahr später. Alle drei sind normal und zu hundert Prozent Telepathen. Wir haben sie genau untersucht.«

»Und auf dieser Grundlage ...?«

»Wir sind dabei, unsere Generatoren so im Raum zu verteilen, daß sie den ganzen Planeten bestreichen können. Heutzutage ist das ja nicht schwer. Fünf davon in freier Kreisbahn genügen vollständig.« Sie lachte. »Auch wir arbeiten ein wenig mit Mathematik; allerdings nur mit ganz gewöhnlichen, simplen Berechnungen.«

»Aber wie kann man ein solches Unternehmen nach nur drei Experimenten starten! Und ohne jede Rücksicht auf die Wünsche der Leute, die davon betroffen sind! Habt ihr denn gar keine Angst, daß es schiefgehen kann?«

»Und hast du über die Alternative zu einer alle gleichzeitig erfassenden, erdweiten Bestrahlung, wie wir sie vorhaben, nachgedacht? Wir haben nur die Wahl, unseren Plan durchzuführen oder Schritt um Schritt vorzugehen. Wenn wir das letztere täten, gäbe es Unannehmlichkeiten. Familien mit gewöhnlichen Kindern würden sich gegenüber anderen, deren Kinder bereits Telepathen sind, zurückgesetzt fühlen. Ablehnung oder Eifersucht zwischen den Völkern könnte vielleicht zu Kriegen führen. Die ganze Verwirrung eines Interregnums zwischen der alten und der neuen Zeit käme zum Ausbruch. All das wollen wir vermeiden. Das Prinzip ist nun einmal entdeckt, und der wissenschaftliche Fortschritt läßt sich nicht aufhalten. Die Welt wird mit einem gewaltigen Satz in die Zukunft streben.«

»Nach nur drei Versuchen!« wiederholte er.

»Du hast die Affen vergessen. Insgesamt waren es

fünf. Und die Wiederholbarkeit mit Menschen ist mehr als nur eine doppelte Bestätigung. Die Hauptsache aber ist: man kann hiermit keine Kontrollexperimente über Generationen hinweg durchführen – die soziologischen Nebenwirkungen wären wie Dynamit. Wir glauben, daß der beherzte Kurs in diesem Fall der richtige Kurs ist. Die Welt, zu der du zurückkehren wirst, wird uns dafür dankbar sein.«

»Und wenn ich eure Ansicht nicht teilen kann? Wenn ich davon überzeugt bin, daß man es der Menschheit erzählen müßte, und zwar jetzt, solange sie noch eine Chance hat, nein zu sagen?«

»Damit würdest du mein Vertrauen mißbrauchen. Und ich würde einfach alles abstreiten. Die anderen kannst du nicht so leicht ausfindig machen, und selbst ich kenne den Standort der Generatoren nicht. Man würde deine Angaben einer unglückseligen Geistesstörung zuschreiben, die vielleicht durch zu vieles Brüten über dem Prokyon-Projekt verursacht worden ist. Sehr wahrscheinlich würde man dich von der Reise ausschließen.«

»Da magst du recht haben«, sagte er mutlos. »Nun, es ist jedenfalls nicht meine Welt mehr. Ich habe sie abgeschrieben, als ich mich für den *Astronaut* entschied. Und was die Welt von 2129 betrifft – wenn alles so ausgeht, wie du sagst –, bis dahin werden die Telepathen sie ja wohl ganz übernommen haben.« Er lächelte. »Wir können jedenfalls immer noch einmal zum Prokyon zurückreisen, wenn uns das Jahrhundert, in dem wir landen, nicht gefällt. Und außerdem können wir dort draußen nettere Leute gefunden haben. Vielleicht entschließen wir uns sogar, überhaupt nicht zurückzukommen.«

Halbwegs bedauernd meinte sie: »Und ich werde bis dahin tot sein; seit langer Zeit tot.«

Er packte rasch ihren Arm. »Komm mit uns! Sieh euer großes Experiment in seiner eigenen Perspektive! Komm mit uns zurück und sieh dir die Welt, die zu schaffen du geholfen hast, in ihrer vollen Blüte an. Dafür kannst du gern acht Jahre opfern.«

Sie strebte von ihm fort. »Nein. Nein, Harl. Ich möchte das Experiment selbst sehen.«

»Nun, du mußt es wissen«, sagte er.

Sie hatten den ganzen Park der Länge nach durchquert. Vor ihnen lag das Gittertor, und hinter dem Tor waren die Lichter und der Lärm der Stadt. Das fahle Neonlicht wurde von dem gleißenden Flammenstrahl der 19.00-Uhr-Raketenfähre zerrissen, die von dem Raumschiff-Flugplatz am Stadtrand startete. In weniger als achtundvierzig Stunden würde genau so ein Strahl ihn aus dem Bereich seiner Welt und unwiderruflich aus seiner eigenen Zeit tragen. Es fiel ihm schwer, die ganze Wahrheit zu glauben. Wo er auch hinblickte, die Welt um ihn herum stand fest und unverändert: das Brausen des Verkehrs, der kühle Nachtwind; die warme, atmende Frau neben ihm.

»Morgen werden wir nicht mehr füreinander Zeit haben«, sagte er.

»Ich weiß.«

Sie hob ihm ihr Gesicht entgegen, und er küßte sie.

»Ich werde eine Nachricht für meine telepathische Ur-Ur-Enkelin hinterlassen«, sagte sie, »daß sie dir um der vergangenen Zeiten willen einen Kuß gibt. Bestimmt wird sie's nicht ungern tun.«

Sie waren vor dem Parktor angelangt. Er zog seine Ultraschallpfeife hervor und pfiff ihr ein Taxi herbei. Es hielt vor ihnen, und er half ihr hinein. Als sie abgefahren war, blieb nur noch ein zarter Duft von ihr als Erinnerung für seine lange Reise.

Harl saß mit Tom Rennis in dem kleinen, hell erleuchteten Oval des Navigationsraumes. Er kannte fast jedes Merkmal in dieser nahezu ausdruckslosen Zelle. Der feine Riß im Metall war bei der unglücklichen Landung auf

Prokyons drittem Planeten vor etwas über vier Jahren entstanden.

»Kannst du sie nicht schärfer hereinbekommen?« fragte Harl ungeduldig.

Der grüne Fleck auf dem Bildschirm, gerade von der äußersten Reichweite des Teleskops erfaßt, flimmerte verschwommen.

Mit der geduldigen Langsamkeit, die während der endlosen Jahre manchen provoziert und zu heller Wut gereizt hatte, antwortete Rennis: »Noch ein paar Tage, und du brauchst das Teleskop nicht mehr.« Er lächelte. »Du kannst ja mal versuchen, ob du eine drahtlose Verbindung mit einem dieser Telepathen bekommst.«

Vor acht Jahren hatte Harl ihnen von der veränderten Welt erzählt, die sie möglicherweise bei ihrer Rückkehr antreffen würden. Man hatte es als einen Scherz betrachtet und ihn seitdem immer wieder damit hochgenommen. Er starrte Rennis wütend an.

»Selbst wenn die Menschen inzwischen drei Köpfe bekommen haben sollten, werde ich bei ihrem Anblick aufatmen können.«

»Bald haben wir's geschafft«, erwiderte Rennis. »Ich glaube kaum, daß einer von uns freiwillig auf diese Reise gegangen wäre, wenn wir gewußt hätten, was uns erwarten würde.«

»Du hast dich jedenfalls ausgezeichnet gehalten«, meinte Harl neidisch.

Rennis lächelte träge. »Gott gab mir ein breites Gesicht und langsame Reaktionen. Ich habe nur das zum Einsatz bringen können, was ich besaß. Und ich glaube, ich hätte es nicht so lange ausgehalten, wenn ich nicht so voller Genuß hätte beobachten können, wie es euch andere alle auf die Palme brachte.«

»Du krummer Hund!« sagte Harl; doch es klang mehr wie eine Feststellung, ohne wirklichen Groll. Er zögerte ein wenig. »Tom?«

Rennis blickte von dem Bildschirm auf. »Ja?«

»Diese Telepathen. Ich möchte ein altes Thema – ein sehr altes Thema – nicht wieder aus der Schublade ziehen; aber Ellen ... sie ist – war – eine außergewöhnliche Frau. Ich habe ihr geglaubt. Ich glaube ihr noch. Wenn sie gesagt hat, daß man es tun würde, dann ist es auch möglich gewesen.«

»Weinberg glaubt nicht, daß so etwas möglich ist.«

»Weinberg wollte auch nicht glauben, daß die Bäume auf Prokyon 2 fortbewegungsfähig sind, bis einer sich hinter ihn schlich und ihm um ein Haar den Helm vom Kopf gestoßen hätte.«

»Ja. Ich möchte Weinberg auch nicht gerade als Autorität zitieren. Ich habe wirklich selbst ziemlich viel darüber nachgedacht. Hinter meinem hämischen, unbeteiligten Getue habe ich mir doch auch Sorgen gemacht. Du gehörst zu der Sorte Menschen, die ehrlich sind; du besitzt nicht genug Phantasie, um glaubwürdig lügen zu können. Und das wenige, was ich von Ellen gesehen habe, hat mir denselben Eindruck von ihr vermittelt, nur noch verstärkt. Wie gesagt, ich habe darüber nachgedacht. Wenn es wahr ist, werde ich mein dickes Fell in den nächsten Monaten bitter benötigen.«

»Was glaubst du denn, wie sie uns behandeln werden?«

Rennis lächelte wieder. »Am gütigsten von ihnen wäre es noch, wenn sie uns auf irgendeiner einsamen Insel im Südpazifik absetzten und allen anderen Anweisungen gäben, sich von uns fernzuhalten. Ich hoffe, sie werden gütig sein.«

»Oder uns in den Weltraum zurückschicken?«

»Das«, sagte Rennis, »befürchte ich eben.«

Sie kamen in Funkreichweite, aber alle Wellenlängen blieben stumm.

»Funk«, meinte Rennis, »ist halt nur noch etwas für Affenmenschen wie unsereins.«

Der Mars befand sich auf der anderen Seite der Sonne, aber als der *Astronaut* auf seiner Bremskreisbahn in weitem Bogen um den Mond zog, hatten die Männer ihr Teleskop auf Tycho City gerichtet. Die Stadt war ausgestorben. Auf der Nachtseite der Erde konnten sie keine Lichter erkennen. Dieser Anblick machte sie schweigsam. Sie bremsten ihr Schiff in der Atmosphäre ab und zogen drei volle Kreisbahnen um die Erde, bevor sie zur Landung auf dem Flugfeld nördlich von Detroit ansetzten, von wo aus sie gestartet waren. Nach dem immerwährenden Kalender schrieben sie den 21. April 2129. Es war Spätnachmittag, und die Sonne schien nach einem Regenschauer.

Sie drängten sich vor den drei Bildschirmen. Kniehohes Gras und vereinzelte Bäume und Schößlinge breiteten sich vor ihren Blicken aus.

Awkright, der das Kommando übernommen hatte, nachdem Lee auf Prokyon 2 getötet worden war, sagte mit ruhiger Stimme: »Routinemäßiger Atmosphärentest. Radioaktivität prüfen. Wenn alles zufriedenstellend ist, geht in einer halben Stunde ein Erkundungstrupp von Bord. Inzwischen köpfe ich unsere letzte Fuselflasche; alles dienstfreie Personal versammelt sich in der Messe.«

Harl starrte auf das kleine Schnapsglas in seiner Hand. Rennis neben ihm schüttete seinen Schnaps hinunter und hielt sein Glas zum Nachfüllen hin.

»Nun, Harl«, sagte Rennis, »wo sind sie? Haben sie unser Kommen telepathisch wahrgenommen und sich in ein zivilisierteres Sonnensystem zurückgezogen? Wenn ja, dann müssen sie uns schon ein ganzes Ende hinter dem Centaurus gerochen haben. Draußen steht eine Eiche, die gut ihre vierzig Jahre alt ist.«

Harl trank. »Ich weiß es nicht. Könnten sie wohl – ihre Städte verlassen haben? Vielleicht, weil sie sie nicht mehr benötigen? Städtebau ist primitiv, nehme ich an.«

»Das Leben ist primitiv.«

»Abgedroschene Phrase.«

»Nein. Aber deine Annahme ist primitiv. Städte sind weiter nichts als Ansammlungen von Menschen. So oder so sind sie notwendig für ein organisiertes Leben.«

Awkright wurde ein Papierstreifen ausgehändigt. Er blickte auf.

»Die Luft ist in Ordnung, nur viel zu sauber. Kein Rauch, kein Dunst. Aber auch keine Radioaktivität. Alles bestens. Mac, Steve, Tom, Peter, Harl – geht hinaus und seht euch um. Ihr braucht euch nicht zu beeilen. Wir haben eine Menge Zeit.«

Als sie in die Luftschleuse traten, meinte Steve, der Bordarzt: »Ich hoffe doch nicht, daß wir womöglich in der Vergangenheit gelandet sind statt in der Zukunft. Wir könnten auf Indianer stoßen.«

»Denk an Tycho City«, erwiderte Harl.

Und als sie hinaustraten, erblickten sie einen weiteren Beweis, daß sie sich in einer Zeit befanden, die, von ihrem Start her gesehen, in der Zukunft lag: jenseits des wogenden Grases und hinter einer jungen Baumgruppe ragte immer noch der Kontrollturm in die Luft, im wesentlichen unverändert wie bei ihrem Abflug. Mit einiger Mühe kämpften sie sich durch die Vegetation hinüber. Der Turm war eine Ruine, aber eine Ruine, wie sie durch Verwitterung und normalen Verfall entsteht. Keinerlei Spuren wiesen darauf hin, was sich hier ereignet hatte.

Ein neuer Regenschauer zog von Westen her über den Platz. Sie sahen, wie die nassen Lanzen sich an der langgestreckten grauen Hülle des mächtigen *Astronaut* brachen. Ganz automatisch suchten alle Schutz im Innern des Kontrollturms, um jedoch gleich darauf, wie auf Verabredung, wieder in den Regen hinauszugehen. Stehend ließen sie sich durchnässen, während sie sich daran erinnerten, wie es früher im Regen war.

»Dies ist das Schlimmste, was uns passieren konnte«,

sagte Rennis. »Wenn Menschen uns empfangen hätten – egal, was für welche –, hätte es keine Rolle gespielt, daß diejenigen, von denen wir uns vor acht Jahren verabschiedet haben, nicht mehr unter ihnen gewesen wären. Aber das hier – diese Einsamkeit ... Ich weiß nicht, was ihr anderen empfindet, aber mir ist, als ob ich von Gespenstern umgeben wäre.«

Harl nickte. ›Eine Nachricht für meine Ur-Ur-Enkelin, daß sie dir einen Kuß gibt.‹ Er hatte es schon vorher gewußt, jetzt aber spürte er, daß Ellen tot war. Und es gab auch keine Ur-Ur-Enkelin, die ihm zur Begrüßung entgegenkommen konnte.

»Vielleicht haben sie Amerika aufgegeben?« meinte Steve.

»Vielleicht«, sagte Rennis. »Wenn ja, dann haben sie aber auch den Gebrauch von Licht bei Nacht aufgegeben. Auf der dunklen Seite haben wir keine Anzeichen von Städten erkennen können.«

»Ich weiß nicht«, sagte Steve. Er kratzte sich den Kopf; Regen rann über sein Gesicht. »Ich kann mir einfach keinen Reim darauf machen.«

»Kommt«, forderte Harl sie auf, »wir wollen Detroit einen Besuch abstatten.«

Als sie in die Stadt kamen, wurden die Bäume spärlicher und das Gras wuchs nur noch stellenweise. Ziemlich weite Strecken lang behaupteten die Bauten der Menschen noch unangefochten ihren Platz. Aber die Häuser standen leer, und ihre Jalousien waren heruntergelassen. Sie gingen bis zum Stadtzentrum, machten kehrt und zogen auf demselben Weg wieder zum Schiff zurück. Als sie es erreichten, wurde es bereits dunkel.

»Nun?« fragte Awkright. »Nichts?«

»Nichts«, erwiderte Harl. »Es gibt hier niemanden mehr – das kann ich beschwören. Einmal haben wir uns wie Verrückte gebärdet – geschrien, geheult und gerufen und gesungen, so laut wir nur konnten, aber niemand hat sich gemeldet. Es ist niemand mehr da, den wir hätten aufstören können.«

»Ich habe es auch nicht geglaubt«, sagte Awkright.

»Irgendwelche Theorien?«

»Nein.«

»Was sollen wir also tun?«

»Morgen lassen wir einen Markierballon aufsteigen. Wenn eine Gruppe sich in Sichtweite befindet, sollte sie davon angezogen werden. Während der Nacht lassen wir an dem Ballon ein Signallicht blinken. Sie können das Beiboot nehmen und den Rest unseres Planeten absuchen. Konzentrieren Sie sich nicht zu sehr auf die Städte, sondern machen Sie nur bei den größeren kurze Stichproben. Lassen Sie sich drei oder vier Tage dazu Zeit. Doch jetzt wollen wir erst einmal eine Nacht bei normaler Schwerkraft und in frischer Luft schlafen.«

Als sie mit dem Beiboot wieder landeten, sahen sie, daß die Tage seit ihrem Abflug nicht ungenützt verstrichen waren. Auf dem Flugplatz war eine große Lichtung entstanden, und der Kontrollturm zeigte Zeichen neuen Lebens. In etwa tausend Meter Höhe drehte sich langsam der Markierballon im Wind.

Awkright kam heraus und ging ihnen entgegen.

»Ihr würdet fröhlicher aussehen, wenn ihr etwas gefunden hättet«, sagte er. »Auch zu uns ist niemand gekommen. Nun, das Mittagessen ist jedenfalls fertig. Ihr könnt erzählen, während wir essen.«

Der Raum im Erdgeschoß des Kontrollturmes war inzwischen als Messe eingerichtet worden.

»Wir schlafen immer noch im *Astro*«, sagte Awkright. »Hat keinen Sinn auszuziehen, bevor wir wissen, was wir tun werden. Wie sieht New York aus?«

»Ausgestorben«, antwortete Harl. »Ein hübscher Leichnam, die Stadt. Unter den Resten der Brooklyn-Brücke sahen wir einen Wal blasen.«

»Und Paris – London – Rom?«

»Wie Bagdad, Delhi und Tokio – alle ausgestorben. In Rom haben wir Löwen gesehen, die Wildschweine jagten. Erzähl ihm davon, Tom.«

»Es war sehr interessant«, begann Rennis. »Wir trieben in etwas über zwanzig Meter Höhe dahin. Vom Kolosseum führt eine breite Straße zu einem großen Platz; einer Piazza. Ein Löwe scheuchte zwei Wildschweine diese Straße entlang vor sich her. Sie versuchten auszubrechen, doch aus den Ruinen kam ein zweiter Löwe und versperrte ihnen den Weg; aus den richtigen Ruinen – den altrömischen. Als sie nach der anderen Richtung entfliehen wollten, war dort ein dritter Löwe. Der vierte Löwe erwartete sie auf der Piazza.«

»So?«

»Stellen Sie sich eine Welt vor«, sagte Harl, »in der alle Lebewesen im Unterbewußtsein miteinander in Verbindung stehen: Telepathie ist automatisch und universell. Was passiert da unseren Raubtieren?«

Awkright dachte einen Augenblick nach. »Sie erjagen keine Beute mehr«, sagte er dann. »Der Hase weiß genau, wann der Fuchs sich anschleicht. Wie sehr die Katze sich auch bemüht, sie wird nie nahe genug kommen, um eine Maus oder einen Vogel anzuspringen.«

»Die Welt würde also eine Beute der flinken Renner und der rasch sich vermehrenden Arten«, sagte Harl, »und besonders der Pflanzenfresser, da die Pflanzen keinen Nutzen aus der neuen Demokratie ziehen können. Aber dagegen gibt es ein Mittel. Die Löwen hatten es gefunden. Die Raubtiere arbeiten zusammen. Das bringt die Dinge wieder mehr oder weniger auf den ursprünglichen Nenner zurück.«

»Mein Gott«, rief Awkright aus. »Sie erzählten uns, daß man es zuerst mit Affen versucht hat. Meinen Sie, daß diese Generatoren den ganzen verdammten Planeten beeinflußt haben? Jedes Lebewesen?«

»Nicht jedes Lebewesen. Ich glaube, daß es einen Punkt gibt, von dem ab der Verstand nicht fein genug ausgebildet ist, um überhaupt für die Telepathie befähigt zu sein. Aber ich könnte nicht sagen, wo dieser Punkt ist.«

»Und wäre das ein Grund für eine Welt ohne Menschen?«

»Nein«, erwiderte Harl langsam. »Ich sehe es jedenfalls nicht. Und doch, irgendwo muß hier der Grund liegen.«

»Muß er?« fragte Rennis. »Zwei merkwürdige Dinge geschehen: die Welt bemächtigt sich auf universeller Ebene der Telepathie, und wir kommen zurück und finden kein menschliches Leben mehr vor. Wir setzen beide zueinander in Beziehung, denn wenn man ein x und ein y hat, versucht man selbstverständlich immer, daraus eine Gleichung zu machen. Aber sie können auch nichts miteinander zu tun haben: x gleich Telepathie – y gleich was auch immer die Menschheit ausrottete oder sie dazu bewegte, irgendwo anders hin auszuwandern. Zwei unbekannte Faktoren. Keine Gleichung.«

»Gib mir einen vernünftigen Grund an, warum die Menschen verschwunden sind, wenn nicht als Folge der Telepathie«, sagte Harl.

»Nenne mir das fehlende Glied, das aus x und y deine Gleichung macht.«

Harl schüttelte den Kopf. »Ich glaube, eine Vermutung ist hier genauso gut wie die andere.«

Awkright schaltete sich wieder ein: »Ich habe Sie oft mit diesen telepathischen Supermenschen gehänselt und gesagt, sie würden uns als die letzten Exemplare des primitiven Menschen in eine Art Zoo sperren, Harl. Ich wünschte bei Gott, wir befänden uns jetzt in so einem Zoo; hinter Gittern, vor denen Kinder einherspazierten, Süßigkeiten lutschten und uns zusähen, wie wir Kunststücke machten. Ich würde mit Freuden für sie auf dem Kopf stehen.«

Am nächsten Morgen stand Harl gerade in der Nähe des *Astronaut*, als der Besucher ankam. Er sah ihn über den Flugplatz reiten und rief keinen der anderen, für den Fall, daß es sich um eine Art Wahnvorstellung handeln sollte. Doch es war ein Mensch, so sonderbar ihm das Ereignis auch vorkam. Der Mann, offensichtlich schon sehr alt und buchstäblich in Lumpen gekleidet, ritt auf einem sehr klapprig aussehenden Esel. Bei Harl angekommen, stieg er zitternd ab. Tränen standen in seinen Augen.

»Ich hab's geschafft«, sagte er. »Ich hab geschworen, ich würde leben, bis ihr zurückkommt. Meistens hab ich hier gehaust, aber das Wild zog fort, und ich mußte ihm folgen. Die Tiere haben heutzutage ganz merkwürdige Wanderwege.«

»Wie alt sind Sie?« fragte Harl.

Erst hinterher merkte er, was für eine sonderbare Frage er diesem unerwartet erschienenen Vertreter der Menschheit gestellt hatte. Er drehte sich zum Kontrollturm um und schrie: »Kommt und seht, wer uns besucht!«

Der alte Mann antwortete: »Ich glaube, bei mir fehlt nicht mehr viel am vollen Hundert.« Er lächelte. »Bin im selben Jahr geboren, in dem der *Astronaut* startete. Man hat mich Lee getauft, nach dem Kapitän.«

»Der ist tot«, sagte Harl.

Tom Rennis und Steve, Awkright dicht hinter ihnen, kamen heran.

»Das tut mir leid. Hattet ihr viele Verluste?«

»Nur diesen einen.«

Awkright schaltete sich ein: »Nun, wo sind die andern?«

»Ich habe ihn noch nicht gefragt«, sagte Harl, der sich deswegen dumm vorkam.

»Die Menschen?« fragte der alte Mann zurück. »Sie meinen den Rest der Menschheit? Alle gestorben. Bis zu dem harten Winter vor zwei Jahren hatte ich noch zwei Gefährten. Der hat sie fertiggemacht. Es ist sehr einsam, wenn man allein ist. Ich war nicht einmal mehr sicher, ob ich noch richtig sprechen konnte. Ich fand keinen Sinn darin, mit mir selbst zu reden.«

»Mein Gott!« rief Harl. »Er ist in demselben Jahr geboren worden, in dem wir mit dem *Astro* starteten – bevor die Generatoren angestellt wurden. Bedeutet das... daß irgend etwas schiefgegangen ist? Daß es sie getötet hat, statt Telepathen aus ihnen zu machen? Aber die Tiere! Und Whittakers Kinder . . .«

Der alte Mann nickte. »Sie wußten von den Generatoren?«

Er lächelte sie heiter und gelöst an. Es war kein Wunder, daß er leicht verblödet zu sein schien – entweder als Folge irgendwelcher Erlebnisse oder auch nur normaler Senilität; doch es war zum Verzweifeln. Awkright griff ihn beim Arm.

»Hören Sie«, fragte er, »was haben die Generatoren bewirkt?«

»Sie haben Telepathen gemacht. Wußten Sie das nicht? Alle Neugeborenen waren Telepathen – auch bei den Tieren. Man kann sie seitdem viel schwerer erjagen. Man kommt nicht mehr so nahe an sie heran. Mit einem Zielfernrohr habe ich es jedoch ganz gut geschafft, aber meine Augen sind in den letzten Jahren nicht mehr so gut.«

»Was geschah mit den Telepathen?« fragte Awkrigth geduldig.

»Einige davon wurden erwachsen. Nicht viele. Als Kinder waren sie ganz in Ordnung – außer den sehr sensiblen natürlich. Wenn sie aber erst einmal zehn oder elf waren, fielen sie wie die Fliegen. Vielleicht eins von hundert wurde älter als zwanzig. Ich hatte selbst zwei Kinder; die Leute hofften immer, daß die Wirkung verschwinden würde, wenn die Wissenschaftler auch von Anfang an sagten, daß das nicht der Fall sei. Mein Junge schaffte es bis fünfzehn.«

»Aber warum starben sie?« fragte Rennis ihn. »Was hat sie getötet? Hat die Bestrahlung außer der Telepathie noch etwas anderes bewirkt?«

Der Alte blickte ihn erstaunt an. »Aber nein. Die Telepathie hat sie natürlich getötet.« Für ihn war das ganz deutlich eine Selbstverständlichkeit. »Es war gar nichts anderes möglich. Einige schossen sich eine Kugel durch den Kopf oder hängten sich auf oder brachten sich sonstwie ums Leben, die meisten aber starben einfach.«

»Aber warum?« fragte Harl. »Warum?«

»Weil die Leute von Natur aus schlecht sind. Warum wohl sonst? Ich glaube, jedermann weiß, wie er ist, wenn er nur tief genug und ehrlich in sich hineinblickt. Lügner, Betrüger, Mörder. Ich glaube, wir sind alle so – sind es seit jeher. Was aus unseren Mündern kommt, ist gewissermaßen gefiltert, könnte man vielleicht sagen. Aber für die Telepathen gab es keinerlei Filter. Es traf sie unabgeschwächt und hämmerte ununterbrochen auf sie ein. Je besser einer von ihnen war, um so rascher tötete es ihn – oder sie; aber die Mädchen lebten in der Regel länger.«

»Also so ist es gewesen«, sagte Awkright lustlos.

»Aber war es wirklich eine bleibende Mutation?« fragte Rennis. »Kann es nicht irgendwo isolierte Gruppen von Telepathen gegeben haben, deren Kinder . . .«

»Deren Kinder?« Der alte Mann lachte. »Diejenigen, die alt genug wurden, haben niemals geheiratet. Haben Sie schon mal versucht, sich in sich selbst zu verlieben?«

Es war ein schöner Frühlingsmorgen. Unmengen von rosa und weißen Blüten bedeckten die Bäume neben ihnen, und ein milder, warmer Wind blies.

»Und nach Tausenden von Jahren«, sagte Awkright, »mußte es hierzu kommen.«

»Deshalb wollte ich ja am Leben bleiben, bis Sie zurückkommen«, sagte der alte Mann. »Damit ich sehen kann, wie alles wieder neu beginnt.«

Sie sahen ihn an.

»Man hat mich Lee genannt, nach dem Kapitän«, sagte er. »Ich wußte alles über die Expedition. Ich habe die Aufzeichnungen gelesen. Ihr habt zwei Frauen in der Besatzung. Die Welt kann wieder von vorn beginnen.«

Rennis und Awkright drehten sich um und gingen fort.

»Ja«, sagte Harl. »Zwei. Mary Rogers, zweiter Steuermann. Lucy Parino, Assistenzärztin. Alter: zweiundfünfzig und vierundfünfzig.«

Eine leichte Brise faßte die Blüten und ließ sie auf und nieder tanzen.

POUL ANDERSON

Nennt mich Joe

Heulend sprang der Sturm aus der Finsternis im Osten und peitschte eine Wolke Ammoniakkristalle vor sich her. In wenigen Augenblicken war Edward Anglesy geblendet.

Er krallte sich mit allen vier Füßen in die harten Schollen, aus denen der Boden bestand, kauerte sich nieder und tastete nach seinem kleinen Schmelzbrenner. Der Sturm jaulte wie ein wild gewordenes Fagott in seinem Schädel. Irgend etwas schlug über seinen Rücken, fügte ihm eine blutende Schramme zu, ein Baum wurde mitsamt den Wurzeln herausgerissen und weit über hundert Kilometer fortgewirbelt. Blitze zuckten und Donner krachte unermeßlich weit über ihm, wo die Wolken in der Dunkelheit wild durcheinanderquirlten.

Wie eine Antwort brüllte das Echo des Gewitters in den Eisbergen auf, ein rotes Flammenmeer brach aus, und donnernd barst eine Bergflanke und rutschte splitternd über das Tal. Der Boden bebte.

Natriumexplosion, dachte Anglesy in dem ohrenbetäubenden Lärm. Feuer und Blitze gaben ihm genug Licht, seine Geräte zu finden. Seine muskulösen Hände sammelten die Werkzeuge ein, sein Schwanz packte die Schmelzform, und mit kraftvollen Bewegungen bahnte er sich seinen Weg zu dem Tunnel, der in seine Behausung führte.

Dach und Wände bestanden aus Wasser, das in dem sonnenfernen Klima gefroren und durch den zentnerschweren Druck der Atmosphäre auf jeden Quadratzentimeter zusammengepreßt war. In dieser Höhle, die durch einen winzigen Rauchabzug belüftet wurde, flackerte im Wasserstoff der Atmosphäre das trübe Licht einer mit Baumöl gespeisten Lampe.

Anglesy streckte keuchend seinen schieferblauen Körper auf dem Fußboden aus. Es hatte keinen Zweck, das Unwetter zu verwünschen. Diese Ammoniakstürme traten häufig bei Sonnenuntergang auf, und man konnte nichts anderes tun, als ihr Ende abzuwarten. Und außerdem war er jetzt müde.

In etwa fünf Stunden würde es Morgen sein. Er hatte gehofft, an diesem Abend seine erste Axt gießen zu können, aber vielleicht war es besser, für diese Arbeit Tageslicht abzuwarten.

Er zog einen toten Zehnfüßer von einem Bord und aß das Fleisch roh; ab und zu machte er eine Pause, um einen langen Schluck flüssigen Methans aus einem Krug zu nehmen. Seine Lage würde sich bessern, sobald er einmal richtige Werkzeuge besäße; bis jetzt hatte er alles mühsam mit Zähnen, Klauen, geeigneten Eisstücken und den erbärmlich weichen, zerbröckelnden Bruchstücken des Raumschiffes, die noch vorhanden waren, in passender Form hauen müssen. Doch in ein paar Jahren würde er soweit sein, ein menschenwürdiges Leben führen zu können.

Er seufzte, streckte sich aus und legte sich schlafen.

Hunderteinundachtzigtausend Kilometer entfernt nahm Edward Anglesy seinen Helm ab.

Blinzelnd sah er sich um. Nach dem Erlebnis der Jupiteroberfläche war es immer ein wenig unwirklich, sich hier, in der sauberen, ruhigen Aufgeräumtheit des Kontrollraumes wiederzufinden.

Seine Muskeln schmerzten. Eigentlich durfte das nicht der Fall sein. Er hatte nicht in Wirklichkeit gegen einen

Sturm von mehreren hundert Kilometern pro Stunde, unter Einwirkung der dreifachen Erdschwerkraft und bei einer Temperatur von minus 140 Grad Celsius, gekämpft. Er hatte sich ununterbrochen hier, in der kaum spürbaren Anziehungskraft von Jupiter V, aufgehalten und die normale Mischung von Sauerstoff und Stickstoff geatmet. Es war Joe, der dort unten lebte und seine Lungen mit Wasserstoff und Helium unter einem nur annähernd schätzbaren Druck füllte; denn dieser Druck war immerhin so stark, daß er Aneroidbarometer zerbrach und piezoelektrische Messungen störte.

Nichtsdestoweniger fühlte er sich am ganzen Körper matt und zerschlagen. Zweifellos eine Folge der geistigen Anspannung – psychosomatisch bedingt. Schließlich war er ja einige Stunden lang gewissermaßen Joe gewesen, und Joe hatte hart gearbeitet.

Nachdem Anglesy den Helm abgenommen hatte, spürte er nur noch eine sehr lose Verbindung. Der Esprojektor blieb weiter auf Joes Gehirn abgestimmt, war jedoch nicht mehr scharf auf sein eigenes eingestellt. Irgendwo im Hintergrund seines Bewußtseins spürte er ein unbeschreibliches Gefühl der Schläfrigkeit. Dann und wann trieben unbestimmte Formen oder Farben durch die samtene Schwärze – Träume? Es war nicht unmöglich, daß Joes Gehirn ein wenig träumte, während Anglesys Geist es nicht benutzte.

Ein rotes Lämpchen blinkte an der Schalttafel des Esprojektors auf, während gleichzeitig eine Klingel zu schrillen begann. Anglesy stieß eine Verwünschung aus. Seine dünnen Finger tanzten über die Knöpfe eines Stuhles, der sofort herumschwang und schnell zu dem Tisch mit den Kontrollskalen rollte. Ja, dort – die K-Röhre oszillierte wieder! Eine Sicherung sprang heraus. Mit einer Hand riß er die Schutzscheibe auf, während er mit der anderen in einer Schublade kramte.

Im Unterbewußtsein spürte er, wie der Kontakt mit

Joe schwächer wurde. Er war nicht sicher, ob er ihn wieder aufnehmen können würde, wenn er ihn einmal ganz verloren hätte. Und Joe bedeutete immerhin eine Investition von mehreren Millionen Dollar und vielen wissenschaftlichen Forschungsjahren.

Anglesy zog die ausgebrannte K-Röhre aus der Halterung und warf sie auf den Fußboden. Glas zersprang. Der dumpfe Knall der Implosion dämpfte seine Wut ein wenig, gerade so viel, daß er eine Ersatzröhre finden, einsetzen und den Strom wieder einschalten konnte. Während die Apparatur warm wurde und ihre Verstärkerfunktion wieder aufnahm, wuchs in seinem Gehirn auch wieder das Gefühl der Verbindung mit Joe.

Langsam ließ sich der Mann in dem elektrischen Rollstuhl aus dem Kontrollraum und in die Vorhalle fahren. Sollte jemand anders die zerbrochene Röhre auffegen. Zur Hölle damit! Zur Hölle mit allen!

Jan Cornelius war noch nie weiter von der Erde fortgewesen als in einer der freundlichen, betriebsamen Forschungsstätten auf dem Mond. Er kam sich ziemlich verraten und verkauft vor, daß die Psionik-Gesellschaft ausgerechnet ihn für dieses dreizehnmonatige Exil bestimmt hatte. Die Tatsache, daß er vielleicht mehr über Esprojektoren und ihre verflixten Eingeweide wußte als irgendein anderer Sterblicher, war keine Entschuldigung. Warum überhaupt jemanden schicken? Wen interessierte das schon?

Offensichtlich den Weltwissenschaftsrat. Er hatte anscheinend diesen bärtigen Eremiten einen Blankoscheck auf Rechnung der Steuerzahler gegeben.

So haderte Cornelius während der ganzen langen Reise, die ihn auf einer Hyperbelbahn zum Jupiter führte, mit seinem Geschick. Schließlich aber machte ihn der zunehmende Bremsdruck bei der Annäherung an den winzigen inneren Satelliten des Planeten zu elend, um weiter diesen Gedanken nachzuhängen. Und als er kurz vor der Ausschiffung noch einmal ins Gewächshaus hinaufging, wie die Piloten die Vollsichtkanzeln ihrer Raumschiffe nennen, brachte er kein Wort heraus. Jedem, der den Jupiter zum ersten Mal so nahe sieht, ergeht es so.

Arne Viken wartete geduldig, während Cornelius starrte. *Auch mich packt dieser Anblick immer noch bei der Kehle,* dachte er. *Manchmal habe ich direkt Angst davor.*

Schließlich drehte Cornelius sich um. Bei seiner Größe und seinem Umfang bot er selbst einen recht imposanten Anblick. »Ich hatte ja keine Vorstellung«, flüsterte er. »Ich habe nie gedacht... ich habe Photos gesehen, aber...«

Viken nickte. »Sicher, Doktor Cornelius, Bilder können diesen Eindruck nicht vermitteln.«

Von ihrem Standpunkt aus konnten sie den dunklen, zerrissenen Fels des Satelliten überblicken, der sich in wildem Durcheinander noch ein Stück hinter der Landepiste erstreckte und dahinter schroff abfiel. Dieser Mond war scheinbar kaum mehr als eine Landeplattform, an der kalte Sternbilder vorbeistrichen und sie umkreisten. Der Jupiter füllte ein Fünftel seines Himmels aus, in einem weichen bernsteingelben Licht strahlend, von farbigen Bändern umschlungen, dunkel gefleckt von den Schatten planetengroßer Monde, während hellere Stellen Wirbelstürme vom Durchmesser der Erde bezeichneten. Wenn eine nennenswerte Schwerkraft vorhanden gewesen wäre, hätte Cornelius gedacht, der gewaltige Planet stürze auf ihn herab. So aber hatte er das Gefühl, aufwärts gesogen zu werden, und seine Hände, die instinktiv ein Geländer umklammert hatten, schmerzten noch von dem krampfhaften Griff.

»Und hier leben Sie... ganz allein... mit diesem...?« fragte er mit schwacher Stimme.

»Nun, zusammengenommen sind es über fünfzig, alles

recht sympathische Leute«, sagte Viken. »Es ist gar nicht so schlimm. Man verpflichtet sich für vier Perioden – die Zeit zwischen vier Schiffsankünften – und ob Sie's glauben oder nicht, Doktor Cornelius, ich habe mich jetzt zum dritten Mal verpflichtet.«

Der Neuankömmling verkniff es sich, weitere Fragen zu stellen. Die Männer auf Jupiter V hatten irgend etwas an sich, das er nicht ganz verstehen konnte. Sie trugen zumeist Bärte, obgleich sie sonst sorgsam auf ein tadelloses Äußeres bedacht waren. Ihre geschmeidigen Bewegungen unter der geringen Schwerkraft sahen traumhaft aus, und mit ihrer Unterhaltung gingen sie so sparsam um, als wollten sie den Stoff jeweils ein Jahr und einen Monat lang, für die Dauer zwischen den einzelnen Schiffsankünften, strecken. Ihr mönchisches Leben hatte sie gewandelt – oder hatten sie gar so etwas Ähnliches wie ein Gelübde der Armut, Keuschheit und Gehorsamkeit abgelegt, weil sie sich auf der grünen Erde nie ganz zu Hause fühlen konnten?

Dreizehn Monate! Cornelius rann ein Schauer über den Rücken. Das Gehalt und die Prämien, die sich währenddessen für ihn ansammelten, waren nur ein schwacher Trost für die lange, kalte Wartezeit, siebenhundertachtundsiebzig Millionen Kilometer von der Sonne entfernt.

»Ein wunderbarer Ort für Forschungsarbeiten«, fuhr Viken fort. »Die großzügige Einrichtung, ein ausgesuchter Kollegenkreis, keine Ablenkungen – und natürlich ...« Er deutete mit dem Daumen nach dem Planeten und wandte sich zum Gehen.

Cornelius folgte ihm mit ungeschickten Bewegungen. »Das ist zweifellos alles sehr interessant«, prustete er. »Faszinierend. Aber mußte man mich wirklich hier heraus schleppen und für über ein Jahr anketten, Doktor Viken – für eine Arbeit, die ich vielleicht in ein paar Wochen erledigt haben kann . . .«

»Sind Sie sicher, daß es so einfach sein wird?« fragte

Viken freundlich. Er drehte sich um, und in seinen Augen stand ein Ausdruck, der Cornelius verstummen ließ. »Solange ich hier bin, habe ich noch kein Problem gesehen, wie kompliziert es auch ausgesehen haben mag, das sich bei richtiger Betrachtungsweise nicht als noch komplizierter erwiesen hat.«

Sie schritten durch die Luftschleuse des Schiffes und den darangekuppelten Gang, der es mit dem Eingang zur Station verband. Fast alles befand sich unter dem Boden des Satelliten. Die Wohnräume und Laboratorien, ja selbst die Korridore, waren geradezu verschwenderisch eingerichtet – im Gemeinschaftsraum befand sich sogar ein Kamin mit einem richtigen Feuer! Gott allein mochte wissen, was *das* kostete! Doch bei dem Gedanken an die gewaltige, frostige Leere, die den königlichen Planeten umgab, und an seine eigene dreizehnmonatige Verbannung, kam Cornelius zu dem Schluß, daß dieser Luxus in Wahrheit eine biologische Notwendigkeit bedeutete.

Viken führte ihn in ein freundlich möbliertes Zimmer, das er in Zukunft bewohnen sollte.

»Ihr Gepäck und Ihr wissenschaftlicher Kram wird bald entladen und Ihnen gebracht werden. Im Augenblick sind alle damit beschäftigt, sich entweder mit der Besatzung des Raumschiffes zu unterhalten oder ihre Post zu lesen.«

Cornelius nickte gedankenversunken und setzte sich. Wie alles für die Bedingungen geringer Schwerkraft konstruierte Mobiliar war auch der Stuhl nur ein spindeldürres Skelett, bot jedoch seinem massigen Körper bequemen Halt. Er faßte in die Tasche seiner hüftlangen losen Jacke, in der Hoffnung, den anderen bestechen zu können, daß er ihm noch eine Weile Gesellschaft leistete. »Zigarre? Ich habe ein paar aus Amsterdam mitgebracht.«

»Danke.« Viken nahm sie mit enttäuschender Beiläufigkeit an, kreuzte seine langen, dünnen Beine und blies den Rauch in grauen Wolken von sich.

»Eh... haben Sie hier das Kommando?«

»Nicht im eigentlichen Sinne. Hier kommandiert keiner. Wir haben einen Verwalter, den Koch, der sich mit dem wenigen befaßt, was es hier zu ordnen und zu verwalten gibt. Dies ist und bleibt in erster Linie eine Forschungsstation, vergessen Sie das nicht.«

»Und was ist Ihr Gebiet?«

Viken runzelte die Stirn. »Fragen Sie niemand anders so geradeheraus, Doktor Cornelius«, warnte er. »Alle möchten den knappen Gesprächsstoff mit jedem Neuankömmling so lange wie möglich ausspinnen. Es ist ein seltener Genuß, sich jemandem gegenüberzusehen, dessen wahrscheinliche Reaktionen noch nicht bis ins letzte... Nein, nein, Sie brauchen sich bei mir nicht zu entschuldigen. Ist schon gut. Ich bin Physiker, und mein Spezialgebiet ist der feste Zustand der Materie unter extrem hohen Drücken.« Er deutete mit dem Kopf nach der Außenwand. »Und in dieser Hinsicht gibt es noch viel zu erforschen – dort!«

»Ich verstehe.« Cornelius rauchte eine Weile schweigend. »Man sagt, daß ich der Experte für Psionik bin; aber im Augenblick habe ich, offen gesagt, noch nicht die geringste Ahnung, aus welchem Grund Ihr Apparat die gemeldete Fehlerquelle aufweisen sollte.«

»Meinen Sie damit, diese – diese K-Röhren arbeiten auf der Erde einwandfrei im Dauereinsatz?«

»Und auf dem Mond, dem Mars, der Venus – überall, außer anscheinend hier.« Cornelius zuckte mit den Schultern. »Aber diese Psistrahlen sind natürlich überhaupt eine vertrackte Angelegenheit, und manchmal bekommt man einen unerwünschten Rückkopplungseffekt, ein sogenanntes Feedback, wenn... Aber nein, ich will nicht theoretisieren, bevor ich nicht alle Unterlagen habe. Wo sind Ihre Psileute?«

»Wir haben nur einen, Anglesy, der auch kein regelrecht ausgebildeter Esmann ist. Aber er befaßte sich damit nach seiner Verkrüpplung und zeigte ein so natürliches Talent für diese Tätigkeit, daß man ihn hierherbrachte, als er sich freiwillig meldete. Es ist so schwierig, jemanden für Jupiter V zu bekommen, daß wir keinen besonderen Wert auf schriftliche Befähigungsnachweise legen. Und was das Können betrifft, scheint Ed diesen Joe mindestens so gut wie jeder Doktor der Psionik zu führen.«

»Ach ja, euer Pseudojupitermensch. Von dieser Seite her werde ich das Problem auch sehr sorgfältig untersuchen müssen«, sagte Cornelius. Gegen seinen Willen begann er sich für die Sache zu interessieren. »Vielleicht steckt die Fehlerquelle irgendwo in Joes Biochemie. Wer weiß? Ich will Sie in ein sorgfältig gehütetes Geheimnis einweihen, Doktor Viken: Psionik ist keine exakte Wissenschaft.«

»Genausowenig ist es die Physik«, grinste der andere. Doch nach einem Augenblick fügte er etwas nüchterner hinzu: »Wenigstens nicht mein augenblickliches Spezialgebiet. Ich hoffe, zu seiner Exaktheit beisteuern zu können. Dazu bin ich schließlich hier. Jeder von uns hier hat für sein Gebiet das gleiche Ziel.«

Als er Edward Anglesy zum ersten Mal sah, empfand Cornelius einen ziemlichen Schock. Der Mann bestand aus einem Kopf, einem Paar Arme und zwei unangenehm durchdringend blickenden blauen Augen. Der Rest von ihm war nur ein unbedeutendes Anhängsel, das von einer beräderten Maschine eingeschlossen wurde.

»Ursprünglich war er Biophysiker«, hatte Cornelius von Viken erfahren. »Als junger Mann studierte er atmosphärische Sporen auf der Erdstation – bei einem Unfall wurde er gräßlich zerquetscht; nichts unterhalb seiner Brust wird jemals wieder normal arbeiten. Bissiger

Typ; Sie werden ihn mit Samthandschuhen anfassen müssen.«

Als Cornelius jetzt auf einem der so zerbrechlich aussehenden Stühle im Esprojektorraum saß, erkannte er, daß Viken der Wahrheit noch geschmeichelt hatte.

Während Anglesy sprach, aß er hastig und unordentlich, so daß die Fühlarme seines Stuhles viel mit der Beseitigung der herabfallenden Reste zu tun hatten. »Muß leider«, erklärte er dabei. »Dieser stumpfsinnige Betrieb läuft offiziell nach Erdzeit, GMT. Jupiter kümmert sich nicht darum. Ich muß hier sein, wenn Joe aufwacht, damit ich ihn sofort übernehmen kann.«

»Könnte Sie nicht jemand ablösen?« fragte Cornelius.

»Bah!« Anglesy spießte ein Stück Ei auf und wedelte dem anderen damit vor dem Gesicht herum. Da Englisch, die Umgangssprache in der Station, zugleich seine Muttersprache war, sprudelten die Worte mit maßloser Wildheit aus ihm heraus. »Hören Sie, haben Sie jemals eine therapeutische Hirnbehandlung vorgenommen? Nicht nur einfach gelauscht oder vielleicht sogar Gedanken ausgetauscht, sondern tatsächlich eine pädagogische Beeinflussung ausgeübt?«

»Nein, nein. Dazu muß man eine gewisse natürliche Begabung haben, wie Sie zum Beispiel.« Cornelius lächelte. Seine bewußte kleine Schmeichelei verschwand spurlos hinter dem narbigen Gesicht seines Gegenübers. »Ich nehme an, Sie meinen Fälle wie etwa, nun, die Wiederbelebung des Nervensystems eines gelähmten Kindes?«

»Ja, ja. Das Beispiel genügt. Hat jemals einer versucht, die Persönlichkeit des Kindes zu unterdrücken, es im buchstäblichen Sinne des Wortes zu übernehmen?«

»Guter Gott, nein!«

»Auch nicht als ein wissenschaftliches Experiment?« Anglesy grinste. »Hat jemals ein Operateur seinen Esprojektor hochgekitzelt und das Gehirn eines Kindes mit seinen eigenen Gedanken vollaufen lassen? Los, Cornelius, bekennen Sie Farbe, ich werde Sie nicht verpfeifen.«

»Hm ... das fällt nicht in mein Gebiet, wissen Sie.« Der Psionikexperte sah beflissen zur Seite, entdeckte eine unverfängliche Instrumentenskala und hielt sich mit seinen Blicken daran fest. »Allerdings ... ich habe etwas davon gehört. In einigen ... eh ... pathologischen Fällen hat man Versuche gemacht, durchzustoßen ... die Wahnvorstellungen der Patienten mit brutaler Gewalt zu brechen ...«

»Und es hat nicht geklappt!« vollendete Anglesy. Er lachte. »Es *kann nicht* klappen, nicht einmal bei einem Kind, geschweige denn bei einem Erwachsenen mit voll entwickelter Persönlichkeit. Schließlich hat es zehn Jahre mühsamer Kleinarbeit gekostet, bis man der Maschine soweit ihre Mucken ausgetrieben hatte, daß ein Psychiater wenigstens in den Patienten ›hineinhorchen‹ konnte – ohne daß die normale Abweichung zwischen den beiden Denkschemata eine Interferenz auslöste, die gerade das überlagerte, was der Arzt zu studieren wünschte. Der Apparat muß automatisch einen Ausgleich zwischen den Verschiedenheiten der einzelnen Individuen herbeiführen. Überbrücken können wir den Unterschied zwischen den Denkvorstellungen immer noch nicht.

Wenn jemand zur Zusammenarbeit bereit ist, kann man sein Denken sehr behutsam lenken. Aber das ist auch alles. Versucht man dagegen, die Macht über ein anderes Gehirn zu ergreifen, ein Gehirn, mit seinem eigenen Erfahrungsschatz, einem Ego, riskiert man allen Ernstes seinen gesunden Verstand. Das andere Gehirn wird instinktiv zurückschlagen. Eine vollentwickelte, gereifte, vom Leben gestählte Persönlichkeit ist einfach zu komplex für eine geistige Beherrschung. Sie besitzt zu viele Hilfsquellen, eine regelrechte Hölle im Unterbewußtsein, die sie zur Verteidigung mobilisieren kann, wenn ihre Integrität bedroht ist. Verdammt und zugenäht, Mann, wir können nicht einmal unseren eigenen Geist beherrschen, geschweige denn den eines anderen!«

Anglesys rauhe Stimme brach ab. Brütend saß er vor der Instrumententafel und klopfte mit den Fingerspitzen auf die Lehnen seines automatischen Rollstuhls.

»Und nun?« fragte Cornelius nach einer Weile.

Er hätte vielleicht lieber nicht reden sollen. Doch es fiel ihm schwer, stumm zu bleiben. Das große Schweigen – siebenhundertachtundsiebzig Millionen Kilometer weit von hier bis zur Sonne – bedrückte ihn. Wenn er den Mund nur fünf Minuten lang schloß, und auch niemand anderer redete, kam es ihm vor, als kröche das Schweigen wie ein feuchter Nebel an ihm hoch.

»Und nun?« höhnte Anglesy. »Unser Pseudojupitermensch, Joe, besitzt physisch gesehen ein Erwachsenengehirn. Und nur aus dem einen Grunde kann ich eine Kontrolle über ihn ausüben, weil sein Gehirn noch nie die Chance gehabt hat, ein eigenes Ego zu entwickeln. *Ich* bin Joe. Von dem Augenblick seiner ›Geburt‹ an, seinem Eintritt in das Bewußtsein, bin ich in ihm gewesen. Der Psistrahl sendet mir alle seine Sinneswahrnehmungen und vermittelt ihm die entsprechenden motorischen Impulse meines Zentralnervensystems. Nichtsdestoweniger besitzt er ein ausgezeichnetes Gehirn, dessen Zellen jeden Eindruck, jede Erfahrung registrieren, genau wie bei Ihnen oder bei mir; seine Gehirnwindungen haben jedoch eine Topographie angenommen, die meinem ›Persönlichkeitsbild‹ entspricht.

Jeder andere, der ihn von mir übernehmen wollte, würde feststellen müssen, daß es einem Versuch gleichkäme, mich selbst aus meinem eigenen Gehirn herauszuwerfen. Und das ist nicht möglich. Genaugenommen besitzt er zweifellos nur einen rudimentären Satz Anglesy-Erinnerungen – zum Beispiel wiederhole ich keine trigonometrischen Theoreme, während ich die Kontrolle über ihn ausübe –, aber er besitzt genügend, um eine ausgeprägte Persönlichkeit aufzuweisen.

Jedesmal, wenn er aus dem Schlaf erwacht – gewöhnlich dauert es ein paar Minuten, während der ich es bereits mit meinen normalen telepathischen Fähigkeiten wahrnehmen und den Umformerhelm anlegen kann – habe ich einen kleinen geistigen Kampf auszufechten. Ich spüre fast einen... einen Widerstand, bis ich meine Gedankenbahnen völlig auf seine abgestimmt habe. Allein das Träumen bedeutet schon genügend eigene Erfahrung, um...« Anglesy hielt es nicht für nötig, seinen Satz zu vollenden.

»Ich verstehe«, murmelte Cornelius. »Ja, das ist klar genug. Es ist ja überhaupt schon erstaunlich, daß Sie einen so vollständigen Kontakt mit einem so fremdartigen Organismus unterhalten können.«

»Aber bestimmt nicht mehr lange«, sagte der Esmann sarkastisch, »wenn Sie nicht den Fehler finden, der ständig die K-Röhren durchbrennen läßt. Mein Vorrat an Ersatzröhren ist nicht unbegrenzt.«

»Ich habe schon eine Arbeitshypothese«, sagte Cornelius, »aber wir wissen noch so wenig über das Senden mit Psistrahlen – ist die Geschwindigkeit unendlich oder nur sehr groß, ist die Strahlungsenergie tatsächlich unabhängig von der Entfernung? Wie steht es mit den möglichen Nebenwirkungen einer Strahlung der – nun, der degenerierten Materie im Kern des Jupiter? Guter Gott, ein Planet, auf dem Wasser ein schweres Mineral und Wasserstoff ein Metall ist! Was wissen wir denn überhaupt?«

»Man erwartet von uns, daß wir es herausfinden«, erwiderte Anglesy heftig. »Dazu sind wir schließlich hier. Wissen. An die Arbeit!« Er spuckte die Worte förmlich aus. »Offensichtlich ist noch nicht einmal das wenige, was wir bisher herausgefunden haben, bis zu euch gedrungen. Wo Joe lebt, ist Wasserstoff immer noch ein Gas. Um ihm in seinem festen Zustand zu begegnen, müßte er schon ein paar Kilometer tiefer graben. Und ich soll eine wissenschaftliche Analyse der Bedingungen auf dem Jupiter machen!«

Cornelius wartete ruhig, bis Anglesy sich abreagiert hatte, während er im Geist das Problem der durchbrennenden K-Röhren wälzte.

»Auf der Erde versteht man das nicht. Selbst hier nicht einmal. Manchmal glaube ich fast, daß sie nicht verstehen wollen. Joe hat dort unten nicht viel mehr als seine nackten Hände zur Verfügung. Er und ich, wir fingen mit nicht viel mehr Wissen an, als daß er sich wahrscheinlich von dem vorhandenen Leben würde ernähren können. Es ist geradezu ein Wunder, daß er in diesen wenigen Wochen schon so weit vorangekommen ist – sich ein Obdach geschaffen hat, mit der näheren Umgebung vertraut geworden ist, begonnen hat, sich mit Metallurgie und Hydrurgie, oder wie Sie es nennen wollen, zu befassen. Was soll ich denn sonst noch tun – still vor mich hinweinen, weil wir noch nicht mehr geschafft haben? Es ist zum Aus-der-Haut-Fahren!«

»Ja, ja«, murmelte Cornelius betreten. »Ja, ich . . .«

Anglesy hob sein weißes, knochiges Gesicht. Ein Schleier legte sich über seine Augen.

»Was –« begann Cornelius.

»Schweigen Sie!« Anglesy ließ seinen Stuhl herumsausen, griff nach dem Helm und stülpte ihn sich über den Schädel. »Joe wacht auf. Verschwinden Sie!«

»Aber wenn Sie mich nur arbeiten lassen, während der schläft, wie kann ich dann –«

Anglesy knurrte wild und warf einen Schraubenschlüssel nach ihm. Selbst hier, in der schwachen Schwerkraft, war es nur ein matter Wurf. Cornelius ging rückwärts zur Tür. Anglesy war dabei, den Esprojektor abzustimmen. Plötzlich fuhr er hoch.

»Cornelius!«

»Was ist los?« Der Psioniker versuchte zurückzurennen, kam dabei zu sehr in Schwung und schlitterte zusammengekauert gegen die Instrumententafel.

»Wieder die K-Röhre!« Anglesy riß den Helm herunter. Es mußte höllisch geschmerzt haben, einen fremden sinnlichen Reizimpuls mit unkontrollierter Verstärkung im eigenen Gehirn zu verspüren, aber er sagte lediglich: »Wechseln Sie die Röhre für mich aus. Schnell! Und dann verschwinden Sie und lassen Sie mich allein. Joe ist nicht von selbst aufgewacht. Irgend etwas ist zu mir in die Höhle gekrochen – ich bin in Gefahr dort unten!«

Das Tagewerk war hart gewesen, und Joe schlief sehr tief. Er erwachte erst, als die Hände sich um seine Kehle schlossen.

Im ersten Augenblick drang nur eine wilde, alles erstickende Woge des Entsetzens in sein Bewußtsein. Dann meinte er, sich wieder auf der Erdstation zu befinden, im Zustand völliger Schwerelosigkeit am Ende eines Kabels zu schweben, während Tausende frostkalter Sterne den Planeten vor ihm in einen Lichthof hüllten. Joe Anglesy sah, wie der große Doppel-T-Träger sich von seiner Verankerung löste und auf ihn zutrieb, langsam, aber mit der ganzen Wucht des Beharrungsvermögens seiner vielen Tonnen, kreiselnd und im Erdlicht schimmernd, und das einzige Geräusch kam von ihm selbst, füllte schreiend seinen Helm, während er sich von dem Kabel zu lösen versuchte und der Träger ihn sacht anstieß, sich weiterbewegte, ihn vor sich herschob, ihn gegen die Außenwand der Station preßte, ihn hineinquetschte und Schaum aus seinem zerschlitzten Raumanzug trat, der sich selbsttätig abzudichten versuchte; Blut mischte sich mit dem Schaum – *Joe brüllte auf vor Schmerz.*

Seine konvulsive Reaktion riß die Hände von seinem Hals und schleuderte eine schwarze Gestalt, sich überschlagend, quer durch die Höhle. Sie schmetterte krachend gegen die Wand, und die Lampe stürzte auf den Fußboden und ging aus.

Joe stand schwer atmend in der Dunkelheit und nahm verschwommen wahr, daß sich das Heulen des Windes während seines Schlafes zu einem dumpfen Knurren abgeschwächt hatte.

Das Etwas, das er von sich geschleudert hatte, wimmerte vor Schmerz und kroch an der Wand entlang. Joe tastete in der Finsternis nach seiner Keule.

Ein weiteres scharrendes Geräusch. Der Tunnel! Sie kamen durch den Tunnel! Joe tappte blind dorthin, um sich ihnen entgegenzustellen. Sein Herz schlug ihm bis in den Hals, und seine Nase sog einen fremdartigen, beißenden Geruch ein.

Die Kreatur, um die sich Joes Hände schlossen, war nur ungefähr halb so groß wie er, besaß jedoch sechs mit gefährlichen Krallen bewehrte Füße und ein Paar dreifingerige Hände, die nach seinen Augen griffen. Joe fluchte, hob das sich windende Wesen hoch empor und schmetterte es auf den Boden. Es kreischte schrill auf, und Joe hörte Knochen splittern.

»Na, kommt schon!« rief Joe. Er krümmte seinen Rükken und fauchte ihnen entgegen wie ein Tiger, der sich von riesigen Raupen bedroht sieht.

Sie strömten durch seinen Tunnel und in den Raum; ein Dutzend von ihnen drang ein, während er mit einem rang, das sich um seine Schultern geschlungen und seinen sehnigen Körper mit den Krallen verankert hatte. Sie zerrten an seinen Beinen, versuchten auf seinen Rücken zu klettern. Joe schlug mit seinen scharfen Klauen und mit seinem Schwanz um sich, warf sich auf den Rücken, geriet unter einen Haufen seiner Angreifer und stand wieder auf, während der ganze Haufen sich an ihm klammerte.

Sie schwankten in der Finsternis. Die vielbeinige Brut auf seinem Rücken stieß gegen die Wand der Behausung. Die Wand bebte, ein Stützbalken knickte ein, das Dach kam herunter. Anglesy stand in einer Grube, zwischen zerbrochenen Eisschollen und unter dem fahlen Licht des sinkenden Ganymed.

Er konnte jetzt erkennen, daß die Scheusale schwarze Farbe hatten und ihre Köpfe groß genug waren, um ein Gehirn zu beherbergen – nicht so viel wie bei einem Menschen, aber wahrscheinlich mehr als bei einem Affen. Es schienen ungefähr zwanzig zu sein, die sich unter den Trümmern hervorwühlten und mit dem gleichen boshaften Kreischen auf ihn stürzten.

Warum?

Instinktmäßige Reaktion, dachte Anglesy; den Fremden sehen, den Fremden fürchten, den Fremden hassen, den Fremden töten. Seine Brust hob sich, Luft durch die wunde Kehle pumpend. Er riß einen ganzen Stützbalken an sich, brach ihn in zwei Teile und ließ das eisenharte Holz um sich herumsausen.

Die nächste Bestie bekam den Schädel eingeschlagen. Der zweiten zertrümmerte er das Rückgrat. Die dritte wurde mit zerschmetterten Rippen in eine vierte geschleudert, beide stürzten zu Boden. Joe begann zu lachen. Es fing an, ihm Spaß zu machen.

»Jiii-aou! Ti-i-i-iger!« Er rannte über den vereisten Boden auf die Meute zu. Heulend liefen sie auseinander. Er jagte hinter ihnen her, bis das letzte Tier im Wald verschwunden war.

Keuchend blickte Joe auf die Toten. Er blutete, alle Glieder taten ihm weh, er fror und hatte Hunger und sein Obdach war zerstört – aber er hatte sie in die Flucht geschlagen! Ein plötzliches Verlangen überkam ihn, sich auf die Brust zu schlagen und zu brüllen. Einen Augenblick zögerte er. Warum eigentlich nicht? Anglesy warf den Kopf in den Nacken und heulte seinen Sieg in die fahle Scheibe des Ganymed.

Danach ging er an die Arbeit. Zunächst galt es, ein

Feuer an der windgeschützten Seite des Raumschiffes – das inzwischen nicht viel mehr als ein Haufen von Korrosion zerfressenes Metall war – zu entzünden. Die höllische Meute streifte weiter kreischend in der Dunkelheit über den zerklüfteten Grund – sie hatten ihn noch nicht aufgegeben, sie würden wiederkehren.

Er riß eine Keule von einem der erschlagenen Tiere und nahm einen Bissen. Ganz gut. Besser noch, wenn richtig gekocht. Heh! Sie hatten einen großen Fehler begangen, seine Aufmerksamkeit auf ihre Existenz zu lenken. Er beendete sein Frühstück, während Ganymed hinter die Eisberge im Westen tauchte. Der Morgen würde bald anbrechen. Die Luft stand fast still, und ein Flug pfannkuchenförmiger Himmelsgeister, wie Anglesy sie nannte, strich hoch über seinem Kopf dahin, glänzend wie poliertes Kupfer im ersten blassen Schimmer der Dämmerung.

Joe durchstöberte die Trümmer seiner Behausung, bis er die Ausrüstung zum Wasserschmelzen vollständig geborgen hatte. Sie war unbeschädigt geblieben. Das war jetzt das wichtigste in der Reihenfolge seiner Unternehmungen: etwas Eis schmelzen und in die Formen von Axt, Messer, Säge und Hammer gießen, die er mühsam angefertigt hatte. Unter den Umweltbedingungen auf dem Jupiter war Methan eine Flüssigkeit, die man trank, und Wasser ein dichtes, hartes Mineral. Man würde gute Werkzeuge daraus machen können. Später würde er versuchen, es mit anderen Stoffen zu legieren.

Das war seine nächste Aufgabe – ja. Zum Teufel mit dem Unterschlupf; eine Zeitlang konnte er gut wieder im Freien schlafen. Er mußte einen Bogen machen, Fallen stellen, sich bereithalten, die schwarzen Raupenungetüme zu massakrieren, wenn sie ihn wieder angriffen. Nicht weit von hier war eine Kluft, die weit hinunter in bittere Kälte führte, bis hinab zu den festen Wasserstoff-Metall-Schichten: eine natürliche Tiefkühltruhe, der geeignete Platz für die mehrwöchigen Fleischvorräte, mit denen seine Feinde ihn versorgen würden. Das würde ihm Muße geben für – oh, für eine Unmenge wichtiger Dinge!

Joe lachte frohlockend und legte sich nieder, um den Sonnenaufgang zu beobachten.

Die Schönheit seiner Welt überwältigte ihn von neuem: zu sehen, wie der kleine, gleißende Funke der Sonne aus den Nebelbänken im Osten stieg, sie in dunkles Purpur tauchte und mit goldenen und rosigen Adern durchzog; zu sehen, wie die Helligkeit zunahm, bis das mächtige, tiefe Gewölbe des Himmels in jauchzendem Lichtglanz erstrahlte; zu sehen, wie sich mit dem Licht Wärme und Leben über ein weites, jungfräuliches Land ergoß, über Millionen Quadratkilometer rauschenden Niederwald, wellenglitzernde Seen und stäubende Wasserstoffgeysire – und sehen, sehen, sehen, wie die Eisberge im Westen wie blauer Stahl blitzten!

Anglesy sog den wilden Morgenwind tief in seine Lungen und jubelte hellauf vor Lebenslust wie ein übermütiger Junge.

»Ich bin zwar kein Biologe«, sagte Viken vorsichtig, »aber vielleicht kann ich Ihnen gerade deshalb einen besseren allgemeinen Überblick geben. Später können Ihnen dann Lopez oder Matsumoto Fragen beantworten, die mehr in die Einzelheiten gehen.«

»Ausgezeichnet.« Cornelius nickte. »Warum nehmen Sie nicht einfach an, daß ich überhaupt nichts über Ihr Projekt weiß? Beinahe ist es ja auch so, wie Sie sicher wissen.«

»Wenn Sie's so wollen«, lachte Viken.

Sie standen in einem Vorraum der Xenobiologischen Abteilung. Außer ihnen war niemand in der Nähe, denn die Uhren der Station zeigten 17.30 Uhr GMT an, und es wurde nur in einer Schicht gearbeitet. Eine durchgehende Arbeit in mehreren Schichten hätte auch wenig Zweck gehabt, bevor nicht Anglesy der anderen Hälfte des ganzen Unternehmens eine größere Fülle von zu verarbeitenden Daten lieferte.

Der Physiker beugte sich vor und nahm einen Briefbeschwerer von einem Schreibtisch. »Hat einer von unseren Leuten zum Zeitvertreib gemacht«, sagte er, »aber es ist ein ganz gutes Modell von Joe. Seine Scheitelhöhe beträgt ungefähr ein Meter dreiundfünfzig.«

Cornelius drehte die Plastikfigur in seinen Händen. Sie stellte so etwas wie einen Zentaur mit dem Körper einer Raubkatze und einem dicken, affenartigen Greifschwanz dar... Der Rumpf war gedrungen, langarmig, ungeheuer muskulös, der unbehaarte Kopf war rund, mit weiten Nasenlöchern, tiefliegenden Augen und sehr kräftigen Kiefern, im ganzen gesehen aber ein recht menschliches Gesicht. Seine Farbe war am ganzen Körper gleichmäßig blaugrau.

»Männlich, wie ich sehe«, bemerkte er.

»Natürlich. Vielleicht verstehen Sie nicht, warum. Joe ist – soweit wir das voraussagen können – das vollendete, endgültige Modell des Jupitermenschen – sozusagen der Stammvater seines Geschlechtes. Alle Unzulänglichkeiten haben wir ausgemerzt. Er ist die Antwort auf ein fünfzigjähriges Forschungsprogramm.« Viken warf Cornelius einen Seitenblick zu. »Die Bedeutung Ihrer Aufgabe ist Ihnen damit wohl klar, nicht wahr?«

»Ich werde mein Bestes tun«, erwiderte der Psioniker. »Doch wenn ... nun, lassen Sie uns annehmen, dieses Versagen der Röhren oder irgendein anderer Grund führt dazu, daß Sie Joe verlieren, bevor ich die Ursache dieses Oszillierens gefunden habe. Sie haben doch noch mehr von seiner Art in Reserve, nicht wahr?«

»Oh, ja«, antwortete Viken, etwas niedergeschlagen. »Aber die Kosten... Unser Budget ist nicht unbegrenzt. Wir verbrauchen eine Menge Geld, weil es schon kostspielig ist, sich in dieser Entfernung von der Erde eine leichte Erkältung zu erlauben. Und aus demselben Grund ist unser finanzieller Spielraum sehr schmal.«

Er bohrte seine Hände in die Hosentaschen und schlurfte auf die Tür zu den Laboratorien zu. Dabei hielt er den Kopf gesenkt und sprach mit leiser, gehetzter Stimme: »Vielleicht ist Ihnen nicht bewußt, was für einen Alpdruck dieser Jupiter für uns bedeutet. Bedrükkend im wahrsten Sinne des Wortes. Es ist nicht allein die Schwerkraft an der Oberfläche – nicht ganz dreimal soviel wie auf der Erde, was ist das schon? – sondern vor allem das Gravitationspotential, zehnmal so stark wie das der Erde, das uns zu schaffen macht. Die Temperatur. Der Druck. Und mehr noch die Atmosphäre, die Stürme und die Finsternis!

Wenn ein Raumschiff auf die Oberfläche des Jupiter niedergeht, muß es ferngesteuert werden; es ist feinporig wie ein Sieb, um den ungeheuren Druck auszugleichen, andererseits jedoch das festeste, widerstandsfähigste Modell, das je konstruiert wurde; es ist vollgepackt mit allen Instrumenten, allen Servomechanismen, allen Sicherheitseinrichtungen, die menschlicher Geist bis heute erdacht hat, um eine millionenschwere Präzisionsausrüstung zu schützen. Und was passiert? Die Hälfte der Schiffe erreicht die Oberfläche erst gar nicht. Ein Unwetter packt sie und wirbelt sie fort, oder sie kollidieren mit einem in der Atmosphäre schwimmenden Eisberg – oder, ob Sie's glauben oder nicht, ein *Vogelschwarm* rammt eines und zertrümmert seine Hülle! Und für die fünfzig Prozent, die schließlich landen, ist es eine Reise ohne Wiederkehr. Wir versuchen nicht einmal, sie zurückzuholen. Wenn die Beanspruchung des Materials während der Landung nicht zu Zerstörungen geführt hat, fallen sie doch schnell der Korrosion zum Opfer. Unter den Druckverhältnissen auf dem Jupiter stellt Wasserstoff mit Metallen die merkwürdigsten Dinge an.

Es hat insgesamt etwa fünf Millionen Dollar gekostet, Joe dort unten auszusetzen. Jeder seiner Artgenossen, den wir ihm folgen lassen, wird, wenn wir Glück haben, weitere zwei Millionen kosten.«

Viken stieß die Tür auf und ging voran in das Laboratorium. Ein großer Raum mit niedriger Decke, kalter Beleuchtung und surrenden Ventilatoren empfing sie. Er erinnerte Cornelius an ein Kernforschungslaboratorium; im ersten Augenblick wußte er nicht genau, warum, dann aber erkannte er die komplizierten Fernsteuerungsanlagen, die Vorrichtungen zur Fernbeobachtung und Schutzwände, die Kräfte zu umschließen schienen, welche den ganzen Satelliten zerstören konnten.

»Die benötigen wir natürlich als Schutz gegen den Druck«, sagte Viken, indem er auf die Wände deutete, »und gegen die Kälte – allerdings auch gegen den Wasserstoff, das geringere Übel. Unsere Einrichtungen hier schaffen ein genaues Duplikat der Bedingungen in der Stratosphäre des Jupiter. Damit hat eigentlich unser ganzes Projekt begonnen.«

»Davon habe ich schon einiges gehört. Haben Sie nicht auch Sporen aus der Atmosphäre gefischt?«

»Nicht ich.« Viken lachte stillvergnügt in sich hinein. »Das hat Tottis Mannschaft vor ungefähr fünfzig Jahren getan und damit bewiesen, daß es auf dem Jupiter Leben gibt. Ein Leben, das flüssiges Methan als Grundelement und Ammoniak in fester Form als Basis für eine Stickstoffsynthese benutzt: die Pflanzen verwerten die Sonnenenergie, um ungesättigte Kohlenstoffverbindungen aufzubauen, wobei Wasserstoff frei wird; die Tiere fressen die Pflanzen und spalten diese Verbindungen wieder auf. Es gibt sogar ein Äquivalent für die Sauerstoffverbindungen. Der Prozeß schließt komplizierte Enzymreaktionen ein und – also, das liegt zu weit außerhalb meines Gebietes.«

»Demnach weiß man also ziemlich gut über die Biochemie auf dem Jupiter Bescheid?«

»O ja. Schon zu Tottis Zeiten gab es eine hochentwickelte Bio-Technologie: die Erdbakterien hatte man bereits synthetisch hergestellt und die Strukturen der meisten Gene erforscht. Der einzige Grund, warum man so lange zur Darstellung des Lebensprozesses auf dem Jupiter brauchte, war das technische Hindernis – der hohe Druck und so weiter.«

»Wann haben Sie tatsächlich zum ersten Mal einen Blick auf die Oberfläche des Jupiter werfen können?«

»Das hat Gray vor ungefähr dreißig Jahren geschafft. Er hat ein Televisionsschiff hinuntergebracht, das lange genug bestehenblieb, um eine ganze Anzahl Bilder zurückzufunken. Seitdem ist unsere Technik besser geworden. Wir wissen, daß der Jupiter – soweit wir ihn kennen – förmlich überquillt von merkwürdigen Lebensformen, die wahrscheinlich fruchtbarer sind als unsere auf der Erde. Durch Extrapolation, ausgehend von den aus der Atmosphäre gefischten Mikroorganismen, hat unser Team Versuchssynthesen von Metazoen gemacht und ...«

Viken seufzte. »Verdammt nochmal, wenn es dort unten doch nur ein intelligentes eingeborenes Leben gäbe! Stellen Sie sich vor, Cornelius, was diese Lebewesen uns erzählen könnten, die wissenschaftlichen Daten, die... Denken Sie nur einmal zurück, wie weit wir seit den Tagen Lavoisiers die Niederdruckchemie der Erde vorangetrieben haben. Hier haben wir die Chance, eine Hochdruckchemie und -physik kennenzulernen, in der zumindest ebenso viele Möglichkeiten schlummern!«

Nach einer kurzen Pause murmelte Cornelius listig: »Sind Sie sicher, daß es keine *natürlichen* Jupitermenschen gibt?«

»Oh, gewiß könnte es mehrere Milliarden geben.« Vike zuckte mit den Schultern. »Städte, Reiche, was Sie nur wollen. Die Oberfläche des Jupiter ist hundertfünfunddreißigmal so groß wie die der Erde, und wir haben vielleicht ein Dutzend kleine Teilgebiete gesehen. Aber wir wissen, daß es keine Wesen auf dem Jupiter gibt, die Radio benutzen. In Anbetracht ihrer Atmosphäre ist es auch unwahrscheinlich, daß sie es jemals selbst erfinden würden – stellen Sie sich nur vor, wie dick die Wände einer Vakuumröhre sein müßten, wie stark die dazu benötigte Pumpe! So wurde schließlich entschieden, daß wir lieber unsere eigenen Jupitermenschen herstellten.«

Cornelius folgte ihm durch das Laboratorium in einen zweiten Raum, der weniger vollgestopft war und ein abgeschlosseneres Aussehen aufwies; das Durcheinander des experimentierenden Forschers hatte der sicheren Hand des erfahrenen Ingenieurs Platz gemacht.

Viken trat vor eine der vielen Kontrolltafeln an den Wänden und blickte auf die Meßinstrumente. »Hier dahinter liegt ein weiterer Artgenosse von Joe«, sagte er. »Ein weibliches Exemplar. Es befindet sich unter einem Druck von zweihundert Atmosphären bei einer Temperatur von minus hundertvierundneunzig Grad. Eine Art Nabelschnur, wie man es wohl nennen kann, hält unsere Jupiterfrau am Leben. Sie ist in diesem – diesem Embryonalstadium bis zur Geschlechtsreife gewachsen; wir haben den Organismus nach dem Muster der Erdsäugetiere entwickelt. Sie ist noch nie bei Bewußtsein gewesen und wird es auch erst bei ihrer ›Geburt‹ erlangen. Insgesamt haben wir hier zwanzig männliche und sechzig weibliche Exemplare in Reserve. Schätzungsweise wird ungefähr die Hälfte davon die Oberfläche des Jupiter erreichen. Wenn nötig, können wir jederzeit mehr erschaffen. Nicht ihre Erschaffung ist so kostspielig, sondern ihr Transport. Deshalb muß Joe so lange allein dort unten bleiben, bis wir sicher sind, daß seine Art überleben kann.«

»Ich nehme an, daß Sie zuerst mit niedrigeren Lebensformen experimentiert haben?« fragte Cornelius.

»Selbstverständlich. Selbst mit forcierter Katalysatortechnik haben wir zwanzig Jahre gebraucht, um uns von künstlichen atmosphärischen Sporen bis zu Joe vorzuarbeiten. Angefangen mit Pseudoinsekten, haben wir den Psistrahl zur Kontrolle sämtlicher Lebewesen benutzt. Wie Sie wissen, ist eine Kontrolle anderer Arten möglich, wenn das Nervensystem dieser ›Marionetten‹, wie wir sie einmal nennen wollen, entsprechend ausgeführt ist und keine Möglichkeit gehabt hat, sich selbständig zu entwickeln und in der Grundstruktur von der des Esmanns zu entfernen.«

»Und Joe ist das erste Exemplar, mit dem es Ärger gibt?«

»Ja.«

»Damit ist eine Hypothese ins Wasser gefallen.« Cornelius setzte sich auf einen Arbeitstisch, ließ seine dicken Beine baumeln und fuhr sich mit der Hand durch sein schütteres sandfarbenes Haar. »Ich dachte, daß vielleicht irgendein physikalischer Effekt auf dem Jupiter dafür verantwortlich ist. Hiernach sieht es aber so aus, als ob das Problem bei Joe selbst liegt.«

»Das haben wir auch schon vermutet« erwiderte Viken. Er zündete sich eine Zigarette an und sog tief den Rauch ein. Seine Augen blickten düster. »Man kann es sich nur schwer vorstellen. Die Biotikingenieure haben mir erzählt, daß der *Pseudocentaurus sapiens* sorgfältiger entwickelt und ausgeführt ist als irgendein Produkt der natürlichen Evolution.«

»Auch das Gehirn?«

»Ja. Es ist eine genaue Kopie des menschlichen Gehirns, um Psistrahlkontrolle zu erleichtern, nur noch vervollkommnet – es besitzt eine größere Stabilität.«

»Trotzdem bleibt noch der psychologische Aspekt«, erwiderte Cornelius. »Trotz all unserer Verstärkeranlagen und technischen Finessen bleibt die Psionik im Grunde ein Zweig der Psychologie, selbst heutzutage – oder vielleicht ist es auch umgekehrt. Wir wollen einmal traumatische Erfahrungen in Erwägung ziehen. Ich darf wohl annehmen, daß der, eh, dieser erwachsene Fötus eine recht unsanfte Reise bis zu seinem Ziel zu überstehen hat?«

»Für das Schiff trifft das zu«, antwortete Viken, »nicht aber für unsere Pseudos, die – genau wie Sie vor Ihrer Geburt – vollständig von Flüssigkeit umgeben sind.«

»Nun ja«, meinte Cornelius, »aber der Druck von zweihundert Atmosphären hier entspricht doch sicher nicht dem Druck an der Oberfläche des Jupiter, wie hoch dieser auch sein mag. Könnte dieser Wechsel Schädigungen hervorrufen?«

Viken warf ihm einen respektvollen Blick zu. »Das ist unwahrscheinlich«, antwortete er dann. »Ich sagte Ihnen ja schon, daß die Transportschiffe durchlässig konstruiert sind. Der äußere Druck wird stufenweise über eine Reihe von Membranen an diesen Gebärmuttermechanismus im Schiffsinneren weitergeleitet. Der Abstieg dauert einige Stunden, wie Sie wissen.«

»Schön, aber was passiert dann?« fuhr Cornelius fort. »Das Schiff landet, der Gebärmuttermechanismus öffnet sich, die Nabelschnurverbindung löst sich, und Joe wird – bleiben wir bei diesem Ausdruck – geboren. Aber er hat das Gehirn eines Erwachsenen. Er ist nicht durch das nur halbentwickelte Gehirn des neugeborenen Kindes vor dem Schock der plötzlichen Umwelterkenntnis geschützt.«

»Auch daran haben wir gedacht«, erwiderte Viken. »Anglesy stand über den Psistrahl in ständiger Verbindung mit Joe, als das Schiff diesen Mond verließ. Es war also nicht eigentlich Joe, der zum Vorschein kam und seine Umgebung wahrnahm. Joe war nie viel mehr als ein geistiger Doppelgänger. Einen seelischen Schock kann er nur empfinden, wenn auch Ed ihn empfindet, weil *Ed* es ist, der dort unten lebt!«

»Wie Sie wollen«, meinte Cornelius. »Sie planen doch aber nicht, eine Rasse von lauter Marionetten auf dem Jupiter auszusetzen?«

»Gott behüte, nein«, antwortete Viken. »Das steht überhaupt nicht zur Debatte. Sobald wir einmal wissen, daß Joe sich dort unten eine sichere Existenzbasis geschaffen hat, werden wir noch ein paar Esmänner herbeischaffen und ihm einige Artgenossen zur Hilfe schicken. Später werden wir dann unkontrollierte weibliche und männliche Pseudos hinuntersenden, damit sie von den Marionetten ausgebildet werden. Die nächste Generation wird dann normal geboren werden. Das Endziel ist jedenfalls eine kleine Zivilisation von Jupitermenschen. Es wird Jäger, Bergarbeiter, Handwerker, Farmer, Hausfrauen, Fabrikanten geben. Diese alle werden für den Unterhalt von ein paar Schlüsselfiguren sorgen, einer Art Priesterschaft. Und diese Priesterschaft wird unter Psistrahlkontrolle stehen wie Joe; sie hat lediglich die Aufgabe, Instrumente herzustellen, Messungen vorzunehmen, Versuche auszuführen und uns zu berichten, was wir wissen wollen!«

Cornelius nickte. Im großen und ganzen sah das Unternehmen Jupiter so aus, wie er es sich vorgestellt hatte. Er war sich voll und ganz der Bedeutung seines eigenen Auftrages bewußt.

Nur hatte er damit immer noch keine Spur für diesen positiven Feedback in den K-Röhren gefunden.

Und wie sollte er vorgehen?

Seine Hände waren immer noch zerschrammt und angeschwollen. *O Gott,* seufzte er in Gedanken wohl zum hundertsten Mal, *trifft mich das wirklich so tief? Habe ich, während Joe dort unten kämpfte, mir wirklich meine Fäuste an der Metallplatte wundgehämmert?*

Seine Augen sandten glühende Blicke durch den Raum, zu dem Tisch, an dem Cornelius arbeitete. Er mochte Cornelius nicht, diesen fetten, Zigarren lutschenden, unaufhörlich redenden Erdwurm! Er hatte längst jeden Versuch aufgegeben, ihm gegenüber höflich zu sein.

Der Psioniker legte einen Schraubenzieher hin und

dehnte seine verkrampften Finger. *»Puh!«* Er lächelte. »Jetzt muß ich aber eine Pause einlegen.«

Der halb zusammengesetzte Esprojektor bildete einen eigenartigen, zerklüfteten Hintergrund für seinen massigen, schlaffen Körper, der wie eine große Kröte auf dem Arbeitstisch kauerte. Anglesy verabscheute es, daß jemand, und sei es nur für wenige Stunden am Tag, seinen Raum mit ihm teilte. Seit kurzer Zeit ließ er sich seine Mahlzeiten hierher bringen und vor seinem angrenzenden Schlaf- und Badezimmer hinstellen. Seitdem hatte er diese Räume nicht mehr verlassen.

Und warum sollte ich das auch?

»Könnten Sie sich nicht ein wenig beeilen?« fauchte Anglesy.

Cornelius wurde rot. »Wenn Sie hier einen kompletten Ersatzapparat hätten, anstatt loser Teile –« begann er. Achselzuckend nahm er einen Zigarrenstummel und zündete ihn sorgfältig an; sein Vorrat mußte für lange Zeit reichen. Anglesy hätte gern gewußt, ob er diese stinkenden Rauchwolken aus reiner Bosheit verbreitete. *Ich mag Sie nicht, Mister Erdmann Cornelius – und das beruht zweifellos auf Gegenseitigkeit.*

»Dafür bestand offensichtlich keine Notwendigkeit, solange keine weiteren Esmänner hier sind«, entgegnete Anglesy mürrisch. »Und die Kontrollinstrumente zeigen an, daß dieser eine vollkommen in Ordnung ist.«

»Nichtsdestoweniger aber gerät er in unregelmäßigen Abständen in wilde Schwingungen«, entgegnete Cornelius, »und die K-Röhren brennen durch. Die Ursache herauszufinden, ist unser Problem. Sobald ich den neuen Apparat fertig habe, müssen Sie ihn ausprobieren; aber ehrlich gesagt glaube ich nicht daran, daß der Fehler im elektronischen Teil der Anlage liegt – auch nicht in den Folgen unerwarteter physikalischer Nebenwirkungen.«

»Wo dann?« Anglesy war erleichtert, daß ihre Unterhaltung sich jetzt rein technischen Fragen zuwandte.

»Nun, denken Sie einmal nach. Was ist denn die K-Röhre eigentlich genau? Sie ist das Herz des Esprojektors. Sie verstärkt Ihre natürlichen psionischen Schwingungen, benutzt sie, um die Trägerwelle zu modulieren, und schießt das ganze Strahlenbündel zu Joe hinunter. Sie greift ebenfalls Joes Antwortimpulse auf und verstärkt sie, damit Sie besser empfangen können. Alles andere sind nur Hilfsmittel für die K-Röhre.«

»Ersparen Sie mir die Vorlesung!« knurrte Anglesy.

»Ich habe nur bekannte Dinge wiederholt«, erwiderte Cornelius, »weil häufig gerade die offensichtliche Antwort auf eine Frage am schwersten zu finden ist. Vielleicht ist es nicht die K-Röhre, die uns so viel Kummer macht – vielleicht sind Sie es.«

»Was?« Das weiße Gesicht starrte ihn an. Röte stieg langsam in die farblosen, hageren Wangen.

»Sie dürfen das nicht falsch verstehen«, sagte Cornelius hastig. »Aber Sie wissen ja, was für Streiche unser Unterbewußtsein uns spielen kann. Lassen Sie uns einmal annehmen, nur als Arbeitshypothese, daß Sie *nicht gern* auf dem Jupiter sein mögen. Ich stelle mir vor, daß die Umgebung einigermaßen entsetzlich ist. Vielleicht spielt auch irgendein verborgener Freudscher Komplex mit. Oder, was ganz einfach und natürlich wäre, Ihr Unterbewußtsein kann nicht einsehen, daß Joes Tod nicht auch Ihren eigenen einschließt.«

»Hm-hm.« *Mirabile dictu,* Anglesy blieb ruhig. Mit einer fast zum Skelett abgemagerten Hand rieb er sein Kinn. »Können Sie das etwas deutlicher erklären?«

»Nur in groben Umrissen«, antwortete Cornelius. »Ihr Bewußtsein sendet über den Psistrahl einen motorischen Nervenimpuls zu Joe. Gleichzeitig löst Ihr Unterbewußtsein, das sich vor dem ganzen Unternehmen fürchtet, die für die Entstehung von Angst verantwortlichen Herz-Drüsen-Gefäß-Impulse aus. Darauf reagiert nun Joe, dessen Erregung über den Strahl zurückgesendet wird. Und indem Sie Joes somatische Furchtsymptome fühlen, verstärkt sich in Ihrem Unterbewußtsein die Angst und damit auch Joes Symptome. Verstehen Sie? Es entspricht genau der gewöhnlichen Neurasthenie, nur mit der Ausnahme, daß hier ein gewaltiger Verstärker – die K-Röhre – mitspricht, der die Schwingungen in einer oder zwei Sekunden unberechenbar stark aufschaukeln kann. Sie sollten dankbar sein, daß die Röhre durchbrennt – anderenfalls könnte das mit Ihrem Gehirn geschehen!«

Anglesy schwieg einen Augenblick lang. Dann lachte er – ein grelles, barbarisches Lachen. Cornelius zuckte zusammen, als es gegen seine Trommelfelle schlug.

»Eine reizende Idee!« sagte er. »Ich fürchte bloß, Sie haben sich die ganze Mühe umsonst gemacht – denn, sehen Sie, mir gefällt es dort unten. Ich bin gern Joe.«

Er unterbrach sich einen Augenblick, fuhr aber gleich in trockenem, unpersönlichem Ton fort: »Beurteilen Sie die Umweltfaktoren nicht nach meinen Aufzeichnungen. Das sind nur so blöde Sachen wie Schätzungen der Windgeschwindigkeit, Temperaturschwankungen, Mineraleigenschaften – unmaßgebliche Dinge. Was ich nicht darin sagen kann, ist, wie der Jupiter durch Joes im Infrarotbereich sehende Augen wirkt.«

»Anders, nehme ich an«, versuchte Cornelius nach einer Minute das ihm unbehaglich werdende Schweigen zu brechen.

»Ja und nein. Es ist schwer in Worte zu fassen. Manches kann ich nicht, weil dem Menschen einfach die Begriffe dafür fehlen. Aber ... ach, ich kann es nicht beschreiben. Selbst Shakespeare könnte es nicht. Sie dürfen nur nie vergessen, daß alles, was uns an Jupiter kalt und feindlich und düster erscheint, für Joe gerade richtig ist.«

Anglesys Stimme bekam einen fremden Klang, als spräche er zu sich selbst: »Stellen Sie sich vor, daß Sie unter einem violett glühenden Himmel dahinwandern, an dem große leuchtende Wolken segeln und die Erde mit Schatten und Regen überziehen. Stellen Sie sich vor, daß Sie über die Flanke eines Berges aus poliertem Metall gehen, während über Ihnen eine strahlende Flamme explodiert und Donner wie Titanengelächter vom Boden widerhallt. Stellen Sie sich einen kalten, reißenden Fluß vor, niedrige Bäume mit Blüten aus dunkelrotem Kupfer, einen Wasserfall – Methanfall, wenn Sie wollen – der von einem Fels herabstürzt, während der starke, lebensprühende Wind ihn wie eine Mähne schüttelt, aus der lauter Regenbogen blitzen! Stellen Sie sich einen riesigen, dunklen, atmenden Wald vor, aus dem Sie hier und da ein blaßrotes Irrlicht blinken sehen, das in Wirklichkeit die Ausstrahlung eines flüchtenden scheuen Tieres ist ... und ... und ...«

Anglesys Stimme wurde brüchig und verstummte. Er starrte auf seine geballten Fäuste hinab, schloß dann fest seine Augen, und Tränen quollen zwischen den Lidern hervor. »Stellen Sie sich vor, *stark* zu sein!«

Plötzlich riß er den Helm an sich, stülpte ihn sich über den Kopf und drehte fieberhaft an den Knöpfen. Joe hatte in der Nacht dort unten geschlafen, war aber jetzt im Begriff zu erwachen und – unter den vier großen Monden seine Herausforderung an das Leben zu brüllen, bis alles Getier der Wälder in Furcht vor ihm erstarrte?

Cornelius schlüpfte leise aus dem Raum.

In dem Gefühl, sein Tagewerk vollbracht zu haben, schritt Joe unter dem fernen, ehernen Sonnenlicht, unter düsteren, sturmbrütenden Wolkenbänken hügelan. Von seinem Rücken hingen an beiden Seiten zwei Körbe herab, die sich gegenseitig im Gleichgewicht hielten; der eine war mit den scharfen, würzigen schwarzen Früchten des Dornbaumes gefüllt, der andere mit den drahtseilstarken Ranken der Schlingpflanze, die er als Stricke benutzte. Die Axt auf seiner Schulter fing das schwindende Sonnenlicht ein und warf es gleißend zurück.

Die Arbeit war nicht hart gewesen, aber Müdigkeit umnebelte seinen Geist, und an den Haushaltsaufgaben, die auf ihn warteten, Kochen und Saubermachen und was alles noch dazugehörte, konnte er keinen Geschmack finden. Warum beeilten sie sich nicht, ihm ein paar Helfer zu schicken?

Übelgelaunt suchte er mit seinen Augen den Himmel ab. Mond Fünf blieb verborgen; von hier unten, am Grunde des Luftmeeres, sah man nur die Sonne und die vier großen, schon von Galilei entdeckten Satelliten. Er wußte nicht einmal genau, wo der fünfte Mond in diesem Augenblick, von seinem Standort gesehen, stand. *Einen Moment, hier ist gerade Sonnenuntergang, aber wenn ich zur Beobachtungskuppel hinüberginge, könnte ich Jupiter im letzten Viertel sehen – oder vielleicht nicht? – oh, zum Teufel, wir benötigen nicht einmal einen halben Erdentag für unsere Reise um den ganzen Planeten ...*

Joe schüttelte den Kopf. Nach all der vergangenen Zeit kam es ihn ab und zu immer noch verdammt hart an, seine Gedanken im richtigen Geleise zu halten. *Ich, das wesentliche Ich, befinde mich oben im Himmel, reite den Jupiter Fünf zwischen kalten Sternen. Behalte das im Gedächtnis! Öffne deine Augen, wenn du willst, und sieh den toten Kontrollraum, über einem natürlichen Hügel errichtet.*

Doch er tat es nicht; statt dessen betrachtete er die grauen, vom Wind abgeschliffenen Felsblöcke, die verstreut auf dem mit moosartiger Vegetation bedeckten Abhang lagen. Sie hatten nicht viel Ähnlichkeit mit irdischen Felsbrocken, und auch der Boden unter seinen Füßen erinnerte kaum an irdischen Humus.

Einen Augenblick lang mutmaßte Anglesy über den Ursprung der Silikate, Aluminate und anderen Gesteinsverbindungen. Theoretisch sollten alle diese Stoffe im unzugänglichen Kern des Jupiter verschlossen sein, dort unten, wo der Druck mächtig genug war, um die Atome in sich zusammenfallen zu lassen. Diesen Kern sollten Tausende von Kilometern allotropischen Eisens umgeben, über welchem dann die Wasserstoffmetallschicht lag. Hier oben sollte es eigentlich keine Mineralverbindungen geben, und doch waren sie da.

Nun, es war schon möglich, daß Jupiter sich entprechend der Theorie geformt, danach aber genügend kosmischen Staub, Meteore, Gase und Dämpfe mit dem gewaltigen Schlund seiner Anziehungskraft zu sich herabgesogen hatte, um eine Kruste von vielen Kilometern Dicke zu bilden. Mehr Wahrscheinlichkeit sprach allerdings dafür, daß die ganze Theorie falsch war. Was wußten sie denn schon, was *konnten* sie überhaupt wissen, die blassen, weichen Erdwürmer?

Anglesy steckte seine – Joes – Finger in den Mund und pfiff. Ein Bellen ertönte aus dem Unterholz, und zwei mitternachtsschwarze Gestalten sprangen zu ihm. Er grinste und streichelte ihre Köpfe; das Abrichten der beiden Jungen dieser schwarzen Raupenungetüme machte raschere Fortschritte, als er gedacht hatte. Er würde sie als Wächter, Hirten und Diener gebrauchen können.

Auf der Kuppe des Hügels baute Joe sich gegenwärtig ein Heim. Er hatte einen Morgen Land abgeholzt und einen Palisadenzaun errichtet. Auf dem umfriedeten Grund standen bereits Schuppen mit schrägem Dach für seine Vorräte und als Behelfsquartier für ihn selbst, ein Methanbrunnen und das Fundament eines großen, bequemen Blockhauses.

Aber die Arbeit war zuviel für einen. Selbst mit Hilfe der halbintelligenten Raupenhunde und mit seinem Vorrat an gefrorenem Fleisch benötigte er immer noch den größten Teil seiner Zeit für die Jagd. Und das Wild würde nicht für ewige Zeiten reichen; im Laufe des nächsten Jahres – Jupiterjahr gleich zwölf Erdjahren, dachte

Anglesy – mußte er mit der Landwirtschaft beginnen. Das Blockhaus mußte vollendet und möbliert werden; er wollte ein Wasserrad, nein, Methanrad über dem Fluß anbringen, um damit eine der vielen Maschinen anzutreiben, die er im Kopf hatte, er wollte mit Eislegierungen experimentieren und –

Und ganz abgesehen davon, daß er der Unterstützung bedurfte – warum sollte er allein bleiben, das einzige denkende Geschöpf auf einem ganzen Planeten? Er war männlichen Geschlechtes, besaß männliche Instinkte – auf die Dauer würde seine Gesundheit leiden, wenn er weiter das Leben eines Eremiten führen mußte, und dabei hing der Erfolg des ganzen Unternehmens von Joes Gesundheit ab.

Es war nicht recht!

Aber ich bin nicht allein. Fünfzig Menschen leben mit mir auf dem Satelliten. Mit jedem von ihnen, wann immer ich es wünsche, kann ich mich unterhalten. Es liegt nur an mir, aber leider verspüre ich in diesen Tagen selten diesen Wunsch. Ich möchte lieber Joe sein.

Wie dem auch sei ... ich, der Krüppel, fühle all die Müdigkeit, den Zorn, den Schmerz, die Verzweiflung dieser wunderbaren biologischen Maschine namens Joe. Die anderen verstehen das nicht. Wenn der Ammoniaksturm seine Haut aufreißt, bin ich derjenige, der blutet.

Joe legte sich seufzend auf den Boden. Reißzähne blitzten im Maul der schwarzen Bestie, die sich mit krummem Buckel über ihn beugte, um ihm das Gesicht zu lecken. Sein Magen knurrte vor Hunger, aber er war zu müde, um sich eine Mahlzeit zu bereiten. Wenn er die Hunde erst ganz abgerichtet hatte ...

Einen zweiten Pseudo zu unterrichten würde so viel lohnender sein.

Während sich langsam der dunkle Vorhang der Ermattung über seinen Geist senkte, formte sich in seinem Innern ein Bild. Feuer und Donner tosten dort unten im

Tal vor dem Hügel, während das Raumschiff landete und zur Ruhe kam. Das stählerne Ei sprang auf, die stählernen Greifer – bereits zersplitternd, armseliges Werk von Würmern! – hoben die Gestalt darin heraus und legten sie auf den Boden.

Und seine neue Gefährtin würde sich regen, pfeifend der erste Atemzug ihre Lungen füllen, mit leeren, unbeseelten Augen würde sie um sich starren. Dann würde Joe kommen und sie nach Hause tragen. Und er würde sie füttern, sie umhegen, ihr das Gehen beibringen – es würde nicht lange dauern, ein Erwachsener lernt diese einfachen Dinge sehr schnell. In ein paar Wochen würde sie sogar sprechen können, ein Individuum sein, eine Seele besitzen.

Hast du dir jemals träumen lassen, Edward Anglesy, als du noch gehen konntest, daß deine Frau ein schieferblaues, vierbeiniges Monstrum sein würde?

Uninteressant! Das wichtigste war jetzt, Artgenossen hierherzuholen, weibliche *und* männliche. Nach dem fein ausgeklügelten Plan der Station müßte er noch zwei Erdjahre warten, und dann würde man ihm nur so eine weitere Attrappe schicken wie – wie er selbst eine war? – einen erbärmlichen Menschenverstand, der durch Augen blickte, die rechtmäßig einem Jupiterwesen gehörten. Das durfte nicht geschehen!

Wenn er nur nicht so müde wäre ...

Joe richtete sich auf. *Er* war nicht müde, davon konnte keine Rede sein. Der Schlaf rann aus seinen Gliedern, während er sich dieser Erkenntnis bewußt wurde. Anglesy war müde. Anglesy, seine menschliche Hälfte, die seit Monaten nur in kurzen Nickerchen geschlafen hatte, deren Ruhe seit einiger Zeit von Cornelius gestört war – es war der Menschenkörper, der erschlaffte, aufgab und Welle um Welle Schläfrigkeit über den Psistrahl zu Joe herabsandte.

Somatische Anspannung wanderte himmelwärts; mit einem Ruck wurde Anglesy munter.

Er fluchte. Während er unter dem Helm saß, schwand zugleich das klare Bild des Jupiter und wurde langsam durchsichtig; sein stählernes Gefängnis, das Laboratorium, begann durchzuscheinen. Er verlor zunehmend den Kontakt mit Joe. Rasch, mit der Geschicklichkeit langer Erfahrung, brachte er seinen Geist wieder auf dieselbe Schwingungszahl der Nervenströme des anderen Gehirns. Er zwang Joe Schläfrigkeit auf, genau wie ein Mensch sich selbst dazu zwingt.

Und genau wie jemand, der an Schlaflosigkeit leidet, hatte er keinen Erfolg. Joes Körper war zu hungrig. Er stand auf und schritt über sein Grundstück auf den Schuppen zu.

Die K-Röhre fing an zu flackern und brannte durch.

In der Nacht vor dem Start der Transportschiffe zum Jupiter saßen Viken und Cornelius lange beisammen.

Natürlich war es keine richtige Nacht. In weniger als zwölf Stunden zog ihr winziger Mond einmal um den Jupiter, von Dunkelheit zu Dunkelheit, und es war gut möglich, daß eine kleine blasse Sonne über seine Felszacken stieg, wenn nach der Uhrzeit der Station Hexen um die mitternächtlichen Türme von Greenwich strichen. Doch fast die ganze Besatzung schlief um diese Stunde.

Viken zog ein verdrossenes Gesicht. »Mir gefällt das nicht«, sagte er. »Eine zu plötzliche Änderung unserer Pläne; ein zu großer Einsatz.«

»Sie riskieren nur – wie viele? – drei männliche und ein Dutzend weibliche Pseudos«, entgegnete Cornelius.

»Und fünfzehn T-Schiffe. Alle, die wir besitzen. Wenn Anglesys Vorstellung nicht zutrifft ... wir werden Monate brauchen, vielleicht über ein Jahr, bis wir neue gebaut haben und die Luftbeobachtung wieder aufnehmen können.«

»Wenn sie aber zutrifft«, sagte Cornelius, »brauchen sie

die T-Schiffe nur noch, um mehr Pseudos hinunterzubringen. Sie werden viel zuviel damit zu tun haben, die von der Oberfläche hochgesandten Daten zu verarbeiten, als daß Sie noch in der höheren Atmosphäre herumzustochern brauchten.«

»Das mag stimmen. Aber wir haben es nie so früh erwartet. Wir wollten mehr Esmänner herholen, um noch ein paar Pseudos zu kontrollieren ...«

»Aber die *brauchen* Sie nicht«, sagte Cornelius. Er zündete sich eine Zigarre an und nahm einen tiefen Zug, während er sich sorgfältig seine Worte überlegte. »Jedenfalls vorläufig nicht. Joe hat einen Punkt erreicht, von dem aus er, wenn man ihm die nötige Hilfestellung gibt, mehrere tausend Jahre der geschichtlichen Entwicklung überspringen kann. In naher Zukunft kann er vielleicht sogar eine Art Radiosender konstruieren, der die Notwendigkeit einer Psistrahlkontrolle zum größten Teil überflüssig machen würde. Aber ohne Hilfe kann auch er die Zeit nicht überlisten. Und es wäre unrationell, einen hochspezialisierten menschlichen Geist – eben den Esmann – Handarbeit verrichten zu lassen; denn nur dazu werden die anderen Pseudos gegenwärtig benötigt. Wenn die Jupitersiedlung erst einmal sicher und dauerhaft steht, nun, dann können Sie gewiß noch mehr Marionetten hinunterschicken.«

»Trotzdem bleibt die Frage offen«, sagte Viken hartnäckig, »kann Anglesy allein alle diese Pseudos auf einmal ausbilden? Sie werden viele Tage lang wie hilflose Kinder sein. Es wird Wochen dauern, bevor sie richtig zu denken und selbständig zu handeln beginnen. Kann Joe sie inzwischen betreuen?«

»Er hat Nahrungs- und Brennstoffvorräte für Monate im voraus zusammengetragen«, sagte Cornelius. »Und was Joes Fähigkeiten betrifft – nun, hm-m-m, da müssen wir halt Anglesys Urteil akzeptieren. Er verfügt allein über die einschlägigen Kenntnisse.«

»Und wenn diese Jupiterwesen sich zu eigenen Persönlichkeiten entwickeln«, meinte Viken besorgt, »werden sie dann auch unbedingt mit Joe zusammenarbeiten? Vergessen Sie nicht, die Gehirne dieser Pseudos gleichen sich nicht wie ein Schreibmaschinendurchschlag dem anderen. Das Unsicherheitsprinzip hat jedem einen absolut einmaligen Satz von Genen mitgegeben. Wenn nur ein menschlicher Geist zwischen all diesen fremden auf dem Jupiter...«

»Ein *menschlicher* Geist?« Der Einspruch war kaum hörbar. Viken öffnete fragend seinen Mund, doch Cornelius beeilte sich, weiterzusprechen: »Oh, ich bin sicher, daß Anglesy sie beherrschen kann. Die Kraft seiner Persönlichkeit ist einfach – überwältigend.«

Viken blickte ihn überrascht an. »Glauben Sie das wirklich?«

Der Psioniker nickte. »Ja. Ich habe ihn in den letzten Wochen besser kennengelernt als irgend jemand anders. Und durch meinen Beruf bin ich notwendigerweise mehr auf die Psyche eines Menschen orientiert als auf seinen Körper oder seine Gewohnheiten. Sie sehen einen bemitleidenswerten Krüppel. Ich sehe einen Geist, der als Reaktion auf die physische Behinderung eine so höllische Energie, eine so übermenschliche Konzentrationskraft entwickelt hat, daß es mir beinahe Angst einflößt. Geben Sie diesem Geist einen gesunden Körper, und nichts ist für ihn unmöglich!«

»Damit mögen Sie recht haben«, murmelte Viken nach einer Pause. »Wenn es auch jetzt keine Rolle mehr spielt. Die Entscheidung ist gefallen, die Transportschiffe starten morgen früh zum Jupiter. Ich hoffe nur, daß alles gut ausgeht.«

Er schwieg eine Weile. Das Surren der Ventilatoren in seinem kleinen Zimmer schien unnatürlich laut zu sein, die Farben des Bildnisses eines kleinen Mädchens an der Wand erschreckend grell. Dann meinte er zögernd: »Sie sind in letzter Zeit sehr zugeknöpft gewesen, Jan. Wann glauben Sie Ihren Esprojektor fertig zu haben, damit Sie mit Ihren Tests beginnen können?«

Cornelius sah sich um. Die Tür zu einem menschenleeren Korridor stand offen, aber er langte hinüber und zog sie zu, bevor er mit einem leichten Grinsen antwortete: »Er ist schon seit einigen Tagen fertig. Aber verraten Sie es niemandem.«

»Was heißt denn das?« Viken fuhr überrascht hoch. Bei der geringen Schwerkraft riß die Bewegung ihn aus seinem Stuhl und halbwegs über den Tisch, der zwischen den beiden Männern stand. Er drückte sich zurück und wartete gespannt.

»Ich habe nur zum Schein weiter daran herumgefummelt«, sagte Cornelius, »weil ich auf einen stark gemütsbewegenden Moment warte, einen Zeitpunkt, zu dem ich sicher sein kann, daß Anglesys ganze Aufmerksamkeit ungeteilt auf Joe konzentriert ist. Das morgige Vorhaben ist genau das, was ich dazu brauche.«

»Wieso?«

»Sehen Sie, ich bin inzwischen ziemlich fest davon überzeugt, daß das Versagen in dem Apparat psychologischer, nicht physikalischer Natur ist. Ich glaube, daß Anglesy sich aus irgendeinem Grund, der in seinem Unterbewußtsein verschüttet ist, gegen das Dasein auf dem Jupiter sträubt. Ein Konflikt dieser Art kann unter Umständen ohne weiteres eine Psi-Verstärkeranlage durchschmoren lassen.«

»Hm-m-m.« Viken rieb sich das Kinn. »Schon möglich. In letzter Zeit hat Ed sich mehr und mehr verändert. Schon als er hierherkam, war er ziemlich nervös, aber er spielte doch wenigstens ab und zu mit uns Poker. Jetzt hat er sich so weit in sein Schneckenhaus zurückgezogen, daß man ihn gar nicht mehr zu sehen bekommt. Ich habe noch nie darüber nachgedacht, aber ... ja, bei Gott, Jupiter muß ihn irgendwie beeinflußt haben.«

»Hm-m-m-m.« Cornelius nickte. Er gab keine weiteren Erklärungen ab – erwähnte zum Beispiel nicht jene so außergewöhnliche Episode, als Anglesy ihm die Gefühle zu beschreiben versucht hatte, die ein Jupitergeschöpf seiner Umwelt entgegenbrachte.

»Allerdings«, sagte Viken nachdenklich, »zeigten sich bei seinen Vorgängern keine besonderen Einwirkungen. Und bei Ed auch nicht, solange er nur niedrigere Pseudoarten kontrollierte. Erst seit Joe dort unten ist, hat er sich so verändert.«

»Ja, ja«, sagte Cornelius hastig. »Das habe ich auch in Erfahrung gebracht. Aber genug der Fachsimpelei –«

»Nein. Warten Sie einen Augenblick.« Viken sprach mit leiser, eindringlicher Stimme, während er an Cornelius vorbeisah. »Zum ersten Mal beginne ich in dieser Sache klarzusehen. Ich habe mir nie die Zeit genommen, den Dingen auf den Grund zu gehen, sondern einfach die gegebene Situation als unangenehm hingenommen. Mit Joe geht etwas Merkwürdiges vor. An seiner körperlichen Struktur oder an der Umwelt kann es nicht gut liegen, denn die niedrigeren Formen haben uns nicht diesen Kummer bereitet. Könnte es daran liegen, daß Joe die erste Marionette in der Geschichte ist, die eine vergleichsweise menschliche Intelligenz aufweist?«

»Wir stellen Betrachtungen in einem Vakuum an«, sagte Cornelius. »Morgen kann ich Ihnen vielleicht mehr sagen. Jetzt weiß ich nichts.«

Viken setzte sich kerzengerade hin. Seine hellen Augen blickten den anderen unverwandt an. »Einen Augenblick«, sagte er.

»Ja?« Cornelius, der sich bereits halb erhoben hatte, ließ sich wieder auf die Stuhlkante sinken. »Machen Sie's rasch, bitte. Ich müßte schon lange im Bett liegen.«

»Sie wissen eine ganze Menge mehr, als Sie zugegeben haben«, sagte Viken. »Stimmt's nicht?«

»Wie kommen Sie darauf?«

»Sie sind nicht gerade der begabteste Lügner im Universum. Außerdem haben Sie sich sehr stark für Anglesys Plan eingesetzt; stärker, als man es von einem Neuling erwarten sollte.«

»Ich sagte Ihnen doch schon, daß ich eine Gelegenheit brauche, wenn seine Aufmerksamkeit abgelenkt –«

»Brauchen Sie diese Gelegenheit so dringend?« parierte Viken.

Cornelius schwieg einen Augenblick. Dann lehnte er sich seufzend zurück.

»Also schön«, sagte er. »Ich muß mich eben auf Ihre Diskretion verlassen. Ich war nicht sicher, wie Sie oder jemand von der alten Besatzung reagieren würden. Daher wollte ich auch nicht meine Spekulationen ausplaudern, die sich vielleicht als falsch herausstellen könnten. Erwiesene Tatsachen werde ich nicht verschweigen; aber ich möchte nicht mit einer bloßen Theorie an den religiösen Grundfesten eines Menschen rütteln.«

Viken verzog mürrisch das Gesicht. »Was, zum Teufel, meinen Sie damit?«

Cornelius paffte lebhaft; die Spitze seiner Zigarre glühte auf und wurde dunkler wie ein kleiner dämonischer roter Stern. »Jupiter Fünf ist mehr als nur eine Forschungsstation«, sagte er dann leise. »Sie verkörpert eine Lebensanschauung, nicht wahr? Niemand würde auch nur für eine Dienstperiode hierherkommen, wenn diese Arbeit nicht eine persönliche Bedeutung für ihn hätte. Und diejenigen, die sich zum zweiten Mal verpflichten, müssen in der Arbeit hier etwas gefunden haben, was die Erde mit all ihren Reichtümern ihnen nicht bieten kann. Habe ich recht?«

»Ja«, antwortete Viken, beinahe flüsternd. »Ich glaubte nicht, daß Sie das so gut verstehen könnten. Aber was hat das damit zu tun?«

»Nun, weil ich Ihnen nichts erzählen wollte, bevor ich Beweise dafür habe, daß Ihre ganze Arbeit hier vielleicht umsonst gewesen ist. Vielleicht haben Sie Ihr Leben und eine Unmenge Geld vergeudet und müssen unverrichteterdinge Ihre Sachen packen und nach Hause ziehen.«

In Vikens schmalem Gesicht zuckte kein Muskel; es schien erstarrt zu sein. Mit erzwungener Beherrschung fragte er: »Warum?«

»Betrachten Sie Joe«, sagte Cornelius. »Sein Gehirn hat die gleiche Kapazität wie das eines erwachsenen Menschen. Von Joes ›Geburt‹ an hat es jede Sinneswahrnehmung registriert – in seinen eigenen Erinnerungszellen, nicht nur in Anglesys Gedächtnis hier oben. Auch ein Gedanke ist, wie Sie wissen, ein Sinnesdatum. Und Gedanken sind in diesem Falle keine Einbahnstraßen; sie bilden ein dichtes Netz. Immer, wenn Anglesy mit Joe in Verbindung steht und denkt, streicht jeder Gedanke durch beide Gehirne – und jeder Gedanke hat seine eigenen Assoziationen, und jede Gedankenassoziation wird registriert. Wenn Joe zum Beispiel eine Hütte baut, kann die Form der Stämme Anglesy vielleicht an irgendeine geometrische Figur erinnern, bei der ihm wiederum unter Umständen der Satz des Pythagoras einfällt...«

»Ich begreife, worauf Sie hinauswollen«, sagte Viken vorsichtig. »Wenn man ihm genügend Zeit läßt, wird Joes Gehirn alles registriert haben, was sich auch in Eds Gehirn befindet.«

»Richtig. Nehmen wir nun ein normal arbeitendes Nervensystem mit einem engrammatischen Gedächtnisinhalt – in diesem Falle ein *nichtmenschliches* Nervensystem – wäre das nicht eine ganz gute Definition einer Eigenpersönlichkeit?«

»Das nehme ich an. Guter Gott!« Viken fuhr hoch. »Sie meinen, daß Joe – die Führungsrolle übernimmt?«

»In gewisser Weise – unmerklich, automatisch, unbewußt.« Cornelius holte tief Atem und stürzte sich dann ins Unvermeidliche. »Der Pseudojupitermensch stellt eine nahezu vollkommene Lebensform dar: Ihre Biologen haben in ihn alle Erfahrungen aus den Fehlern der Natur bei *unserer* Erschaffung hineingelegt. Zuerst war Joe nur eine ferngesteuerte biologische Maschine. Dann wurden Anglesy und Joe die beiden Hälften einer einzigen Persönlichkeit. Und langsam, oh, sehr langsam, wird der gesündere Körper – seine Gedanken haben eine größere Amplitude ... verstehen Sie? – wird Joe die beherrschende Seite. Nehmen Sie zum Beispiel dieses Verlangen nach den anderen Pseudos – Anglesy denkt nur, daß er logische Gründe für diesen Wunsch hat. In Wirklichkeit sind seine ›Gründe‹ nur vernunftmäßige Erklärungen der instinktiven Wünsche Joes, der anderen Hälfte seiner Persönlichkeit.

Anglesys Unterbewußtsein muß diese Situation dunkel erfaßt haben; es muß fühlen, wie die Dampfwalzenkraft von *Joes* Instinkten und *Joes* Wünschen stufenweise sein menschliches *Ego* unterdrückt; es versucht seine Identität zu verteidigen, wird aber von der überlegenen Gewalt von Joes werdendem eigenem Unterbewußtsein niedergeschlagen.

Ich habe es nur plump ausdrücken können«, schloß er in entschuldigendem Ton, »aber das wird für das Aufschaukeln der Schwingungen und das Durchbrennen der K-Röhren verantwortlich sein.«

Viken nickte langsam, wie ein alter Mann. »Ja, ich verstehe es«, antwortete er. »Die feindliche Umwelt dort unten ... die unterschiedliche Gehirnstruktur ... Guter Gott! Ed wird von Joe verschluckt! Der Puppenspieler wird zur Marionette!« Er sah krank aus.

»Bisher sind es nur Spekulationen«, sagte Cornelius. Plötzlich fühlte er sich sehr müde. Es war nicht angenehm, Viken, den er gern mochte, dies anzutun. »Aber Sie sehen jetzt das Dilemma, ja? Wenn ich recht habe, wird jeder Esmann mit der Zeit ein Jupitergeschöpf werden – ein Monstrum mit zwei Körpern, von denen der menschliche der unwichtigere, nur als Hilfsmittel dienende ist. Das bedeutet, kein Esmann wird sich mehr bereitfinden, einen dieser Pseudos zu kontrollieren – und damit das Ende Ihres Unternehmens.«

Er stand auf. »Es tut mir leid, Arne. Aber ich sollte Ihnen ja meine Ansicht entwickeln. Jetzt werden Sie wachliegen und sich Sorgen machen, während ich vielleicht einer völlig falschen Fährte nachgegangen bin.«

»Schon gut«, murmelte Viken. »Ich fürchte nur, Sie haben doch recht.«

»Ich weiß nicht.« Cornelius schlurfte zur Tür. »Ich werde morgen versuchen, eine Antwort auf unsere Fragen zu finden. Gute Nacht.«

Die den ganzen Mond erschütternden Rückstöße beim Start der Transportschiffe waren lange vorbei. Inzwischen glitt die Flotte bereits auf metallenen Schwingen und mit kreischenden Bremsraketen durch das Toben der Jupiteratmosphäre.

Als Cornelius die Tür zum Kontrollraum öffnete, blickte er nach den Anzeigelampen. In der übrigen Station verbreiteten Lautsprecher in allen Räumen: *Ein Schiff verloren, zwei Schiffe verloren,* aber Anglesy duldete kein Geräusch in seiner Gegenwart, wenn er seinen Helm aufgesetzt hatte. Ein entgegenkommender Techniker hatte ein Bord mit fünfzehn roten und fünfzehn blauen Lampen über Cornelius' Esprojektor angebracht, um auch ihn informiert zu halten. Natürlich waren sie hauptsächlich für Anglesy gedacht, obwohl der Esmann steif und fest behauptet hatte, er würde nicht danach sehen.

Vier der roten Lampen waren dunkel, und folglich würden auch vier blaue nicht aufleuchten, um eine sichere Landung anzuzeigen. Ein Wirbelsturm, ein Blitzschlag, ein treibender Eismeteor, eine Schar an Flügelrochen erinnernde Vögel, deren Fleisch so dicht und hart wie Eisen war – nahezu hundert verschiedene Ursachen konnten die vier Schiffe zerstört haben, deren Überreste jetzt irgendwo über die weiten Jupiterwälder verstreut wurden.

Vier Schiffe – es war teuflisch! Er mußte an vier lebende Geschöpfe denken, mit einem Gehirn, das in seiner Vorzüglichkeit dem menschlichen in nichts nachstand, die jahrelang zur Bewußtlosigkeit in Finsternis verdammt waren und nun nie zum Bewußtsein erwachen würden, außer vielleicht für einen unfaßbaren Augenblick, in dem ihre Gebeine in Blut und Splittern an einem Eisberg zerschellten. Die gefühllose Vergeudung dieses Lebens lag Cornelius wie ein kalter, schwerer Klumpen im Magen. Aber zweifellos ließ es sich nicht vermeiden, wenn es überhaupt ein denkendes Leben auf dem Jupiter geben sollte; doch dann mochte es wenigstens rasch und mit möglichst geringen Opfern geschehen, damit die nächste Generation durch Liebe und nicht von Maschinen gezeugt würde!

Er schloß behutsam die Tür hinter sich und wartete einen Augenblick mit angehaltenem Atem. Von Anglesy war in seinem Rollstuhl, über dessen Rückenlehne nur der kupferne Halbkreis der Helmkuppel ragte, nichts zu sehen. Keine Bewegung, aus der Cornelius die Entdekkung seiner Anwesenheit hätte ersehen können. Gut! Es wäre äußerst unangenehm, würde vielleicht den ganzen Erfolg in Frage stellen, wenn Anglesy vorzeitig von seinem an Vertrauensbruch grenzenden Spionagevorhaben erführe. Er brauchte es nie zu wissen. Im Augenblick machte seine Konzentration ihn blind und taub für alle äußeren Vorgänge.

Trotzdem schob der Psioniker seine massige Gestalt mit größter Vorsicht durch den Raum zu dem neuen Esprojektor. Er mochte seine Schnüfflerrolle nicht und hätte sich auch niemals dazu herbeigelassen, wenn er eine andere Lösung für möglich gehalten hätte. Aber merkwürdigerweise empfand er auch kein besonderes Schuldgefühl. Wenn sein Verdacht sich bewahrheitete, merkte Anglesy überhaupt nichts von der unmenschlichen Verwandlung, die mit ihm vorging; vielleicht bedeutete es seine Rettung, wenn Cornelius ihm jetzt nachspionierte.

Behutsam schaltete Cornelius den Sender an und ließ die Röhren warm werden. Das Oszilloskop in Anglesys Apparat gab ihm dessen genauen Alpharhythmus an, den Schlag seiner biologischen Uhr. Zuerst mußte er sein Gerät darauf einstellen, dann mit Gefühl die feineren Empfindungen aufspüren; wenn der Apparat dann genau auf der gleichen Frequenz arbeitete, konnte er unentdeckt sondieren und ...

... herausfinden, wo die Fehlerquelle lag; in Anglesys gequältem Unterbewußtsein lesen und sehen, was auf dem Jupiter ihn gleichzeitig anzog und abschreckte.

Fünf Schiffe zerstört.

Aber die Landezeit mußte jetzt nahe bevorstehen. Vielleicht würden insgesamt nicht mehr als diese fünf verlorengehen. Vielleicht würden die anderen zehn durchkommen. Zehn Gefährten für – Joe?

Cornelius seufzte. Er blickte zu dem Krüppel hinüber, der taub und blind gegenüber seiner menschlichen Umwelt war, die ihn zum Krüppel gemacht hatte. Mitleid und Zorn erfüllten ihn.

Es war nicht fair – nicht einmal Joe gegenüber. Joe war kein seelenfressender Teufel; ihm war jetzt noch nicht einmal bewußt, daß er *Joe* war und Anglesy zu seinem Anhängsel, seinem Werkzeug herabsank. Er hatte seine Erschaffung nicht gewollt, und wenn man ihm seinen menschlichen Gegenpol raubte, würde das sehr wahrscheinlich seiner Ermordung gleichkommen.

Auf jeden Menschen wartet irgendwo eine Strafe, wenn er die Grenzen des moralisch Zulässigen überschreitet, dachte er.

Cornelius verwünschte sich in Gedanken. Die Arbeit wartete. Er setzte sich hin und befestigte den Helm auf seinem Kopf. Die Trägerwelle verursachte ein schwaches, unhörbares, pulsierendes Klopfen, das Beben der Neuronen tief in seinem Bewußtsein. Man konnte es mit Worten nicht beschreiben.

Er faßte den Knopf und stimmte auf Anglesys Alpha ab. Sein eigenes Alpha hatte eine etwas niedrigere Frequenz, und es war notwendig, die Impulse durch einen Überlagerungsprozeß zu führen. Immer noch kein Empfang. Nun, er mußte die genaue Wellenform herausfinden; Klangfarbe war bei Gedanken genauso wichtig wie bei Musik. Langsam und mit größter Behutsamkeit brachte er die Zeiger zur Deckung.

Eine Empfindung zuckte durch sein Bewußtsein, eine Vision von wild durcheinanderquirlenden Wolken an einem rotvioletten Himmel, von urgewaltig über horizontlose Unendlichkeit brausendem Sturm – er verlor den Kontakt. Seine Finger zitterten, während er die Feineinstellung betätigte.

Der Psistrahl zwischen Joe und Anglesy verbreiterte sich. Der Stromkreis nahm Cornelius auf. Er sah durch Joes Augen, er stand auf einem Hügel und starrte in den Himmel über den Eisbergen, angestrengt nach dem ersten Raumschiff Ausschau haltend; gleichzeitig aber war er Jan Cornelius, der verschwommen die Meßinstrumente vor sich sah, nach Gefühlsregungen und Symbolen forschte, nach irgendeinem Schlüssel für das in Anglesys Seele verschlossene Grauen.

Das Grauen stand auf und schlug ihm ins Gesicht.

Psionisches Abhorchen ist nicht einfach ein Lauschen und ›Hineinsehen‹ in einen anderen. Genau wie ein Rundfunkempfänger konstruktionsbedingt auch ein schwacher Sender ist, sendet auch das Gehirn ständig Resonanzschwingungen gewisser Energie im Bereich des Psispektrums aus. Normalerweise ist das natürlich bedeutungslos; wenn man aber die Impulse in beiden Richtungen durch eine Reihe von Überlagerungs- und Verstärkereinheiten mit hohem negativem Rückkopplungseffekt jagt …

In ihrer Anfangszeit war die psionische Psychotherapie lange nicht von der Stelle gekommen, weil die elektronisch verstärkten Gedanken eines Menschen sich beim Eintritt in das Gehirn eines anderen, entsprechend den normalen Vektorgesetzen, in dessen eigenen Nervenschwingungskreis einschalteten. Als Ergebnis empfanden beide die neue Überlagerungsfrequenz als ein alpdruckhaftes Flattern ihrer eigenen Gedanken. Ein in Selbstkontrolle geübter Analytiker konnte sich darüber hinwegsetzen; sein Patient konnte es nicht und reagierte äußerst heftig.

Mit der Zeit aber hatte man die Grundklangfarben der menschlichen Wellen messen können, und die Psiotherapie wurde wieder aufgenommen. Der moderne Esprojektor analysierte ein ankommendes Signal und paßte seine charakteristischen Merkmale der Gedankenstruktur des ›Hörers‹ an. Die völlig verschiedenen Schwingungen des sendenden Gehirns jedoch, die sich unmöglich der Struktur der empfangenden Neuronen angleichen ließen, wurden herausgefiltert.

Durch diese Kompensation war es möglich, die Gedanken eines anderen so leicht und bequem wie die eigenen zu erfassen. Wenn der Patient sich in einem Psistrahlbereich befand, konnte ein geschickter Operateur ihn ›abhorchen‹, ohne daß der Patient es notwendigerweise merken mußte. Der Operateur konnte dann entweder die Gedanken des anderen sondieren oder ihm sogar seine eigenen Gedanken einpflanzen.

Cornelius' Plan, der jedem Psioniker einleuchtete, war auf diesen Erkenntnissen aufgebaut. Er müßte die Gedanken eines völlig arglosen Anglesy-Joe empfangen können. Wenn seine Theorie stimmte und die Persönlichkeit des Esmannes zu der eines Monstrums verzerrt wäre, würde Cornelius nur bruchstückweise oder überhaupt nicht empfangen. Wenn seine Theorie aber nicht stimmte und Anglesy weiterhin Anglesy war, würde er nur eine normale menschliche Bewußtseinsströmung empfangen und konnte nach anderen Fehlerquellen suchen.

Sein Gehirn tobte!

Was geschieht mit mir?

Im ersten Augenblick stürzte ihn die Interferenz, die seine Gedanken in undefinierbares Kauderwelsch verwandelte, in panisches Entsetzen. Dort, auf dem windgepeitschten Jupiterhügel, stand er und rang nach Atem, während seine furchtbaren Hunde das Fremde in ihm spürten und winselten.

Doch dann kamen Erkenntnis, Erinnerung, und mit ihnen ein so urgewaltiger Zornausbruch, daß für Furcht kein Raum mehr blieb.

Joe füllte seine Lungen und schrie so laut, daß das Echo dröhnend von den Hügelflanken widerhallte: »Hinaus aus meinem Verstand!«

Er spürte, wie Cornelius in die Bewußtlosigkeit hinabstürzte. Die übermächtige Kraft seines, Joes, geistigen Schlages war zuviel für ihn gewesen. Er lachte – es war mehr ein Knurren – und lockerte den Druck.

Über ihm, zwischen den donnernden Wolken, blinkte schwach der erste herabsteigende Raketenflammenstrahl.

Cornelius' Geist tastete sich ins Bewußtsein zurück. Ihm war, als stieße er, aus der Tiefe kommend, durch eine Wasseroberfläche. Er schnappte nach Luft und langte nach dem Schaltbrett, um seinen Apparat abzustellen und zu entfliehen.

»Nicht so rasch, Bursche!« Grimmig sandte Joe ein Kommando aus, das Cornelius' Muskeln erstarren ließ. »Ich möchte zuerst wissen, was das zu bedeuten hat. Sitz still und laß mich sehen!« Er trieb einen Impuls hoch, der in Cornelius wie ein glühendes Fragezeichen brannte. Erinnerung explodierte und zuckte in sengenden Funken durch das Vorderhirn des Psionikers.

»So. Und das ist alles? Du dachtest also, ich hätte

Angst, hier herabzusteigen und Joe zu sein, und du wolltest wissen, warum? Aber ich *habe* dir doch *gesagt,* daß das nicht stimmt!«

Ich hätte es glauben sollen, flüsterte Cornelius.

»Schön, dann verschwinde jetzt aus der Leitung«, fuhr Joe grollend fort, indem er die Worte laut aussprach. »Und laß dich nie wieder im Kontrollraum blicken, verstanden? K-Röhren oder nicht, ich will dich nicht noch einmal sehen. Wenn ich auch ein Krüppel bin, so kann ich dich doch, Zelle um Zelle, auseinandernehmen. Und nun hau ab – laß mich in Ruhe! In wenigen Augenblicken wird das erste Schiff landen.«

Du ein Krüppel – du, Joe Anglesy?

»Was?« Das große, schiefergraue Wesen auf dem Hügel hob sein barbarisches Haupt, als lausche es auf einen unvermuteten Trompetenstoß. »Was meinst du damit?«

Verstehst du denn nicht? fragte der schwache, bohrende Gedanke in Joes Gehirn. *Du weißt, wie der Esprojektor arbeitet. Du weißt, daß ich Anglesys Verstand in Anglesys Gehirn hätte sondieren können, ohne dabei eine spürbare Interferenz zu verursachen. Und einen völlig anders gearteten nichtmenschlichen Verstand hätte ich weder sondieren, noch hätte dieser meine Absicht merken können. Die Filter hätten diese Signale nicht durchgelassen. Du jedoch spürtest mich schon im Bruchteil einer Sekunde. Das kann nur bedeuten, daß wir es mit einem menschlichen Verstand in einem nichtmenschlichen Gehirn zu tun haben.*

Du bist nicht mehr der halbe Leichnam auf Jupiter Fünf. Du bist Joe – Joe Anglesy.

»Verdammt nochmal!« sagte Joe. »Du hast recht!«

Er stellte Edward Anglesy ab, warf Cornelius mit einem einzigen brutalen Impuls aus seinem Verstand und rannte den Hügel hinunter, dem Raumschiff entgegen.

Ein paar Minuten danach wachte Cornelius auf. Sein Schädel schmerzte, als wolle er im nächsten Augenblick zerspringen. Er tastete nach dem Hauptschalter, warf ihn herum, riß den Helm von seinem Kopf und schmiß ihn krachend auf den Fußboden. Doch er mußte noch eine Weile seine Kräfte sammeln, bis er dasselbe für Anglesy tun konnte. Edward Anglesy war nicht fähig, das geringste für sich selbst zu tun.

Sie saßen vor dem Stationslazarett und warteten. Es war ein grell erleuchteter kahler Raum aus Metall und Plastik, der nach Antiseptika roch – tief unter der Oberfläche, in der Nähe des Satellitenkerns, wo viele Kilometer Fels ihn vor dem schrecklichen Angesicht des Jupiter verbargen.

Nur Viken und Cornelius befanden sich in dem engen kleinen Wartezimmer. Die restliche Belegschaft der Station ging mechanisch ihrer Arbeit oder irgendeiner Beschäftigung nach, um die Zeit auszufüllen, bis man ihr Neues vom Stand der Ereignisse berichten konnte. Hinter der inneren Tür kämpften drei Biotechniker, die gleichzeitig die Stationsärzte waren, mit dem Todesengel um jenes Etwas, das einmal Edward Anglesy dargestellt hatte.

»Neun Schiffe sind hinuntergekommen«, sagte Viken dumpf. »Zwei männliche, sieben weibliche Pseudos. Es reicht, um eine Kolonie zu gründen.«

»Vom genetischen Gesichtspunkt her wären mehr wünschenswert«, bedeutete ihm Cornelius. Er sprach leise, obwohl er seiner Stimme einen heiteren Klang zu geben versuchte. Das ganze Geschehen hatte etwas Ehrfurchtheischendes an sich.

»Ich verstehe es immer noch nicht«, sagte Viken.

»Oh, inzwischen sollte das doch klar genug sein. Ich hätte es mir eigentlich vorher denken müssen. Wir hatten alle Fakten zu unserer Verfügung und konnten nur nicht den einfachen, auf der Hand liegenden Schluß daraus ziehen. Nein, wir mußten Frankensteins Ungeheuer heraufbeschwören.«

»Eben«, stieß Viken heiser hervor, »wir mußten Frankenstein spielen. Dort drinnen liegt Ed im Sterben.«

»Das hängt davon ab, wie Sie den Tod definieren wollen.« Cornelius sog heftig an seiner Zigarre, um seine Nerven zu beruhigen. Absichtlich vermied er es, irgendein Gefühl in seine Worte zu legen.

»Denken Sie einmal nach. Betrachten Sie die Tatsachen. Zunächst einmal Joe: ein Geschöpf mit einem Gehirn von menschlicher Kapazität, aber ohne jeden Verstand – eine vollkommene *Tabula rasa* im Lockeschen Sinne, auf der Anglesy mit seinem Psistrahl schreiben konnte. Wir folgerten ganz richtig – wenn auch ziemlich spät – daß eine Persönlichkcit dasein würde, wenn erst einmal genügend darauf geschrieben worden wäre. Wir fragten uns nur, wessen Persönlichkeit? Warum? Weil wir wahrscheinlich in der normalen menschlichen Furcht vor dem Unbekannten voraussetzten, daß jede Persönlichkeit in einem so fremdartigen Körper ungeheuerlich sein müßte. Folglich mußte sie Anglesy feindlich gesinnt sein, mußte ihn überwältigen –«

Die Tür öffnete sich. Beide Männer sprangen auf.

Der Chefarzt schüttelte den Kopf. »Zwecklos. Typisch für einen traumatischen psychischen Schock; er ist kurz vor dem Exitus. Vielleicht, wenn wir besser eingerichtet wären ...«

»Nein«, sagte Cornelius. »Sie können nicht einen Mann retten, der beschlossen hat, nicht weiterzuleben.«

»Ich weiß.« Der Arzt streifte seine Schutzmaske vom Gesicht. »Ich brauche eine Zigarette. Wer hat eine für mich?« Seine Hände zitterten ein wenig, als er sie von Viken entgegennahm.

»Aber wie – wie konnte er überhaupt etwas beschließen?« fragte der Physiker mit erstickter Stimme. »Seit Jan ihn von diesem ... diesem Geschöpf losgerissen hat, ist er ständig bewußtlos gewesen.«

»Der Beschluß ist schon vorher gefallen«, sagte Cornelius. »Dieses Wrack dort drinnen auf dem Operationstisch besitzt in Wirklichkeit gar keinen Verstand mehr. Ich weiß es, ich war da!« Er schauderte ein wenig. Allein die Nachwirkung einer Spritze mit einem kräftigen Beruhigungsmittel hielt das Entsetzen dieses Erlebnisses von ihm fern.

Der Arzt inhalierte tief den Rauch seiner Zigarette, hielt ihn einen Augenblick in der Lunge und blies ihn dann genußvoll aus. »Ich glaube, damit ist unser Unternehmen beendet«, sagte er. »Wir werden nie mehr einen Esmann dafür bekommen.«

»Daran gibt es keinen Zweifel.« Vikens Stimme klang wie eingerostet. »Ich werde den Teufelsapparat eigenhändig zertrümmern.«

»Warten Sie damit noch einen Augenblick!» rief Cornelius aus. »Haben Sie denn nicht verstanden? Dies ist nicht das Ende – es ist der Anfang!«

»Ich will lieber wieder hineingehen«, sagte der Arzt. Er drückte seine Zigarette aus und öffnete die Tür. Mit tödlicher Lautlosigkeit schloß sie sich hinter ihm.

»Was meinen Sie damit?« fragte Viken in einem Ton, der wie eine Barriere zwischen den Männern stand.

»*Wollen* Sie's denn nicht verstehen?« schrie Cornelius. »Joe besitzt alle Gewohnheiten, alle Gedanken, Erinnerungen, Vorurteile, alle Interessen von Anglesy. O ja, der andere Körper und die andere Umgebung – natürlich bewirken sie einige Veränderungen, aber nicht mehr, als es bei einem Manne, der sich annähernd in Anglesys Lage befände, auf der Erde der Fall wäre. Wenn Sie plötzlich von einer verzehrenden Krankheit rasch genesen wären, würden Sie dann nicht vielleicht auch ein wenig rauh und unbändig werden? Das ist genausowenig anomal wie der Wunsch, gesund zu bleiben – hab ich recht? Sehen Sie das ein?«

Viken setzte sich. Eine Weile sagte er überhaupt nichts.

Dann, sehr, sehr langsam und vorsichtig, fragte er: »Meinen Sie, daß Joe jetzt Ed ist?«

»Oder Ed ist Joe. Was Ihnen mehr zusagt. Er selbst nennt sich jetzt Joe, glaube ich – als ein Symbol der Freiheit – aber er bleibt weiterhin Anglesy. Was bedeutet der Fortbestand des *Ego* denn anderes als die Fortdauer der Existenz?

Er selbst hatte das nicht ganz erfaßt. Er wußte nur – wie er mir einmal erzählte, und ich hätte ihm glauben sollen – daß er sich auf dem Jupiter stark und glücklich fühlte. Warum schaukelten die Schwingungen in den K-Röhren sich auf, bis die Röhren durchbrannten? Ein hysterisches Symptom! Anglesy fürchtete sich im Unterbewußtsein nicht davor, auf dem Jupiter zu bleiben – er fürchtete sich vor der Rückkehr!

Und dann, heute, habe ich mich in seinen Psistrahl eingeschaltet. Inzwischen war sein ganzes Ich auf Joe zentriert. Das heißt, die Hauptquelle der Libido war Joes starker, männlicher Körper, nicht Anglesys kranker. Und das bedeutete eine andersgeartete Impulsstruktur – nicht zu fremd, um durch die Filter zu dringen, aber fremd genug, um eine Interferenz aufzubauen. So spürte er meine Gegenwart. Und er erkannte die Wahrheit, genau wie ich sie erkannte.

Wissen Sie, was ich als letztes fühlte, bevor Joe mich aus seinem Verstand warf? Keinen Zorn mehr. Er benahm sich ungebärdig, ja, aber das einzige Gefühl, das in ihm Platz hatte, war Glück.

Ich *wußte,* was für eine starke Persönlichkeit Anglesy besitzt! Was ließ mich bloß auf die Idee kommen, daß ein überentwickeltes Kindergehirn wie Joes ihr überlegen sein könnte? – Die Ärzte dort drinnen – pah! Sie versuchen eine Hülle zu retten, die als nutzlos abgeworfen worden ist!«

Cornelius schwieg. Seine Kehle war wund vom vielen Reden. Er schritt auf und ab und spülte seinen Mund mit Zigarrenrauch, wagte es jedoch nicht, ihn zu inhalieren.

Nach einer Weile sagte Viken vorsichtig: »Nun gut; Sie müssen es ja wissen – wie Sie sagten, waren Sie dabei. Aber was machen wir jetzt? Wie können wir mit Ed Verbindung aufnehmen? Wird er überhaupt daran interessiert sein, mit uns ins Gespräch zu kommen?«

»Aber ja, selbstverständlich«, erwiderte Cornelius. »Er ist immer noch er selbst, vergessen Sie das nicht. Jetzt, da er nicht mehr die Hemmungen und Verkrampftheit des Krüppels besitzt, sollte er außerdem viel umgänglicher sein. Wenn der Reiz des Neuen an seinen jetzigen Gefährten verblaßt ist, wird er sich nach jemandem sehnen, mit dem er sich auf gleicher geistiger Ebene unterhalten kann.«

»Und können Sie mir auch verraten, wer einen anderen Pseudo kontrollieren möchte?« fragte Viken sarkastisch. »Ich persönlich bin mit meinem klapperigen Gestell ganz zufrieden – vielen Dank!«

»War Anglesy der einzige hoffnungslose Krüppel auf der Erde?« fragte Cornelius ruhig.

Viken starrte ihn verblüfft an.

»Und dann sind da noch die alternden Menschen«, fuhr der Psioniker halb im Selbstgespräch fort. »Eines Tages, mein Freund, wenn Sie und ich unsere letzten Jahre nahen fühlen und doch noch so vieles wissen und erfahren möchten – vielleicht würden wir dann für ein zweites Leben mit Freuden unsere Hülle gegen die eines solchen Jupitergeschöpfes eintauschen.« Er nickte der Zigarre in seiner Hand zu. »Ein hartes, gesundes, stürmisches und starkes Leben wäre uns sicher – gefährlich, voller Lärm und Gewalt – aber ein Leben, wie es vielleicht kein Mensch auf Erden mehr seit den Tagen von Elisabeth der Ersten geführt hat. O nein, es wird wenig Mühe kosten, Jupitermenschen zu finden.«

Er wandte den Kopf, als der Chefarzt wieder in den Warteraum trat.

»Nun?« krächzte Viken.

Der Arzt setzte sich. »Exitus«, sagte er.

Verlegen schweigend warteten die beiden.

»Merkwürdig«, sagte der Arzt. Er suchte in seinen Taschen nach einer Zigarette, die er nicht hatte. Stumm bot Viken ihm eine an. »Merkwürdig. Ich habe solche Fälle schon früher erlebt. Leute, die einfach mit dem Leben abgeschlossen haben – die es aufgegeben haben, weiterzukämpfen. Dies ist der erste, den ich lächelnd Abschied nehmen sah – lächelnd bis zum letzten Augenblick.«

ARTHUR C. CLARKE

Der Stern

Bis zum Vatikan sind es dreitausend Lichtjahre. Früher einmal glaubte ich, daß der Weltraum keine Macht über den Glauben ausüben könne. Genau wie ich auch daran geglaubt hatte, daß die Himmel Gottes Werke rühmten. Jetzt habe ich diese Werke gesehen, und mein Glaube ist schmerzlich erschüttert.

Ich starre auf das Kruzifix an der Kabinenwand über dem Mark-VI-Elektronengehirn, und zum ersten Mal in meinem Leben mache ich mir Gedanken darüber, ob es mehr als ein leeres Symbol darstellt.

Ich habe noch mit niemandem darüber gesprochen, aber die Wahrheit läßt sich nicht verheimlichen. Jedermann kann sich die Tausende von Photographien ansehen und die unzähligen Kilometer Aufzeichnungen auf Magnetband entziffern, die wir zur Erde zurückbringen. Andere Wissenschaftler können sie genauso leicht deuten wie ich – eher noch leichter. Ich gehöre nicht zu den Leuten, die Entschuldigungsgründe für Manipulationen mit der Wahrheit finden, wie sie meinen Orden in der Vergangenheit oft in schlechten Ruf gebracht haben.

Die Mannschaft ist bereits genügend deprimiert, und ich bin gespannt, wie sie diese allerletzte Ironie ertragen wird. Wenige von den Leuten glauben überhaupt an eine Religion, doch sie werden keinen Gefallen daran finden, diese Waffe in ihrem Feldzug gegen mich anzuwenden – in diesem privaten, gutmütigen, letzten Endes aber doch ernst gemeinten Kleinkrieg, der während der ganzen Reise seit unserem Start von der Erde geführt wurde. Sie fanden es belustigend, ausgerechnet einen Jesuiten als Chefastrophysiker zu haben. Dr. Chandler konnte zum Beispiel nie darüber hinwegkommen (warum sind Mediziner so notorische Atheisten?). Manchmal besucht er mich im Bordobservatorium, wo die Beleuchtung stets nur schwach ist, damit die Sterne in unverminderter Pracht sichtbar bleiben. Er tritt dann im Zwielicht neben mich und schaut durch das große ovale Beobachtungsfenster, während das Firmament sich langsam um uns dreht als Folge des zurückgebliebenen minimalen Dralls unseres Schiffes um seine eigene Achse, den zu stoppen wir nicht der Mühe wert gefunden hatten.

»So geht das nun bis in alle Ewigkeit weiter, Pater«, pflegt er dann meist zu sagen, »und vielleicht hat jemand es gemacht. Wie Sie aber glauben können, daß dieser Jemand ein ganz besonderes Interesse an uns und unserer elenden kleinen Erde hat – das ist mir einfach unbegreiflich.« Und dann beginnt unser Streitgespräch, während Sterne und Spiralnebel jenseits der fleckenlos klaren Plastikscheibe des Beobachtungsfensters ihre stummen, endlosen Kreise um uns ziehen.

Ich glaube, es ist die offensichtliche Widersinnigkeit meiner Stellung, die die Besatzung belustigt. Vergeblich weise ich sie dann auf meine drei Aufsätze im *Astrophysikalischen Journal* und auf meine fünf Beiträge in den *Monatsberichten der Königlichen Astronomischen Gesellschaft* hin. Vergeblich erinnere ich sie daran, daß unser Orden eine lange, ruhmvolle Tradition in wissenschaftlicher Arbeit aufzuweisen hat. Wir mögen jetzt nur noch wenige Mitglieder zählen, aber schon seit dem achtzehnten Jahrhundert haben wir ständig eine unverhältnismäßig große Anzahl von Beiträgen zur Astronomie und Geophysik geleistet.

Wird mein Bericht über den Phönixsternnebel unserer

tausendjährigen Geschichte ein Ende setzen? Ich fürchte, er wird noch viel mehr beenden.

Ich weiß nicht, wer diesen Sternnebel so benannt hat; mir scheint dieser Name jedenfalls sehr schlecht gewählt zu sein. Wenn er eine Prophezeiung enthalten soll, so ist es eine, die mehrere tausend Millionen Jahre lang nicht in Erfüllung gehen kann. Selbst das Wort ›Nebel‹ ist irreführend; man stellt sich darunter etwas viel Kleineres vor als diese wunderbaren kosmischen Wolken – den Baustoff noch ungeborener Sterne –, die über die ganze Länge der Milchstraße verstreut sind. Mit kosmischen Maßstäben gemessen ist der Phönixnebel in der Tat eine winzige Angelegenheit – eine unbedeutende Gashülle, die einen einzigen Stern umgibt.

Beziehungsweise das, was von diesem Stern übriggeblieben ist...

Das Loyola-Bildnis von Rubens scheint spöttisch von seinem Platz an der Wand über den Spektrophotometerpausen auf mich herabzublicken. Was würdest *du*, Vater, mit diesem Wissen angefangen haben, das so fern von jener kleinen Welt, die für dich das ganze Universum bedeutete, in mein Gewahrsam gelangt ist? Würde dein Glaube in gleichem Maße an der Herausforderung gewachsen sein, wie meiner zu wanken begonnen hat?

Du blickst in die Ferne, Vater; ich aber habe eine Entfernung überbrückt, die deine Vorstellungskraft überstieg, als du vor tausend Jahren unseren Orden gründetest. Kein anderes Forschungsschiff ist je so weit von der Erde in den Raum vorgestoßen: wir haben mit unserer Fahrt eine neue Grenze des bisher erforschten Universums gesetzt. Wir sind mit der Absicht gestartet, den Phönixnebel zu erreichen, wir hatten Erfolg und befinden uns nun mit der Bürde unseres Wissens auf der Heimreise. Ich wünschte, ich könnte diese Last von meinen Schultern streifen; statt dessen aber rufe ich vergebens zu dir über die Lichtjahre hinweg, die zwischen uns liegen.

Auf dem Buch, das du in Händen hältst, ist klar und deutlich eine Inschrift zu erkennen. AD MAIOREM DEI GLORIAM lautet die Botschaft, doch es ist eine Botschaft, der ich nicht länger Glauben schenken kann. Würdest du weiter daran glauben, wenn du sehen könntest, was wir gefunden haben?

Natürlich wußten wir, was der Phönixnebel darstellte. Allein in unserer Galaxie explodieren in jedem Jahr mehr als hundert Sterne, strahlen ein paar Stunden oder Tage lang mit vieltausendmal stärkerer Leuchtkraft als normal und versinken dann in Tod und Unbedeutendheit. Das sind die gewöhnlichen Novae – die Alltagskatastrophen im Universum. Seit meinem Arbeitsantritt im Mondobservatorium habe ich die Spektrogramme und Lichtkurven von Dutzenden solcher Geschehnisse aufgenommen.

Doch drei- oder viermal in jedem Jahrtausend ereignet sich etwas, neben dem sogar eine Nova zu völliger Bedeutungslosigkeit verblaßt.

Wenn ein Stern zur Supernova wird, kann er für kurze Zeit alle Sonnen seines Sternsystems überstrahlen. Chinesische Astronomen beobachteten im Jahre 1054 ein solches Ereignis, ohne zu wissen, was sie zu sehen bekamen. Fünf Jahrhunderte später, im Jahre 1572, erstrahlte eine Supernova im Sternbild Cassiopeia so hell, daß sie bei Tageslicht sichtbar war. Vier weitere sind in den tausend Jahren, die seitdem verstrichen sind, beobachtet worden.

Wir hatten den Auftrag, die Überreste einer solchen Katastrophe aufzusuchen, die Bedingungen, die dazu führten, zu erforschen und möglicherweise die Ursache zu ergründen. Wir drangen langsam in die konzentrische Gashülle ein, die vor fast sechstausend Jahren in das All geschleudert worden war und sich immer noch ausdehnte. Die äußeren Schichten waren immer noch sehr heiß und strahlten ein hartes violettes Licht aus, ihre Hitze reichte jedoch bei weitem nicht aus, uns zu schaden. Als der Stern explodierte, waren diese äußeren Gasschichten mit solcher Gewalt fortgeschleudert worden, daß sie völlig außerhalb der Reichweite seiner Schwerkraft gerieten. Jetzt besaßen sie die Form einer hohlen Kugel, die groß genug war, tausend Sonnensysteme aufzunehmen, und in ihrem Zentrum brannte das winzige, phantastische Ding, zu dem der Stern geworden war – ein weißer Zwerg, kleiner als die Erde, doch eine Million Mal so schwer.

Die glühende Gashülle umgab uns auf allen Seiten und bannte das normale Nachtdunkel des interstellaren Raumes. Wir flogen in das Zentrum einer kosmischen Bombe, die vor Jahrtausenden explodiert war und deren leuchtende Bruchstücke immer noch mit rasender Geschwindigkeit auseinanderstrebten. Das unvorstellbare Ausmaß der Explosion und die Tatsache, daß die Trümmer bereits einen Hohlraum von vielen Millionen Kilometern Durchmesser durchstreiften, beraubten die Szene jeder sichtbaren Bewegung. Es würde Jahrzehnte dauern, bevor das unbewaffnete Auge in diesen wirbelnden, irrlichternden Gasstrudeln überhaupt Anzeichen von Bewegung entdecken könnte, doch das Gefühl ungestümer Expansion war überwältigend.

Wir hatten unseren Primärantrieb schon vor Stunden abgestellt und trieben langsam auf den grimmigen kleinen Stern vor uns zu. Einst war er eine Sonne wie unsere eigene gewesen, doch in wenigen Stunden hatte er die Energie verschwendet, die ihn für Millionen Jahre hätte scheinen lassen sollen. Jetzt war er ein verschrumpelter Geizhals, der seine Vorräte hortete, als wolle er damit seine verschwenderische Jugend zu korrigieren versuchen.

Niemand erwartete ernstlich, Planeten zu finden. Wenn es vor der Explosion welche gegeben hatte, mußten sie zu Dampf verpufft und ihre Substanz in dem riesigen Trümmerfeld des Sternes verloren sein. Aber wir stellten trotzdem die Suchgeräte an, wie wir es immer tun, wenn wir uns einer unbekannten Sonne nähern, und kurz darauf entdeckten wir einen einzelnen kleinen Planeten, der den Stern in gewaltiger Entfernung umkreiste. Er muß der Pluto jenes verschwundenen Sonnensystems gewesen sein, der an den Grenzen der Finsternis seine Bahn zog. Zu weit von seiner im Mittelpunkt stehenden Sonne entfernt, um jemals Leben kennengelernt zu haben, hatte seine Abgelegenheit ihm das Schicksal seiner vernichteten Gefährten erspart.

Die über ihn hinwegziehenden Gluten hatten sein Gestein versengt und den Mantel gefrorenen Gases verbrannt, der seine Oberfläche in den Tagen vor der Katastrophe bedeckt haben mußte. Wir landeten und fanden das in den Fels gesprengte Gewölbe.

Seine Erbauer hatten dafür gesorgt, daß wir es nicht übersehen konnten. Der riesige Monolith, der als Wahrzeichen über dem Eingang gestanden hatte, war jetzt nur noch ein zusammengeschmolzener Stumpf; aber schon die ersten Fernaufnahmen zeigten uns, daß wir es hier mit dem Werk intelligenter Lebewesen zu tun hatten. Wenig später entdeckten wir das einen ganzen Kontinent überziehende Netz radioaktiver Strahlung, das in das Gestein eingebrannt war. Selbst wenn der Pylon über dem Gewölbe völlig zerstört worden wäre, hätte dieses Netz fast die Ewigkeit überdauert, ein zu den Sternen rufendes Leitsignal. Unser Schiff stieß auf diese gigantische Zielscheibe herab wie ein Pfeil in sein Ziel.

Der Pylon muß eine Meile hoch gewesen sein, als man ihn erbaut hatte; jetzt aber glich er einem Kerzenstumpf, an dessen Fuß sich eine Pfütze zerflossenen und wieder erstarrten Wachses gesammelt hatte. Wir brauchten eine Woche, um durch das verschmolzene Gestein zu bohren, da wir nicht die richtigen Werkzeuge für eine derartige Aufgabe besaßen. Schließlich waren wir Astronomen und nicht Archäologen, aber wir konnten improvisieren. Unser ursprüngliches Programm war vergessen; dieses einsame Monument, mit so viel Mühe in größtmöglicher Entfernung von einer dem Untergang geweihten Sonne errichtet, konnte nur eine Bedeutung haben: eine Zivilisation, die von ihrer bevorstehenden Vernichtung wußte, hatte die letzte Anstrengung gemacht, ihrem Zeugnis Unsterblichkeit zu sichern.

Wir werden Generationen brauchen, um all die Schätze zu prüfen, die in dem Gewölbe angesammelt sind. *Sie* hatten viel Zeit für diese Sammlung, denn ihre Sonne muß ihre Warnungen viele Jahre vor ihrer endgültigen Explosion ausgesandt haben. Alles, was sie zu erhalten wünschten, schafften sie in den Tagen vor dem Ende zu dieser fernen Welt hinüber, in der Hoffnung, daß eine andere Rasse sie einst finden und ihre Schöpfer nicht gänzlich der Vergessenheit anheimfallen würden.

Wenn ihnen nur etwas mehr Zeit geblieben wäre! Sie konnten bereits beliebig zwischen den Planeten ihres eigenen Sonnensystems reisen, hatten jedoch noch nicht gelernt, die interstellaren Klüfte zu überbrücken, und das nächste fremde Sonnensystem war hundert Lichtjahre entfernt.

Selbst wenn sie nicht so verblüffend menschenähnlich ausgesehen hätten, wie es ihre Bildhauerarbeiten zeigen, hätten wir sie bewundern und ihr Schicksal betrauern müssen. Sie haben Tausende von Filmberichten und die dazu benötigten Projektionsmaschinen hinterlassen, zusammen mit bis in alle Einzelheiten gehenden bebilderten Anleitungen, nach denen es nicht schwer sein wird, ihre Schriftsprache zu erlernen. Wir haben uns viele dieser Berichte angesehen und zum ersten Mal seit fast sechstausend Jahren die Wärme und Schönheit einer Zivilisation wieder zum Leben erweckt, die der unsrigen in vieler Beziehung überlegen gewesen sein muß. Vielleicht wollten sie uns auch nur das Beste zeigen, und man wird ihnen deswegen wohl kaum Vorwürfe machen dürfen. Aber ihre Welten waren sehr lieblich, und in der Anmut und Schönheit ihres Städtebaus könnten sie sich jederzeit mit unseren besten Leistungen auf diesem Gebiet messen. Wir haben sie bei Arbeit und Spiel beobachtet und ihre wohllautende Sprache über die Jahrhunderte hinweg erklingen hören. Eine Szene schwebt noch vor meinen Augen – eine Gruppe von Kindern, die an einem mit fremdartig blauem Sand bedeckten Strand in den Wellen spielt, wie es auch die Kinder auf der Erde tun.

Und über dem Meer, noch warm und freundlich und lebenspendend, versinkt langsam die Sonne, die bald zur Verräterin werden und dieses unschuldige Glück vernichten sollte.

Wenn wir nicht so weit von zu Hause entfernt und der zermürbenden Einsamkeit preisgegeben wären, hätte es uns vielleicht nicht so tief bewegt. So mancher unter uns hatte die Ruinen vergangener Zivilisationen auf anderen Welten gesehen, aber nie war ihr Anblick uns so nahegegangen.

Diese Tragödie war einmalig. Es ist etwas anderes, wenn eine Rasse verfällt und zugrunde geht, wie es ganzen Völkern und Kulturen auf der Erde geschehen ist. Aber so vollständig in der Blüte ihrer Leistungen vernichtet zu werden – wie läßt sich das mit der Gnade Gottes vereinbaren?

Meine Kollegen haben mir diese Frage gestellt, und ich habe ihnen darauf geantwortet, so gut ich konnte. Vielleicht hättest du es besser gekonnt, Vater Loyola, aber in den *Exercitia spiritualia* habe ich nichts gefunden, das mir weiterhalf. Sie waren kein sündhaftes Volk: ich weiß nicht, welche Götter sie anbeteten – wenn überhaupt welche; aber ich habe über die Jahrhunderte hinweg auf sie zurückgeblickt und beobachtet, wie die Herrlichkeiten, die sie mit letzter Kraft für die Nachwelt konservierten, wieder an das Licht ihrer eingeschrumpften Sonne gebracht wurden.

Ich kenne die Antworten, die meine Kollegen geben werden, wenn sie wieder zur Erde zurückgekehrt sind.

Sie werden sagen, daß das Universum keinen Sinn und keinen Plan hat, daß vielleicht im selben Augenblick irgendeine Rasse in den Tiefen des Weltraumes stirbt, da ja allein in unserer Galaxie über hundert Sonnen in jedem Jahr explodieren. Ob diese Rasse während ihrer Existenz gut oder böse gelebt hat, bedeutet am Ende keinen Unterschied: es gibt keine göttliche Gerechtigkeit, *denn es gibt keinen Gott.*

Doch was wir gesehen haben, ist natürlich überhaupt kein Beweis für eine derartige Annahme. Wer so argumentiert, denkt nicht logisch, sondern läßt sich vom Gefühl hinreißen. Gott braucht sein Handeln nicht dem Menschen gegenüber zu rechtfertigen. Er, der das Universum erbaut hat, kann es zerstören, wann es Ihm gefällt. Es ist Arroganz – ja schon beinahe Blasphemie – zu sagen, was Er tun sollte oder nicht.

Diese These hätte ich noch akzeptieren können – so hart es auch ist, ganze Welten und Völker regelrecht verheizt werden zu sehen. Aber jetzt kommt ein Punkt, an dem auch der tiefste Glaube wanken muß, und während ich auf meine Berechnungen blicke, wird es mir zur Gewißheit, daß ich diesen Punkt erreicht habe.

Bevor wir den Nebel erreicht hatten, konnten wir nicht sagen, vor wie langer Zeit die Explosion stattgefunden hat. Jetzt aber, nachdem ich das astronomische Beweismaterial und die Berichte in den Felsgewölben des einen überlebenden Planeten gesehen habe, kann ich das Datum sehr genau bestimmen. Ich weiß, in welchem Jahr das Licht dieses Weltenbrandes die Erde erreicht hat. Ich weiß, wie strahlend diese Supernova, deren Leichnam jetzt langsam hinter unserem heimwärtsrasenden Schiff verschwindet, einst über irdischen Gefilden leuchtete. Ich weiß, daß ihr Schein kurz vor Sonnenaufgang niedrig am östlichen Himmel gestanden hat, gleich einem Leuchtfeuer in jener orientalischen Morgendämmerung.

Es gibt keinen vernünftigen Zweifel mehr: das alte

Mysterium ist endlich gelöst. Doch – O Gott, es gab so viele Sterne, die du hättest benutzen können!

Warum war es notwendig, dieses Volk dem Feuer zu überantworten, damit das Symbol seines Vergehens über Bethlehem scheine?

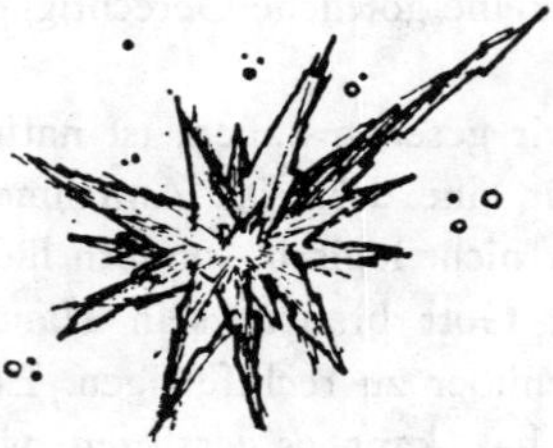

J. T. MCINTOSH

Wonnen der Einsamkeit

Ord saß in seinem Drehstuhl und überblickte das Sonnensystem. Die Sicht, unbehindert von dem auf der Erde fast vierhundert Kilometer dicken Vorhang der Atmosphäre, war so klar, daß er von seiner Position in der Umlaufbahn Plutos mit unbewaffnetem Auge fast alle Planeten sehen konnte; nur Pluto selbst nicht, der sich in einem Haufen heller Sterne versteckte, und auch Merkur nicht, der in diesem Augenblick hinter der Sonne stand.

Aber Ord wußte schließlich genau, wohin er zu sehen hatte. Tag für Tag seit über zweitausend Tagen, blickte er nun schon hinaus in das Sonnensystem. Er hatte den Merkur fünfundzwanzigmal um die Sonne ziehen sehen; Venus, etwas gemächlicher, neunmal; die Erde hatte sechs ihrer altvertrauten Reisen durch den Raum vollendet, die für ihn Jahre bedeuteten; der Mars befand sich auf seiner vierten Umkreisung, während Jupiter seinen Weg noch nicht einmal zur Hälfte geschafft hatte.

»Ich glaube, es ist schon eine große Hilfe, daß man sie sehen kann«, sagte eine helle, gutgelaunte Stimme hinter ihm. Selbst die ernstesten Dinge – und dazu hatte sie oft genug Gelegenheit – konnte Una noch mit heiterer Stimme aussprechen. »Wenn du die Planeten nicht sehen könntest, wärst du wohl schon lange für die Zwangsjacke reif gewesen.«

»Wer weiß, ob ich es jetzt nicht bin?« fragte Ord. »Du bestimmt nicht.«

Er drehte sich noch nicht um. Er zögerte diesen Augenblick stets hinaus, so lange er konnte, verschob ihn fast wie in Verzückung von Sekunde zu Sekunde – etwa wie ein leidenschaftlicher Raucher, der absichtlich die Zigarette eine Weile genießerisch unangezündet im Mund behält, bevor er sie ansteckt.

»Ich glaube«, erwiderte sie, während wie immer ein leichtes Lachen in ihrer Stimme schwang, »solange du noch vernünftig über Wahnsinn redest, kann es noch nicht so schlimm um dich stehen.«

Der Augenblick war gekommen. Er konnte nicht ewig mit dem Rücken zu ihr sitzen bleiben. Mit einem Schwung drehte er sich um und sah ihr mit einem verdrossenen, ironischen Lächeln ins Gesicht. Er hatte mehrere schöne Frauen gekannt, aber wohl noch keine, die ihre eigenen Grenzen so gut kannte wie diese.

Una trug stets eine makellos weiße, am Hals offene Hemdbluse, die sie fest in den Bund ihrer mit scharfen Bügelfalten versehenen flaschengrünen Slacks gestopft hatte. Vielleicht war es pessimistisch, von etwas, das man nicht kannte, das Schlechteste anzunehmen; aber Ord hielt es für sicher, daß Unas Figur als einzige Pluspunkte die schmale Hüfte, den hübschen Oberkörper und das Stückchen der Waden aufzuweisen hatte, das ihre übliche Bekleidung sehen ließ.

Ihre Stirn wies an einer Seite eine kleine Unregelmäßigkeit auf, die sie jedoch geschickt zu verbergen wußte, indem sie stets eine dichte Locke ihres wunderschönen aschblonden Haares darüberfallen ließ. Sie hatte blendende Zähne, soweit er das bei ihrem feinen, halb unterdrückten Lächeln – mehr gestattete sie sich nie – erkennen konnte. Hinter dem obersten Knopf ihrer züchtigen Hemdbluse fand sich eben eine Andeutung, daß ihre Haut nicht überall jene samtene Glätte und Weichheit aufzuweisen hatte, aber seinem Verdacht war nie erlaubt, Gewißheit zu werden.

»Wie lange noch, Colin?« fragte Una. »Ich achte nicht so genau auf die Zeit wie du. Wo könnten sie jetzt sein, wenn sie gestartet sind, als der Energieleitstrahl ausfiel?«

»Ich habe es noch nicht neu berechnet, seit du mich das letzte Mal gefragt hast.« Er konnte das Beben in seiner Stimme nicht unterdrücken. »Aber sie könnten sehr nahe sein.«

Ihr Nicken schien ein Bedauern anzudeuten.

Ord blickte an ihr vorbei auf die nackte Wand gegenüber den Beobachtungsfenstern. Er war innerlich völlig gelöst.

Die Raumstation in fünftausendneunhundert Millionen Kilometern Entfernung von der Sonne war nur für einen Mann erbaut, der ständig allein sein mußte; er verbrachte dort zwei Jahre ohne jede Gesellschaft, für das geradezu märchenhafte Gehalt eines Raumstationsoffiziers, und man hatte alles getan, sein Quartier bequem und geräumig zu machen, ohne daß diese Geräumigkeit jedoch das frostige Gefühl der Leere aufkommen ließ. Die Station bestand aus dem Observatorium, dem Maschinenraum, dem Wohnzimmer, der Werkstatt, dem Schlafzimmer, den Vorratskammern, und es gab sogar noch ein Reservezimmer, in dem Una zu verschwinden pflegte, obgleich es weder für Una noch überhaupt für jemand ihres Geschlechts vorgesehen war.

Während Ord auf die nackte Wand starrte, dachte er an die Betriebsamkeit auf der Erde vor sechs Jahren, als einer der drei Energieleitstrahlen von der Plutokreisbahn ausfiel. Zwar gab es noch eine Menge anderer Leitstrahlen, die den Raumschiffen den Weg durch das All wiesen, aber der plötzliche Ausfall von Station Zwei mußte seine Auswirkungen auf fast jede Reise zwischen den Planeten haben. Die Reise zum Mond mußte, zu bestimmten Zeiten, fünf Minuten länger dauern; drei oder vier Tage der Flug zum Mars oder zur Venus, je nach der relativen Position der Start- und Bestimmungspunkte und der zwei verbliebenen Plutoleitstrahlen. Wochen, ja selbst Monate mehr würde man brauchen, um einige der Asteroiden und der Satelliten der äußeren Planeten zu erreichen.

Zwei Speichen des Leitkranzes funktionierten weiter, aber eine große, klaffende Lücke von einhundertzwanzig Grad war aufgerissen, die nur ungenügend durch schwache Strahlen von den Bestimmungspunkten der Schiffe überbrückt wurde, und kein kraftvoller Universalstrahl konnte verstärkend eingreifen.

Diese Situation war nicht neu. Eines Tages würde es so viele Flugleitstrahlen im Sonnensystem geben, daß die Schiffe den Strahl, auf dem sie gerade ritten, nicht zu kennen brauchten. Sie würden nur ihre Nasen in die gewünschte Richtung zu stecken brauchen und abzusegeln wie eine Flotte Galeonen vor dem Wind. Aber bis jetzt gab es noch nicht genug interplanetarischen Verkehr, um die Verdoppelung der Strahlen wirtschaftlich zu machen.

Wenn ein Strahl ausfiel, war nichts zu machen, und über sechs Jahre mußten verstreichen, bis man ihn wieder in Betrieb setzen konnte; es sei denn, der Ausfall ereignete sich zu einer passenden Zeit – zum Beispiel, wenn ein Schiff schon ein gutes Stück mit der Ablösung für die betreffende Station und zur Überprüfung ihrer Ausrüstung unterwegs war. Doch in der ganzen Menschheitsgeschichte hatte es sich gezeigt, daß nahezu alles, was Menschenhand geschaffen hatte, fast stets zur unpassendsten Zeit entzweizugehen pflegte.

Ord folgte dem Schiff im Geiste auf seiner sechsjährigen Reise. Eine Woche Startvorbereitungen. Zwei Tage bis zum Mond. Drei Wochen für die Reise zum Mars, die nur sechzehn Tage gedauert haben würde, wenn Station Zwei ihren Strahl ausgesendet hätte. Danach wurde es mühsam. Nur der kleine Ganymedstrahl stand zur Zeit in der richtigen Position zu den Planeten und ihren Satelliten, um dem Reparaturschiff auf seiner Reise vom Mars ab zu helfen. Fast neun Monate bis zum Jupiter. Aber inzwischen würde das Schiff wenigstens genügend Geschwindigkeit aufgenommen haben, um die Raketentriebsätze auf den restlichen fünftausendeinhundert Millionen Kilometern zu unterstützen ... und dann die lange, ermüdende Suche nach dem stummen Staubkorn im All, das die Raumstation darstellte.

Elf Monate insgesamt mit dem Strahl, über sechs Jahre ohne ihn.

Ein Gedanke, der Ord ebenfalls half, die zusätzlichen fünf Jahre der Einsamkeit an Bord seiner Station zu ertragen, fast sechstausend Millionen Meilen von dem nächsten Menschen entfernt, war die Vorstellung der angesammelten Lohnsumme, die bei seiner Rückkehr auf ihn warten würde. Die Stationsoffiziere waren unerläßlich, und die verschiedenen Raumschiffslinien mußten für ihre Bezahlung aufkommen.

Wenn er mit neunundzwanzig Jahren wieder auf die Erde zurückkehrte, würde er für den Rest seines Lebens ausgesorgt haben.

Una zuckte mit den Schultern. »Oh, es war jedenfalls schön, dich kennenzulernen. Und ich meine, was ich sage.«

»Das glaube ich dir gern, Una. Doch das liegt nur an den anderen vor dir. Ich habe eine Menge gelernt.«

»Und doch hast du gerade die erste Regel gebrochen«, sagte sie leichthin. »Man spricht nie von ›den anderen‹. Sieh dich vor, daß du nicht auch noch die zweite Regel brichst.«

»Was ist das für eine Regel?«

»Du solltest sie kennen. Willst du, daß ich sie breche? Sprich vor allen Dingen niemals von den Zukünftigen.«

Sie tat die ganze Angelegenheit mit einer Geste ab, als risse sie eine Seite aus einem Notizbuch, knülle sie zusammen und werfe sie fort.

»Wollen wir Schach spielen?« fragte sie. »Es ist schon lange her, seit wir es zum letzten Mal getan haben.«

»In Ordnung. Aber nicht hier. Laß uns ins Wohnzimmer gehen.«

Er ging voran, als kenne sie die Station nicht genauso gut wie er selbst. Die lange Übung ließ ihn die Figuren sehr rasch aufstellen. Una setzte sich ihm gegenüber nicht bequem hin, sondern hockte sich sehr gerade auf die Sofakante. Sie war immer sehr darauf bedachte, ihre anmutige, schöne Linie intakt zu halten.

Sie hatten beide gerade zum ersten Mal versteckt erwähnt, was seit einiger Zeit langsam zwischen ihnen aufwuchs. Zweifellos wurde Ord ihrer überdrüssig. Es lag weder an Una noch an ihm, sie hatten einfach genug voneinander. Das Schachspiel war bereits von der bevorstehenden Trennung überschattet, gewissermaßen ein Abschiednehmen.

Una spielte rasch und entschlossen. Ein besonders schneller Zug ließ Ord die übliche Klage aussprechen.

»Wenn du doch nur aufmerksamer sein wolltest«, protestierte er. »Wenn du gewinnst, mache ich keine gute Figur, weil ich so viel Zeit brauche, meine Züge zu überlegen. Und wenn ich gewinne, vergibst du dir nichts, weil du dir offensichtlich keine Mühe gegeben hast.«

Una lachte. »Es ist ja nur ein Spiel«, antwortete sie.

Sie gewann das erste Spiel. »Glück«, knurrte Ord. »Du hast die Gefahr, die deinem Läufer von meinem Turm drohte, überhaupt nicht gesehen.«

»Vielleicht nicht. Aber du siehst ja, wie gut ich danach meinen Vorteil ausgenutzt habe; also spielte das gar keine Rolle, nicht wahr?«

Sie machten das unvermeidliche zweite Spiel, und ebenso unvermeidlich gewann jetzt Ord. Wie alle Schachspieler, die eine Partie gewonnen haben, bei der sie wußten, daß sie gewinnen konnten, wann und wie sie wollten, war Ord danach entspannt und selbstzufrieden.

Er gähnte.

Una erhob sich. »Der Wink war deutlich«, sagte sie.

»Nein, bitte . . .«

Sie lächelte ihm zu und verschwand in ihrem Zimmer.

Ord verbrachte eine lange Zeit damit, die glatte Tür anzustarren. Man hatte ihn vor der Solitosis gewarnt (der Ausdruck war aus dem lateinischen Wort *solitarius,* von *solus,* und der griechischen Endung *-osis* zusammengesetzt), aber ihm schien sie nicht so schlimm zu sein. Er konnte immer noch die Wirklichkeit erkennen; vielleicht lag es daran. Jedenfalls war er trotz der vergangenen einsamen Jahre noch nicht ernstlich in Gefahr, an etwas zu glauben, was es nicht gab. Zum Beispiel . . .

Er stand auf und wanderte durch die Station zum Maschinenraum. Dieser Raum vermittelte unter anderem ein vollständiges Bild von den Bedingungen in der gesamten Station, wie sie im Augenblick der Kontrolle bestanden. Wenn er vor der Tafel mit den Skalen, Zeigern und Schaltern der Meßinstrumente saß, konnte er alles überprüfen, angefangen von der Außentemperatur bis hin zum Luftdruck im letzten Lagerraum.

Im Augenblick konnte er zum Beispiel ganz klar erkennen, daß die Temperatur in Unas Zimmer zur Zeit 110 Grad Celsius unter Null betrug; ein gutes Stück über dem absoluten Nullpunkt, gewiß – aber doch auch ein gutes Stück unter angenehmer Schlafzimmertemperatur. Darüberhinaus war der Luftdruck nur eine halbe Atmosphäre.

Kurz gesagt: obwohl er Una das Zimmer hatte betreten sehen und sie vielleicht auch wieder herauskommen sehen würde – es gab keine Una. Die Tür war niemals geöffnet worden.

Es gab keine Una.

Das zu *wissen* war schon ein großer Gewinn. Seit langem fürchtete er sich davor, daß er diese Dinge einmal nicht mehr würde auseinanderhalten können. Auch jetzt noch übermannte ihn ab und zu diese Furcht.

Doch wenn er den Luftdruck und die Temperatur im Reservezimmer auf normale Höhe brachte und hineinging, würde er Una schlafend im Bett liegen sehen. Wenn er sie dann berührte, würde sie für ihn Wirklichkeit sein. Wenn er sie ins Gesicht schlüge, würde seine Hand schmerzen, und Una würde sehr erbost aufwachen. Wenn er sie erdolchte, würde sie sterben, und er würde sich die Mühe machen müssen, ihre Leiche draußen im Weltraum loszuwerden.

Das war – für ihn – die Wirklichkeit.

Aber er konnte die Tatbestände, die von den Meßinstrumenten angezeigt wurden, erkennen und richtig deuten. Doch selbst jetzt, da er Unas überdrüssig war, konnte er ihr nicht einfach befehlen, zu gehen, damit sie verschwände. Er hatte ein Schiff erdenken müssen, um sie herzubringen, und er würde ein neues Schiff erschaffen müssen, das sie wieder forttrug.

Solitosis war keine neue Krankheit; man hatte sie bald nach Beginn des Raumflugs entdeckt. Unglücklicherweise hatte niemand bisher ein Mittel dagegen gefunden; es half nur, wenn man die Umweltbedingungen aufhob, die sie hervorriefen. Das All ist nicht einfach ein leerer Raum: seine Leere bedeutet viel mehr – keine Horizonte, kein Himmel, kein weiches Sonnenlicht, keine bröckelnde Erdkrume und kein Grün; es ist zeitlos, und jedes Fortbestehen, sei es als Individuum oder als Glied der menschlichen Rasse, scheint aufzuhören. Am schlimmsten aber ist seine Menschenleere. Ein Eremit mag freiwillig der Zivilisation entflohen sein; setzt man ihn jedoch in einer verlassenen Welt aus, wird auch er das Opfer einer Psychose. Das ist, kurz angedeutet, die Solitosis.

Es gab jedoch einen guten Grund, warum man einen Mann auf der Weltraumstation sich selbst überließ – einer allein war wohl imstande, die Station zu bedienen, zwei aber waren nicht genug, einander vor der Solitosis zu bewahren. Die kritische Zahl lag bei ungefähr vierzig. Vierzig Mann auf einer Raumstation zu lassen, war jedoch im höchsten Grade unwirtschaftlich. Ließe man dagegen weniger, aber mehr als einen, auf einer Station, wäre das für alle gefahrvoll, denn die Solitosis konnte Mordinstinkte wecken.

Die natürliche Lösung bestand darin, daß man einen Mann allein in jede Station setzte, der selbstverständlich an Solitosis erkrankte; normalerweise aber tat er sich selbst nichts zuleide und konnte wieder völlig geheilt werden, wenn er abgelöst wurde – einfach, indem man ihn zur Erde zurückbrachte.

Es war einfach und funktionierte. Natürlich mußte man den Stationsoffizieren schon eine Menge dafür zahlen, daß sie zwei Jahre Geistesgestörtheit in Kauf nahmen. Sehr selten äußerte sie sich nur in angenehmer oder nur in unangenehmer Form; jeder lernte sie von einer anderen Seite kennen, immer aber empfand er Freud und Leid gleichermaßen.

Kein Stationsoffizier konnte vor seinem Dienstantritt sagen, was ihn erwartete, denn niemand durfte sich zweimal der Solitosis aussetzen.

Aber gegenwärtig interessierte Ord sich mehr für das Problem Una. Er wußte, daß er sich nicht einfach eine Lösung ausdenken und durch entsprechendes Handeln herbeiführen konnte. Seine Art der Solitosis äußerte sich nicht auf diese Weise. Gewiß, irgendwo in seinem Gehirn bereitete sich eine Entscheidung vor. In welcher Form sie aber ausfallen würde, blieb ihm verborgen. Es blieb ihm nichts anderes übrig, als die Ereignisse abzuwarten; aber da er Unas nun einmal überdrüssig war, konnte er sie sich ungefähr ausmalen.

Ord zog seinen Raumanzug an und ging hinaus. Vor fünfzig Jahren waren Dutzende von Schiffen auf dem Leitstrahl der Station, die von sechs Frachtschiffen auf ihrem Kurs gehalten wurde, herangekommen. Jedes Schiff der Flotte hatte einen Felsbrocken, den niemand haben wollte, vor sich hergeschoben oder hinter sich hergezogen, denn die Station brauchte Masse, um selbständig ihre

Bahn ziehen zu können. Nach und nach war ein Planet erbaut worden – ein sehr kleiner Planet zwar, aber groß genug, um als Basis für die Station zu dienen und sie zu befähigen, Pluto auf seiner Kreisbahn mit einem Minimum an Kraftaufwand zu folgen. Die Station auf Pluto selbst befand sich bereits in vollem Einsatz, und Station Drei wurde zur gleichen Zeit errichtet.

Ord schwebte in langsamen Sprüngen über die Felsbrocken der dunklen, luftlosen Welt, die gerade groß genug war, ein kleines Schiff an ihrer Oberfläche festzuhalten. Bei dem winzigen Kreuzer, den Una benutzt hatte, blieb er stehen. Er war genauso real wie sie, nicht mehr und nicht weniger. Die Einzelheiten der Geschichte, die Unas Ankunft plausibel machte, hatte er vergessen. Es war so gänzlich widersinnig, daß ein Mädchen allein auf einer Raumstation landen konnte, ganz gleich in was für einem Schiff, daß er sich nicht die Mühe gegeben hatte, eine überzeugende Erklärung auszudenken. Una war einfach erschienen wie all die anderen. Sie hatte eine Geschichte bereitgehabt, die sie ihm erzählen wollte, aber er hatte sie nicht zu Ende reden lassen. Im ganzen gesehen war das die befriedigende Lösung.

Soweit er es erkennen konnte, war das Schiff unbeschädigt. Um sich zu prüfen, sprang er hinauf. Er meinte, auf dem Rumpf gelandet zu sein, und stand ungefähr vier Meter über der Oberfläche des Planeten.

Lustlos suchte er nach einer Erklärung. Vielleicht hatte er sich einen hochragenden Felsbrocken ausgesucht und daraus das Schiff gemacht. Vielleicht vermittelten ihm auch nur seine Augen den Eindruck von vier Metern Höhe. Er hatte das Schiff nie genauer inspiziert, und auch jetzt tat er es nicht; es würde nur eine recht ermüdende geistige Anstrengung erfordern. Sein Unterbewußtsein würde, ohne daß er es merkte, alle diese Bilder entstehen lassen, und dagegen konnte er sich nicht zur Wehr setzen.

Er hüpfte, halb schwebend, zur Station zurück und ging in den luftleeren Maschinenraum, um den Leitstrahlsender noch einmal zu untersuchen. Der Schaden war nicht besonders schlimm. Er würde ihn in ein paar Stunden reparieren können, wenn er die notwendigen Werkzeuge und sechs Hände besäße, und das war mehr, als die meisten Stationsoffiziere von sich behaupten konnten.

Das war die eigentliche Schwierigkeit bei einem Job, wie Ord ihn hatte – die Stationsoffiziere mußten Erfahrung besitzen. Wie aber sollte man Erfahrung besitzen, wenn man die gleiche Arbeit vorher noch nie getan hatte?

Er ließ seine Blicke noch einmal durch den Maschinenraum schweifen und ging.

Ord erwog die Möglichkeit, zu Unas Schiff zurückzugehen, einen Fehler zu finden und zu reparieren, damit sie wieder abfliegen konnte. Aber damit würde er nur der Solitosis schmeicheln. Es war immer noch besser, so vernünftig wie möglich zu bleiben.

Früher einmal hatte er unbewußt Männer als Gefährten erdacht, aber das hatte sich nicht als zufriedenstellend erwiesen. Er konnte sich nie genügend für ihr Aussehen interessieren, um ihre Erscheinung echt wirken zu lassen. Wenn er auch mit ihnen sprach und diese Unterhaltung sogar genoß, sie sahen stets aus wie Gespenster und blieben Gespenster. Die Frauen hatten immer echt gewirkt.

Eine Zeitlang hatte er sich regelrecht davor gefürchtet, daß er eines Tages fest an ihre Existenz glauben könnte. Und natürlich hatte er auch oft an die Möglichkeit gedacht, daß er, wenn *wirklich* jemand käme, ihn lediglich für eine weitere Ausgeburt seiner Phantasie halten könnte. Aber zu dieser Befürchtung schien wenig Grund vorhanden zu sein, solange er sich weiterhin so leicht beweisen konnte, daß er sich allein auf der Station befand.

Er zog seinen Raumanzug aus und wusch und rasierte sich sorgfältig, denn schon vor langer Zeit hatte er beschlossen, die normalen Gewohnheiten menschlichen Zusammenlebens gewissenhaft beizubehalten. Er zog sich stets ordentlich an, obwohl es in der Station so warm war, daß eigentlich keine Notwendigkeit für Kleidung bestand; und wenn er schlief, trug er einen Schlafanzug.

Es hatte eine Zeit gegeben – während Suzy und Margo ihm Gesellschaft leisteten – als es in der Station so aussah, wie man es von einem einsam lebenden Mann erwartete. Aber er hatte bald die einfache Tatsache neu entdeckt, daß er sich damit nur selbst das Leben unnötig erschwerte. Una war vielleicht zu sehr ein Zug in die entgegengesetzte Richtung. Seine Beziehungen zu ihr, dachte Ord, während er dabei den Mund verzog, hatten nahezu den Regeln eines viktorianischen Anstandsbuches für junge Damen und Herren entsprochen, mit der einzigen Ausnahme, daß er sie unbekümmert rauchen ließ.

Er schlief volle zwölf Stunden. Einmal wachte er zwischendurch auf, halb im Glauben, etwas gehört zu haben; aber er war so müde, daß er sich nicht bewegen mochte und auch nicht die Absicht hatte, seiner Neurose willfährig zu sein.

Erst mehrere Stunden nach dem Aufstehen am nächsten ›Vormittag‹ begann er sich zu wundern, warum Una nicht erschien. Vielleicht war sie krank. Vielleicht, obwohl er sich keiner derartigen Gedanken bewußt war, hatte er im Unterbewußtsein entschieden, sie unauffällig, aber dafür um so wirkungsvoller verschwinden zu lassen.

Er seufzte, ging in den Maschinenraum und brachte Temperatur und Luftdruck von Unas Zimmer auf normale Höhe. Dann trat er ein.

Sie war fort, aber ein Hauch von ihrem Parfüm lag noch in der Luft. Er ging ins Observatorium und hielt Ausschau nach ihrem Schiff. Auch das war verschwunden.

Er war ein wenig verärgert, machte sich jedoch keine Vorwürfe. Es war einfacher und zugleich befriedigender,

Una die Schuld zu geben. Sie hätte sich wenigstens verabschieden können; denn letzten Endes hatte er sie doch gern gehabt. Er würde mit Vergnügen der richtigen Una begegnen, wenn es eine solche Frau gäbe. In der Hauptsache war er deswegen ihrer überdrüssig geworden, weil sie nie echte, glaubwürdige Charakterzüge entwickelt hatte. Sie war stets ihrem Typ treu geblieben, was bei lebenden Leuten nie vorkommt.

Er blieb im Observatorium und hielt weiter nach einem Schiff Ausschau. Unwillkürlich mußte er lächeln; ihm fiel ein, daß das, was er in seiner Einbildung für ein Schiff mit einem neuen Mädchen mit einer neuen phantastischen Geschichte über ihre Irrfahrten im Kosmos halten könnte, sich vielleicht in Wirklichkeit als das Hilfsschiff erweisen würde.

Er war froh, daß seine Psychose nicht die Form von Bensons Solitosis angenommen hatte. Benson hatte jedes Zeitgefühl verloren. Der Mann hatte Millionen Jahre mit Warten auf das Hilfsschiff zu verbringen geglaubt, obgleich er tatsächlich nur die normalen zwei Jahre auf seiner Station gewesen war. Doch Benson hatte sich nichts daraus gemacht. Er meinte, sich in der Zwischenzeit in einen geistigen Riesen verwandelt zu haben. Wie es sich dann herausstellte, war sein Intelligenzquotient auch tatsächlich um fünfzehn Punkte gestiegen. Später ging er wieder um elf Punkte zurück, aber Benson hatte gewiß keinen Grund, seine zweijährige Einsamkeit zu bedauern. Trotzdem war Ord froh, daß die Solitosis ihn nicht in derselben Weise gepackt hatte.

Wie er erwartet hatte, sichtete er bald ein Schiff, das zur Landung ansetzte. Das Hilfsschiff konnte es jedoch nicht sein, denn dafür war es zu klein. Überhaupt war es viel zu klein, um ohne die Hilfe eines Leitstrahls die Reise von der Erde geschafft haben zu können.

Ord war wieder in das alte Karussell gestiegen. Wenn er in den letzten Stunden des Zusammenseins mit Una auch ziemlich versagt hatte, so machte er diese Panne doch jetzt reichlich wieder wett. Das kleine Schiff schoß weit über das Ziel hinaus, genau wie es oft passiert, wenn Raumschiffe von Frauen geführt werden. Es mußte eine lange, fünf Stunden dauernde Schleife ziehen, während Ord gespannt an seinen Fingernägeln kaute. Und dazu war es noch nicht einmal ein Schiff mit Raketenantrieb. Vielleicht hatte das Mädchen – denn selbstverständlich würde es ein Mädchen sein – diesmal eine Erklärung für das Unmögliche bereit, die alle bisherigen Erklärungen in den Schatten stellte. Jedenfalls verstand sie es ausgezeichnet, ihn in Hochspannung zu halten.

Doch schließlich war das Schiff gelandet, und Ord, der bereits seinen Raumanzug angelegt hatte, eilte hinaus. Eine Gestalt kletterte heraus, als er es erreichte, und hinter der Sichtplatte ihres Helmes sah er ein Gesicht, das er von Anfang an deutlich erkennen konnte. Bei seinen früheren Begegnungen waren die Gesichter zuerst immer verschwommen gewesen und nahmen erst allmählich klare Formen an.

Das Mädchen gestikulierte unverständlich zum Schiff hinüber. Er wies mit dem Arm zur Raumstation. Sie schüttelte den Kopf in ihrem gewaltigen Helm und zeigte wieder auf das Schiff. Verblüfft sah er sie an. Diese Variante war neu.

Um ihm ihre Absicht zu verdeutlichen, bückte sie sich plötzlich, hob das Schiff an einem Ende in die Höhe und blickte ihn erwartungsvoll an. Endlich hatte er verstanden. Sie befürchtete, daß ihr Schiff hier nicht sicher genug lag. Sie dachte, es könnte vielleicht abtreiben.

Er lachte und versuchte, sie durch Gesten zu beruhigen. Sicher, schon eine leichte Brise konnte genügen, um die schwache Anziehungskraft des Planeten für dieses kleine Schiff zu brechen. Aber auf so einer winzigen, von Menschenhand erbauten Welt ohne jede Atmosphäre bedeutete das kein Problem. Er demonstrierte es ihr, indem er unter das Schiff kroch und es emporstemmte. Es segelte langsam in die Höhe, und einen Augenblick lang teilte Ord fast die Angst des Mädchens, daß es nicht wieder zurückkommen könnte. Doch die Schwerkraft hielt es fest und ließ es langsam wieder zu Boden sinken. Es war klar, daß es schon einer außergewöhnlichen Gewalteinwirkung bedurfte, um es dem Griff der kleinen Welt entfliehen zu lassen.

Das Mädchen drehte sich um, bereit, mit Ord zur Raumstation hinüberzugehen.

Ord schloß die Innentür der Luftschleuse und begann sich seines Raumanzugs zu entledigen. Das Mädchen war jedoch immer noch nicht beruhigt. Sie hielt nach Meßinstrumenten Ausschau, um sich zu vergewissern, daß der Luftdruck ausreichte. Mit unbeweglichem Gesicht zeigte Ord ihr den Aerometer. Erst danach öffnete sie ihren Helm und tat einen langsamen, vorsichtigen Atemzug.

»Sie müssen Baker sein«, sagte sie.

Das war ein neuer Schock für Ord. Sein Vorgänger auf der Station hatte Baker geheißen, und Ord war der Name inzwischen schon fast entfallen – erst jetzt, da sie ihn aussprach, erinnerte er sich wieder daran. Einen Augenblick lang stellte Ord wilde Vermutungen darüber an, ob das Mädchen vielleicht einer von Bakers Träumen vor sieben Jahren gewesen war. Doch Bakers Solitosis hatte nicht diese Form angenommen.

»Nein, ich bin Ord«, sagte er, »Colin Ord.«

»Bevor wir uns weiter unterhalten«, sagte sie, »würde ich gern wissen, wie die Solitosis auf Sie wirkt.«

Auch das war für Ord neu.

»Ich sehe lediglich Dinge, die es nicht gibt«, erwiderte Ord vorsichtig.

»Und Sie wissen, daß es sie nicht gibt?«

»Manchmal.«

»Wissen Sie, ob ich jetzt existiere?«

Ord grinste. »Ich denke nicht einmal darüber nach.«

Plötzlich hielt das Mädchen eine Pistole in der Hand, deren Mündung auf ihn gerichtet war.

»Jedenfalls dürfen Sie gewiß sein«, sagte sie, »daß diese Pistole existiert. Ich möchte nicht unangenehm werden, und deshalb meine ich, wir sollten jedes Mißverständnis von vornherein ausschalten. Ich bin nicht Gottes kleines Geschenk für einsame Raumstationsoffiziere, und jedesmal, wenn Sie das denken und etwas in dieser Richtung unternehmen sollten, kommt das hier zum Vorschein und richtet vielleicht einigen Schaden an. Ist das klar?«

»Völlig. Meinen Namen habe ich Ihnen genannt. Wie heißen Sie?«

»Elsa Catterline. Sie wollen natürlich wissen, warum ich hier bin.«

»Nicht unbedingt.«

Bei dieser Antwort blickte sie wachsam auf. Aber sie nahm doch ihren Helm ab und begann sich auszukleiden. Ord rührte keinen Finger, ihr aus dem schweren Raumanzug zu helfen. Es bestand immerhin die Möglichkeit, daß sich dies Unterfangen als tatsächlich gefährlich erweisen konnte.

»Ich will es Ihnen trotzdem erzählen«, fuhr sie fort. »Ich habe einen Mann getötet – warum und wie, spielt keine Rolle. Ich hatte Zugang zu einem Versuchsschiff. Sie sehen es dort draußen liegen. Ich dachte, wenn ich ungefähr zwei Jahre lang untertauchen könnte ...«

»Strengen Sie Ihr Gehirn nicht weiter an«, unterbrach Ord sie. »Ich stelle keine Fragen.«

»Das merke ich. Ich wundere mich nur, wieso.«

Sie gewann ihre Schlacht mit dem Raumanzug und kam zum Vorschein. Ords Augen weiteten sich. Sie war schön, wirklich schön, aber das hatte er erwartet. Überrascht war er nur, daß sie lediglich das anhatte, was die Mädchen in Magazingeschichten unter ähnlichen Umständen zu tragen pflegten – weiße Nylonshorts und einen Büstenhalter, der das absolute Minimum darstellte.

Früher einmal hätte ihn das nicht besonders überrascht, aber schon seit Jahren war er sehr vorsichtig und zurückhaltend. Er hatte Sex in konzentrierter Form versucht und war bald dazu zurückgekehrt, ihn gewissermaßen aus Selbstschutz wieder zu verdünnen. Es war schon lange her, daß eines seiner Mädchen so weiblich gewesen war und dieses Attribut so in den Vordergrund gespielt hatte.

Er erwog in der Tat zum ersten Mal ernsthaft die Möglichkeit, daß sie wirklich existierte. Die lebendigen Leute waren manchmal phantastischer als die wildesten Einbildungen.

»Ich wundere mich nur . . .«, begann er.

»Lassen Sie's lieber«, fuhr sie ihn scharf an.

»Ich dachte nur«, fuhr er ungeniert fort, »wie unbequem es für Sie werden muß, die Pistole ständig in der Hand zu halten. Es ist eine schwere Pistole. Soll ich Ihnen einen Gürtel mit Tasche dafür besorgen?«

Sie errötete vor Ärger. Dabei sah sie genau wie eines jener süßen Früchtchen aus, die ohne weiteres einen Mann umbringen können. Ihre Nase, ihre Augen und ihr Mund saßen genau an der Stelle, wo sie sie selbst um der besten Wirkung willen hingesetzt hätte, sollte das in ihrer Macht gestanden haben, und alles an ihr war fest, vollkommen und drückte Leistungsfähigkeit aus. Nicht die Leistungsfähigkeit allerdings, die dazu gehörte, ein Raumschiff oder auch nur eine Pistole richtig zu handhaben, sondern mehr die Fähigkeit, stets das zu erlangen, was sie wollte. Ein weiterer Punkt in Ords wachsender Liste interessanter Einzelheiten über Elsa Catterline war die Tatsache, daß sie nicht zu dem Typ gehörte, der ihn normalerweise reizte.

»Diese Pistole, falls Sie meine Ansicht darüber hören wollen, ist ein törichter Einfall«, sagte er. »Was hoffen Sie denn damit zu erreichen? Wie lange wird es dauern, bis ich sie Ihnen wegnehme? Vielleicht zwei Stunden, wenn

Ihre Vorsicht nachzulassen beginnt? Aber selbst dann könnte ich noch auf eine bessere Gelegenheit warten. Früher oder später müssen Sie schlafen. Können Sie irgendeine Tür in *meiner* Station hinter sich schließen und sicher sein, daß ich sie nicht öffnen kann? Ich will Sie nicht unnötig in Ungewißheit lassen – Sie können es nicht.« Er zuckte mit den Schultern. »Aber meinetwegen können Sie's ja versuchen.«

Ganz unerwartet warf sie die Pistole weg und lächelte ihn an.

»Ich bin nicht dumm«, erwiderte sie. »Ich behielt sie nur für die Zeit, solange ich nicht sicher sein konnte, daß Sie nicht gewalttätig sind. Doch ich glaube, ich kann mit Ihnen auskommen, Ord.«

Er nickte kühl. Die Lage war jetzt geklärt.

»Ich habe verstanden«, sagte er.

Es war nur ärgerlich, daß damit noch nicht die Frage beantwortet war, ob sie in Wirklichkeit existierte oder nicht. Daß sie lediglich Unas Nachfolgerin war, schien einerseits so offensichtlich zu sein, daß er nicht weiter darüber nachzudenken brauchte. Andererseits aber war es auch möglich – unwahrscheinlich, jedoch möglich – daß ein Mädchen ihres Typs sich eine Raumstation als Versteck aussuchen könnte und sich so benahm, wie sie sich bisher benommen hatte und auch weiter benehmen würde.

Plötzlich hatte er genug von der ganzen Geschichte. Er sehnte sich nach der Erde. Während der ganzen Zeit hatte diese Sehnsucht im Hintergrund gestanden, jetzt aber flackerte sie auf zu einem wilden Verlangen, wie es alle paar Monate einmal geschah. Wordsworth hatte gut reden über jenes innere Auge, das die Wonnen der Einsamkeit widerspiegelt. Er sollte nur einmal hier herauskommen und eine Raumstation führen.

Ord ersehnte die Gesellschaft von Leuten, die ihm helfen würden, bei Vernunft zu bleiben. Er wollte wieder fähig sein, den Frauen ihren angemessenen Platz in seinem Leben zuzuweisen. Er wollte für Stunden, ja selbst für Tage vergessen können, daß es so etwas wie Frauen gab.

Erst vor vierundzwanzig Stunden hatte er sich dazu gratuliert, daß die Solitosis ihn nicht völlig in der Gewalt hatte. Und nun wußte er nicht einmal, ob Elsa existierte oder nicht. Wie er es auch betrachtete, es war schlimm genug. Wenn sie existierte, hätte er es sofort gewußt haben müssen. Wenn sie aber nur ein weiteres Trugbild war, hätte er auch das erkannt haben müssen.

»Ich gehe jetzt hinaus und sehe mir Ihr Schiff einmal an«, sagte er.

Er erwartete, daß sie widersprechen würde, aber sie zuckte nur mit den Schultern.

»Dann hätten Sie Ihren Raumanzug ja anbehalten können«, meinte sie.

Zwanzig Minuten später stand er in dem kleinen Schiff. Er untersuchte es nicht näher. Das hatte Zeit, bis eine andere Frage geklärt war. Jedenfalls schien es Licht und Luft zu geben – 0,9 Atmosphären zeigte der Druckmesser an.

Er fand ein Benzinfeuerzeug und ließ es unbeholfen mit seinen halbstarren Handschuhen aufschnappen. Die Flamme flackerte. Aber das bedeutete nichts. Wenn er ein Feuerzeug sah, das es nicht gab, konnte er es genauso gut brennen sehen, wo es keine Luft gab.

An seinem Anzug befand sich ein kleiner Druckmesser, mit dem er den Luftdruck seiner Umgebung messen konnte. Er öffnete das Einlaßventil. Der kleine Zeiger sprang auf 0,9 Atmosphären. Die Frage war jetzt nur, ob er tatsächlich das Einlaßventil geöffnet hatte. Er versuchte es noch einmal, ganz konzentriert, vergewisserte sich, daß er den Ventilknopf auch wirklich in der Hand hielt. Eine halbe Drehung, mehr war nicht notwendig. Langsam, mühsam, öffnete er das Ventil. Er sah, wie der Knopf sich drehte. In dem kleinen, engen Raum hing immer noch Zigarettenrauch; er konnte beobachten, wie der Rauch von dem kleinen Kästchen an seiner Hüfte angesogen wurde. Der Zeiger registrierte 0,9 Atmosphären.

Er fühlte, wie ihm der Schweiß auf die Stirn trat. In dem Versuch, sich selbst zu täuschen, seinen eigenen Verstand zu überlisten, sprang er hinaus ins Freie und drehte den Knopf noch einmal. Dabei sagte er sich, daß er das Gerät lediglich teste. Er blickte auf die Skala hinab.

Keine Anzeige.

Er hob seine schweren Arme und stolperte wie ein Schlafwandler zurück und in die Luftschleuse des Schiffes. Mit immer noch erhobenen Armen betrat er wieder den Kontrollraum. Erst dann sah er nach unten.

Das Meßinstrument, inzwischen unberührt geblieben, zeigte immer noch keinen Druck an. Es war keine Luft im Schiff. Es gab kein Schiff. Jetzt, da er das wußte, war er imstande, das Ventil zu öffnen und zu schließen.

Elsa existierte genausowenig wie Una.

Jetzt konnte er mit Leichtigkeit weitere Prüfungen anstellen. Es dauerte nicht lange, und er schritt durch die Wände des Schiffes, das er durch die Luftschleuse betreten hatte. Das war einfacher, als Elsas Existenz zu überprüfen. Sie würde bis zum letzten Augenblick Wirklichkeit bleiben, aber das Schiff war nur ein unbedeutender Teil der Illusion.

In der letzten Stunde hatte er einige sehr schlimme Augenblicke durchgemacht. Ihm war nur zu klar geworden, daß er im Begriff war, seine letzten Bastionen in seinem Kampf gegen den Wahnsinn zu verlieren. Diese Schlacht hatte er zwar noch einmal gewonnen, aber vielleicht war es sein letzter Sieg. Das nächste Mal mochte es ihm nicht mehr gelingen, sich die Illusion zu beweisen. Und nach diesem Erlebnis würde das noch lange nicht bedeuten, daß er dann der Wirklichkeit gegenüberstände.

Mit Elsa war er fertig. Sie war zu lebensnah und doch nicht echt genug gewesen. Warum hatte er bloß Una gehen lassen?

Mit schweren Schritten ging er zurück in die Station und legte seinen Anzug ab. Er fand Elsa im Wohnraum, wo sie auf ihren Fersen saß und ihm wie ein Illustriertentitelblatt entgegensah.

»Raus!« sagte er grob. »Es war ein Fehler, daß Sie überhaupt gekommen sind. Es tut mir leid.«

Mit einer blitzschnellen Bewegung langte sie nach ihrer Pistole. Gerade noch rechtzeitig straffte er sich und blieb stehen, weil ihm seine bisherigen Erfahrungen einfielen, und als sie auf ihn schoß, spürte er nichts.

Er grinste sie an.

»Der Selbsterhaltungstrieb ist zu stark«, sagte er. »Ich darf mich auf keinen Fall erschießen lassen, was auch geschehen mag.«

Er trat auf sie zu. Elsa kämpfte mit ihm um die Pistole. Sie biß ihn ins Handgelenk, und es tat weh. Doch er entwand ihr die Pistole.

»Wenn Sie auf mich schießen, passiert gar nichts«, erklärte er ihr. »Doch wenn ich Sie erschieße, müssen Sie sterben. Wissen Sie das?«

Sie nickte finster und stand auf, legte ihren Raumanzug an und ging hinaus.

Zwanzig Minuten später startete ihr Schiff. Ord sah ihm nicht einmal nach, bis es außer Sicht geriet.

Die Pistole hielt er noch in der Hand. Er warf sie in eine Schublade. Dort würde sie liegenbleiben, bis er sie vergaß. Danach würde sie verschwunden sein.

Von jetzt an, beschloß er, würde er sich der Solitosis nicht mehr ergeben. Er wollte keine Elsas, Suzys oder Margos mehr sehen. Wenn er schwach würde, könnte er Una zurückholen oder es noch einmal mit männlicher Gesellschaft versuchen.

Einige Tage lang glaubte er seinen Kampf zu gewinnen. Er schlief gut und blieb allein. Und obgleich er viel Zeit im Observatorium verbrachte, sichtete er nie ein Schiff.

Beunruhigend war nur, daß dieser Kampf sich nicht an der Oberfläche seines Bewußtseins abspielte. Kein Vorgefühl würde ihn warnen, wenn er plötzlich ein Schiff erblickte, ohne eine bewußte Entscheidung herbeigeführt zu haben. Dann würde es zu spät sein, sich einreden zu wollen, daß dort gar kein Schiff sei.

Schließlich sah er es. Zuerst war es nur ein winziger, sich bewegender Lichtpunkt. Sobald er ihn wahrgenommen hatte, verließ er das Observatorium und kämpfte mit sich. Vielleicht konnte er den anderen Teil seines Geistes davon überzeugen, daß es sich um einen Irrtum handelte, und wenn er dann in das Observatorium zurückkäme, würde es sich auch als Irrtum herausstellen – der sich bewegende Lichtpunkt würde verschwunden sein. Früher war ihm das auch schon gelungen.

Doch als er vier Stunden später wieder im Observatorium stand und das Schiff sah, dachte er niedergeschlagen daran, daß die Solitosis eine fortschreitende Krankheit war. Wenn sie einen nicht in einem Jahr besiegte, dann eben in zwei oder vier oder sechs. Una, intelligent und zurückhaltend, hatte den letzten Halt eines Geistes unter ständigem Druck widergespiegelt. Una war ein Teil der Krankheit, ja, aber einer Krankheit, die er noch fest und zuversichtlich unter Kontrolle hatte. Als er Una gehen ließ, hatte er sich selbst aufgegeben.

Das Raumfahrzeug war diesmal das Rettungsboot eines größeren Schiffes. Suzy war in einem Rettungsboot gekommen, und später auch Dorothy; beide von demselben mystischen Raumschiff.

Ord stand hinter der Scheibe und beobachtete seine Landung. Er konzentrierte sich so auf den Anblick, daß ihn der Schweiß auf der Kopfhaut prickelte. Er versuchte nicht etwa, das Boot durch Beschwörung zu bannen; das wäre unmöglich gewesen. Er nahm sich lediglich mit äußerster Willensanspannung vor, diesmal und bei allen späteren Gelegenheiten die Wahrheit von der Lüge unterscheiden zu können. Er wollte den neuen Besuch nicht forttreiben wie Elsa, nachdem er sie als ein Phantom entlarvt hatte. Aber er mußte Gewißheit erlangen. Bis Elsa erschienen war, hatte er stets Bescheid gewußt. Diese Erkenntnisfähigkeit durfte er nie verlieren, was er auch sonst verlieren mochte.

Er sah die Gestalt im Raumanzug aus dem Rettungsboot steigen, ging hinunter zur Luftschleuse und wartete.

Bestimmt bin ich ein hoffnungsloser Romantiker, dachte er, während er wartete. Die Solitosis zeigte den Leuten eine Menge über sich selbst. Er hatte sich stets für die romantische Seite entschieden, obgleich sich ihm genauso oft Gelegenheit für eine realistische Betrachtungsweise geboten hatte.

Die Luftschleuse öffnete sich. Einen Augenblick lang blieb das Gesicht hinter der Frontplatte des Helms überschattet und verschwommen. Doch dann klärte es sich stufenweise, so wie man ein auf die Leinwand geworfenes Diapositiv langsam und sorgfältig scharf einstellt.

Ord seufzte erleichtert. Er hatte zwar noch nicht bewiesen, daß das neue Mädchen ein Schemen war, aber jetzt wußte er wenigstens, daß es möglich sein würde. Nachdem er Elsas Gesicht von der ersten Sekunde an klar und deutlich gesehen hatte wie sich selbst im Spiegel, hatte er bis vor ein paar Sekunden doch in ziemlicher Ungewißheit geschwebt.

Das Mädchen öffnete die Sichtscheibe.

»Colin Ord?« fragte sie energisch. »Ich bin Doktor Lynn von der *Four Star* Linie. Marilyn Lynn.« Sie lächelte freundlich. Es war ein berufsmäßiges Lächeln – zuversichtlich und beruhigend, wie es zu den Requisiten eines jeden guten Arztes, männlich oder weiblich, jung oder alt, am Krankenbett des Patienten gehörte. »Klingt kakophon«, fügte sie hinzu, »aber ich habe eine ganze Weile Zeit gehabt, mich daran zu gewöhnen.«

»Sehr hübsch«, sagte er. »Die erste Bemerkung des zweiten Schiffbrüchigen auf der einsamen Insel. Wollen Sie mir den Rest der Geschichte gleich erzählen, oder werden Sie die Schüchterne spielen?«

Sie runzelte die Stirn – verwies damit gewissermaßen den neuen Patienten an seinen Platz.

»Ich werde Ihnen überhaupt nichts erzählen«, antwortete sie, »bevor ich nicht etwas mehr über Sie herausgefunden habe.«

»Ausgezeichnet!« entgegnete Ord. »Ausdruck, Tonfall und Redeweise stimmen genau. Alles paßt großartig zusammen.«

Mit weiterer Erleichterung sah er, daß sie Unas Typ entsprach. Sie war schön, selbstverständlich, aber nicht übertrieben. Und als sie ihren Raumanzug ablegte, sah er, daß sie Slacks und eine kurze, lose anliegende Jacke trug, was sehr vernünftig war. Sie wirkte intelligent. Auch war sie nicht zu jung – zumindest in seinem Alter. Vielleicht hatte er die Geschehnisse doch noch in der Hand.

Auch sie musterte ihn abschätzend, mit dem geschulten Blick des Diagnostikers.

»Zerbrechen Sie sich nicht weiter über mich den Kopf«, sagte er. »Ich sehe Dinge, die es nicht gibt. Besonders Menschen.«

Sie nickte. »Ich verstehe. Sie glauben also nicht, daß ich existiere?«

»Nun, das möchte ich Sie auch fragen«, entgegnete er skeptisch. »Würden Sie's denn glauben, wenn Sie ich wären?« Ihm fiel eine Verszeile ein – Lear wahrscheinlich – und er zitierte: »Was tätet Ihr, wäret Ihr ich, um zu beweisen, daß Ihr selbst es seid?«

»*Wissen* Sie denn, daß ich nicht existiere?« fragte sie.

»Nein. Doch mit der Zeit komme ich wohl zu diesem Ergebnis. Das heißt, bisher ist es immer so gewesen.«

»Wollen Sie damit sagen, Sie haben sich immer klar bewiesen, daß Ihre – Besucher pure Einbildung waren?«

»Mit einiger Mühe, ja«, gab er zu.

»Interessant. Das sieht wie ein Fall von kontrollierter Solitosis aus. Von so einem habe ich noch nie gehört.«

Ord lachte zynisch. »Nur weiter so, schmeicheln Sie meinem Ego. Darauf läuft es am Ende immer hinaus.«

Das Mädchen deutete auf ihren abgelegten Raumanzug. »Sie können nicht sagen, ob der vorhanden ist oder nicht?«

»Nicht sofort. Mit der Zeit, ja – ich hoffe es wenigstens.«

Er führte sie ins Wohnzimmer. Sie blickte sich um und nickte. Anscheinend war sie angenehm überrascht.

»Alles sauber und ordentlich. Sie haben keine Vorstellung, was für ein Vergnügen es ist, Sie kennenzulernen, Mister Ord.«

»Das macht Sie noch lange nicht existent«, entgegnete Ord grob. »So reden sie nämlich alle.«

Sie sah ihn überrascht an. »Und warum sollte ich wünschen, daß Sie mich als existent akzeptieren?« fragte sie.

Ihre Frage traf ihn wie ein Schlag. Ord konnte sich zwar nicht vorstellen, warum, aber das minderte nicht die Wirkung.

»Das stimmt«, erwiderte er langsam. »Warum sollten Sie.«

»Erzählen Sie mir von den anderen«, schlug sie vor.

Wie jeder gute Arzt wußte sie dabei den Eindruck zu vermitteln, daß ihre Frage nicht klinischem, sondern persönlichem Interesse entsprang. Ein praktischer Arzt, sann Ord, mußte in erster Linie Schauspieler und nicht Wissenschaftler sein.

Er erzählte es ihr. Er putzte die Geschichte ein wenig aus, blieb aber bei der Wahrheit, besonders genau und ins einzelne gehend, als er von Una und Elsa berichtete, seinen beiden letzten Gefährtinnen.

»Una ist interessant«, meinte Marilyn, »sie war die

einzige, die Sie genauso kannte wie Sie sich selbst. Sie konnten anscheinend nichts aussprechen, was sie nicht schon wußte.«

Automatisch begann Ord Kaffee zu bereiten. Marilyn beobachtete ihn dabei.

»Wann werden Sie wissen, ob ich in Wirklichkeit existiere oder nicht?« fragte sie beiläufig.

»Kann ich noch nicht sagen. Vielleicht in fünf Minuten, vielleicht erst nach Stunden. Ich . . .«

»Verraten Sie mir nicht, wie Sie das anstellen«, unterbrach sie ihn rasch. »Noch nicht. Tun Sie's zuerst. Werden Sie mich in Ihren Test einbeziehen? Ich meine, Sie werden mich doch nicht erschießen, um zu sehen, ob ich sterbe, oder so etwas Ähnliches machen, nicht wahr?«

Er grinste. »Nichts dergleichen. Wenn ich Sie erschösse, würden Sie sterben – wie die Hexen in grauer Vorzeit. Sie starben, wenn sie Hexen waren, und sie starben, wenn sie keine waren.«

»Ihr Geist ist recht wendig geblieben.«

»Natürlich. Ich habe noch nie gehört, daß die Solitosis hemmend auf die Intelligenz einwirkt. Sie vielleicht?«

Sie schwieg bedeutungsvoll.

Er hob die Augenbrauen. »Meinen Sie damit, daß es oft passiert? Oder immer?«

»Nicht immer. Häufig. Das ist doch ziemlich einleuchtend, nicht wahr? Der aus dem Gleichgewicht geratene Verstand arbeitet weniger reibungslos als der normale.«

»Und Benson war die Ausnahme, welche die Regel bestätigt?«

Sie nickte. Sie wußte also über Benson Bescheid. Doch das, wie nahezu alles übrige, bewies nichts.

Sie hielt ihm ihre Tasse hin. »Ist dies ein Teil des Tests?« fragte sie. »Ob tatsächlich mehr Kaffee getrunken wird, als Sie selbst trinken?«

»Nein, das hilft mir nicht weiter. Ich könnte ja einfach nur die Hälfte der Menge machen, die ich gemacht zu haben glaube, eine Tasse hinstellen und glauben, ich hätte zwei gebracht, und eine nicht existente Tasse von einem nicht existenten Mädchen nehmen, wie jetzt etwa«, er ergriff die Tasse, »um sie mit nichts zu füllen, sie zurückzugeben und später zu . . .«

Er hielt inne, denn er sah einen merkwürdigen Ausdruck in ihr Gesicht traten. Erschrecken, Traurigkeit oder Verstehen – er konnte es nicht genau sagen.

»Was haben Sie?« fragte er.

»Ich weiß nicht. Vielleicht habe ich etwas falsch verstanden.«

»Etwas, das ich gesagt habe?« forschte er weiter. »Einfach die Hälfte der Menge machen, die ich gemacht zu haben glaube . . . diese Möglichkeit ist Ihnen sicher bekannt. Und eine Tasse hinzustellen, während ich zwei gebracht zu haben glaube? Nicht existente Tasse – nicht existentes Mädchen? Sicher nicht, weil ich Sie ein nicht existierendes Mädchen nannte, denn über diese Möglichkeit haben wir schon vorher gesprochen. Wenn keine Tasse da ist, würde natürlich ein Teil meines Geistes darüber wachen, daß ich keinen Kaffee hineingieße . . .«

Er runzelte die Stirn. »Da ist es schon wieder. Diesmal haben Sie's zu verbergen versucht, aber ich habe doch noch die Andeutung eines Schattens über Ihrem Gesicht erwischt. Etwas, das ich gesagt oder getan habe, erschreckt Sie oder macht Sie unglücklich, oder interessiert Sie vielleicht auch nur. Ich reiche Ihnen doch nicht etwa nur imaginären Kaffee, oder doch? Mir scheint er echt zu sein.«

Sie hatte sich wieder völlig in der Gewalt. Sie lachte. »Nein, das ist es nicht. Sie haben mir schon richtigen Kaffee eingegossen, und das bedeutet, ein Teil Ihres Verstandes weiß bereits, daß ich wirklich existiere. Doch das ist der Teil, dem Sie nicht trauen und an den Sie nicht herankönnen.«

»Ich tue doch nicht etwas, von dem ich nicht weiß, daß ich es tue, nicht wahr?«

Sie schüttelte den Kopf. »Da Sie unbedingt auf einer Antwort bestehen, was ich auch sagen mag – es war eines Ihrer Worte. Eines, von dem Sie wissen, daß Sie es gesagt haben. Und es ist nicht schrecklich oder furchterregend, und es gibt nicht den geringsten Grund, warum es mich traurig machen könnte. Es ist lediglich etwas, das ich nicht wußte.«

»Mehr wollen Sie mir nicht verraten?«

Sie antwortete auf seine Frage mit einer anderen: »Tun Ihre Marionetten nie, was Sie von ihnen verlangen?«

»Nein. Das wissen Sie ja.«

Sie stellte die Tasse hin. »Ich werde das Geschirr abwaschen«, sagte sie lebhaft. »Wird das ein Beweis für Sie sein?«

»Manchmal sind Sie für ein intelligentes Mädchen recht begriffsstutzig«, sagte er finster. »Wenn ich es das nächste Mal brauche, könnte ich mir doch einfach einbilden, daß es gewaschen ist, nicht wahr?«

»Natürlich.« Ihre Augen – braune, tief unter schmalen Brauen liegende Augen – folgten ihm, als er sich plötzlich erhob. »Wohin gehen Sie?«

»Feststellen, ob Sie existieren.«

»Mein Schiff? Bitte, fangen Sie an.«

Ord legte seinen Raumanzug an und trat in die Luftschleuse. Eine Weile dachte er darüber nach, welches seiner Worte jenen merkwürdigen Gesichtsausdruck bei Marilyn hervorgerufen haben mochte. Doch ihm war völlig klar, daß er dieses Problem ohne ihre Hilfe niemals würde lösen können. Was er gesagt hatte, war so einfach, so offensichtlich wahr ... und schließlich würde sie es ihm schon selbst sagen. Es war nicht so wichtig.

Nichts, was bisher geschehen war oder was sie gesagt hatte, konnte zu einer Lösung des wichtigsten Problems beitragen. Möglicherweise, so überlegte er, kam zu allen anderen Argumenten gegen die Wahrscheinlichkeit von Marilyns Existenz noch, daß sie, wenn sie eine lebendige

Frau wäre, auch darauf bestehen würde. Aber mußte sie das wirklich? Sie war schließlich Ärztin, vielleicht Psychiaterin. Sie kannte die Solitosis.

Jeder Arzt, sagte er sich entschlossen, der einem an Solitosis Erkrankten begegnet, würde ganz bestimmt völlig auf ihn eingehen, nichts erzählen, nichts abstreiten, auf nichts bestehen.

Das, so schloß er vage, war von größter Wichtigkeit. Warum, war ihm allerdings absolut nicht klar.

Der Test, der bei Elsas Schiff Erfolg gehabt hatte, war so gut wie jeder andere, dachte er. Vielleicht wirkte er nicht zweimal, aber er würde jedenfalls sein Bestes tun, um ihn gelingen zu lassen.

Er öffnete das Ventil seines kleinen Meßgerätes und vergewisserte sich, daß es keinen Druck anzeigte. Dann verschränkte er seine behandschuhten Hände ineinander und hob die Arme, straff auseinandergezogen, angewinkelt vor dic Brust. Während er die Luftschleuse des Rettungsbootes öffnete, ließ er die Hände mit den Daumen zusammengehakt. Wenig später stand er im Kontrollraum des kleinen Schiffes, dem einzigen vorhandenen Raum, und seine Hände waren immer noch ineinander verschränkt.

Der Zeiger registrierte genau eine Atmosphäre. Ein dumpfes Gefühl des Versagens lähmte ihn.

Er hatte sich mit aller Kraft konzentriert, sich vergewissert, daß das Ventil offen war und er nicht die geringste Möglichkeit besaß, es zu schließen. Er versuchte es noch einmal, schloß und öffnete es wieder.

Er hättc wissen müssen, daß jedes neue Schema nur einmal brauchbar war. Er dachte nach und versuchte dabei ruhig zu bleiben.

Solitosis war keine selbstmörderische Psychose; wenigstens hatte er das stets gehört. Auch in Büchern hatte er es gelesen. Eine Andeutung, daß dies stimmen mußte, hatte er erfahren, als Elsa auf ihn schoß und er nichts spürte, obgleich sie real genug wirkte. Er konnte sich

Verletzungen beibringen, wie zum Beispiel, als sie ihn biß, aber doch niemals ernsthafte.

Er schmetterte seine Faust gegen das Schott der Luftschleuse. Am Landeplatz des Raumfahrzeuges gab es keinen in diese Höhe aufragenden Felszacken. Entweder war hier ein Schott, oder es gab überhaupt nichts.

Sein Handschuh war wohl so konstruiert, daß er einem Vakuum standhalten konnte, jedoch nicht gegen schwere Stöße gepolstert. Seine Hand schmerzte und hörte nicht auf zu schmerzen.

Grimmig hämmerte er weiter gegen das Schott, bis er den Schmerz nicht länger ertragen konnte.

Es gab ein Schott, und daher mußte es auch ein Schiff geben. Seine unbeschädigte Hand fuhr automatisch hoch zu seiner Sichtscheibe. Einen Augenblick zögerte er noch, erinnerte sich aber rasch, daß die Solitosis keinen Hang zum Selbstmord entwickelte. Er öffnete die Scheibe und befühlte seine Nase, seine Augen, sein Kinn. Er kniff sich in die Wange.

Die Sichtscheibe war offen, und er konnte atmen.

Nur zwei Möglichkeiten blieben jetzt noch. Entweder waren Marilyn und alles, was er sah, Wirklichkeit, oder er war endgültig auf dem Höhepunkt der Krankheit angelangt, fest im Griff der Solitosis, so daß er nicht einmal sicher sein konnte, ob er die Raumstation überhaupt verlassen hatte.

Und wenn Marilyn wirklich existierte …

Er brach fast zusammen, als ein heimtückischer Gedanke ihm alle Zuversicht austrieb. Er war bereit, an Marilyn zu glauben, aber er durfte diesen einen Faktor nicht übersehen: die Solitosis ergriff *jedermann.* Die Menschen konnten gegen sie ankämpfen, niemals sie jedoch ganz abwehren. Und doch war Marilyn nicht davon betroffen. Man erkannte die Solitosis, wenn man ihr begegnete. Selbst er hätte es gemerkt.

Weder subjektiv noch objektiv konnte er sagen, ob sie

existierte – wie konnte er dann wissen, ob die Station existierte, ob es die Erde, ja ob es überhaupt dieses Sternensystem gab? Welcher wesentliche Unterschied bestand überhaupt zwischen Una und seiner Mutter oder Schwester? Waren sie alle Geschöpfe seines Geistes?

Selbst das Leben konnte ein bloßer Gedanke in seinem Gehirn sein, alle Materie eine gedankliche Vorstellung. *Er* existierte. *›Ich denke, daher bin ich.‹* Diesen Schluß konnte er akzeptieren. Aber durfte er irgend etwas anderes glauben?

Er zwang sich mit Gewalt, wieder normal zu denken, indem er sich ganz auf Marilyn beschränkte. Sie existierte, und weil sie mit einem Schiff gekommen war, in dem er seine Sichtscheibe öffnen konnte, existierte sie mehr als zuvor Una.

Indem er sich entschlossen an diese Vorstellung klammerte, schloß er die Sichtscheibe wieder und stolperte zur Station zurück. Sie schien sehr weit entfernt zu sein. Er hatte sich zu sehr verausgabt. Geistige Anstrengung konnte unter Umständen rascher und nachhaltiger erschöpfen als körperliche Arbeit. Was auch immer die Wahrheit sein mochte, er hatte zu hart um sie gekämpft, ohne zu wissen, ob er sich ihr näherte oder weiter denn je von ihr entfernte.

Mit letzter Anstrengung gelangte er durch die Luftschleuse in die Station und fiel, als er es sicher geschafft hatte, bewußtlos vornüber.

Vierundzwanzig Stunden später wußte er, daß er Marilyns Existenz über jeden vernünftigen Zweifel hinweg bewiesen hatte. Er war krank gewesen, und sie hatte ihn gepflegt.

»Sie haben erreicht, was Sie erreichen wollten«, sagte sie zu ihm, als das Schlimmste vorüber war. »Aber war dieser Beweis die ganze Geschichte wert?«

»Er war es wert«, antwortete er, indem er sich im Bett aufrichtete. »Kein Wunder, daß ganze Philosophien auf der Realität begründet sind. Sie ist das Wichtigste, was es für einen Menschen gibt.«

Lächelnd schüttelte sie den Kopf.

»Nur für Sie«, entgegnete sie. »Die Solitosis greift naturgemäß vorwiegend das an, was dem einzelnen am meisten bedeutet. Aber darüber brauchen wir uns nicht zu unterhalten.«

Eine Wärme und Gütigkeit ging von ihr aus, die keines seiner Phantome je besessen haben konnte, denn sie waren alle Spiegelbilder seines Selbsts. Er hatte sie zu dem gemacht, was sie zu sein schienen.

»Wie sind Sie der Solitosis entgangen?« fragte er.

Sie lächelte wieder. »Auf die einzig mögliche Art. In der *Lioness,* dem Hilfsschiff, befinden sich fünfzig Männer und Frauen. Diese Zahl liegt ein gutes Stück über dem kritischen Punkt. Es wird noch eine Weile dauern, bis sie das große Schiff auf dieser kleinen Welt landen können; aber die ganze Zeit über, während sie dort draußen manövrieren, erhalten sie mich durch ihre Existenz bei Vernunft. Ich *weiß* eben, daß es sie gibt. Wenn auch Sie daran glauben, werden Sie gesunden.«

Ord entspannte sich. Lange, komplizierte Erklärungen waren nie zufriedenstellend. Aber diese einfache Erklärung konnte man ohne weiteres glauben.

»Das wird noch eine Weile dauern«, meinte er. »Mir macht es jedenfalls nichts aus.«

Er sah, wie der alte Schatten wieder über ihr Gesicht fiel.

»Erzählen Sie's mir«, sagte er einfach.

»Sehen Sie mich an.«

Er sah sie an. Sie war kräftig und auf ruhige Art schön. Sie trug immer noch ihre kurze Jacke und Slacks. Und er bemerkte sogar, mit leichtem Bedauern, daß sich an der Stelle, wo ein Ehering gesessen haben mußte, ein weißes Band um einen ihrer Finger zog.

»Ja?« drängte er weiter.

»Ich merkte es erst, als Sie von einem nicht existenten

Mädchen sprachen«, erklärte Marilyn ruhig. »Ich existiere, ja – aber nicht das Bild, das Sie sich von mir machen.«

»Nein, es ist nicht so schrecklich«, fuhr sie dann fort. »Fast alles ist so, wie Sie es sich vorgestellt haben. Es ist ganz natürlich, daß man zuerst einen Arzt zu einem Kranken sendet. Ich bin eine Ärztin, und vor langer Zeit war ich einmal ein Mädchen. Aber das ist jetzt vierzig Jahre her. Und sie mußten mich jung und schön machen.«

Mit einiger Anstrengung brachte Ord ein natürlich klingendes Lachen zustande. »War das alles? Ich dachte schon ...«

Doch die alte Ärztin hörte nicht zu. Sie dachte nicht an ihren Mut, allein zu ihm zu kommen. Alle Ärzte nehmen Risiken auf sich.

»Es war schön, wieder einmal ein Mädchen zu sein«, sagte sie nachdenklich. »Ich konnte mich mit Ihren Augen sehen und war – fast – wieder jung. Ich mag Sie gern. Und wenn es nicht lächerlich gewesen wäre, hätte ich mich vielleicht sogar in Sie verliebt.

Während Sie mich in den nächsten Wochen älter werden sehen, Ord«, fuhr sie fort, »wird Ihre Krankheit weichen. Sie werden daran erkennen können, wie rasch Ihre Genesung fortschreitet. Wenn Sie mich so sehen, wie ich wirklich bin, werden Sie völlig wiederhergestellt sein.«

Er legte sacht seine Hand auf ihren Arm. Er dachte daran, was sie auf sich genommen hatte, indem sie allein dem Hilfsschiff vorauseilte, um vielleicht einem Mann helfen zu können, der auf keinen Fall mehr normal sein konnte.

»Ich glaube«, sagte er, »ich sehe Sie *jetzt,* wie Sie wirklich sind.«

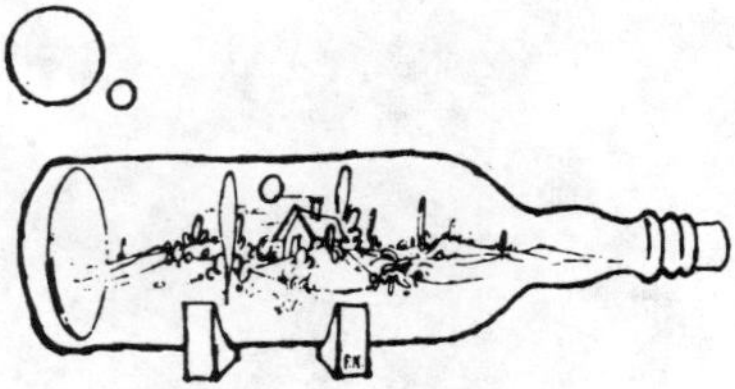

Mädchen sprachen«, assistierte Marilyn [illegible] ich [illegible],
[illegible] aber nicht das Bild, das Sie sich von mir machen [illegible]
Nein, es [illegible] nicht so [illegible]glich«, fuhr sie dann fort.
[illegible] alles ist so, wie Sie es sich vorgestellt hatten. [illegible]
ganz natürlich, daß man [illegible] einen Arzt zu einem
Kranken sendet. Ich bin eine Ärztin und [illegible] jünger. [illegible]
[illegible] einmal ein Mädchen. Aber das [illegible] vierzig
Jahre her. Und [illegible] [illegible] [illegible] Gedanken machen.
Mit einiger Anstrengung [illegible] Ort [illegible] natürlich
[illegible] oder lachen [illegible] oder. War [illegible] [illegible]
[illegible].

Doch die alte Ärztin [illegible] nichten. Sie dachte nicht
an ihren Mut, allein [illegible] zu kommen. Alte Ärzte
nehmen Risiken auf sich.

Es war schön, wie er [illegible] ein Mädchen zu [illegible]
[illegible] sie [illegible] dachte [illegible] mich mit Ihren Augen
sehen und [illegible] fest – wieder ging, ich mag Sie gern.
[illegible] nicht lächerlich gewesen [illegible] ich
[illegible] in die [illegible].

[illegible] den [illegible] Wochen aller [illegible]
den [illegible] Ort [illegible] wird Ihr Krankheit
weichen. Sie werden daran [illegible] können, wie rasch
Ihr Genesung [illegible] Wenn Sie mich so sehen, wie
[illegible], werden Sie [illegible] wiederhergestellt sein.

[illegible] Hand auf Ihren Arm [illegible] da,
da, was sie [illegible] hatte, [illegible] sie allein dem
[illegible] vielleicht einem Mann [illegible]
[illegible], der auf einen Fall nicht [illegible] konnte.
[illegible], daß [illegible] mich [illegible] wie sie
[illegible].

ROBERT A. HEINLEIN

Im Kreis

Bob Wilson sah den Kreis nicht wachsen.

Er sah übrigens auch nicht den Fremden, der aus dem Kreis trat, stehenblieb und auf Wilsons Nacken starrte – schwer atmend, als kämpfe er mit ungewöhnlich heftigen, widerstreitenden Gefühlen.

Wilson hatte keinen Grund zu der Vermutung, daß sich außer ihm noch jemand anders in seinem Zimmer befinden könnte; er hatte allen Grund, das Gegenteil zu glauben. Er hatte sich eingeschlossen, um seine Examensarbeit ungestört und in einem Zuge zu vollenden. Ihm blieb keine andere Wahl – morgen war der letzte Tag zur Einreichung der Arbeit, und bis gestern hatte sie lediglich aus dem Titel bestanden: *Eine Untersuchung gewisser mathematischer Aspekte der Genauigkeit metaphysischen Denkens.*

Mit Hilfe von zweiundfünfzig Zigaretten und vier Kannen Kaffee hatte er in dreizehn Stunden ununterbrochener Arbeit siebentausend Worte zu diesem Titel hinzugefügt. Über den wissenschaftlichen Wert oder die Gültigkeit der in seiner Arbeit aufgestellten Thesen machte er sich im Augenblick nicht die geringsten Gedanken; dazu war er viel zu erschöpft. Er hatte nur den einen Wunsch, sie so schnell wie möglich hinter sich zu bringen, einzureichen, sich drei große Schlucke zu genehmigen und eine Woche lang zu schlafen.

Er hob den Kopf und ließ seinen Blick auf der Tür

des Kleiderschrankes ruhen, hinter der er eine fast volle Flasche Gin verborgen hatte. Nein, ermahnte er sich selbst, noch einen Schluck, und du wirst überhaupt nicht mehr fertig, Bob, alter Junge.

Der Fremde hinter ihm schwieg.

Wilson tippte weiter: ›. . . noch ist die Annahme wissenschaftlich vertretbar, daß ein denkbares Theorem notwendigerweise auch ein mögliches Theorem darstellt, selbst wenn man in einer mathematischen Ableitung diesen Lehrsatz exakt formulieren kann. Ein besonders umstrittener Fall ist der Begriff des *Reisens in die Zeit*. Zeitreisen mögen vorstellbar und ihre Voraussetzungen mögen auf die verschiedenste Weise theoretisch nachgewiesen worden sein – mit Formeln, die das Paradoxe jeder dieser Theorien deutlich machen, indem sie sich gegenseitig ausschließen. Wir wissen jedoch bestimmte empirisch nachgewiesene Fakten über die Natur der Zeit, welche sogar die Möglichkeit dieser denkbaren Behauptung ausschließen. Zeit ist eine Funktion des Empfindens und nicht des Raumes. Sie ist kein *Ding an sich*. Folglich . . .‹

Eine Type der Schreibmaschine blieb hängen, drei weitere verklemmten sich über ihr. Wilson fluchte verbissen und streckte die Hand aus, um die widerspenstige Hebelei zu entwirren.

»Bemüh dich nicht«, hörte er eine Stimme sagen. »Was du da schreibst, ist sowieso nur eine Menge wertloses Geschwätz.«

Wilson fuhr zusammen und setzte sich mit einem Ruck aufrecht. Langsam wandte er den Kopf. Er hoffte inbrünstig, daß jemand hinter ihm stände. Anderenfalls –

Mit Erleichterung sah er den Fremden. »Gott sei Dank«, meinte er. »Einen Augenblick lang dachte ich schon, ich wäre übergeschnappt.« Doch während er sich ganz umdrehte, wandelte sich seine Erleichterung in Ärger. »Was, zum Teufel, machen Sie hier in meinem Zimmer?« verlangte er zu wissen. Er schob seinen Stuhl zurück, stand auf und ging zu der einzigen Tür hinüber. Sie war immer noch verschlossen und von innen verriegelt.

Die Fenster halfen ihm auch nicht, das Rätsel zu lösen; sie befanden sich rechts von seinem Schreibtisch und drei Stockwerke über einer belebten Straße. »*Wie* sind Sie hereingekommen?« fragte er.

»Da hindurch«, antwortete der Fremde und deutete mit dem Daumen nach dem Kreis. Wilson bemerkte ihn jetzt erst, zwinkerte mit den Augen und sah noch einmal hin. Dort hing er, zwischen ihnen und der Wand, eine große, runde, durchsichtige Scheibe von der undefinierbaren Farbe, die man sieht, wenn man die Augen fest zusammenkneift.

Wilson schüttelte heftig seinen Kopf. Der Kreis blieb. ›Himmel‹, dachte er, ›ich hatte vorhin doch richtig vermutet. Ich möchte nur wissen, wann mein Verstand mit mir durchgegangen ist?‹ Er schritt auf die Scheibe zu und streckte die Hand aus, um sie zu befühlen.

»Halt!« rief der Fremde scharf.

»Und warum?« fragte Wilson bissig, zog jedoch seine Hand zurück.

»Ich will's dir erklären. Aber vorher wollen wir einen Schluck nehmen.« Er ging geradewegs auf den Schrank zu, öffnete ihn und nahm, ohne hinzusehen, die Flasche Gin heraus.

»He!« schrie Wilson. »Was erlauben Sie sich? Das ist *meine* Flasche!«

»*Deine* Flasche?...« Der Fremde hielt einen Moment lang inne. »Tut mir leid. Entschuldige. Du hast doch nichts dagegen, wenn ich einen Schluck nehme, nicht wahr?«

»Nicht unbedingt«, gestattete Bob Wilson in säuerlichem Ton. »Wenn Sie schon dabei sind, können Sie mir aber auch einen eingießen.«

»In Ordnung«, stimmte der Fremde zu, »und danach will ich's dir erklären.«

»Versuchen Sie ja nicht, mir einen Bären aufzubinden«, sagte Wilson finster. Trotzdem trank er mit Genuß sein Glas aus. Prüfend musterte er den Fremden.

Vor ihm stand ein Mann in ungefähr seiner Größe und in annähernd dem gleichen Alter – vielleicht ein wenig älter, obwohl auch ein drei Tage alter Bartwuchs für diesen Eindruck verantwortlich sein konnte. Er hatte ein blau unterlaufenes Auge und eine frisch aufgeplatzte und bös angeschwollene Oberlippe. Wilson kam zu dem Schluß, daß er das Gesicht dieses Burschen nicht leiden mochte. Irgend etwas an seinem Gesicht kam ihm jedoch bekannt vor; er fühlte, daß er es eigentlich wiedererkennen mußte, daß er es schon viele Male bei den verschiedensten Gelegenheiten gesehen hatte.

»Wer sind Sie?« fragte er plötzlich.

»Ich?« fragte sein Gast zurück. »Erkennst du mich wirklich nicht?«

»Ich weiß es nicht genau«, gab Wilson zu. »Sind wir uns denn schon einmal begegnet?«

»Nun – nicht im eigentlichen Sinne des Wortes«, wich der andere aus. »Laß nur – du würdest es doch nicht verstehen.«

»Wie heißen Sie?«

»Wie ich heiße? Oh . . . nenne mich einfach Joe.«

Wilson stellte sein Glas hin. »O.K. – Joe. Wie du auch heißen magst, heraus mit deiner Erklärung, und ein bißchen rasch, wenn ich bitten darf!«

»Aber gern«, stimmte Joe zu. »Das Dingsda, durch das ich gekommen bin« – dabei deutete er auf den Kreis – »ist ein Tor zur Zeit.«

»Ein was?«

»Ein Tor zur Zeit. Die Zeit fließt in nebeneinanderliegenden Schichten an jeder Seite des Tores vorbei, nur durch ein paar tausend Jahre getrennt – wie viele tausend, kann ich nicht genau sagen. Aber während der nächsten zwei Stunden ist das Tor geöffnet. Du kannst in die

Zukunft spazieren, indem du einfach durch diesen Kreis steigst.« Der Fremde machte eine Pause.

Bob trommelte mit den Fingern auf den Schreibtisch. »Erzähl nur weiter. Ich höre zu. Es ist eine hübsche Geschichte.«

»Du glaubst mir nicht, nicht wahr? Ich will's dir beweisen.« Joe stand auf, ging wieder zum Kleiderschrank und nahm Bobs Hut heraus, seinen geliebten und einzigen Hut, den er während sechs Jahren studentischen Lebens zu seiner jetzigen verblichenen Pracht und Würde mißhandelt hatte. Joe schleuderte ihn mit einem kurzen Ruck auf die unbegreifliche Scheibe zu.

Der Hut traf die ›Oberfläche‹, schoß ohne erkennbaren Widerstand hindurch und verschwand auf der anderen Seite.

Wilson stand auf, ging vorsichtig um die kreisrunde transparente Scheibe herum und betrachtete eingehend den nackten Fußboden.

»Ein feiner Trick«, gestand er dem anderen zu. »Doch jetzt wäre ich dir dankbar, wenn du mir meinen Hut wiedergeben würdest.«

Der Fremde schüttelte den Kopf. »Du kannst ihn dir selbst holen, wenn du hindurchschreitest.«

»Wie?«

»Es stimmt schon. Hör zu...« Der Fremde wiederholte kurz seine Erklärung über das Tor zur Zeit. Wilson, so beteuerte er, habe hier eine Gelegenheit, die sich nur einmal in tausend Jahren ergäbe – er müsse sich nur sputen und durch jenen Kreis schreiten. Und außerdem, wenn Joe es im Augenblick auch nicht in allen Einzelheiten erklären konnte, sei es sehr wichtig, daß Wilson hindurchginge.

Bob Wilson schenkte sich ein zweites und danach noch ein drittes Glas ein. Er begann sich äußerst wohl und zum Diskutieren aufgelegt zu fühlen.

»Warum?« fragte er rundheraus.

Joe sah ihn gereizt an. »Verdammt nochmal, wenn du einmal hindurchgegangen bist, ist jede weitere Erklärung überflüssig. Aber wenn du darauf bestehst...« Joes Worten nach wartete auf der anderen Seite irgendein älterer Kerl, der Wilsons Hilfe brauchte. Mit Wilsons Hilfe würden sie drei das ganze Land beherrschen können. Die genaue Art dieser Hilfe konnte oder wollte Joe nicht definieren. Statt dessen verbreitete er sich über die einzigartigen Möglichkeiten für ein wirklich großes Abenteuer. »Bestimmt möchtest du dich nicht dein ganzes Leben lang damit abmühen, irgendwelchen Dummköpfen auf einem unbedeutenden kleinen College Weisheiten einzubläuen«, drängte er ihn. »Das hier ist deine Chance! Du brauchst nur zuzupacken!«

Bob Wilson mußte sich eingestehen, daß ein Doktor der Philosophie und eine Berufung als Dozent ihm nicht als Idealbild seiner zukünftigen Existenz vorschwebte. Trotzdem war es immer noch besser, als für seinen Lebensunterhalt arbeiten zu müssen. Sein Blick fiel auf die Ginflasche, deren Flüssigkeitsspiegel sich bedenklich gesenkt hatte. Das erklärte alles. Unsicher stand er auf.

»Nein, mein lieber Junge«, stellte er fest; »ich werde nicht auf dein Karussell klettern. Weißt du auch, warum?«

»Nun, warum?«

»Weil ich betrunken bin, ganz einfach. Dich gibt's ja überhaupt nicht. Und *das* da auch nicht.« Er deutete mit einer weit ausladenden Handbewegung auf den Kreis. »Außer mir ist hier überhaupt nichts und niemand, und ich bin betrunken. Hab wohl zu hart gearbeitet«, fügte er entschuldigend hinzu. »Ich geh jetzt ins Bett.«

»Du bist nicht betrunken.«

»Ich *bin* betrunken. Frischers Fitz f-fischt fische Frische.« Er schwankte auf sein Bett zu.

Joe packte seinen Arm. »Das kannst du nicht tun«, sagte er.

»Laß ihn in Ruhe!«

Sie wirbelten beide herum. Vor ihnen, direkt vor dem Kreis, stand ein dritter Mann. Bob sah den Neuen an, sah wieder zu Joe zurück, zwinkerte mit den Augen und versuchte sich zu konzentrieren. Die zwei sehen sich verflixt ähnlich, dachte er, ähnlich genug, daß man sie für Brüder halten kann. Aber vielleicht sehe ich auch nur doppelt. Schlimmes Zeug, dieser Gin. Hätte schon längst zu Rum übergehen sollen. Köstliches Gesöff, Rum. Man konnte es genauso gut trinken wie darin baden. Nein, das ist Gin – eh, ich meine Joe. – Wie dumm! Joe ist doch der mit dem blauen Auge. Wie konnte man sich nur so durcheinanderbringen lassen!

Aber wer ist dann dieser andere Kanake? Können zwei Freunde denn niemals in Ruhe ein Gläschen miteinander trinken, ohne daß andere Leute dazwischenplatzen?

»Wer sind Sie?« fragte er würdevoll.

Der Neue sah erst ihn und dann Joe an. »*Er* kennt mich«, sagte er bedeutungsvoll.

Joe musterte ihn eingehend. »Ja«, meinte er dann. »Ja, ich glaube, ich kenne dich. Aber was, zum Teufel, suchst du denn hier? Und warum versuchst du, den Plan auffliegen zu lassen?«

»Keine Zeit für langatmige Erklärungen. Ich weiß mehr darüber als du – das wirst du zugeben müssen – und folglich kann ich ihn auch besser beurteilen. Er geht nicht durch das Tor.«

»Ich gebe überhaupt nichts dergleichen zu –«

Das Läuten des Telephons unterbrach ihn. »Nimm den Hörer ab!« rief der Neue scharf.

Bob wollte erst gegen den befehlshaberischen Ton protestieren, ließ es dann aber doch. Er war nicht phlegmatisch genug, um ein läutendes Telephon zu ignorieren.

»Hallo?« rief er in die Muschel.

»Hallo«, antwortete jemand, »ist dort Bob Wilson?«

»Ja. Wer spricht da?«

»Darüber mach dir nur keine Gedanken. Ich wollte nur sichergehen, daß du da bist. Ich *vermute* es nämlich. Du befindest dich genau im richtigen Fahrwasser, mein Junge, genau im richtigen Fahrwasser.«

Wilson hörte ein leises Lachen und dann ein Klicken, das die Verbindung unterbrach. »Hallo«, rief er. »Hallo!« Er drückte ein paarmal auf die Gabel, legte dann aber den Hörer auf.

»Was war da los?« fragte Joe.

»Nichts. Irgendein Verrückter mit einem fehlgeleiteten Sinn für Humor.« Das Telephon läutete wieder. »Da ist er nochmal«, sagte Wilson und hob den Hörer ab. »Hör zu, du verkümmerter Gartenzwerg! Ich bin ein vielbeschäftigter Mann und kein telephonisches Auskunftsbüro!«

»Aber Bob!« erklang eine beleidigte weibliche Stimme.

»Wie? Oh, du bist's, Geneviève. Hör – es tut mir leid. Ich möchte mich entschuldigen –«

»Nun, das ist wohl auch das wenigste, was du tun kannst!«

»Das Ganze ist ein Mißverständnis, Liebling. Ein Kerl hat mich über das Telephon belästigt, und ich dachte, er sei es schon wieder. Du weißt doch, Baby, daß ich nicht so mit dir reden würde.«

»Dazu hättest du wohl auch kaum einen Grund. Besonders nach alledem, was du heute nachmittag zu mir gesagt hast – was wir *danach* einander bedeuten.«

»Wie bitte? Heute nachmittag? Sagtest du ›heute nachmittag‹?«

»Natürlich. Aber der Grund für meinen Anruf ist eigentlich: du hast deinen Hut in meinem Apartment vergessen. Ein paar Minuten nachdem du gegangen warst, sah ich ihn und dachte, ich müßte dich gleich mal anrufen und dir sagen, wo er ist. Auf jeden Fall«, fügte sie schüchtern hinzu, »war es für mich ein guter Vorwand, deine Stimme wiederzuhören.«

»Gewiß doch. Prächtig«, sagte er mechanisch. »Weißt du, Liebling, ich bin im Augenblick etwas durcheinander. Hab den ganzen Tag lang Ärger gehabt, und jetzt wird's noch schlimmer. Heut abend komm ich zu dir, dann reden wir noch mal darüber. Aber ich weiß genau, daß ich meinen Hut *nicht* in deinem Apartment gelassen habe –«

»Es *ist* dein Hut, Dummchen!«

»Wie bitte? Oh, gewiß doch! Jedenfalls komm ich heut abend zu dir. Wiedersehn.« Er legte rasch den Hörer auf. Verflixt, dachte er, diese Frau wird noch ein Problem. Halluzinationen. Er wandte sich wieder seinen Besuchern zu.

»Also gut, Joe; ich bin bereit, mitzukommen, wenn du soweit bist.« Er wußte nicht genau, wann oder warum er zu dem Entschluß gekommen war, durch dieses Zeitdingsda zu gehen, aber jetzt wollte er es. Was bildete sich dieser andere Tropf eigentlich ein, einem freien Manne seine Handlungen vorschreiben zu wollen?

»Fein!« sagte Joe, sichtlich erleichtert. »Du brauchst nur hindurchzugehen, das ist alles.«

»Nein, das wirst du nicht tun!« Das war der lästige Fremde. Er trat zwischen Wilson und das Tor.

Bob Wilson pflanzte sich vor ihm auf. »Hör mal zu, Bursche! Du platzt hier so einfach herein, als ob ich da überhaupt kein Wörtchen mitzureden hätte! Wenn du was dagegen hast, spring meinetwegen ins Wasser – ich bin gerade in der richtigen Stimmung, dir dabei zu helfen! Hast du noch was zu sagen?«

Der Fremde streckte den Arm aus und versuchte, ihn am Kragen zu packen. Wilson holte zu einem Schwinger aus, der aber weit danebenging. Selbst die Paketpost ist schneller. Der Fremde duckte den Hieb ab und ließ Bob einen Mundvoll Knöchel spüren – große, harte Knöchel. Joe warf sich rasch dazwischen, um Bob zu Hilfe zu kommen. Wie bei einer Wirtshausprügelei tauschten sie

Hiebe aus, und Bob beteiligte sich enthusiastisch, wenn auch wirkungslos. Sein einziger Treffer landete bei Joe, der theoretisch sein Verbündeter war. Nun, beabsichtigt hatte er jedenfalls, den dritten Mann zu treffen.

Dieser *Fauxpas* verschaffte dem Fremden die Gelegenheit, eine saubere gerade Rechte auf Wilsons Gesicht abzuschießen. Sie landete zwar etliche Zentimeter über seiner Kinnspitze, aber in Bobs benebelter Verfassung reichte sie aus, den Schlußstrich unter seine weitere Teilnahme an der Veranstaltung zu ziehen.

Langsam kam Bob Wilson wieder zu sich und nahm seine Umgebung wahr. Er saß auf einem Fußboden, der ein wenig unter ihm zu schwanken schien. Jemand beugte sich über ihn.

»Geht's jetzt besser?« fragte die Gestalt.

»Ich glaub schon«, antwortete er mit belegter Stimme. Sein Mund schmerzte ihn; er fuhr sich mit der Hand darüber und zog sie blutverschmiert zurück. »Mein Kopf tut weh«, sagte er.

»Das kann ich mir denken. Sie sind ja auch Hals über Kopf hindurchgekommen. Ich glaube, Sie sind dabei ganz schön mit dem Kopf aufgeschlagen.«

Verschwommen kehrte Wilsons Erinnerung zurück. Er versuchte sich zu konzentrieren. Hindurchgekommen? Er musterte seinen Helfer genauer. Vor ihm stand ein Mann mittleren Alters mit grau durchzogenem, buschigem Haar und einem kurzen, sauber gestutzten Bart. Seine Kleidung definierte Wilson als einen purpurnen Hausanzug.

Aber der Raum, in dem er sich befand, machte ihm noch mehr Kopfzerbrechen. Er war kreisrund, und die Decke wölbte sich so sacht und übergangslos, daß sich die Höhe nur schwer schätzen ließ. Ein gleichmäßiges, blendfreies Licht aus einer nicht sichtbaren Quelle erfüllte den ganzen Raum. Es gab keine Möbel, und nur eine Art Katheder auf einem Podium in der Nähe der gegenüberliegenden Wand war zu sehen. »Hindurchgekommen? Wo hindurch?«

»Durch das Tor natürlich.« Der Mann hatte einen merkwürdigen Akzent, den Wilson nicht genau bestimmen konnte; er meinte nur daraus schließen zu können, daß Englisch nicht seine Alltagssprache sei.

Wilson blickte über seine Schulter in die Richtung, wohin die Augen des anderen wiesen, und sah den Kreis.

Seine Kopfschmerzen wurden dadurch nur noch schlimmer. O Gott, dachte er, jetzt bin ich wirklich verrückt geworden. Warum wache ich bloß nicht auf? Er schüttelte den Kopf, damit er klar würde.

Das war ein Fehler. Seine Schädeldecke flog zwar nicht in die Luft – aber viel fehlte nicht daran. Und der Kreis blieb, wo er war, ein einfacher, in der Luft hängender geometrischer Ort, dessen Fläche bis in unbestimmte Tiefe gehend mit den amorphen Farben und Figuren einer Traumlandschaft erfüllt zu sein schien.

»Bin ich da hindurchgekommen?«

»Ja.«

»Wo bin ich?«

»In der Torhalle des Regierungspalastes von Norkaal. Viel wichtiger aber ist, in welcher *Zeit* Sie sich befinden. Sie sind etwas mehr als dreißigtausend Jahre in die Zukunft gesprungen.«

Jetzt ist es erwiesen, daß ich verrückt bin, dachte Wilson. Er erhob sich unsicher und machte einen Schritt auf das Tor zu.

Der andere legte ihm eine Hand auf die Schulter. »Wohin wollen Sie?«

»Zurück!«

»Nicht so rasch. Sie können zurückgehen – darauf gebe ich Ihnen mein Wort. Aber lassen Sie mich zuerst Ihre Verletzungen behandeln. Und außerdem sollten Sie sich ausruhen. Ich muß Ihnen einiges erklären, und wenn Sie zurückgehen, könnten Sie einen kleinen Auftrag für mich erledigen – zu unserem beiderseitigen Vorteil. Eine große Zukunft wartet auf uns beide, mein Junge – eine große Zukunft!«

Wilson zögerte unentschlossen. Die Beharrlichkeit des älteren Mannes beunruhigte ihn ein wenig. »Mir gefällt das hier nicht.«

Der andere musterte ihn aufmerksam. »Vielleicht wollen Sie einen Schluck trinken, bevor Sie gehen?«

Wilson konnte sich nichts Besseres denken. Gerade im Augenblick wünschte er sich nichts sehnlicher auf Erden – oder in der Zeit? – als einen kräftigen Schluck. »O.K.«

»Kommen Sie mit.« Der ältere Mann leitete ihn hinter das Podium an der gegenüberliegenden Wand und durch eine Tür, die in einen Korridor führte. Er ging rasch; Wilson mußte sich beeilen, mit ihm Schritt zu halten.

»Übrigens«, fragte er, während sie den langen Korridor hinunterschritten, »wie heißen Sie eigentlich?«

»Wie ich heiße? Nennen Sie mich einfach Diktor – alle anderen hier tun das auch.«

»O.K., Diktor. Wollen Sie meinen Namen wissen?«

»Ihren Namen?« Diktor lachte leise in sich hinein. »Ihren Namen kenne ich. Sie heißen Bob Wilson.«

»Wie? Oh – wahrscheinlich hat Joe Ihnen das erzählt.«

»Joe? Ich kenne niemanden dieses Namens.«

»Wirklich nicht? Er schien Sie aber zu kennen. Sagen Sie mal – womöglich sind Sie gar nicht der Kerl, den ich hier treffen sollte?«

»Doch, der bin ich schon. Ich habe Sie – sozusagen – erwartet. Joe... Joe – Oh!« Diktor lachte wieder leise in sich hinein. »Mir war die Sache nur einen Moment entfallen. Er hat zu Ihnen gesagt, daß Sie ihn Joe nennen sollen, nicht wahr?«

»Heißt er denn nicht so?«

»Joe ist so gut wie jeder andere Name. Wir sind da.« Er führte Wilson in einen kleinen, aber freundlichen Raum. Er enthielt keine Möbel, aber der Boden fühlte sich weich und warm unter seinen Füßen an wie lebendiges Fleisch. »Setzen Sie sich. Ich komme gleich wieder zurück.«

Bob sah sich vergeblich nach einer Sitzgelegenheit um und wollte Diktor dann um einen Stuhl bitten. Aber Diktor war bereits gegangen – auch die Tür, durch die sie hereingekommen waren, konnte er nicht mehr entdecken. Bob setzte sich auf den bequemen Fußboden und bemühte sich, keine Unruhe aufkommen zu lassen.

Diktor kehrte rasch wieder. Wilson sah, wie die Wand sich teilte und ihn hindurchließ, kam aber nicht dahinter, auf welche Weise das geschah. Diktor trug eine Karaffe, in der es angenehm gurgelte, und ein Becherglas.

»Wohl bekomm's«, sagte er herzlich und goß gut vier Fingerbreit ein. »Trinken Sie's aus.«

Bob nahm den Becher. »Trinken Sie nicht mit?«

»Gleich. Ich will nur erst Ihre Verletzungen behandeln.«

»O.K.« Wilson goß das erste Glas in beinahe unanständiger Hast hinunter – ein gutes Gesöff, dachte er, im Geschmack fast wie Scotch, nur etwas weicher und nicht so trocken – während Diktor ihn geschickt mit Salben behandelte, die zuerst schmerzten und dann linderten. »Darf ich noch einen Schluck haben?«

»Bitte, bedienen Sie sich.«

Das zweite Glas trank Bob langsamer aus; das heißt, er wollte es austrinken, es entglitt aber schon vorher seinen Fingern, und ein rotbrauner Fleck breitete sich auf dem Fußboden aus, während er entspannt zurücksank. Er begann zu schnarchen.

Als Bob Wilson aufwachte, fühlte er sich frisch und vollkommen ausgeruht. Er war fröhlich, ohne recht zu wissen, warum. Gelöst und mit geschlossenen Augen blieb er noch eine Weile liegen und besann sich. Der Tag würde schön werden, das spürte er. O ja – er hatte diese dreimal verdammte Examensarbeit beendet. Nein, das stimmte auf keinen Fall! Erschrocken fuhr er hoch.

Der Anblick der sonderbaren Wände rings um ihn herum brachte seine Erinnerung wieder zurück. Aber bevor er Zeit hatte, sich Sorgen zu machen, öffnete sich schon diese geheimnisvolle Tür, und Diktor trat ein.

»Geht's Ihnen jetzt wieder gut?«

»Ja, danke. Sagen Sie, wie funktioniert das da?«

»Das erkläre ich Ihnen später. Wie wär's jetzt mit einem Frühstück?«

In Wilsons Wertskala rangierte Frühstück gleich hinter dem Leben und noch vor der Chance zur Unsterblichkeit. Diktor führte ihn in einen anderen Raum – den ersten mit Fenstern, den er seit seiner Ankunft zu sehen bekam. Genauer gesagt, war der Raum halb offen, eine überdachte Terrasse, die hoch über einer grünen, parkähnlichen Landschaft hing. Eine linde, warme Sommerbrise wehte ihnen entgegen. Sie genossen ein schwelgerisches Frühstück im altrömischen Stil, während Diktor erklärte.

Wilson achtete nicht so genau auf seine Worte, wie er es eigentlich hätte tun müssen, denn seine Aufmerksamkeit wurde von den Dienerinnen gefangengenommen, die das Essen servierten. Die erste, die hereinkam, trug ein großes Tablett mit Früchten auf dem Kopf. Die Früchte waren phantastisch – und das Mädchen auch. So forschend er sie auch betrachten mochte, er konnte nicht den geringsten Makel an ihr entdecken.

Selbst nach ihrer Kleidung forschte er vergebens.

Sie trat zuerst zu Diktor und fiel mit einer anmutig fließenden Bewegung auf ein Knie, hob das Tablett vom Kopf und hielt es ihm hin. Er nahm sich eine kleine rote Frucht und entließ sie mit einer Handbewegung. Danach bediente sie Bob in der gleichen reizenden Art.

»Wie ich schon sagte«, fuhr Diktor fort, »ist es nicht sicher, woher die Erhabenen gekommen sind und wohin sie verschwanden, als sie die Erde wieder verließen. Ich möchte annehmen, daß sie in die Zeit gegangen sind. Auf jeden Fall haben sie über zwanzigtausend Jahre lang regiert und die Kultur des Menschen, wie Sie sie kennen, völlig ausgetilgt. Für Sie und mich aber ist es wichtiger, welche Auswirkungen ihre Herrschaft auf Geist und Gemüt des Menschen hatte. Ein draufgängerisch veranlagter Mensch aus dem zwanzigsten Jahrhundert kann hier einfach alles erreichen, was er will. – Hören Sie nicht zu?«

»Wie? Oh, ja, gewiß doch. Donnerwetter, das Mädchen ist aber Klasse.« Seine Augen ruhten immer noch auf dem Ausgang, durch den sie verschwunden war.

»Wer? Ach so, ja, da mögen Sie recht haben. Gemessen an den anderen Mädchen hierzulande ist sie allerdings nicht außergewöhnlich schön.«

»Das ist kaum zu glauben. Ich könnte mir denken, daß ich ganz gut mit so einem Mädchen auskommen würde.«

»Sie mögen Sie also gern? Nun gut, sie gehört Ihnen.«

»Wie?«

»Sie ist eine Sklavin. Machen Sie kein so empörtes Gesicht. Die Menschen hier sind von Natur aus Sklaven. Wenn Sie die Kleine gern haben, schenke ich sie Ihnen. Sie wird glücklich darüber sein.« Das Mädchen war gerade zurückgekehrt. Diktor rief ein paar Worte in einer Bob unbekannten Sprache. »Ihr Name ist Arma«, sagte er, zu Bob gewandt, und sprach dann kurz zu ihr.

Arma lächelte. Doch sofort glättete sich ihr Gesicht wieder, und sie trat zu Wilson, ließ sich auf beide Knie nieder, senkte den Kopf und hielt die Hände zu einer Schale geformt vor sich.

»Berühren Sie ihre Stirn«, wies Diktor ihn an.

Bob tat es. Das Mädchen stand auf und blieb ruhig wartend an seiner Seite stehen. Diktor sprach zu ihr. Sie blickte überrascht, verließ aber die Terrasse. »Ich habe ihr gesagt, Sie wünschten, sie möchte uns, ungeachtet ihres neuen Standes, weiter beim Frühstück bedienen.«

Während sie ihr Frühstück fortsetzten, nahm Diktor seine Erklärungen wieder auf. Der nächste Gang wurde von Arma und noch einem Mädchen hereingebracht. Als Bob dieses zweite Mädchen sah, entfuhr ihm unwillkürlich ein leiser Pfiff. Er erkannte, daß er sich ein wenig überstürzt von Diktor mit Arma hatte beschenken lassen. Entweder war die weibliche Schönheitsnorm unglaublich gestiegen, überlegte er, oder Diktor gab sich mit der Auswahl seines Personals sehr viel Mühe.

»... und aus diesem Grunde«, erklärte Diktor, »müssen Sie unverzüglich wieder durch das Tor zur Zeit zurückgehen. Zunächst müssen Sie diesen anderen Burschen zurückbringen. Dann müssen Sie noch eine kleine Besorgung für uns erledigen, und wir zwei sind gemachte Leute. Wir brauchen uns diese Welt dann nur noch zu teilen. Und hier gibt es so viel zu teilen, daß selbst ich – Sie hören ja gar nicht zu!«

»Aber gewiß doch, Chef. Jedes einzelne Wort hab ich verstanden.« Er betastete sein Kinn. »Sagen Sie, können Sie mir einen Rasierapparat borgen? Ich würde mich gern rasieren.«

Diktor fluchte unterdrückt in zwei Sprachen. »Nehmen Sie Ihre Augen von diesen Weibern und hören Sie mir zu! Wichtige Aufgaben warten auf uns.«

»Gewiß, gewiß. Ich verstehe vollkommen – Sie können ganz auf mich rechnen. Wann fangen wir an?« Wilson hatte vor einer Weile einen Entschluß gefaßt – genaugenommen, kurz nachdem Arma mit dem Früchtetablett eingetreten war. Ihm war, als sei er in einen überaus angenehmen Traum gestolpert. Wenn eine Zusammenarbeit mit Diktor bewirkte, daß dieser Traum fortdauerte – er hatte nichts dagegen. Zum Teufel mit einer akademischen Laufbahn!

Schließlich verlangte Diktor nicht mehr von ihm, als

an seinen Ausgangspunkt zurückzugehen und einen anderen Burschen zu überreden, mit durch das Zeittor zu kommen. Das Schlimmste, was ihm dabei zustoßen konnte, war, daß er sich unwiderruflich im zwanzigsten Jahrhundert wiederfand. Was konnte er dabei verlieren?

Diktor stand auf. »Wir wollen anfangen«, sagte er kurz, »bevor Sie sich wieder ablenken lassen. Folgen Sie mir.« Mit raschen Schritten ging er los, während Wilson ihm folgte.

Diktor führte ihn in die Torhalle, wo er stehenblieb. »Sie brauchen jetzt weiter nichts zu tun«, sagte er, »als durch das Tor zu treten. Sie werden sich in Ihrem Zimmer und in Ihrer Zeit wiederfinden. Überreden Sie den Mann, den Sie dort finden werden, durch das Tor zu gehen. Wir brauchen ihn dringend. Danach kommen Sie auch wieder zurück.«

Bob hob eine Hand und preßte Daumen und Zeigefinger mit den Spitzen zusammen. »Das haben wir in der Tasche, Boss. Betrachten Sie's als erledigt.« Er schickte sich an, durch das Tor zu schreiten.

»Warten Sie«, kommandierte Diktor. »Sie haben noch keinerlei Erfahrungen in Reisen durch die Zeit. Ich warne Sie – wenn Sie hindurch sind, werden Sie einen gewaltigen Schock bekommen. Dieser andere Bursche – nun, Sie werden ihn erkennen.«

»Wer ist es?«

»Das werde ich Ihnen nicht sagen, weil Sie es doch nicht verstehen würden. Aber wenn Sie ihn gesehen haben, werden Sie Bescheid wissen. Denken Sie nur immer daran: Reisen durch die Zeit sind mit einigen sehr merkwürdigen paradoxen Erscheinungen verbunden. Lassen Sie sich durch nichts aus der Fassung bringen, was Sie auch sehen mögen. Tun Sie, was ich Ihnen sage, und es wird Ihnen nichts geschehn.«

»Paradoxa machen mir keine Sorgen«, entgegnete Bob zuversichtlich. »Ist das alles? Ich bin bereit.«

»Einen Augenblick noch.« Diktor trat hinter das Podium. Einen Augenblick später erschien sein Kopf seitlich des kathederartigen Aufbaus. »Ich habe das Tor einreguliert. O.K. Gehen Sie!«

Bob Wilson schritt durch den Kreis, der ihm mittlerweile hinlänglich als Tor zur Zeit bekannt war.

Der Durchgang selbst verursachte ihm keine außergewöhnlichen Empfindungen. Es war, als schritte man durch einen Vorhang in einen dunkleren Raum. Auf der anderen Seite blieb er einen Augenblick stehen, bis seine Augen sich an das schwächere Licht gewöhnt hatten. Wie er feststellen konnte, befand er sich tatsächlich in seinem eigenen Zimmer.

An seinem Schreibtisch saß, mit dem Rücken zu ihm, ein Mann. Soweit hatte Diktor recht gehabt. Dies war also demnach der Bursche, den er durch das Tor zurückschicken sollte. Diktor hatte gesagt, er würde ihn kennen. Nun, das würde sich ja gleich herausstellen.

Ein leichter Groll stieg in ihm hoch, als er jemand an *seinem* Tisch und in *seinem* Zimmer sah; doch dann besann er sich eines Besseren. Schließlich hatte er das Zimmer nur möbliert gemietet; nachdem er verschwunden war, hatte man es zweifellos wieder vermietet. Er besaß nicht die geringste Ahnung, wie lange er schon fort war – unter Umständen war es bereits Mitte nächster Woche – einerlei!

Der Kerl kam ihm tatsächlich entfernt bekannt vor, wenn er auch nur seinen Rücken sehen konnte. Wer war es? Sollte er ihn ansprechen, damit er sich umdrehte? Er spürte eine unbestimmte Abneigung dagegen, irgend etwas zu sagen, bevor er sein Gegenüber erkannt hatte. Sich selbst gegenüber begründete er diese Abneigung damit, daß er doch zumindest wissen müsse, mit wem er zu verhandeln habe, bevor er diesem Mann das so ungewöhnliche Ansinnen stellte, durch den Kreis zu gehen.

Der Mann am Tisch tippte weiter auf seiner Schreibmaschine, unterbrach sich, um einen Zigarettenstummel in den Aschenbecher zu werfen und ihn dann mit einem Briefbeschwerer auszudrücken. Bob Wilson kannte diese Geste!

Es rann ihm kalt den Rücken hinunter. Wenn er die nächste so anzündet, dachte er, wie ich es vermute...

Der Mann am Schreibtisch zog eine neue Zigarette aus einer Packung, klopfte erst mit dem einen, dann mit dem anderen Ende gegen seinen linken Daumennagel, glättete und drückte das Papier an einer Seite zurecht und steckte sie in den Mund.

Wilson fühlte, wie ihm das Herz bis in den Hals hinauf schlug. *Dort am Schreibtisch, mit dem Rücken zu ihm, saß er selbst, Bob Wilson!*

Ihm wurde schwindlig. Er hielt sich an einer Stuhllehne fest und schloß die Augen. Ich wußte es doch, dachte er, die ganze Sache ist absurd. Ich bin verrückt. Ich muß einfach verrückt geworden sein. Sicher eine Art von Schizophrenie. Ich hätte nicht so hart arbeiten dürfen.

Das Geräusch des Tippens hob wieder an.

Er riß sich zusammen und überdachte die ganze Angelegenheit noch einmal. Diktor hatte ihn gewarnt, daß ihm ein Schock bevorstünde; ein Schock, der nicht im voraus erklärt werden konnte, weil man ihn nicht glauben konnte. Na schön, dachte er, nehmen wir also an, daß ich nicht verrückt bin. Wenn Reisen durch die Zeit überhaupt möglich sind, spricht auch nichts dagegen, daß ich nicht zurückkommen und mich selbst etwas tun sehen kann, was ich in der Vergangenheit getan habe. Wenn ich geistig normal bin, erlebe ich dies jetzt gerade.

Und wenn ich verrückt bin, überlegte er weiter, kann ich durch das, was ich tue, auch nicht das geringste ändern!

Und außerdem, fügte er in Gedanken hinzu, kann ich, wenn ich schon verrückt bin, vielleicht auch weiter verrückt bleiben und durch das Tor zurückgehen! Nein, das ist Blödsinn – aber alles andere doch auch? Ach was, zum Teufel mit diesen fruchtlosen Überlegungen!

Er schlich leise näher und schaute seinem Double verstohlen über die Schulter. ›Die Zeit ist eine Funktion des Empfindens‹, las er, ›und nicht des Raumes.‹

Das schlägt dem Faß den Boden aus, dachte er, ich bin genau wieder an meinem Ausgangspunkt angelangt und sehe mir selbst zu, wie ich meine Arbeit schreibe.

Die Typen hämmerten weiter auf das Papier. ›Sie ist kein *Ding an sich.* Folglich ...‹ Eine Type blieb hängen, und drei weitere verklemmten sich über ihr. Sein Double am Schreibtisch stieß eine Verwünschung aus und hob die Hand, um die Typenhebel zu entwirren.

»Bemüh dich nicht«, entfuhr es Wilson in einem plötzlichen Impuls. »Was du da schreibst, ist sowieso nur eine Menge wertloses Geschwätz.«

Der andere Bob Wilson richtete sich mit einem Ruck auf und wandte dann langsam den Kopf. »Gott sei Dank«, sagte er erleichtert, »einen Augenblick lang dachte ich schon, ich wäre übergeschnappt.« Doch dann verdüsterte sich sein Gesichtsausdruck. »Was, zum Teufel, machen Sie hier in meinem Zimmer?« verlangte er zu wissen. Ohne eine Antwort abzuwarten stand er auf, ging rasch durch das Zimmer zur Tür und untersuchte das Schloß. »*Wie* sind Sie hier hereingekommen?«

Die Sache wird unangenehm, dachte Wilson.

»Da hindurch«, antwortete Wilson und deutete auf das Tor zur Zeit. Sein Double sah hin, zwinkerte mit den Augen, schüttelte den Kopf, ging dann vorsichtig darauf zu und streckte die Hand aus.

»Halt!« schrie Wilson.

Der andere zog die Hand zurück. »Und warum?« fragte er in scharfem Ton.

Warum er seinem zweiten Ich eigentlich verbieten mußte, das Tor zu berühren, war Wilson selbst nicht klar, er spürte jedoch ein unmißverständliches Gefühl drohenden Unheils, als er die Absicht des anderen erkannte. »Ich will's dir erklären«, sagte er ausweichend. »Aber vorher wollen wir einen Schluck nehmen.« Ein Schnaps war immer eine gute Idee. Und im Augenblick benötigte er dringender denn je einen kräftigen Schluck. Gewohnheitsmäßig ging er zu seinem üblichen Schnapsversteck im Kleiderschrank und nahm die Flasche heraus, die er dort zu finden erwartete.

»He!« protestierte der andere. »Was erlauben Sie sich? Das ist *meine* Flasche!«

»Deine Flasche?...« Teufel auch! Es war *seine* Flasche. Nein, das stimmte nicht genau; es war – *ihre* Flasche. Ach, zum Kuckuck! Es war alles viel zu sehr durcheinander, um jetzt eine Erklärung zu versuchen. »Tut mir leid. Entschuldige. Du hast doch nichts dagegen, wenn ich einen Schluck nehme, nicht wahr?«

»Nicht unbedingt«, antwortete sein Doppelgänger mürrisch. »Wenn Sie schon dabei sind, können Sie mir aber auch einen eingießen.«

»In Ordnung«, stimmte Wilson zu, »und danach will ich's dir erklären.« Solange er nicht einen Schluck getrunken hatte, würde es viel, viel zu schwer sein, irgend etwas zu erklären. Genaugenommen konnte er es sich selbst nicht recht erklären.

»Versuchen Sie ja nicht, mir einen Bären aufzubinden«, warnte der andere Wilson und musterte ihn eingehend, während er sein Glas austrank.

Wilsom beobachtete sein jüngeres Ich, das ihn verwirrt und mit nahezu ungerechtfertigter innerer Bewegung betrachtete. Konnte dieser Einfaltspinsel denn nicht einmal sein eigenes Gesicht erkennen, wenn es ihm begegnete? Wenn er nicht *sah,* wie die Lage war, wie, um alles in der Welt, sollte *er* es ihm dann erklären?

Ihm war entfallen, daß er sein Gesicht, zerschlagen und unrasiert, wohl selbst kaum wiedererkannt hätte. Was aber noch wichtiger war, er versäumte es, die Tatsache in Betracht zu ziehen, daß kein Mensch mit derselben geistigen Einstellung, mit der er sein eigenes Gesicht im Spiegel oder auf Bildern betrachtet, das Gesicht eines anderen sieht. Kein geistig normaler Mensch erwartet jemals, seinen Kopf auf einem anderen Körper wiederzusehen.

Wilson erkannte deutlich, daß sein Gegenüber von seinem Aussehen verblüfft war; aber er sah ebenso klar, daß der andere keine Ahnung von seiner Identität hatte.

»Wer sind Sie?« fragte sein Double plötzlich.

»Ich?« erwiderte Wilson. »Erkennst du mich wirklich nicht?«

»Ich weiß es nicht genau. Sind wir uns denn schon einmal begegnet?«

»Nun – nicht im eigentlichen Sinne des Wortes«, wich Wilson aus. Wie sollte er seinem Gegenüber nur erklären, daß sie beide noch ein wenig näher miteinander verwandt waren als Zwillinge? »Laß nur – du würdest es doch nicht verstehen.«

»Wie heißen Sie?«

»Wie ich heiße? Oh ...« Oh, oh! Verflixt und zugenäht! Diese Situation war geradezu lächerlich. Er öffnete den Mund und versuchte die Worte ›Bob Wilson‹ zu formulieren, gab es aber wieder auf, weil er fühlte, daß dies völlig zwecklos gewesen wäre. Wie manch einer vor ihm fand er sich zu einer Lüge gezwungen, weil die Wahrheit unglaubhaft geklungen hätte. »Nenne mich einfach Joe«, fügte er lahm hinzu.

Bei seinem letzten Wort überlief es ihn siedendheiß – er erkannte plötzlich, daß er *wirklich* ›Joe‹ war, derselbe Joe, dem er schon einmal begegnet war. Daß er in seinem Zimmer zu genau derselben Zeit gelandet war, als er an seiner Examensarbeit zu schreiben aufgehört hatte, war ihm bereits aufgegangen, aber er hatte bislang keine Zeit gehabt, die Sache völlig zu Ende zu denken. Als er sich jetzt aber Joe nennen hörte, traf ihn die

Erkenntnis wie ein Schlag ins Gesicht: dies war nicht einfach eine ähnliche Szene, sondern *dieselbe* Szene, die er schon einmal erlebt hatte – nur sah er sie jetzt von einem anderen Blickpunkt aus.

Zumindest hielt er es für dieselbe Szene. War sie denn in irgendeiner Beziehung anders? Er konnte es nicht mit Sicherheit wissen, denn es war ihm unmöglich, sich Wort für Wort an die erste Unterhaltung zu erinnern.

Für eine vollständige Aufzeichnung der Szene, die nur in seiner Erinnerung vorhanden war, hätte er jetzt liebend gern fünfundzwanzig Dollar, plus Verkaufssteuer, gezahlt.

Halt – dachte er weiter – ich befinde mich nicht unter Hypnose. Wenigstens das weiß ich ganz sicher. Alles, was ich tue und sage, ist das Ergebnis meines eigenen freien Willens. Wenn ich mich auch nicht an den genauen Wortlaut unserer Unterhaltung erinnern kann, so *weiß* ich doch, was *Joe* bestimmt nicht gesagt hat; ›Mary hat ein kleines Lamm‹ zum Beispiel. Ich werde jetzt einen Kinderreim zitieren und damit von dieser verdammten Tretmühle abspringen.

Er öffnete seinen Mund –

»O.K. – Joe. Wie du auch heißen magst, heraus mit deiner Erklärung, und ein bißchen rasch, wenn ich bitten darf!« bemerkte sein Gegenüber, indem er das Glas hinstellte, das bis vor kurzem noch einen Achtelliter Gin enthalten hatte.

Er öffnete wieder seinen Mund, um die Frage zu beantworten, schloß ihn jedoch sofort wieder. Ruhig, Junge, ruhig, sagte er zu sich selbst; du bist ein freier Mann. Du willst einen Kinderreim zitieren – also los, fang an. Antworte ihm nicht; fang an und tu's – spreng diesen *Circulus vitiosus*.

Aber unter dem unfreundlichen, argwöhnischen Blick seines zweiten Ichs konnte er sich plötzlich an überhaupt keinen Kinderreim mehr erinnern. Sein Denkapparat war an einem toten Punkt angelangt. Er kapitulierte.

»Aber gern. Das Dingsda, durch das ich gekommen bin – ist ein Tor zur Zeit.«

»Ein was?«

»Ein Tor zur Zeit. Die Zeit fließt in nebeneinanderliegenden Schichten an jeder Seite des Tores vorbei...« Er fühlte, wie ihm während des Sprechens der Schweiß ausbrach; er war ziemlich sicher, daß er genau dieselben Worte benutzte, mit denen *ihm selbst* diese Erklärung schon einmal geboten worden war. »... in die Zukunft spazieren, indem du einfach durch diesen Kreis steigst.« Er machte eine Pause und wischte sich die Stirn.

»Erzähl nur weiter«, forderte der andere ihn unerbittlich auf. »Ich höre zu. Es ist eine hübsche Geschichte.«

Bob begann sich plötzlich zu fragen, ob dieser andere Kerl *wirklich* er selbst sein konnte. Die dumme, arrogante und dogmatische Einstellung des Mannes machte ihn rasend. Na schön! Er würde es ihm schon zeigen! Er stand auf, ging zum Kleiderschrank hinüber, nahm seinen Hut heraus und warf ihn durch den Kreis.

Sein Gegenüber beobachtete mit ausdruckslosen Augen, wie der Hut sich scheinbar in der Luft auflöste, stand dann auf und ging mit den vorsichtigen Schritten eines Mannes, der schon leicht beschwipst ist, es aber nicht zugeben will, langsam um das Tor herum.

»Ein feiner Trick«, applaudierte er, nachdem er sich vergewissert hatte, daß der Hut tatsächlich verschwunden war. »Doch jetzt wäre ich dir dankbar, wenn du mir meinen Hut wiedergeben würdest.«

Wilson schüttelte den Kopf. »Du kannst ihn dir selbst holen, wenn du hindurchschreitest«, antwortete er geistesabwesend. Er grübelte über das Problem nach, wie viele Hüte sich auf der anderen Seite des Tores befinden mochten.

»Wie?«

»Es stimmt schon. Hör zu...« Wilson tat sein Bestes, eine überzeugende Erklärung dafür zu finden, was er von seinem früheren Ich zu tun erwartete. Oder besser gesagt, es zu beschwatzen; denn Erklärungen im eigentlichen, wahren Sinne des Wortes kamen natürlich überhaupt nicht in Frage. Lieber hätte er versucht, einem australischen Wilden die Tensorkalkulation zu erklären, obwohl er dieses Gebiet der Mathematik selbst nicht beherrschte.

Der andere Mann war nicht im geringsten hilfsbereit. Er schien mehr an seinem Gin als an Wilsons unwahrscheinlichen Darlegungen interessiert zu sein.

»Warum?« unterbrach er Wilson kampflustig.

»Verdammt nochmal«, entfuhr es Wilson, »wenn du einmal hindurchgegangen bist, ist jede weitere Erklärung überflüssig. Aber wenn du darauf bestehst...« Er fuhr mit einer kurzen Zusammenfassung von Diktors Angeboten fort. Dabei erkannte er gereizt, daß Diktor mit *seinen* Erklärungen äußerst sparsam gewesen war. Er sah sich gezwungen, nur die annähernd verständlichen und logischen Argumente anzuführen und im übrigen an das Gefühl zu appellieren. Hier befand er sich auf unsicherem Boden – niemand wußte besser als er selbst, wie sehr Bob Wilson den Gedanken an die Sklaverei und an die stickige Atmosphäre einer akademischen Laufbahn satt hatte. »Bestimmt möchtest du dich nicht dein ganzes Leben lang damit abmühen, irgendwelchen Dummköpfen auf einem unbedeutenden kleinen College Weisheiten einzubläuen«, schloß er. »Das hier ist deine Chance! Du brauchst nur zuzupacken!«

Wilson beobachtete seinen Gefährten ängstlich und glaubte schon, eine günstige Reaktion erkennen zu können. Der andere schien tatsächlich Interesse an der Sache bekommen zu haben. Doch dann setzte er vorsichtig sein Glas hin, starrte die Ginflasche an und stand schließlich auf.

»Nein, mein lieber Junge«, erwiderte er; »ich werde nicht auf dein Karussell klettern. Weißt du auch, warum?«

»Nun, warum?«

»Weil ich betrunken bin, ganz einfach. Dich gibt's ja überhaupt nicht. Und *das* da auch nicht.« Er deutete schwankend auf das Tor, fiel beinahe hin, konnte sich jedoch mit einiger Anstrengung aufrecht halten. »Außer mir ist hier überhaupt nichts und niemand, und ich bin betrunken. Hab wohl zu hart gearbeitet«, fügte er murmelnd hinzu: »Ich geh jetzt ins Bett.«

»Du bist nicht betrunken«, protestierte Wilson hoffnungslos. Verflixt und zugenäht, dachte er, wenn einer keinen Schnaps verträgt, sollte er gefälligst nicht so viel trinken.

»Ich bin betrunken. Frischers Fitz f-fischt fische Frische.« Er schwankte auf sein Bett zu.

Wilson packte seinen Arm. »Das kannst du nicht tun«, sagte er.

»Laß ihn in Ruhe!«

Wilson wirbelte herum, sah einen dritten Mann vor dem Tor stehen – und erkannte ihn entsetzt. Seine Erinnerung an die Reihenfolge der Ereignisse war nicht allzu klar, da er bei dem ersten Erleben dieses außergewöhnlich geschäftigen Nachmittags ein wenig betrunken – nahezu voll, mußte er sich eingestehen – gewesen war. Trotzdem hätte er auf die Ankunft eines dritten Mannes vorbereitet gewesen sein müssen, wenn ihm seine Erinnerung auch nicht mit Angaben über seine Identität dienlich sein konnte.

Er erkannte sich selbst – einen weiteren Gipsabguß.

Einen Augenblick blieb er völlig stumm und versuchte, diesen neuen Faktor abzugrenzen und in eine vernünftige Gleichung einzufügen. Hilflos schloß er die Augen. Es war ein wenig zuviel! Im Moment wünschte er dringend, mit Diktor ein paar offene Worte zu reden.

»Wer sind Sie?« Er öffnete die Augen und stellte fest, daß sein anderes Ich, das betrunkene, seiner letzten Ausgabe diese Frage vorlegte. Der Neue wandte sich zur Seite und warf Wilson einen scharfen Blick zu.

»*Er* kennt mich«, sagte er bedeutungsvoll.

Wilson ließ sich mit der Antwort Zeit. Die Angelegenheit drohte seiner Kontrolle zu entgleiten. »Ja«, gab er zu, »ja, ich glaube, ich kenne dich. Aber was, zum Teufel, suchst du denn hier? Und warum versuchst du, den Plan auffliegen zu lassen?«

Sein Faksimile sah ihn an. »Keine Zeit für langatmige Erklärungen. Ich weiß mehr darüber als du – das wirst du zugeben müssen – und folglich kann ich ihn auch besser beurteilen. Er geht nicht durch das Tor!«

Die offensichtliche Arroganz des anderen brachte Wilson gegen ihn auf. »Ich gebe überhaupt nichts dergleichen zu –« begann er.

Das Läuten des Telephons unterbrach ihn. »Nimm den Hörer ab!« rief Nummer Drei scharf.

Die beschwipste Nummer Zwei blickte ihn streitlustig an, nahm aber den Hörer ab. »Hallo . . . Ja. Wer spricht da? . . . Hallo. Hallo!« Er tippte ein paarmal auf die Gabel und schmiß dann den Hörer darauf.

»Was war da los?« fragte Wilson verärgert, weil er den Anruf nicht selbst hatte beantworten können.

»Nichts. Irgendein Verrückter mit einem fehlgeleiteten Sinn für Humor.« In diesem Augenblick läutete das Telefon wieder. »Da ist er nochmal!«

Wilson versuchte den Hörer abzunehmen, aber sein alkoholisierter Widerpart war schneller und schob ihn beiseite.

»Hör zu, du verkümmerter Gartenzwerg! Ich bin ein vielbeschäftigter Mann und *kein* telephonisches Auskunftsbüro! . . . Wie? Oh, du bist's, Geneviève. Hör – es tut mir leid. Ich möchte mich entschuldigen . . . Das Ganze ist ein Mißverständnis, Liebling. Ein Kerl hat mich über das Telephon belästigt, und ich dachte, er sei es schon wieder. Du weißt doch, daß ich nicht so mit dir reden würde, Baby . . . Wie bitte? Heute nachmittag? Sagtest du *heute* nachmittag? . . . Gewiß doch. Prächtig.

Weißt du, Liebling, ich bin im Augenblick etwas durcheinander. Hab den ganzen Tag lang Ärger gehabt, und jetzt wird's noch schlimmer. Heut abend komm ich zu dir, dann reden wir nochmal darüber. Aber ich weiß genau, daß ich meinen Hut *nicht* in deinem Apartment gelassen habe... Wie bitte? Oh, gewiß doch! Jedenfalls komm ich heut abend zu dir. Wiedersehn.«

Wilson wurde fast übel, als er sein früheres Ich so schmeichlerisch auf die Forderungen dieses sich so hartnäckig an ihn hängenden Frauenzimmers eingehen hörte. Warum legte er nicht einfach den Hörer auf? Der Gegensatz zu Arma war geradezu überwältigend – der Gedanke an sie machte ihn entschlossener denn je, seinen Plan durchzuführen, wenn seine letzte Aufgabe ihn auch warnte.

Nachdem sein früheres Ich den Telephonhörer aufgelegt hatte, wandte es sich ihm zu, entschieden die Anwesenheit des dritten Mannes ignorierend: »Also gut, Joe; ich bin bereit, mitzukommen, wenn du so weit bist.«

»Fein!« stimmte Wilson erleichtert zu. »Du brauchst nur hindurchzugehen, das ist alles.«

»Nein, das wirst du nicht tun!« Nummer Drei versperrte den Weg.

Wilson wollte Einspruch erheben, aber sein unberechenbares erstes Ich kam ihm zuvor: »Hör mal zu, Bursche! Du platzt hier so einfach herein, als ob ich da überhaupt kein Wörtchen mitzureden hätte! Wenn du was dagegen hast, spring meinetwegen ins Wasser – ich bin gerade in der richtigen Simmung, dir dabei zu helfen! Hast du noch was zu sagen?«

Fast ohne jeden Übergang begannen sie sich zu prügeln. Wilson beteiligte sich vorsichtig und spähte nach einer Gelegenheit aus, Nummer Drei mit einem entscheidenden Schlag außer Gefecht zu setzen.

Er versäumte dabei jedoch, seinen betrunkenen Verbündeten im Auge zu behalten. Ein unkontrollierter

Schwinger aus dessen Richtung prallte an seinem bereits schwer mitgenommenen Gesicht ab und bereitete ihm unerträgliche Schmerzen. Seine Oberlippe, aufgesprungen und empfindlich von seinem ersten Gefecht, bekam das meiste ab. Er krümmte sich und sprang zurück.

Wie durch einen Nebelvorhang drang ein Laut in sein Bewußtsein, ein dumpfes Klatschen. Mühsam konzentrierte er sich und sah gerade noch die Füße eines Mannes durch das Tor verschwinden. Nummer Drei stand davor. »Jetzt hast du's geschafft!« sagte er bitter zu Wilson, während er die Knöchel seiner linken Hand massierte.

Diese offensichtlich unfaire Anschuldigung kam bei Wilson gerade im unrechten Moment an. Sein Gesicht kam ihm wie das Experimentierfeld eines Sadisten vor. »Ich?« erwiderte er ärgerlich. »*Du* hast ihn da hindurchbefördert. Ich habe ihn überhaupt nicht angerührt.«

»Ja, aber es ist deine Schuld. Wenn du dich nicht eingemischt hättest, wäre das nicht passiert.«

»*Ich* mich eingemischt? Du unverschämter Heuchler – *du* bist doch hier hereingeplatzt und hast dich in unsere Angelegenheit gemischt. Dabei fällt mir ein – du schuldest mir noch Aufklärung für dieses unerhörte Benehmen. Was hast du dir eigentlich gedacht –«

Sein Gegenüber unterbrach ihn. »Laß das jetzt!« sagte er finster. »Es ist doch zu spät. Er ist durch.«

»Zu spät wozu?« wollte Wilson wissen.

»Zu spät, um diesen Lauf der Ereignisse aufzuhalten.«

»Und warum sollten wir das?«

»Weil«, antwortete Nummer Drei bitter, »Diktor mich – das heißt *dich*.. oder besser gesagt, *uns* – ganz erbärmlich hinters Licht geführt hat. Er hat dir doch versprochen, dich dort drüben« – er deutete auf das Tor – »zu einem hohen Tier zu machen, nicht wahr?«

»Ja«, gab Wilson zu.

»Nun, das ist alles ganz großer Blödsinn. Er will uns mit diesem Apparat nur so unentwirrbar in die Zeit verwickeln, daß wir niemals mehr richtig herausfinden können.«

Wilson spürte plötzlich einen leisen, nagenden Zweifel. Das *konnte* wahr sein. Bestimmt lag nicht viel Sinn in den bisherigen Ereignissen. Und schließlich: warum sollte Diktor seine Hilfe brauchen, sie so nötig brauchen, daß er mit ihm Halbe-Halbe machen wollte? Das war offensichtlich ein wunder Punkt in seinen verschwommenen Darlegungen. »Woher willst du das wissen?« fragte er.

»Wozu sollen wir das jetzt erörtern?« entgegnete der andere ungeduldig. »Warum nimmst du nicht einfach mein Wort dafür zum Pfand?«

»Warum sollte ich das?«

Sein Gefährte sah ihn mit einem Blick erbitterter Verzweiflung an. »Wenn du mir nicht glaubst, wem willst du dann glauben?«

Die unentrinnbare Logik dieser Frage ärgerte Wilson gewaltig. Er hatte sowieso eine Antipathie gegen dieses unerwünschte Duplikat seiner selbst, und daß es ihm dann auch noch zumutete, sich blindlings seiner Führung anzuvertrauen, reizte ihn noch mehr. »Ich bin aus Missouri«, erwiderte er. »Ich muß mich selbst überzeugen.« Damit schritt er auf das Tor zu.

»Wo willst du hin?«

»Durch! Ich gehe jetzt zu Diktor und werde ein Hühnchen mit ihm rupfen!«

»Bleib!« warnte ihn der andere. »Vielleicht können wir diesen Kreislauf auch jetzt noch aufhalten.« Wilson sah ihn nur verstockt an. Sein Gegenüber seufzte. »Also geh meinetwegen«, gab er nach. »Schließlich ist es deine eigene Beerdigung. Ich wasche meine Hände in Unschuld.«

Wilson, der bereits im Begriff war, durch das Tor zu steigen, zögerte einen Augenblick. »Wirklich? Hm-m-m

– wie kann es aber *meine* Beerdigung sein, wenn es nicht zugleich *deine* ist?«

Der andere sah ihn verständnislos an, plötzlich aber zuckte ein aus Verstehen und Besorgnis gemischter Ausdruck über sein Gesicht. Das war das letzte, was Wilson von ihm sah, bevor er durch das Tor schritt.

In der Torhalle befand sich niemand, als Wilson von der anderen Seite her eintrat. Er sah sich nach seinem Hut um, konnte ihn aber nicht entdecken, und ging dann hinter die erhöhte Plattform, um den Ausgang zu suchen, an den er sich erinnerte. Fast wäre er dabei mit Diktor zusammengestoßen.

»Ah, da sind Sie ja!« begrüßte der ältere Mann ihn. »Fein, fein! Jetzt ist nur noch eine ganze Kleinigkeit zu erledigen, dann haben wir alles ins rechte Lot gebracht. Ich bin sehr zufrieden mit Ihnen, Bob, wirklich sehr zufrieden.«

»So, sind Sie das, wie?« fuhr Bob ihn wütend an. »Es ist nur ein Jammer, daß ich nicht dasselbe über Sie sagen kann! Ich bin nicht im geringsten zufrieden. Was haben Sie sich eigentlich dabei gedacht, mich in diesen ... diesen wahnsinnigen Kreislauf zu schicken, ohne mich zu warnen? Was bedeutet dieser ganze Unsinn? Warum haben Sie mir nichts davon gesagt?«

»Sachte, sachte«, entgegnete der andere; »regen Sie sich nicht auf. Seien Sie ehrlich – wenn ich Ihnen erzählt hätte, daß Sie nach Ihrer Rückkehr sich selbst von Angesich zu Angesicht gegenüberstehen würden, hätten Sie mir das geglaubt? Raus mit der Sprache, aber ohne Ausflüchte!«

Wilson mußte zugeben, daß er das nicht geglaubt haben würde.

»Na also«, fuhr Diktor achselzuckend fort; »hätte es dann irgendeinen Zweck gehabt, Ihnen mehr zu erzählen? Sie hätten mir nicht geglaubt; mit anderen Worten, Sie hätten sich auf falsche Voraussetzungen verlassen. Ist es nicht besser, unwissend zu sein, als etwas Verkehrtes zu glauben?«

»Das mag sein, aber –«

»Halt! Ich habe Sie nicht absichtlich getäuscht. Ich habe Sie überhaupt nicht getäuscht. Wenn ich Ihnen jedoch die volle Wahrheit erzählt hätte, wären Sie getäuscht worden, weil Sie die Wahrheit zurückgewiesen hätten. Es war besser für Sie, die Wahrheit mit eigenen Augen zu erfahren. Anderenfalls –«

»Einen Augenblick! Einen Augenblick!« unterbrach Wilson ihn. »Sie bringen mich völlig durcheinander. Ich will Vergangenes gern vergangen sein lassen, wenn Sie jetzt aufrichtig mit mir sind. Warum haben Sie mich überhaupt zurückgeschickt?«

»Vergangenes vergangen sein lassen«, wiederholte Diktor. »Ach, wenn wir das nur könnten! Aber wir können es nicht. Darum habe ich Sie ja zurückgeschickt – damit Sie überhaupt erst einmal durch das Tor kommen sollten.«

»Wie bitte? Einen Augenblick – ich *war* doch bereits durch das Tor gekommen.«

Diktor schüttelte den Kopf. »Waren Sie? Überlegen Sie einen Moment. Als Sie in Ihre eigene Zeit und in Ihr Zimmer zurückkamen, fanden Sie doch dort Ihr früheres Ich, nicht wahr?«

»Hmmmm – ja.«

»*Er* – Ihr früheres Ich – war noch nicht durch das Tor gegangen, nicht wahr?«

»Nein. Ich –«

»Wie konnten Sie also schon durch das Tor *gekommen sein,* wenn Sie ihn nicht überredeten, durch das Tor *zu gehen*?«

In Bobs Kopf begann es sich zu drehen. Er begann sich zu fragen, wer hier wem was einbrockte und wer zum Schluß die Suppe auszulöffeln hatte. »Aber das ist unmöglich! Sie wollen mir weismachen, daß ich etwas getan habe, weil ich im Begriff war, dieses zu tun.«

»Und, haben Sie's nicht getan? Sie waren doch dort.«

»Nein, ich habe – nein... nun gut, vielleicht habe ich das getan, aber ich hatte nicht das *Gefühl*, es zu tun.«

»Warum sollten Sie auch? Es war für Sie ein *völlig neues* Erlebnis.«

»Aber ... aber – « Wilson holte tief Luft und konzentrierte sich. Dann kramte er in seinen akademischen philosophischen Grundbegriffen und brachte es fertig, seinen Gedankengang zu formulieren: »Das widerspricht jeder vernunftmäßigen Auslegung des Kausalprinzips. Sie können mich nicht glauben machen, daß Ursache und Wirkung einen geschlossenen Kreislauf darstellen. Ich soll durch das Tor gegangen sein, weil ich von dem Durchgang, mich selbst zum Hindurchgehen zu überreden, zurückgekommen bin! Das ist Unfug.«

»Na und, haben Sie's nicht getan?«

Darauf hatte Wilson keine Antwort parat. Diktor fuhr fort: »Machen Sie sich deswegen keine Sorgen mehr. Das Kausalprinzip, an das Sie gewöhnt sind, besitzt weiterhin Gültigkeit auf dem ihm zugehörenden Gebiet, aber es ist einfach ein Sonderfall, der dem Allgemeinbegriff untergeordnet ist. *Ein Kausalzusammenhang in räumlicher Hinsicht braucht nicht zu bestehen und ist auch nicht durch den Zeitbegriff des Menschen bedingt.*«

Wilson dachte einen Augenblick darüber nach. Es hörte sich hübsch an, war ihm aber ein wenig zu glatt. »Nur noch eine Sekunde«, sagte er. »Wie steht es mit der Entropie? Um die Entropie können Sie nicht herumkommen.«

»Oh, um Himmels willen«, protestierte Diktor, »hören Sie jetzt bitte auf! Sie erinnern mich an die Mathematiker, die bewiesen haben, daß Flugzeuge nicht fliegen können.« Er drehte sich um und schritt durch die Tür. »Kommen Sie. Wir müssen uns an die Arbeit machen.«

Wilson eilte ihm nach. »Verdammt nochmal, so können Sie nicht mit mir umspringen! Was ist mit den beiden anderen geschehen?«

»Welchen beiden anderen?«

»Mit meinen zwei anderen Ichs. Wo sind sie? Wie werde ich mich jemals wieder entwirren können?«

»Sie sind mit niemandem verstrickt. Sie fühlen sich doch auch nur als *eine* Person, nicht wahr?«

»Ja, aber –«

»Dann brauchen Sie sich auch keine Sorgen zu machen.«

»Aber ich muß mir darüber Sorgen machen. Was ist mit dem Burschen geschehen, der kurz vor mir durch das Tor gekommen ist?«

»Sie erinnern sich doch, nicht wahr? Aber bitte . . .« Diktor eilte weiter voran, führte ihn einen Korridor hinunter und ließ eine Tür sich öffnen. »Werfen Sie einen Blick hinein«, wies er ihn an.

Wilson tat es. Er sah in einen kleinen, fensterlosen und unmöblierten Raum, einen Raum, den er kannte. Auf dem Fußboden ausgestreckt lag schnarchend seine Erstausgabe.

»Als Sie zum ersten Mal durch das Tor kamen«, erklärte Diktor, der neben ihn getreten war, »brachte ich Sie hier herein, behandelte Ihre Verletzungen und gab Ihnen etwas zu trinken. Das Getränk enthielt ein Narkotikum, das Ihnen ungefähr sechsunddreißig Stunden Schlaf verschaffen wird, den Sie dringend benötigen. Wenn Sie aufwachen, werde ich mit Ihnen frühstücken und Ihnen erklären, was getan werden muß.«

Wilsons Kopf begann wieder zu schmerzen. »Reden Sie nicht so«, bat er. »Sprechen Sie nicht von diesem Menschen da, als ob ich es wäre. *Hier* stehe ich, hier neben Ihnen.«

»Wie Sie wollen«, sagte Diktor. »Das dort ist jedenfalls der Mann, der Sie *waren.* Sie erinnern sich doch an die Dinge, die er erleben wird, nicht wahr?«

»Ja, aber mir wird schwindlig dabei. Bitte, schließen Sie die Tür.«

»O.K.«, sagte Diktor und kam seiner Bitte nach. »Wir müssen uns sowieso beeilen. Wenn eine Reihenfolge wie diese erst einmal aufgestellt ist, darf man keine Zeit mehr verlieren. Kommen Sie.« Er führte ihn denselben Weg zurück zur Torhalle.

»Ich möchte, daß Sie in das zwanzigste Jahrhundert zurückkehren und verschiedene Dinge für uns beschaffen; Dinge, die sich auf dieser Seite nicht beschaffen lassen, die uns aber für die, eh, Entwicklung – ja, das ist das richtige Wort – für die Entwicklung dieses Landes sehr nützlich sein werden.«

»Was sind das für Dinge?«

»Eine ganze Anzahl verschiedener Gegenstände. Ich habe eine Liste für Sie zusammengestellt – bestimmte Nachschlagwerke, bestimmte Gebrauchsgegenstände. Entschuldigen Sie mich bitte. Ich muß das Tor richtig einstellen.« Er stieg von hinten auf die Plattform. Wilson folgte ihm und stellte fest, daß die Kanzel die Form einer großen, oben und hinten offenen Telephonzelle besaß und einen leicht ansteigenden Fußboden hatte. Das Tor konnte man sehen, indem man über die hohen Seitenwände blickte.

Die Kontrolleinrichtung war einzigartig.

Vier farbige Kugeln in der Größe von Glasmurmeln hingen an Kristallstäben, die zueinander wie die vier Hauptachsen eines Tetraëders angeordnet waren. Die drei Kugeln an der Basis des Tetraëders waren rot, gelb und blau; die vierte an der Spitze war weiß. »Drei Raumkontrollen, eine Zeitkontrolle«, erklärte Diktor. »Es ist ganz einfach. Das Hier-und-Jetzt ist der Nullpunkt; wenn man nun eine Kugel vom Mittelpunkt fortbewegt, verschiebt sich auch das andere Ende des Tores entsprechend: vor oder zurück, nach links oder rechts, nach oben oder unten, in die Vergangenheit oder in die Zukunft – jede Bewegung wird durch die entsprechende Verschiebung der betreffenden Kugel auf ihrem Kirstallstab gesteuert.«

Wilson studierte das System. »Ja«, meinte er, »aber wie können Sie wissen, wo oder wann sich das andere Ende des Tores befindet? Ich sehe keine Grad- oder Zeiteinteilung.«

»Die brauchen Sie nicht. Sie können sehen, wo Sie herauskommen. Schauen Sie.« Er drückte einen Knopf unter dem Kontrollgerüst auf der dem Tor zugekehrten Seite der Steuerkanzel. Eine Deckscheibe glitt zurück, und Wilson erblickte ein kleines Abbild des Tores. Diktor drehte an einem anderen Knopf, und Wilson konnte durch das abgebildete Tor hindurchsehen.

Er erblickte sein eigenes Zimmer, wie durch das verkehrte Ende eines Fernrohres gesehen. Er konnte zwei Gestalten ausmachen, aber der Maßstab war zu klein, um deutlich zu erkennen, was sie taten oder welche Verkörperungen seines Ichs gerade anwesend waren – wenn sie überhaupt in Wahrheit ihn selbst verkörperten! Der Anblick brachte ihn ziemlich aus der Fassung. »Stellen Sie das ab«, sagte er.

Diktor tat es und erwähnte dabei: »Ich darf nicht vergessen, Ihnen die Liste zu geben.« Er fummelte im Aufschlag seines Ärmels herum und brachte einen Zettel zum Vorschein, den er Wilson aushändigte. »Hier – stecken Sie ihn ein.«

Wilson griff mechanisch nach dem Zettel und stopfte ihn in seine Tasche. »Schauen Sie«, begann er, »überall, wo ich hingehe, renne ich in mich selbst. Das ist reichlich verwirrend. Ich komme mir vor wie eine Horde Meerschweinchen. Ich verstehe nicht einmal zur Hälfte, was dies alles zu bedeuten hat, und jetzt wollen Sie mich schon wieder mit einem Haufen halbgarer Erläuterungen durch das Tor hetzen. Heraus mit der Sprache! Sagen Sie mir, worum es geht!«

In Diktors Gesicht zeigte sich zum ersten Mal Erregung. »Sie sind ein dummer und ignoranter junger Narr! Ich habe Ihnen alles erzählt, was Sie verstehen können. Sie erleben einen Abschnitt der Geschichte, der völlig jenseits Ihres Begriffsvermögens liegt. Es würde Wochen dauern, bis Sie ihn überhaupt zu verstehen begännen. Ich biete Ihnen die halbe Welt für ein paar Stunden Zusammenarbeit, und Sie stehen da und rechten mit mir. Ich kann Ihnen nur sagen, lassen Sie das! Also – wo sollen wir Sie absetzen?« Er langte nach der Steuerung.

»Hände weg von der Steuerung!« kommandierte Wilson scharf. Eine Idee begann sich in ihm zu formen. »Wer sind Sie überhaupt?«

»Ich? Ich bin Diktor.«

»Das meine ich nicht, und Sie wissen es ganz genau. Wie haben Sie Englisch gelernt?«

Diktor antwortete nicht. Sein Gesicht wurde ausdruckslos.

»Los«, drängte Wilson, »erzählen Sie! Hier haben Sie es jedenfalls nicht gelernt; das ist todsicher. Sie stammen aus dem zwanzigsten Jahrhundert, *stimmt's*?«

Diktor lächelte säuerlich. »Ich war schon gespannt, wie lange Sie zu dieser Erkenntnis brauchen würden.«

Wilson nickte. »Vielleicht bin ich nicht sehr helle; aber so dumm, wie Sie denken, bin ich auch nicht. Los, erzählen Sie mir den Rest der Geschichte!«

Diktor schüttelte den Kopf. »Das ist unwesentlich. Außerdem vergeuden wir damit nur Zeit.«

Wilson lachte. »Mit diesem Vorwand haben Sie mich jetzt einmal zuviel zur Eile anzutreiben versucht. Wie können wir Zeit vergeuden, wenn wir *das* da haben?« Dabei deutete er auf die Steuereinrichtung und auf das Tor. »Wenn Sie mich nicht angelogen haben, steht uns jeder Zeitabschnitt jederzeit zur Verfügung. Nein, ich glaube, ich weiß, warum Sie mich antreiben wollen: entweder, um mich hier aus dem Wege zu schaffen, oder weil der Auftrag, den Sie mir erteilt haben, irgendeine teuflische Gefahr birgt. Und ich weiß auch, wie ich mit beidem fertigwerde – Sie kommen mit!«

»Sie wissen ja nicht, was Sie reden«, antwortete Diktor langsam. »Das ist unmöglich. Ich muß hierbleiben und die Steuerung bedienen.«

»Genau das werden Sie nicht tun. Sie könnten mich hindurchschicken und anschließend verlieren. Ich ziehe es vor, Sie im Auge zu behalten.«

»Kommt gar nicht in Frage!« erwiderte Diktor. »Sie müssen mir eben vertrauen.« Er beugte sich wieder über die Steuerung.

»Weg von dem Gerät!« schrie Wilson ihn an. »Verschwinden Sie von der Kanzel, bevor ich Ihnen eins über den Schädel hauen muß!« Vor Wilsons drohender Faust zog Diktor sich völlig vom Podium zurück. »So, das sieht schon besser aus«, fügte Wilson hinzu, als sie beide wieder auf dem Boden der Halle standen.

Die Idee, die sich in seinem Kopf zu formen begonnen hatte, nahm vollends Gestalt an. Das Gerät war, wie er wußte, immer noch auf sein Zimmer in dem Apartmenthaus, in dem er wohnte – oder gewohnt hatte – und auf das zwanzigste Jahrhundert eingestellt. Soweit er es in dem Kontrollbild gesehen hatte, mußte er durch das Tor wieder in genau den Tag des Jahres 1942 zurückgelangen können, an dem alles angefangen hatte.

»Bleiben Sie hier stehen«, befahl er Diktor. »Ich möchte mir etwas ansehen.«

Er ging zum Tor hinüber, als wolle er es genauer untersuchen. Doch anstatt stehenzubleiben, als er es erreichte, schritt er einfach hindurch.

Diesmal war er besser vorbereitet auf das, was ihn auf der anderen Seite erwartete, als bei seinen beiden früheren Zeitdurchgängen – ›früheren‹ im Sinne der Reihenfolge in seinem Gedächtnis. Trotzdem war es eine Belastung für seine Nerven, sich selbst zu begegnen.

Denn er hatte es wieder einmal vollbracht. Er befand sich wieder in seinem Zimmer, aber zwei Ausgaben seiner selbst erwarteten ihn dort bereits, die sehr miteinander beschäftigt waren; ihm blieben ein paar Sekunden, um die beiden in Gedanken zu sortieren. Der eine hatte ein wunderschönes blaues Auge und eine bös zugerichtete Mundpartie; außerdem mußte er sich dringend rasieren. Das kennzeichnete ihn. Er war zumindest schon einmal durch das Tor gegangen. Der andere, wenn auch bereits etwas stachelig im Gesicht, zeigte keine Merkmale eines Faustkampfes.

Er konnte sie jetzt auseinanderhalten und wußte, wo und *wann* er sich befand. Das alles verwirrte ihn zwar immer noch entsetzlich, aber nach seinen früheren – nein, nicht *früheren*, berichtigte er in Gedanken – nach seinen *anderen* Erfahrungen beim Zeitdurchgang wußte er besser, was ihn erwartete. Er war wieder am Anfang; diesmal würde er diesem verrückten Unsinn ein für allemal einen Riegel vorschieben.

Die beiden anderen stritten sich; einer schwankte betrunken auf das Bett zu. Der andere packte seinen Arm. »Das kannst du nicht tun!« sagte er.

»Laß ihn in Ruhe!« fuhr Wilson dazwischen.

Die beiden anderen wirbelten herum und musterten ihn betroffen. Wilson beobachtete, wie der nüchternere des Paares ihn abschätzend betrachtete, sah, wie sein Ausdruck von ungläubigem Staunen zu erschrockener Gewißheit wechselte. Der andere, der erste Wilson, schien Mühe zu haben, sich überhaupt auf ihn zu konzentrieren. Das wird noch eine harte Aufgabe, dachte Wilson; der Kerl ist ja stinkbesoffen. Wie kann man nur so dumm sein, auf leeren Magen Alkohol zu trinken! Das ist nicht nur dumm, sondern auch sinnlose Verschwendung guten Schnapses.

Er war gespannt, ob sie ihm noch einen Schluck übriggelassen hatten.

»Wer sind Sie?« verlangte sein betrunkener Doppelgänger zu wissen.

Wilson sah ›Joe‹ an. »Er kennt mich«, sagte er bedeutungsvoll.

›Joe‹ musterte ihn noch einmal eingehend. »Ja«, gab er zu, »ja, ich glaube, ich kenne dich. Aber was, zum Teufel, suchst du denn hier? Und warum versuchst du, den Plan auffliegen zu lassen?«

»Keine Zeit für langatmige Erklärungen«, sagte Wilson rasch. »Ich weiß mehr darüber als du – das wirst du zugeben müssen – und folglich kann ich ihn auch besser beurteilen. Er geht nicht durch das Tor.«

»Ich gebe überhaupt nichts dergleichen zu –«

Das Läuten des Telephons beendete ihren Streit. Wilson begrüßte die Unterbrechung erleichtert, denn er erkannte, daß er die Sache vom verkehrten Ende her anging. War es denn möglich, daß er diesem Geschehen genauso schwerfällig gegenüberstand wie anscheinend dieser hoffnungslose Dummkopf? Machte *er* auf andere Leute vielleicht auch einen solchen Eindruck? Aber die Zeit war zu kurz für Selbsterforschung und Selbstverdammung.

»Nimm den Hörer ab!« befahl er Bob (dem betrunkenen) Wilson.

Der Betrunkene machte einen streitsüchtigen Eindruck, gehorchte aber, als er sah, daß Bob (›Joe‹) Wilson ihm zuvorkommen wollte.

»Hallo ... Ja. Wer spricht da? ... Hallo ... Hallo!«

»Was war los?« fragte ›Joe‹.

»Nichts. Irgendein Verrückter mit einem fehlgeleiteten Sinn für Humor.« Das Telephon läutete wieder. »Da ist er nochmal.« Der Betrunkene riß den Telephonhörer an sich, bevor die anderen ihn fassen konnten. »Hör zu, du verkümmerter Gartenzwerg! Ich bin ein vielbeschäftigter Mann und *kein* telephonisches Auskunftsbüro! ... Wie? Oh, du bist's, Geneviève –« Wilson schenkte dem Telephongespräch wenig Beachtung – er hatte es schon zu oft gehört und mußte zu viel anderes bedenken. Seine erste Personifizierung war viel zu betrunken, um vernünftig denken zu können; daher mußte er ein Argument finden, das ›Joe‹ einleuchtete – anderenfalls würde er den beiden unterlegen sein. »– Wie bitte? Oh, gewiß doch!« endete das Telephongespräch. »Jedenfalls komm ich heut abend zu dir. Wiedersehn.«

Wilson wußte, daß er jetzt sprechen mußte, bevor dieser redselige Tölpel wieder den Mund öffnen konnte. Aber was würde überzeugend klingen?

Doch seine berauschte Erstausgabe sprach zuerst. »Also gut, Joe«, erklärte er; »ich bin bereit, mitzukommen, wenn du soweit bist.«

»Fein!« sagte Joe. »Du brauchst nur hindurchzugehen. Das ist alles.«

Die Situation entzog sich seiner Kontrolle – auf einmal sah alles ganz anders aus, als er es geplant hatte. »Nein, das wirst du nicht tun!« stieß er barsch hervor und sprang vor das Tor. Er mußte sie zur Einsicht bringen, und das so rasch wie möglich.

Aber er bekam keine Chance mehr dazu. Der Betrunkene verwünschte ihn erst in Grund und Boden und holte dann zu einem Schwinger nach ihm aus; Wilson riß die Geduld. In einer Mischung von Wut und Frohlocken erkannte er plötzlich, daß er schon seit langem darauf gewartet hatte, jemand verprügeln zu können. Wofür hielten die beiden sich, daß sie es wagten, in seine Zukunft eingreifen zu wollen?

Der Betrunkene war unbeholfen; Wilson unterlief ihn und traf ihn hart ins Gesicht. Der Schlag war gewichtig genug, um einen nüchternen Mann überzeugt zu haben, aber sein Widersacher schüttelte nur den Kopf und drang wieder auf ihn ein. ›Joe‹ kam ihm zu Hilfe. Wilson kam zu dem Schluß, daß er seinen ersten Gegner möglichst rasch abfertigen und ›Joe‹ seine volle Aufmerksamkeit widmen mußte – ›Joe‹ war bei weitem der gefährlichere der beiden.

Ein kleines Mißverständnis zwischen den beiden Alliierten verschaffte ihm die Gelegenheit. Er trat zurück, zielte sorgfältig und schoß eine lange gerade Rechte ab, einen der härtesten Schläge, die er je in seinem Leben ausgeteilt hatte. Sein Widersacher wurde davon glatt aus dem Sattel gehoben.

Erst als der Schlag landete, merkte Wilson, daß sein erstes Ich genau zwischen ihm und dem Tor stand; die bittere Gewißheit, daß er die Szene wiederum bis zu ihrem unausweichlichen Höhepunkt durchgespielt hatte, überwältigte ihn.

Er war allein mit ›Joe‹; ihr Gefährte war durch das Tor verschwunden.

Als erstes regte sich bei ihm das unlogische, aber ganz menschliche und allgemein übliche Gefühl, die Verantwortung für das Geschehene auf jemand anders abzuwälzen. »Jetzt hast du's geschafft!« sagte er ärgerlich.

»Ich?« protestierte ›Joe‹. »Du hast ihn da hindurchbefördert. Ich habe ihn überhaupt nicht angerührt.«

»Ja«, sah Wilson sich gezwungen zuzugeben. »Aber es ist deine Schuld. Wenn du dich nicht eingemischt hättest, wäre das nicht passiert.«

»*Ich* mich eingemischt? Du unverschämter Heuchler, du – *du* bist doch hier hereingeplatzt und hast dich in unsere Angelegenheit gemischt. Dabei fällt mir ein – du schuldest mir noch eine Aufklärung für dieses unerhörte Benehmen. Was hast du dir eigentlich gedacht –«

»Laß das jetzt!« wies Wilson ihn ab. Er war äußerst ungern im Unrecht, und noch viel unangenehmer war es ihm, sein Unrecht zugeben zu müssen. Er erkannte jetzt, daß von Anfang an keine Aussicht auf Erfolg bestanden hatte. Die völlige Sinnlosigkeit seines Unterfangens drückte ihn nieder. »Es ist doch zu spät. Er ist durch.«

»Zu spät wozu?«

»Zu spät, um diesen Lauf der Ereignisse aufzuhalten.« Ihm kam plötzlich zum Bewußtsein, daß es immer zu spät sein würde, ganz gleich, zu welcher Tages- oder Jahreszeit oder wie oft er auch zurückkommen mochte, um diesen Kreislauf abzustoppen. Er *erinnerte* sich daran, daß er das erste Mal hindurchgegangen war; er hatte *sich selbst* auf der anderen Seite schlafen gesehen. Er würde den Ereignissen ihren ermüdenden Lauf lassen müssen.

»Und warum sollten wir das?«

Eine Erklärung hatte wenig Sinn, aber er verspürte den Drang, sich selbst zu rechtfertigen. »Weil«, antwortete er, »Diktor mich – das heißt *dich* ... oder besser gesagt, *uns* – ganz erbärmlich hinters Licht geführt hat. Er hat dir doch versprochen, dich dort drüben zu einem hohen Tier zu machen, nicht wahr?«

»Ja – «

»Nun, das ist alles ganz großer Blödsinn. Er will uns mit diesem Apparat nur so unentwirrbar in die Zeit verwickeln, daß wir niemals mehr richtig herausfinden können.«

›Joe‹ sah ihn zweifelnd an. »Woher willst du das wissen?« fragte er.

Da Wilson in dieser Richtung nur Vermutungen äußern konnte, fühlte er sich in Verlegenheit für eine vernünftige Erklärung. »Wozu sollen wir das jetzt erörtern?« wich er aus. »Warum nimmst du nicht einfach mein Wort dafür zum Pfand?«

»Warum sollte ich das?«

Warum solltest du das? Oh, du Trottel, siehst du das denn nicht mit eigenen Augen? Ich bin doch du – nur älter und erfahrener – du *mußt* mir glauben! Und laut antwortete er: »Wenn du mir nicht glaubst, wem willst du dann glauben?«

›Joe‹ räusperte sich. »Ich bin aus Missouri«, entgegnete er. »Ich muß mich selbst überzeugen.«

Wilson bemerkte erschrocken, daß ›Joe‹ sich anschickte, durch das Tor zu gehen. »Wo willst du hin?« fragte er.

»Durch! Ich gehe jetzt zu Diktor und werde ein Hühnchen mit ihm rupfen!«

»Bleib!« bat Wilson. »Vielleicht können wir diesen Kreislauf auch jetzt noch aufhalten.« Aber der verstockte, eigensinnige Blick des anderen belehrte ihn, wie vergeblich seine Bemühungen waren. Er blieb weiterhin ein Gefangener des Unvermeidlichen; es *mußte* geschehen. »Also geh meinetwegen«, sagte er achselzuckend. »Schließlich ist es deine eigene Beerdigung. Ich wasche meine Hände in Unschuld.«

›Joe‹ zögerte einen Augenblick vor dem Tor. »Wirklich? Hm-m-m – wie kann es aber *meine* Beerdigung sein, wenn es nicht zugleich *deine* ist?«

Wilson starrte sprachlos hinterher, während Joe durch das Tor schritt. Wessen Beerdigung? Über diese Möglichkeit hatte er noch gar nicht nachgedacht. Er verspürte einen plötzlichen Drang, durch das Tor zu springen, sein anderes Ich einzuholen und über ihm zu wachen. Der dumme Tropf war zu allem fähig. Angenommen, er ließe sich umbringen? Was würde dann aus Bob Wilson werden? Natürlich würde er ebenfalls sterben müssen.

Oder vielleicht doch nicht? Konnte der Tod eines Mannes, viele tausend Jahre in der Zukunft, *ihn* im Jahre 1942 sterben lassen? Er erkannte plötzlich die Absurdität der Situation und fühlte sich sehr erleichtert. ›Joes‹ Handlungen konnten ihn nicht gefährden; er erinnerte sich an alles, was ›Joe‹ getan hatte – tun würde. ›Joe‹ würde mit Diktor in Streit geraten und im unabänderlichen Lauf der Ereignisse durch das Tor zur Zeit zurückkommen. Nein, er *war* durch das Tor zur Zeit zurückgekommen. Er selbst war ›Joe‹. Es fiel ihm nicht leicht, das zu behalten.

Ja, er war ›Joe‹ und genauso auch der erste, trinkfreudige Bursche. Sie würden beide ihren vorbestimmten Gang gehen, hin und her und im Kreis herum, bis sie schließlich hier bei *ihm* endeten. Sie konnten nicht anders.

Halt mal – in diesem Falle war die ganze verrückte Angelegenheit bereits geklärt! Er hatte Diktor entwischen können, hatte alle seine früheren Verkörperungen ausfindig gemacht und war wieder an seinem Ausgangspunkt angelangt – mit Stoppelbart zwar, aber ohne einen ersichtlichen Schaden davongetragen zu haben, wenn man von dem Schorf auf seiner Oberlippe absah. Er war schlau genug, um zu wissen, wann er die Dinge auf sich beruhen lassen mußte. Rasieren und zurück an seine Arbeit, lautete die Parole!

Während des Rasierens starrte er sein Gesicht an und wunderte sich, warum er es nicht beim ersten Mal erkannt hatte. Er mußte zugeben, daß er es noch nie objektiv betrachtet hatte. Er hatte es immer als selbstverständlich hingenommen.

Von dem Versuch, aus den Augenwinkeln einen Blick auf sein eigenes Profil im Spiegel zu werfen, bekam er einen steifen Nacken.

Als er aus dem Badezimmer trat, zuckte er beim Anblick des Tores unwillkürlich zusammen. Insgeheim hatte er aus einem unerfindlichen Grund geglaubt, daß es verschwunden sein müsse. Er inspizierte es und ging rundherum, wobei er sich sorgfältig davor hütete, es zu berühren. Wollte das verdammte Ding denn überhaupt nicht mehr verschwinden? Es hatte seinen Zweck erfüllt; warum schaltete Diktor es nicht ab?

Während er davorstand, verspürte er plötzlich jenen unwiderstehlichen Sog, der die Menschen oft an hochgelegenen Orten überfällt und zum Sprung in die Tiefe zwingt. Was würde geschehen, wenn er hindurchginge? Was würde er vorfinden? Er dachte an Arma. Und die andere – wie hieß sie doch noch? Vielleicht hatte Diktor es ihm nicht gesagt. Jedenfalls meinte er die andere Dienerin – die zweite.

Aber er beherrschte sich und zwang sich dazu, sich wieder an seinen Schreibtisch zu setzen. Wenn er hierbleiben wollte – und selbstverständlich wollte er das – mußte er seine Examensarbeit beenden. Er mußte essen, mußte die Prüfung bestehen, um einen anständigen Job zu bekommen. Wo war er eigentlich stehengeblieben?

Zwanzig Minuten später war er zu dem Schluß gekommen, daß die Arbeit von Anfang bis zu Ende neu geschrieben werden mußte. Sein Hauptthema, die Anwendung der empirischen Methode auf die Probleme der spekulativen Metaphysik und ihre Fassung in strenge Formeln, war immer noch gültig, aber er hatte eine Menge neuer und noch nicht verarbeiteter Daten erlangt, die er da hineinbringen wollte. Beim Durchlesen seines Manuskriptes staunte er, wie dogmatisch er gewesen war. Wieder und wieder war er in den pathetischen Trugschluß Descartes' verfallen, verständliche Schlußfolgerungen für richtige Schlußfolgerungen zu halten.

Er versuchte einen neuen Entwurf seiner Arbeit anzufertigen, entdeckte aber dabei, daß er sich mit zwei Problemen herumschlagen mußte, die er noch keineswegs klar abgrenzen konnte: mit dem Problem des *Ego* und dem Problem des freien Willens. Als er sich dreimal zur gleichen Zeit in seinem Zimmer befunden hatte, wer war da eigentlich sein *Ego – er selbst* – gewesen? Und woran lag es, daß er es nicht fertiggebracht hatte, den Lauf der Ereignisse zu ändern?

Eine geradezu lächerlich einleuchtende Antwort auf die erste Frage fiel ihm sofort ein: das *Ego* war er selbst. Ich bin ich – eine unbewiesene und unbeweisbare Grundvoraussetzung, die auf direkter Erfahrung beruhte. Wo aber blieben dann die beiden anderen? Bestimmt besaßen sie ein ebenso starkes Ichbewußtsein – er erinnerte sich daran. Er überlegte sich eine passende Formulierung: das *Ego* ist ein Moment des Ichbewußtseins, jeweils der letzte Punkt in einer fortdauernden Kette des Erinnerungsvermögens. Das hörte sich ganz wie ein allgemeingültiges Prinzip an, aber er war sich seiner Sache noch nicht sicher; er würde erst einmal versuchen müssen, es in eine mathematische Formel zu fassen, bevor er ihm vertrauen konnte. In wörtlichen Formulierungen steckten manchmal sehr gefährliche, wenn auch noch so harmlos anmutende Fallen.

Das Telephon läutete.

Geistesabwesend nahm er den Hörer ab. »Ja?«

»Bist du das, Bob?«

»Ja. Wer spricht da?«

»Aber Liebling, ich natürlich, Geneviève. Was ist heute nur in dich gefahren? Das ist jetzt das zweite Mal, daß du meine Stimme nicht erkannt hast!«

Ärger und Enttäuschung stiegen in ihm auf. Das war das dritte Problem, das er noch nicht gelöst hatte – nun, er würde es sofort lösen. Er ignorierte ihre Klage. »Hör mal, Geneviève, ich habe dir doch gesagt, daß du mich nicht anrufen sollst, wenn ich arbeite. Auf Wiedersehn!«

»Also, das ist doch – so darfst du mir nicht kommen, Bob Wilson! Erstens hast du heute gar nicht gearbeitet, und zweitens, was berechtigt dich zu der Annahme, daß du mich erst mit Schmeicheleien und süßen Redensarten überschütten und zwei Stunden später anknurren darfst? Ich bin gar nicht mehr so sicher, ob ich dich noch heiraten will.«

»Du mich heiraten? Wie bist du nur auf diese törichte Idee gekommen?«

Das Telephon knatterte mehrere Sekunden lang. Als das Geschnatter etwas nachließ, schaltete er sich ein: »Beruhige dich erst einmal. Wie du wissen solltest, leben wir nicht in den neunziger Jahren des vorigen Jahrhunderts. Du kannst nicht von mir erwarten, daß ich dich gleich heirate, weil ich dich ein paarmal ausgeführt habe.«

Einen Augenblick blieb es im Hörer stumm. »Also so läuft der Hase, wie?« kam schließlich die Antwort in einer so kalten, harten und heftigen Stimme, daß er sie fast nicht wiedererkannt hätte. »Nun, Gott sei Dank gibt es noch Möglichkeiten, mit Männern wie dir umzuspringen. Eine Frau ist in diesem Land nicht schutzlos!«

»Du mußt es ja wissen!« entgegnete er wütend. »Lange genug hast du dich ja mit Studenten abgegeben!« In seinem Hörer knackte es. Er wischte sich den Schweiß von der Stirn. Diese Dame, das wußte er, war absolut fähig, ihm eine Menge Ärger zu bereiten. Man hatte ihn gewarnt, bevor er sich um sie zu kümmern begann, aber er war seiner selbst viel zu sicher gewesen und hatte die gut gemeinten Worte in den Wind geschlagen. Hätte er doch nur auf sie gehört – aber an solche Folgen hatte er damals natürlich überhaupt nicht gedacht.

Er versuchte, sich wieder auf seine Arbeit zu konzentrieren, brachte es aber nicht fertig. Der Abgabetermin von 10 Uhr früh am nächsten Tage schien auf ihn zuzurasen. Er blickte auf seine Uhr. Sie war stehengeblieben. Er stellte sie nach der Uhr auf seinem Schreibtisch – 4.15 Uhr nachmittags. Selbst wenn er die ganze Nacht aufblieb, konnte er die Arbeit unmöglich zufriedenstellend abfassen.

Und außerdem war da noch Geneviève.

Das Telephon läutete wieder. Er ließ es läuten. Es hörte nicht auf. Er nahm den Hörer ab und legte ihn daneben. Er würde *nicht* noch einmal mit ihr reden.

Er dachte an Arma. Das war ein richtiges Mädchen mit der richtigen Einstellung zum Leben. Er trat ans Fenster und starrte auf die staubige, lärmerfüllte Straße hinunter. Halb unbewußt verglich er sie mit der grünen, friedlichen Landschaft, die er von der Terrasse während des Frühstücks mit Diktor gesehen hatte. Dies hier war eine lausige Welt voller lausiger Leute. Wenn Diktor doch nur offen zu ihm gewesen wäre, dachte er bitter.

Ein Gedanke formte sich in seinem Gehirn und pochte wie wild an sein Bewußtsein. Das Tor war noch offen. *Das Tor war noch offen!* Warum sich wegen Diktor Sorgen machen? Er war sein eigener Herr. Er konnte zurückgehen und die Sache ausfechten – er hatte alles zu gewinnen und nichts zu verlieren.

Er trat vor das Tor, doch dann zögerte er. War es auch weise, was er da vorhatte? Was wußte er denn schließlich über die Zukunft?

Er hörte Schritte die Treppe hinauf und durch den Korridor kommen; sie – ja, sie hielten vor seiner Tür. Plötzlich war er überzeugt, daß das Geneviève sein mußte; das machte seinen Entschluß endgültig. Er schritt hindurch.

Niemand war bei seiner Ankunft in der Torhalle. Er lief um die Steuerkanzel herum zum rückwärtigen Ausgang und hörte gerade noch die Worte: »Kommen Sie. Wir müssen uns an die Arbeit machen.« Zwei Gestalten entfernten sich durch den Korridor. Er erkannte beide und blieb wie angewurzelt stehen.

Das ist gerade noch einmal gut gegangen, sagte er sich; ich werde warten müssen, bis sie ganz aus dem Wege sind. Er sah sich nach einem Versteck um, fand aber nichts außer der Steuerkanzel. Sich dort zu verbergen, war sinnlos; sie würden zurückkommen. Immerhin –

Als er die Kanzel betrat, formte sich bereits verschwommen ein Plan in seinen Gedanken. Wenn es sich herausstellte, daß er die Steuerung bedienen konnte, würde das Tor zur Zeit ihm jeden gewünschten Vorsprung verschaffen. Zuerst mußte er das Kontrollbild einschalten. Er tastete in der Gegend herum, wo Diktor es bei seinem letzten Besuch angeschaltet hatte, faßte dann aber doch erst in die Tasche, um ein Streichholz herauszuholen.

Statt dessen zog er ein Stück Papier heraus. Es war die Liste, die Diktor ihm gegeben hatte. Bis zu diesem Augenblick war er viel zu beschäftigt gewesen, um nachzusehen, was für Dinge er eigentlich aus dem zwanzigsten Jahrhundert herschaffen sollte.

Beim Lesen zog er unwillkürlich die Augenbrauen in

die Höhe. Die Liste war eigenartig zusammengestellt. Er hatte halbwegs erwartet, einen Auftrag zur Beschaffung von technischen Nachschlagewerken, Mustern von modernen Geräten und Waffen vorzufinden. Aber nichts dergleichen. Indessen, eine Art irre Logik schien aus der Zusammenstellung zu sprechen. Vielleicht war es gerade das, was hier gebraucht wurde.

Er revidierte seine Pläne in bezug auf die Möglichkeit, sich mit der Steuerung des Tores einen Vorsprung zu verschaffen. Er entschloß sich, zunächst noch einen Ausflug zurück und die Besorgungen zu machen, die auf Diktors Liste angegeben waren – aber zu seinem eigenen Nutzen, nicht zu Diktors. Er fummelte im Halbdunkel der Kontrollkabine herum und suchte wieder den Knopf oder Schalter für das Kontrollbild. Seine Hand stieß auf eine weiche Masse. Er griff zu und zog sie heraus. Es war sein Hut.

Er setzte ihn sich auf den Kopf – wahrscheinlich hatte Diktor ihn hier verstaut – und tastete weiter. Diesmal fand er ein kleines Notizbuch. Anscheinend hatte er einen guten Griff getan – sicher waren es Diktors Notizen über die Bedienung der Steuerung. Hastig öffnete er es.

Doch er fand nicht, was er erhofft hatte, wiewohl das Buch Seite um Seite handschriftliche Aufzeichnungen enthielt. Auf jeder Seite befanden sich drei Kolonnen: die erste in Englisch, die zweite in internationalen phonetischen Symbolen, die dritte in einer ihm völlig fremden Sprache. Er brauchte sich nicht besonders anzustrengen, um darin ein Wörterbuch zu erkennen. Mit einem breiten Lächeln schob er das Büchlein in die Tasche; Diktor mochte Monate oder sogar Jahre gebraucht haben, die Beziehung zwischen den beiden Sprachen herauszuarbeiten; er würde sozusagen auf Diktors Schultern reiten können.

Beim dritten Versuch fand er den Knopf, und das Kontrollbild leuchtete auf. Wie schon beim ersten Mal, empfand er wieder jenes merkwürdig unbehagliche Gefühl, denn er blickte wieder in sein Zimmer, und wieder befanden sich zwei Personen darin. Noch einmal wollte er gewiß nicht in jene Szene hineinplatzen. Vorsichtig berührte er eine der farbigen Kugeln.

Die Szene wechselte, die Wände des Studentenheimes wichen, und das Bild kam mitten in der Luft zur Ruhe, drei Stockwerke über dem Collegegelände. Er war froh, daß er das Tor aus dem Haus hatte, aber drei Stockwerke waren denn doch zu hoch für einen Sprung. Er probierte die beiden anderen farbigen Knöpfe aus und stellte fest, daß der eine die Szene im Kontrollbild weiter von ihm weg oder auf ihn zu rücken ließ, während der andere sie nach oben oder unten bewegte.

Er brauchte für die Aufstellung des Tores einen einigermaßen unauffälligen Platz, wo es nicht die Neugier der Menschen auf sich ziehen konnte. Das machte ihm ein wenig Kopfzerbrechen; er wußte in der Nähe keinen idealen Platz, aber er gab sich mit einer Sackgasse zufrieden, einem kleinen Hof, der von dem Elektrizitätswerk des Colleges und der Rückwand der Bibliothek gebildet wurde. Vorsichtig und unbeholfen manövrierte er sein fliegendes Auge an den gewünschten Ort und setzte das Tor behutsam zwischen den beiden Gebäuden ab. Dann justierte er es so, daß er genau auf eine nackte Mauer blickte. Das sollte ausreichen!

Rasch trat er aus der Steuerkabine, eilte zum Tor hinüber und schritt ohne weitere Umstände in sein Zeitalter zurück.

Er stieß mit der Nase gegen die Ziegelmauer. Ein wenig zu scharf eingestellt, schmunzelte er, während er zwischen der Wand und dem Tor hervorrutschte. Das Tor hing ungefähr vierzig Zentimter von der Mauer entfernt und ungefähr parallel zu ihr in der Luft. Doch der Zwischenraum reichte aus, entschied er – keine Ursache, zurückzugehen und es mit der Steuerung weiter abzurükken. Er stahl sich aus der Sackgasse und ging quer über das Collegegelände zur Studentenkantine hinüber, um keine Zeit zu verlieren.

»Hallo, Bob.«

»Hallo, Soupy. Kannst du mir einen Scheck einlösen?«

»Wieviel?«

»Zwanzig Dollar.«

»Nun – ich glaube schon. Ist der Scheck in Ordnung?«

»Ich hoffe es. Er lautet auf mein eigenes Konto.«

»Na, notfalls kann ich ihn mir ja als Andenken aufheben.« Er blätterte eine Zehnernote, eine Fünfer und fünf Einer auf den Tisch.

»Tu das«, riet Wilson ihm. »Meine Unterschriften werden noch zu Raritäten in Sammlerkreisen werden.« Er reichte ihm den Scheck, nahm das Geld und ging weiter zur Buchhandlung im selben Gebäude. Die meisten Bücher auf seiner Liste konnte er hier kaufen. Zehn Minuten später hatte er folgende Titel erstanden:

Das *Buch vom Fürsten,* von Niccolò Machiavelli,

Hinter den Kulissen des Wahlkampfes, von James Farley,

Mein Kampf (unbereinigte Ausgabe), von Adolf Schicklgruber,

Wie man Freunde gewinnt und Menschen beeinflußt, von Dale Carnegie.

Die anderen Titel waren in der Buchhandlung nicht vorrätig; er ging in die Universitätsbibliothek hinüber und entlieh das *Handbuch des Grundstückmaklers,* die *Geschichte der Musikinstrumente* und den Quartband *Stilwandel der Bekleidungsmode.* Das letzte Buch war ein umfangreicher Band mit wunderschönen Farbbildern und gehörte eigentlich in die Handbibliothek. Er mußte seine ganze Überredungskunst aufbieten, um es für vierundzwanzig Stunden ausleihen zu dürfen.

Inzwischen war er ziemlich beladen; daher verließ er das Universitätsgelände, ging in ein Leihhaus und kaufte zwei gebrauchte, aber stabile Koffer. In einen davon packte er die Bücher. Von dort ging er in die größte Musikalienhandlung der Stadt und verbrachte fünfundvierzig Minuten mit der Auswahl von Schallplatten, wobei er besonderen Wert auf Swing und Boogie-Woogie legte – alles sehr gefühlsbetonte Stücke. Aber auch klassische und halbklassische Stücke vernachlässigte er nicht, wandte jedoch den gleichen Maßstab auf diese Kategorien an – jedes Musikstück mußte etwas Sinnliches und Zwingendes ausstrahlen. Das Resultat war eine recht merkwürdige Sammlung, Platten wie die *Marseillaise,* Ravels *Bolero,* vier Stücke von Cole Porter und *L'Après-midi d'un Faune.*

Er bestand darauf, den besten mechanischen Plattenspieler zu kaufen, den es zur Zeit auf dem Markt gab, so sehr der Verkäufer sich auch bemühte, ihn davon zu überzeugen, daß nur ein elektrischer für ihn in Frage käme. Schließlich aber hatte er seinen Willen durchgesetzt, schrieb einen Scheck für seine Einkäufe, packte alles in seine Koffer und ließ sich von dem Verkäufer ein Taxi herbeitelephonieren.

Das Ausschreiben des Schecks bereitete ihm einige Gewissensbisse. Das Papier war völlig wertlos, denn schon mit dem ersten Scheck, den er in der Studentenkantine eingelöst hatte, war sein Konto restlos erschöpft. Er hatte den Verkäufer aufgefordert, seine Bank anzurufen, weil er gerade das unbedingt verhindern wollte. Der Trick hatte gewirkt. Ihm war der Dauerrekord für Wechselreiterei geglückt – dreißigtausend Jahre!

Als das Taxi gegenüber der kleinen Sackgasse hielt, wo er das Tor aufgestellt hatte, sprang er heraus.

Das Tor war verschwunden.

Ein paar Minuten blieb er, leise vor sich hinpfeifend, stehen und verdammte sich und seine ganze Schlauheit in Grund und Boden. Die Konsequenzen des ungedeckten Schecks schienen gar nicht mehr so hypothetischer Natur zu sein.

Jemand zupfte ihn am Ärmel. »Sie, junger Mann, brauchen Sie meine Karre noch oder nicht? Der Zähler läuft noch.«

»Wie? Oh, gewiß.« Er folgte dem Chauffeur und kletterte wieder ins Taxi.

»Wohin?«

Das war ein Problem. Er warf einen Blick auf seine Armbanduhr, erinnerte sich aber rechtzeitig, daß dies normalerweise zuverlässige Instrument durch einen Prozeß gegangen war, der seine Angaben zumindest zweifelhaft erscheinen ließ.

»Wie spät ist es?« fragte er daher.

»Zwei Uhr fünfzehn.«

Er stellte seine Uhr richtig. Zwei Uhr fünfzehn. In seinem Zimmer fand zur Zeit ein äußerst verwirrendes Zechgelage statt. Auf keinen Fall wollte er *dorthin* – noch nicht. Erst, wenn seine Blutsbrüder ihr schönes Spielchen mit dem Tor beendet hatten.

Das Tor!

Bis kurz nach vier Uhr fünfzehn würde es in seinem Zimmer sein; wenn er die Zeit richtig in Erinnerung hatte... »Fahren Sie zur Ecke Vierte und McKinley-Straße«, wies er den Fahrer an; diese Kreuzung lag seiner Wohnung am nächsten.

Am Ziel bezahlte er den Taxifahrer und schleppte seine Koffer in die Tankstelle an jener Ecke, wo der Tankwart ihm versprach, sie sicher für ihn aufzubewahren. Fast zwei Stunden blieben ihm noch, die er irgendwie herumbringen mußte. Weit wollte er sich nur ungern von seiner Wohnung entfernen, aus Furcht, daß ein unvorhergesehener Zwischenfall seinen Zeitplan umwerfen könnte.

Ihm fiel ein, daß er in unmittelbarer Nachbarschaft noch ganz gut eine persönliche Angelegenheit erledigen könnte – Zeit genug dazu hatte er. Kurz entschlossen schritt er pfeifend zwei Straßen weiter und betrat ein Apartmenthaus.

Auf sein Klopfen öffnete sich die Tür des Apartments 211 erst einen Spalt, dann etwas weiter. »Bob, Liebling! Ich dachte, du hättest heute zu arbeiten?«

»Hallo, Geneviève. Im Gegenteil – ich habe Zeit im Überfluß.«

Sie blickte über ihre Schulter zurück. »Ich weiß nicht, ob ich dich hereinlassen soll – ich habe dich nicht erwartet. Ich habe weder abgewaschen noch mein Bett gemacht und bin gerade dabei, mein Make-up aufzulegen.«

»Zier dich nicht so.« Er schob die Tür ganz auf und trat ein.

Als er herauskam, blickte er auf seine Uhr. Drei Uhr dreißig – noch viel Zeit. Mit dem Gefühl, daß jetzt wieder alles in schönster Ordnung sei, ging er die Straße hinunter.

Er bedankte sich bei dem Tankwart und gab ihm einen Vierteldollar für seine Gefälligkeit, wonach ihm nur noch ein einsamer Nickel blieb. Er blickte die Münze an, grinste in sich hinein und steckte sie in den Münzfernsprecher der Tankstelle. Dann wählte er seine eigene Nummer.

»Hallo«, hörte er.

»Hallo«, erwiderte er. »Ist dort Bob Wilson?«

»Ja. Wer spricht da?«

»Darüber mach dir nur keine Gedanken«, sagte er, leise lachend. »Ich wollte nur sichergehen, daß du da bist. Ich *vermutete* es nämlich. Du befindest dich genau im richtigen Fahrwasser, mein Junge, genau im richtigen Fahrwasser.« Grinsend legte er den Hörer auf.

Zehn Minuten nach vier war er zu nervös, um länger zu warten. Gebeugt unter der Last der schweren Koffer, machte er sich auf den Weg zu seinem Haus. Als er die Tür öffnete, hörte er oben ein Telephon läuten. Er blickte auf seine Uhr – vier Uhr fünfzehn. Noch drei endlose Minuten wartete er im Hausflur, mühte sich dann die Treppe hinauf und schritt den Korridor zu seinem Zimmer hinunter. Er schloß die Tür auf und trat ein.

Das Zimmer war leer, das Tor noch da.

Ohne sich einen Augenblick aufzuhalten, aus Furcht, das Tor könne zu flimmern beginnen und verschwinden, während er noch darauf zueilte, packte er seine Koffer fester und schritt hindurch.

Zu seiner großen Erleichterung war die Torhalle leer. Welch ein glücklicher Zufall, dachte er dankbar; nur fünf Minuten, mehr brauche ich nicht – fünf ungestörte Minuten. Er setzte die Koffer dicht vor dem Tor ab, um rasch verschwinden zu können. Dabei sah er, daß ein großes Stück von der Ecke des einen Koffers fehlte. Ein halbes Buch schaute durch die Öffnung, sauber entzweigeschnitten wie mit der Schneidemaschine des Buchbinders. Er erkannte es als *Mein Kampf*.

Der Verlust des Buches schmerzte ihn nicht besonders, aber bei den Folgerungen aus diesem Ereignis wurde ihm doch leicht übel. Angenommen, er hätte bei seinem ersten, unfreiwilligen Flug durch das Tor keinen sauberen Bogen beschrieben, wäre mit der Gürtellinie auf den Rand des Tores geprallt?...

Er wischte sich über das Gesicht und ging zur Steuerkanzel. Diktors einfache Instruktionen befolgend, brachte er alle vier Kugeln in der Mitte des Tetraëders zusammen. Er warf einen Blick über die Seitenwand der Kanzel und sah, daß das Tor vollkommen verschwunden war. Stimmt genau! dachte er; alles auf Null – kein Tor! Vorsichtig bewegte er die weiße Kugel ein winziges Stück. Das Tor erschien wieder. Indem er das Kontrollbild anschaltete, konnte er sehen, daß die Szene auf der anderen Seite die Torhalle selbst darstellte. So weit, so gut – solange er jedoch nur in die Halle blickte, würde er nicht feststellen können, auf welche Zeit das Tor eingestellt war. Behutsam schob er eine der farbigen Kugeln weiter; die Szene flimmerte durch die Wände des Palastes und blieb im Freien stehen. Er schob die weiße Zeitkontrollkugel auf den Nullpunkt zurück und dann ganz, ganz langsam darüber hinaus. In dem Miniaturbild auf dem Kontrollschirm wurde die Sonne zu einem strahlenden Kreisbogen über dem Himmel; die Tage flimmerten vorbei wie das Flackern einer ausbrennenden Neonlampe. Er erhöhte die Geschwindigkeit ein wenig und sah den Boden verdorren und braun, von Schnee bedeckt und wieder grün werden.

Mit größter Sorgfalt arbeitend, seine rechte Hand mit der linken abstützend, ließ er die Jahreszeiten vorbeiziehen. Er hatte zehn Winter gezählt, als er irgendwo in der Ferne Stimmen hörte. Er hielt inne und lauschte, stellte dann hastig die Raumkontrolle auf Null zurück, ließ die Zeitkontrolle so, wie sie war – eingestellt auf zehn Jahre in der Vergangenheit – und rannte aus der Kanzel.

Er ließ sich kaum Zeit, seine Koffer zu packen, sie hochzuheben und mitsamt seiner Last durch das Tor zu springen. Diesmal achtete er jedoch trotz seiner Eile sorgfältig darauf, nicht den Rand des Kreises zu berühren.

Wie er geplant hatte, fand er sich auf der anderen Seite in der Torhalle wieder, aber wenn er die Zeiteinstellung richtig gedeutet hatte, durch zehn Jahre von den Ereignissen getrennt, an denen er noch soeben teilgenommen hatte. Eigentlich hatte er Diktor einen größeren Vorsprung lassen wollen, doch die Zeit war zu kurz gewesen. Aber da Diktor, überlegte Wilson, nach seinem eigenen Eingeständnis und nach dem Beweis in seinem kleinen Notizbuch ebenfalls aus dem zwanzigsten Jahrhundert stammte, würden zehn Jahre vielleicht genügen. Diktor mochte sich in dieser Ära noch nicht hier befinden; wenn aber doch, so blieb ihm immer noch das Zeittor, um sich aus dem Staube zu machen. Vernünftiger wäre es auf jeden Fall, zuerst einmal die Lage zu erkunden, bevor er womöglich weitere Zeitsprünge unternähme.

Plötzlich fiel ihm ein, daß Diktor ihn vielleicht durch das Kontrollbild der Steuerkanzel auf der anderen Seite des Tores beobachten könnte. Ohne sich Zeit zu der Überlegung zu nehmen, daß Eile keinen Schutz bedeutete – da man ja durch das Kontrollbild *jeden beliebigen* Zeitabschnitt beobachten konnte – schleppte er eilends seine beiden Koffer in Deckung hinter die Steuerkanzel. Hinter den schützenden Wänden der Kabine beruhigte er sich ein wenig. Die Beobachtung war in beiden Richtungen gleicherweise möglich. Er fand die Steuerung auf Null eingestellt; indem er noch einmal die gleiche Methode anwandte, versetzte er die Szene im Kontrollbild zehn Jahre in die Zukunft und ging dann mit der Raumkontrolle wieder auf Null. Es war eine sehr schwierige Aufgabe; die notwendige Geschwindigkeit, um in ein paar Minuten die umliegenden Monate zu durchforschen, ließ jede Gestalt so rasch über das Kontrollbild sausen, daß er ihr unmöglich mit dem Auge folgen konnte. Mehrere Male glaubte er in vorbeihuschenden Schatten menschliche Wesen erkannt zu haben, aber sobald er die Zeitsteuerung anhielt, konnte er sie nie wiederfinden.

Mit großer Erbitterung dachte er darüber nach, warum der Erbauer dieses verflixten Gerätes es nicht mit einer Gradeinteilung und einer Art Nonius – einer Vorrichtung zum Ablesen kleinster Maßeinheiten – versehen hatte. Erst sehr viel später ging es ihm auf, daß der Schöpfer des Tores zur Zeit ein so umständliches Hilfsmittel für seine Sinne gar nicht gebraucht haben mochte. Er wollte schon aufgeben, als ein weiterer, bislang ergebnisloser Versuch rein zufällig mit einer Gestalt im Kontrollbild endete.

Er erblickte sich selbst, wie er, zwei Koffer schleppend, geradewegs in das Sichtfeld hineinmarschierte, größer wurde, den Bildschirm völlig ausfüllte und verschwand. Er warf einen Blick über die Seitenwand, halbwegs erwartend, sich selbst aus dem Tor treten zu sehen.

Doch niemand trat aus dem Tor. Das verblüffte ihn, bis er sich daran erinnerte, daß ja die Einstellung auf der *anderen* Seite, zehn Jahre in der Zukunft, den Austritt aus dem Tor kontrollierte. Doch er hatte erreicht, was er wollte; bequem lehnte er sich zurück und beobachtete. Fast unmittelbar darauf erschienen Diktor und eine andere Ausgabe seiner selbst auf der Szene; er erkannte sie wieder, als er sie auf dem Bildschirm ablaufen sah: es war Bob Wilson Nummer Drei, im Begriff, mit Diktor zu streiten und zurück ins zwanzigste Jahrhundert zu flüchten.

Das wäre also gelungen – Diktor hatte ihn nicht gesehen, wußte nicht, daß er unerlaubten Gebrauch von dem Tor gemacht hatte, wußte nicht, daß er sich zehn Jahre in der ›Vergangenheit‹ versteckte und würde dort nicht nach ihm suchen. Er stellte die Steuerung wieder auf Null und betrachtete diese Angelegenheit als erledigt.

Andere Dinge erheischten jetzt seine volle Aufmerksamkeit – besonders die Nahrungsbeschaffung. Rückblikkend erschien es ihm ganz unverzeihlich, daß er sich nicht für wenigstens ein oder zwei Tage Proviant mitgebracht hatte... und vielleicht eine 45er-Pistole. Er mußte zugeben, daß er nicht sehr vorausschauend gehandelt hatte. Aber leichten Herzens vergab er sich dieses Mißgeschick – es war schwierig, vorausschauend zu handeln, wenn die Zukunft einen ständig hinterrücks überholte. »Wird schon schiefgehen, Bob, alter Junge«, sprach er sich selbst laut Mut zu, »wolln mal sehn, ob die Eingeborenen freundlich sind – wie es die Fremdenverkehrswerbung behauptet.«

Bei einer vorsichtigen Erkundung des ihm bereits bekannten kleineren Teils des Palastes begegnete er keiner Menschenseele – keine Lebewesen, nicht einmal Insekten, schienen vorhanden zu sein. Der Ort machte einen ausgestorbenen Eindruck, steril, statisch und unbelebt wie ein Ausstellungsfenster. Einmal rief er laut, um wenigstens eine Stimme zu hören. Das vielfältige Echo ließ ihn unangenehm berührt erschauern; er tat es nicht ein zweites Mal.

Die Architektur des Palastes verwirrte ihn. Sie war ihm nicht nur völlig fremd – das hatte er erwartet –, aber der ganze Bau schien ihm, mit wenigen Ausnahmen, gänzlich ungeeignet für menschliche Benutzung zu sein. Riesige Hallen öffneten sich, groß genug, um zehntausend Leute auf einmal zu fassen – wenn sie Boden zum Stehen gehabt hätten. Denn häufig befanden sich darin keine Fußböden im herkömmlichen Sinne einer ebenen oder einigermaßen ebenen Grundfläche. Während er einem Korridor folgte, stieß er plötzlich auf eine dieser gewaltigen, mysteriösen Öffnungen in dem Palast und wäre fast hineingestürzt, ehe er erkannte, daß sein Weg geendet hatte Zaghaft kroch er vorwärts und blickte über den Rand. Das Ende des Ganges mündete auf einer hohen Mauer, die sich darunter, schroff abfallend, nach innen krümmte, so daß das Auge nicht einmal einer vertikalen Fläche folgen konnte. Tief unter ihm kam die Mauer wieder zum Vorschein und traf in spitzem Winkel – ohne jeden horizontalen Übergang – auf die gegenüberliegende Wand.

Rund herum in den Wänden befanden sich weitere Öffnungen, in unregelmäßigen Abständen verstreut und genausowenig für menschliche Zwecke geeignet wie diejenige, in der er gerade kauerte. »Die Erhabenen«, flüsterte er leise. Alle Keckheit war ihm plötzlich vergangen. Er folgte seiner Spur in dem feinen Staub zurück und erreichte wieder die im Gegensatz dazu beinahe freundlich und vertraut anmutende Halle des Tores.

Bei seinem zweiten Versuch beschränkte er sich auf die Gänge und Räumlichkeiten, die offensichtlich dem Menschen angepaßt zu sein schienen. Er war bereits zu der Erkenntnis gekommen, daß diese Teile des Palastes für die Dienerschaft oder – besser ausgedrückt – für die Sklaven bestimmt gewesen sein mußten. Indem er sich ausschließlich in diesem Gebäudeteil aufhielt, gewann er seine Zuversicht wieder. Obgleich auch hier kein lebendes

Wesen anzutreffen war, strahlte doch ein Raum oder ein Korridor, der offensichtlich für den Gebrauch von Menschen erbaut war, eine im Gegensatz zu der übrigen Architektur geradezu freundliche und heitere Atmosphäre aus. Die überall herrschende gleichmäßige Beleuchtung, deren Quelle er nicht entdecken konnte, sowie die ununterbrochene Stille irritierten ihn wohl, aber doch nicht in dem Maße, wie ihn die gigantenhaften und geheimnisvoll geformten Säle der ›Erhabenen‹ bedrückt hatten.

Er hatte schon fast die Hoffnung aufgegeben, einen Weg aus dem Palast ins Freie zu finden, und wollte gerade umkehren, als der Gang eine scharfe Biegung machte und er plötzlich in hellem Sonnenlicht stand.

Er befand sich am oberen Ende einer steil abfallenden breiten Rampe, die fächerförmig bis zum Fundament des Gebäudes hinabführte. Vor ihm, in einer Entfernung von ungefähr fünfhundert Metern, stieß der untere Rand der Rampe übergangslos gegen eine weite, mit Büschen und Bäumen bedeckte Grünfläche. Es war die gleiche friedliche, üppig gedeihende und vertraute Landschaft, auf die er beim Frühstück mit Diktor geschaut hatte – vor ein paar Stunden erst und gleichzeitig zehn Jahre in der Zukunft.

Eine kurze Zeit blieb er ruhig stehen, genoß den Sonnenschein und ließ die herzbewegende Schönheit des warmen Frühlingstages tief in sich einsinken. »Wunderbar!« rief er freudestrahlend. »Diese Gegend ist einfach herrlich!«

Langsam ging er die Rampe hinunter, während seine Augen unablässig die Gegend nach Menschen absuchten. Ungefähr die Hälfte des Weges hatte er geschafft, als er eine kleine Gestalt auf einer Lichtung zwischen den Bäumen nahe am Fuße der Rampe auftauchen sah. In froher Erregung rief er sie an. Das Kind – wie er sehen konnte, war es ein Kind – blickte auf, starrte ihn einen Augenblick lang an und floh dann zurück in den Schutz der Bäume.

»Nicht so ungestüm, Robert, nicht so ungestüm,« schalt er sich selbst. »Du darfst sie nicht erschrecken – behutsamer vorgehen.« Doch der Vorfall entmutigte ihn nicht. Wo es Kinder gab, sagte er sich, mußten auch Eltern sein, eine menschliche Niederlassung, Gesellschaft und günstige Möglichkeiten für einen aufgeklärten jungen Mann. Langsam schlenderte er weiter.

Ein Mann erschien an der Stelle, wo das Kind verschwunden war. Wilson blieb stehen. Der Mann musterte ihn und trat zögernd ein paar Schritte näher.

»Komm her«, lud Wilson ihn mit freundlicher Stimme ein, »ich tue dir nichts!«

Der Mann konnte wohl schwerlich seine Worte verstanden haben, kam aber langsam näher. Am Rand der gepflasterten Rampe blieb er jedoch stehen, warf einen Blick darauf hinunter und wollte nicht weitergehen.

Etwas an seinem Verhalten löste in Wilsons Gehirn eine Erinnerung aus; es paßte ganz zu dem, was er im Palast gesehen und was Diktor ihm erzählt hatte. Wenn ich meine Zeit in ›Anthropologie I‹ nicht völlig nutzlos abgesessen habe, sagte er sich, ist dieser Palast mitsamt der Rampe tabu, und dadurch, daß ich darauf stehe, bin auch ich tabu. Spiel deine Rolle richtig, Junge, spiel sie richtig!

Er ging bis an den Rand der gepflasterten Rampe, achtete aber sorgfältig darauf, nicht darüber hinauszutreten. Der Mann fiel auf seine Knie, senkte den Kopf und hielt die Hände zu einer Schale geformt vor sich. Ohne zu zögern, berührte Wilson seine Stirn. Mit strahlendem Gesicht stand der Mann auf.

»Das ist noch nicht einmal sportlich«, sagte Wilson. »Ich sollte dich eigentlich erschießen.«

Sein Diener Freitag legte den Kopf auf die Seite, sah ihn fragend an und antwortete mit einer tiefen, melodischen Stimme. Die Worte in einer fremden Sprache flossen wie die Strophe eines Liedes von seinen Lippen. »Du könntest Geld mit deiner Stimme scheffeln«, sagte Wilson bewundernd. »Manche Stars schaffen das mit weniger Begabung. Immerhin – doch jetzt sause erst mal los und hol mir was zu essen. Essen.« Er zeigte auf seinen Mund.

Der Mann sah ihn zweifelnd an und sagte wieder etwas. Bob Wilson faßte in seine Tasche und zog das gestohlene Notizbuch hervor. Er suchte das Wort für ›essen‹ auf. »Blellan«, sagte er, um eine möglichst deutliche Aussprache bemüht.

»Blellaaan?«

»Blellaaaaaaan«, wiederholte Wilson. »Du mußt meinen Akzent entschuldigen. Und jetzt beeil dich.« Er suchte das Wort für ›beeilen‹ in seinem Wörterbuch, fand es aber nicht. Entweder gab es den Begriff in dieser Sprache nicht, oder Diktor hatte es nicht für nötig befunden, ihn aufzuzeichnen. Das werden wir aber bald haben, dachte Wilson; wenn sie diesen Begriff nicht kennen, werde ich ihn schon einführen.

Wilson ließ sich im Türkensitz nieder und vertrieb sich die Zeit, indem er das Wörterbuch studierte. Er war zu dem Schluß gekommen, daß die Geschwindigkeit seines Aufstieges in diesem Land nur davon abhinge, wie lange er brauchen würde, um sich seinen Einwohnern voll verständlich zu machen. Aber er hatte nur Zeit, sich mit ein paar allgemeinen Hauptwörtern vertraut zu machen, als sein erster Bekannter zurückkam, diesmal in Gesellschaft.

Die Prozession wurde von einem sehr alten, weißhaarigen, aber bartlosen Mann angeführt. Keiner der Männer trug einen Bart. Er schritt unter einem Baldachin dahin, der von vier Jünglingen getragen wurde. Er allein von allen Leuten trug ausreichende Bekleidung, um damit irgendwo anders als an einem Badestrand auftreten zu können. Dabei schien er sich in seiner Art Toga, deren Streifenmuster an ein Sonnendach erinnerte, recht unglücklich zu fühlen. Offensichtlich war er der Anführer.

Wilson schlug eilends das Wort für ›Häuptling‹ nach.

Es lautete ›Diktor‹.

Eigentlich hätte ihn das nicht überraschen dürfen; denn natürlich entsprach es der logischen Wahrscheinlichkeit, daß ›Diktor‹ eher ein Titel als ein Name sein mußte. Er hatte lediglich bisher nicht darüber nachgedacht.

Diktor – *der* Diktor – hatte unter das Wort noch eine Anmerkung geschrieben. »Eines der wenigen Worte«, las Wilson, »das aller Wahrscheinlichkeit nach aus den toten Sprachen überkommen ist. Dieses Wort, ein paar Dutzend andere und der grammatische Bau der Sprache scheinen das einzige Bindeglied zwischen der Sprache der ›Verlassenen‹ und der englischen Sprache zu sein.«

Der Häuptling blieb vor Wilson stehen, genau am Rand der gepflasterten Rampe. »O.K., Diktor«, ordnete Wilson an, »knie nieder. Für dich gilt keine Ausnahme.« Er deutete auf den Boden. Der Häuptling kniete nieder, und Wilson berührte seine Stirn.

Das von den Leuten mitgebrachte Essen war reichlich und sehr schmackhaft. Wilson speiste langsam und würdevoll, sich stets der Bedeutung seiner Stellung bewußt bleibend. Während er aß, gab die gesamte Versammlung ihm ein Ständchen. Ihr Gesang war ausgezeichnet, das mußte er zugeben. Ihre Vorstellungen von Harmonie dagegen fand er ein wenig fremdartig, und die Aufführung schien ihm, im ganzen gesehen, etwas primitiv; aber ihre Stimmen waren alle klar und weich, und sie sangen, als ob es ihnen wirklich Freude bereitete.

Das Konzert brachte Wilson auf einen Gedanken. Nachdem er seinen Hunger gestillt hatte, machte er dem Häuptling mit Hilfe des unentbehrlichen kleinen Notizbuches klar, daß er und seine Schar hier auf ihn warten sollten. Dann ging er zur Halle des Tores zurück und holte das Grammophon und ein Dutzend ausgewählter Schallplatten. Er gab ihnen ein Konzert ›moderner‹ Musik.

Die Reaktion überstieg seine Hoffnungen. *Begin the Beguine* ließ dem alten Häuptling die Tränen über das Gesicht strömen. Der erste Satz von Tschaikowskijs *Klavierkonzert in b-Moll* brachte sie fast in Raserei. Sie wanden sich in Zuckungen. Sie hielten sich die Köpfe und stöhnten. Sie schrien laut Beifall. Wilson nahm davon Abstand, ihnen noch den zweiten Satz vorzuspielen und legte ihnen zum Abgewöhnen Ravels *Bolero* mit seiner zwingenden Monotonie auf.

»Diktor«, sagte er – und dabei dachte er nicht an den alten Häuptling – »Diktor, alter Knabe, du hattest diese Leute wirklich durchschaut, als du mich mit deiner Liste einkaufen schicktest. Wenn du wieder auftauchst – falls das überhaupt geschieht – werde ich inzwischen die Herrschaft angetreten haben.«

Dies ist kein Bericht über den Einzug moderner Reklame- und Volksbeglückungsmethoden in Arkadien. Wilsons Aufstieg zur Macht glich mehr einem Triumphmarsch als einem Kampf um die Vorherrschaft; er besaß kaum dramatische Akzente. Was die Erhabenen auch mit der menschlichen Rasse angestellt haben mochten, die Leute hier besaßen nur noch eine körperliche Ähnlichkeit mit ihren Vorfahren, während ihr Temperament sich völlig geändert hatte. Die fügsamen, freundlichen Kinder, mit denen Wilson es zu tun hatte, waren kaum mehr mit den lärmenden, vulgären, begehrlichen und dynamischen Horden zu vergleichen, die sich einst das Volk der Vereinigten Staaten genannt hatten.

Die Verwandtschaft war ungefähr so wie zwischen friedlichen Milchkühen und Langhorn-Rindern, wie zwischen Cocker-Spaniels und Wölfen. Die Kampflust war ihnen völlig verlorengegangen. Nicht, daß es ihnen an Intelligenz oder Verständnis für schöne Künste fehlte; nur der Wettbewerbsgeist, der Wille zur Macht, war ihnen fremd.

Auf diesen Gebieten besaß Wilson das Monopol.

Aber selbst er verlor das Interesse an einem Spiel, das er stets gewann. Nachdem er sich als Herrscher etabliert hatte, indem er im Palast Wohnsitz nahm und sich als Vizekönig der abgezogenen Erhabenen ausgab, beschäftigte er sich einige Zeit damit, bestimmte Pläne voranzutreiben, um Kultur und Zivilisation auf den ›neuesten Stand‹ zu bringen – er regte die Wiedererfindung von Musikinstrumenten an, richtete ein Postnetz mit regelmäßiger Zustellung ein, belebte die Idee verschiedener Stilrichtungen in der Bekleidung neu und errichtete ein Tabu gegen das Tragen derselben Mode in mehr als einer Saison. Mit diesem letzten Plan verfolgte er eine List. Er nahm an, wenn er erst einmal die Eitelkeit der Frauen erweckt hätte, würde das die Männer zwingen, sich um die Erfüllung ihrer Wünsche zu bemühen. Was der Kultur hier fehlte, war der innere Antrieb – es ging langsam, aber sicher, mit ihr bergab. Und diesen Antrieb wollte er ihr geben.

Seine Untertanen kamen seinen Wünschen zwar nach, machten dabei aber immer einen leicht erstaunten Eindruck – ihr Tun glich mehr dem Gehorsam eines Hundes, der ein Kunststück ausführt, nicht weil er die Notwendigkeit einsieht, sondern weil sein Herr es so wünscht. Er hatte die Sache bald satt.

Aber das Rätsel der Erhabenen, und besonders das Rätsel ihres Tores zur Zeit, beschäftigte weiterhin seinen Geist. Seiner ganzen Natur nach war er zur Hälfte Arbeitstier, zur Hälfte Philosoph. Jetzt war der Philosoph an der Reihe.

Für seinen Intellekt war es eine Notwendigkeit, daß er sich im Geiste ein physikalisch-mathematisches Modell für die Phänomene konstruieren konnte, die durch das Tor zur Zeit ausgelöst wurden. Er brachte auch eins zustande – vielleicht kein sehr gutes, aber es entsprach wenigstens ungefähr allen Anforderungen. Man denke sich eine glatte Fläche, ein Stück Papier oder, besser noch, ein seidenes Taschentuch – Seide, weil sie nicht starr ist und sich leicht falten läßt, dabei aber mit allen wesentlichen Eigenschaften eines zweidimensionalen Kontinuums durch die Oberfläche der Seide an sich ausgestattet ist. Sodann stelle man sich die Schußfäden als Dimension – oder Laufrichtung – der Zeit, die Kettfäden als die drei Dimensionen des Raumes vor.

Ein Tintenfleck auf dem Taschentuch wird zum Zeittor. Indem man das Taschentuch faltet, drückt dieser Fleck sich auf irgendeiner anderen Stelle der Seide ab. Alsdann presse man die beiden Flecken zwischen Daumen und Zeigefinger zusammen; die Steuerung ist eingestellt, das Tor geöffnet, ein mikroskopischer Bewohner der Seide kann von dem einen Stück Stoff zum anderen hinüberkrabbeln, ohne einen Teil der Oberfläche des Tuches überqueren zu müssen.

Das Modell ist unvollkommen, denn das Bild ist statisch; aber ein körperliches Bild ist notwendigerweise durch das Wahrnehmungsvermögen der darstellenden Person begrenzt.

Er konnte zu keinem Schluß kommen, ob die Vorstellung des Übereinanderfaltens eines vierdimensionalen Kontinuums – dreier räumlicher und einer zeitlichen Dimension – um damit die ›Öffnung‹ des Tores darzustellen, das Vorhandensein höherer Dimensionen zur Verwirklichung dieser Faltung erforderte oder nicht. Es schien zwar so, konnte aber genauso durch die begrenzte Fassungskraft des menschlichen Verstandes bedingt sein. Nichts als leerer Raum wurde für die ›Faltung‹ benötigt, aber ›leerer Raum‹ war auch so ein Ausdruck, der sich jeder formelmäßigen Deutung widersetzte – er kannte sich genügend in Mathematik aus, um das zu wissen.

Wenn höhere Dimensionen nötig waren, um ein vierdimensionales Kontinuum zu ›halten‹, waren die Dimensionen von Raum und Zeit notwendigerweise unendlich;

eine jede Ordnung benötigte dann die nächsthöhere Ordnung, um sie zu halten.

Aber ›unendlich‹ war ein weiterer nicht fest zu umreißender Begriff. ›Offene Reihe‹ war etwas besser, aber nicht viel.

Eine andere Überlegung brachte ihn zu dem zwangsläufigen Schluß, daß zumindest eine weitere Dimension neben den vier, die seine Sinne wahrnehmen konnten, existieren mußte: das Tor zur Zeit selbst. Er wurde mit der Zeit sehr geschickt in der Handhabung der Steuerung, kam aber nie auch nur andeutungsweise dahinter, wie der Mechanismus arbeitete oder wie das Gerät erbaut war. Ihm schien, daß seine Erbauer notwendigerweise die Fähigkeit besessen haben mußten, außerhalb der ihm gesetzten räumlichen und zeitlichen Grenzen zu stehen, um das Tor im Gewebe von Raum und Zeit verankern zu können. Und das überstieg wiederum sein Vorstellungsvermögen.

Er vermutete, daß die Einrichtungen, die er sehen konnte, nur ein Teil des Ganzen waren, der in den Raum hindurchragte, den er kannte. Der Palast selbst mochte nicht mehr als nur ein dreidimensionaler Teil eines unendlich komplizierten Gebäudes sein. Eine solche Vorstellung half auch, die sonst völlig unverständliche Architektur des gewaltigen Baues zu erklären.

Er wurde regelrecht besessen von dem überwältigenden Wunsch, mehr über diese merkwürdigen Geschöpfe zu erfahren – die ›Erhabenen‹, die aus dem Nichts gekommen waren, die menschliche Rasse beherrscht, den Palast und das Tor gebaut hatten und wieder gegangen waren – in deren Kielwasser er über dreißigtausend Jahre hinweg an dieses Gestade gespült worden war. Für die menschliche Rasse bedeuteten sie nicht mehr als eine heilige Sage, eine kontradiktorische Größe der Tradition. Kein Bild war von ihnen geblieben, keine Spur ihrer Schrift, keines ihrer Werke außer dem Palast von Norkaal und dem Tor zur Zeit; und ein Gefühl unersetzlichen

Verlustes in den Herzen der Rasse, die sie einst beherrscht hatten, eines Verlustes, der sich in der selbstgewählten Bezeichnung dieser Leute ausdrückte: die ›Verlassenen‹.

Mit Kontrollbild und Steuerung jagte er durch die Vergangenheit und suchte die Erbauer. Es war eine langwierige Arbeit, wie er schon früher hatte feststellen müssen. Ein vorbeihuschender Schatten, mühsames Zurückstellen der Steuerung – vergebens.

Einmal war er ganz sicher, daß er einen solchen Schatten im Bild der Torhalle auf dem Kontrollschirm gesehen hatte. Er schob die Steuerungskugeln weit genug zurück, um sicherzugehen, daß der Schatten noch einmal zurückkommen mußte, bewaffnete sich mit Speise und Trank und wartete.

Er wartete drei Wochen lang.

Der Schatten konnte zwar vorbeigegangen sein, während er schlafen mußte, aber er war gewiß, daß er sich in der richtigen Zeit befand; daher blieb er weiter auf dem Posten.

Er sah das Wesen.

Es bewegte sich auf das Tor zu.

Als er wieder zu Sinnen kam, war er bereits den Korridor, der von der Halle wegführte, zur Hälfte hinuntergerannt. Er merkte, daß er geschrien hatte. Noch jetzt schüttelte ihn das Entsetzen am ganzen Leibe.

Etwas später zwang er sich dazu, in die Halle zurückzukehren. Mit abgewendeten Augen betrat er die Steuerkanzel und schob die Kontrollkugeln auf Null. Dann ging er rückwärts wieder hinaus und verließ die Halle, um in seine Gemächer zu gehen. Mehr als zwei Jahre lang berührte er weder die Steuerung des Zeittores, noch betrat er die Halle.

Weder die Furcht vor körperlicher Bedrohung noch das Aussehen des Wesens hatten ihn so verstört – er konnte sich überhaupt nicht daran erinnern, *wie* es ausgesehen hatte. Es war ein Gefühl unendlicher Traurigkeit, das ihn in jenem Augenblick durchflossen hatte, ein Gefühl der Tragik, unerträglichen und unausweichlichen Kummers, unendlichen Grams. Emotionen hatten ihn getroffen, die viel zu stark für die Fasern seines Geistes waren und die zu ertragen er genausowenig befähigt war wie eine Auster zum Violinspiel.

Er spürte, daß er alles über die Erhabenen erfahren hatte, was ein Mensch erfahren und dennoch dabei geistig normal bleiben konnte. Seine Neugier war gestillt. Die Erinnerung an jenes Gefühl überschattete noch lange seinen Schlaf und ließ ihn schweißnaß aus wirren Träumen hochfahren.

Noch ein anderes Problem beschäftigte ihn – die Frage nach sich selbst und seinen Irrfahrten durch die Zeit. Er zerbrach sich immer noch den Kopf darüber, daß er sich selbst sozusagen auf dem Rückweg begegnet war, mit sich selbst gesprochen, mit sich selbst handgreiflich gekämpft hatte.

Wer davon war eigentlich *er selbst*?

Er verkörperte alle diese Ichs, dessen war er sicher, denn er erinnerte sich genau, jeder von ihnen gewesen zu sein. Wie aber verhielt es sich dann, als er mehrere Male gleichzeitig anwesend gewesen war?

Aus reiner innerer Not sah er sich gezwungen, das Prinzip der Nichtidentität – ›Nichts ist mit etwas anderem identisch, nicht einmal mit sich selbst‹ – auch auf das *Ego* auszudehnen. In einem vierdimensionalen Kontinuum ist jedes Ereignis absolut einmalig, es hat seine Raumkoordinaten und sein Datum. Der Bob Wilson, der er soeben war, konnte *nicht* der Bob Wilson von vor zehn Minuten sein. Jeder war ein für sich alleinstehender Teilabschnitt eines vierdimensionalen Prozesses; der eine glich dem anderen in vielen Einzelheiten, wie eine Scheibe Brot der nächstfolgenden desselben Laibes gleicht. Aber sie waren *nicht derselbe* Bob Wilson – sie unterschieden sich durch einen dazwischenliegenden Zeitabschnitt.

Als er sich selbst begegnet war, hatte er diesen Unterschied mit eigenen Augen sehen können, denn zu diesem Zeitpunkt war die Trennung vorwiegend räumlicher Natur gewesen, und der Mensch war nun einmal so ausgerüstet, daß er einen Raumunterschied *sehen,* sich an einen Zeitunterschied aber nur *erinnern* konnte. Wenn er zurückdachte, konnte er sich an viele verschiedene Bob Wilsons erinnern – Baby, kleines Kind, älterer Knabe, Jüngling, junger Mann. Sie alle waren verschieden geartet – er wußte es. Das einzige Band, das ihnen allen das Gefühl der Identität verlieh, war die Kontinuität der Erinnerung.

Und dieses gleiche Band hielt auch die drei – nein, vier Bob Wilsons an einem bestimmten, ereignisreichen Nachmittag zusammen: eine Erinnerungsbahn, die durch sie alle hindurchlief. Das einzig Merkwürdige an dem ganzen Geschehen blieb nur noch der Zeitsprung selbst.

Und noch ein paar andere Dinge blieben problematisch – die Natur des ›freien Willens‹, der Begriff der Entropie und das Gesetz von der Erhaltung von Energie und Masse. Die beiden letzten, erkannte er jetzt, mußten erweitert oder generalisiert werden, um auch die Fälle einzuschließen, in denen das Zeittor oder ein ähnliches Gebilde ein Durchsickern von Masse-Energie oder Entropie von einem Punkt im Kontinuum zu einem anderen benachbarten Punkt gestattete. Ansonsten blieben sie unverändert gültig. Mit dem freien Willen verhielt es sich anders. Man konnte ihn nicht gänzlich leugnen, denn man konnte ihn persönlich am eigenen Leibe erfahren – doch sein eigener ›freier Wille‹ hatte als Werkzeug gedient, dieselbe Szene wieder und wieder neu zu schaffen! Offensichtlich mußte man den menschlichen Willen als einen Faktor innerhalb der Prozesse des Kontinuums betrachten – ›frei‹ für das *Ego,* mechanistisch von außen her gesehen.

Und doch hatte seine Handlung, mit der er sich Diktors Einfluß entzog, augenscheinlich den Lauf der Ereignisse geändert. Seit vielen Jahren war er nun schon hier und ›regierte‹ das Land, aber Diktor war nicht erschienen. Konnte es möglich sein, daß eine jede ›echtem‹ freiem Willen entsprungene Handlung eine neue, andere Zukunft schuf? Viele Philosophen hatten diese Ansicht vertreten.

Diese Zukunft jedenfalls schien keine solche Person wie Diktor – *den* Diktor – zu enthalten, nirgendwo und nirgendwann.

Als seine ersten zehn Jahre in der Zukunft sich dem Ende näherten, wurde er zusehends nervöser und immer unsicherer in der Beurteilung seiner Situation. Verdammt nochmal, dachte er, wenn Diktor wieder auftauchen soll, wird es allmählich höchste Zeit dazu. Er fieberte förmlich danach, sich mit ihm auseinanderzusetzen, ein für allemal klarzustellen, wer hier der Boss war.

Er hatte ein Agentennetz über das ganze Land der Verlassenen ausgebreitet und Instruktionen ausgegeben, jeden Mann mit einem Bart zu verhaften und unverzüglich zum Palast zu bringen. Die Halle des Tores beobachtete er selbst.

Er versuchte auch die Zukunft nach Diktor zu durchforschen, hatte aber kein besonderes Glück. Dreimal stieß er auf einen Schatten und konnte ihn auch scharf einstellen; doch jedesmal war er es selbst. Aus Langeweile und teils auch aus Neugier probierte er, ob er noch einmal den Beginn des ganzen Herganges sehen könnte; er bemühte sich, seinen dreißigtausend Jahre in der Vergangenheit liegenden ursprünglichen Wohnort wieder aufzuspüren.

Es war eine lange, mühselige Suche. Je weiter er die Zeitkugel vom Mittelpunkt fortrückte, um so schwieriger wurde die Einstellung. Es gehörte viel Geduld und Übung dazu, das Bild wenigstens annähernd innerhalb eines

Jahrhunderts der gewünschten Zeit zum Stillstand zu bringen. Im Laufe dieses Experimentierens entdeckte er auch, wonach er schon einmal gesucht hatte: eine Feineinstellung. Sie war genauso einfach zu handhaben wie die Grobeinstellung; man mußte nur die Kugel dazu drehen, anstatt sie zu schieben.

Er hielt das Bild im zwanzigsten Jahrhundert an, bestimmte mit Hilfe der Feineinstellung die Zeit nach Automodellen und anderen Äußerlichkeiten, bis er im Jahr 1942 angelangt zu sein glaubte. Behutsames Drehen an den Kugeln zur Raumeinstellung brachte das Bild nach mehreren Versuchen in die Universitätsstadt, von wo er hergekommen war.

Er ortete das Haus, in dem er gewohnt hatte – das Bild war zu klein, um Straßennamen lesen zu können – und brachte das Tor in sein Zimmer. Es war unbewohnt; keine Möbel standen darin.

Er nahm das Tor aus dem Zimmer und versuchte es noch einmal, ein Jahr früher. Erfolg – sein Zimmer und seine Möbel, doch niemand darin. Rasch drehte er die Zeit zurück und hielt nach Schatten Ausschau.

Da! Er hielt das Bild an. Drei Gestalten befanden sich im Zimmer, aber die Wiedergabe war zu klein und das Licht zu schwach, als daß er mit Sicherheit erkennen konnte, ob eine davon er selbst war. Er beugte sich vor und studierte die Szene.

Plötzlich hörte er einen dumpfen Aufschlag außerhalb der Steuerkanzel. Er richtete sich auf und blickte über die Seitenwand.

Auf dem Fußboden lag ausgestreckt ein bewußtloser Mann. Ganz in der Nähe entdeckte er einen zerdrückten, schon reichlich mitgenommenen Hut.

Erstarrt blieb er stehen und merkte nicht, wieviel Zeit verstrich, während er auf die beiden hinabblickte, den Hut und den Mann, und während das Unfaßbare dieses Vorganges an den Grundfesten seines Verstandes rüttelte. Er brauchte die bewußtlose Gestalt nicht näher zu untersuchen, um sie zu identifizieren. Er wußte... *er wußte* – daß es sein jüngeres Ich war, das *er* dort nolens volens durch das Tor zur Zeit geschlagen hatte.

Es war nicht die Tatsache an sich, die ihn so erschütterte. Er hatte dieses Ereignis zwar kaum mehr erwartet, da er halbwegs zu dem Schluß gekommen war, daß er in einer anderen Zukunft lebte, welche diejenige, in der er ursprünglich das Tor zur Zeit durchquert hatte, ausschloß; aber im Unterbewußtsein hatte er trotzdem damit gerechnet, so daß es ihn jetzt nicht sonderlich überraschte.

Als es ›damals‹ passierte, *war er selbst der einzige Zuschauer gewesen!*

Er war Diktor. Er war *der* Diktor. Er war *der einzige* Diktor!

Er würde Diktor nie wiederfinden, noch sich mit ihm auseinandersetzen müssen. Er brauchte sein Kommen nicht zu fürchten. Es hatte nie eine andere Person namens Diktor gegeben, und es würde nie einen anderen Diktor geben, denn Diktor war er selbst und würde es bleiben.

Rückblickend schien es offensichtlich zu sein, daß er allein Diktor sein mußte; es gab so viele kleine Beweisteilchen, die darauf hindeuteten. Und doch war es wiederum nicht so offensichtlich. Jede Ähnlichkeit zwischen ihm und dem Diktor seiner Erinnerung war, wie er feststellte, aus rationalen Beweggründen entstanden – gewöhnlich aus seinem Verlangen, die hervorstechenden Merkmale des ›anderen‹ nachzuahmen und dadurch seine eigene Machtposition und Autorität fest zu begründen, bevor der ›andere‹ Diktor wieder auftauchte. Aus dieser Überlegung heraus hatte er sich auch in denselben Gemächern niedergelassen, die ›Diktor‹ benutzt hatte, damit er ›ältere‹ Rechte darauf geltend machen konnte.

Gewiß, sein Volk nannte ihn Diktor, aber dabei hatte er sich nichts gedacht – sie nannten jeden so, der Herrscherfunktionen ausübte, sogar die kleinen Unterhäuptlinge, die seine örtlichen Verwalter waren.

Er hatte sich genauso einen Bart wachsen lassen, wie Diktor ihn getragen hatte; teils in einfacher Nachahmung des ›anderen‹ Mannes, mehr aber, um sich von den bartlosen Männern der Verlassenen deutlich zu unterscheiden. Es erhöhte sein Prestige und verstärkte sein Tabu. Er betastete sein bärtiges Kinn. Sonderbarerweise war es ihm nie aufgegangen, daß sein gegenwärtiges Aussehen völlig mit dem ›Diktors‹ übereinstimmte. ›Diktor‹ war ihm immer älter vorgekommen. Er selbst war erst zweiunddreißig – zehn Jahre hier, zweiundzwanzig Jahre *drüben*.

Er hatte ›Diktor‹ für ungefähr fünfundvierzig gehalten. Vielleicht würde ein unvoreingenommener Beobachter ihn selbst genauso alt einschätzen. Seine Haare und sein Bart waren graumeliert – seit jenem Jahr, als er so erfolgreich den Erhabenen nachspioniert hatte. Sein Gesicht war von Falten durchzogen. Das Regieren eines Landes, selbst eines friedvollen Arkadiens, bringt eben Sorgen mit sich, läßt einen manche Nacht nicht zur Ruhe kommen.

Nicht, daß er sich beklagen wollte – es war ein gutes Leben, ein großartiges Leben, das alles übertraf, was die alte Vergangenheit zu bieten hatte.

Auf jeden Fall hatte er stets nach einem Mann Mitte der vierziger Jahre Ausschau gehalten, an dessen Gesicht er sich nach zehn Jahren nur undeutlich erinnerte und von dem er keine Photographie besaß. Es war ihm nie in den Sinn gekommen, jenes verschwommene Gesicht zu seinem eigenen in Beziehung zu setzen; natürlich nicht.

Doch da waren noch andere Kleinigkeiten. Arma zum Beispiel. Vor ungefähr drei Jahren hatte er ein geeignet erscheinendes Mädchen ausgesucht und in seine Dienerschaft eingereiht; in sentimentaler Erinnerung an das Mädchen, das er einst so gern gemocht, hatte er sie Arma genannt. Logischerweise war es unumgänglich, daß die beiden dasselbe Mädchen waren – nicht zwei Armas, sondern nur eine.

Doch so, wie er sie in der Erinnerung hatte, war die ›erste‹ Arma viel schöner gewesen.

Hm-m-m – in dieser Beziehung mußten sich wohl seine Ansichten geändert haben. Es ließ sich nicht leugnen, daß er viel mehr Gelegenheit gehabt hatte als sein junger Freund dort drüben, erlesener Frauenschönheit überdrüssig zu werden. Schmunzelnd erinnerte er sich daran, wie er seine Person mit einem ausgeklügelten System von Tabus hatte umgeben müssen, um sich die heiratsfähigen Töchter seiner Untertanen vom Leibe zu halten. Er hatte eine bestimmte Bucht des an dem Palast vorbeifließenden Flusses seiner alleinigen Benutzung weihen lassen, damit er schwimmen konnte, ohne jedesmal von Meerjungfrauen umgarnt zu werden.

Der Mann auf dem Fußboden stöhnte, öffnete aber nicht seine Augen.

Wilson, der Diktor, beugte sich über ihn, machte aber keine Anstalten, ihn wieder zur Besinnung zu bringen. Er hatte allen Grund zu der festen Annahme, daß der Mann nicht ernsthaft verwundet war. Er wünschte nicht, daß er erwachte, bevor er selbst seine Gedanken völlig geordnet hatte.

Denn auf ihn wartete jetzt Arbeit – eine Arbeit, die mit peinlicher Genauigkeit verrichtet werden mußte, um jeden Fehler auszuschließen. Jedermann, so dachte er mit verschlagenem Lächeln, macht Pläne zur Sicherung seiner Zukunft.

Er selbst schickte sich jetzt an, seine Vergangenheit zu sichern.

Zunächst war die Frage zu klären, wie er das Zeittor einstellen mußte, wenn er später sein früheres Ich zurückschicken wollte. Als er vor ein paar Minuten die Szene in seinem Zimmer eingestellt hatte, war er gerade zurechtgekommen, um sein früheres Ich herübersegeln zu sehen. Um ihn zurückzuschicken, mußte er den Zeitknopf ein winziges Stück zurückdrehen, bis zu einem Augenblick um etwa zwei Uhr jenes Nachmittags. Das würde recht einfach sein; er brauchte nur einen kurzen Zeitsektor abzusuchen, bis er sein früheres Ich allein und an seinem Schreibtisch arbeitend vorfand.

Aber das Tor zur Zeit war zu einer späteren Stunde in seinem Zimmer erschienen – das hatte er selbst gerade veranlaßt! Verwirrt schüttelte er den Kopf.

Halt, einen Augenblick – wenn er die Zeiteinstellung veränderte, würde das Tor zu der gewünschten früheren Zeit in seinem Zimmer erscheinen, dort stehenbleiben und sich einfach ungefähr eine Stunde später in sein ›Wiedererscheinen‹ einblenden. Ja, so war es richtig. Jemandem, der sich während dieser Zeit im Zimmer aufhielt, würde es einfach so vorkommen, als ob das Tor zur Zeit ununterbrochen seit ungefähr zwei Uhr dagewesen wäre.

Und *daß* es sich so verhielte, dafür wollte er sorgen.

So vertraut er auch mit den verblüffenden Phänomenen war, die durch das Zeittor bewirkt wurden, erforderte es doch von ihm eine gewaltige Anstrengung seines ganzen Scharfsinnes, anders als in kontinuierlichen Zeitabläufen zu denken, gewissermaßen einen zeitlosen Standpunkt einzunehmen.

Dort lag übrigens der Hut. Er hob ihn auf und probierte ihn. Er paßte nicht mehr so gut, zweifellos, weil er sein Haar jetzt länger trug. Der Hut mußte irgendwo verstaut werden, wo man ihn wiederfände. Ach richtig, in der Steuerkanzel. Und auch das Notizbuch.

Das Notizbuch, das Notizbuch – hm-m-m – eine merkwürdige Geschichte! Als das von ihm gestohlene Notizbuch Eselsohren bekommen hatte und fast bis zur Unleserlichkeit abgenutzt war, hatte er den Inhalt vor ungefähr vier Jahren sorgfältig in ein neues Notizbuch abgeschrieben – mehr um seine Englischkenntnisse aufzufrischen, als weil er es noch als Sprachführer benötigte. Das verschlissene Notizbuch hatte er anschließend vernichtet; es war also das neue, das er holen und hier zurücklassen mußte, damit sein jüngeres Ich es fände.

Folglich hatte es niemals zwei Notizbücher gegeben! Sein jetziges Notizbuch würde, nachdem es durch das Tor getragen und zehn Jahre in die Vergangenheit zurückversetzt worden war, das Notizbuch sein, aus dem er es abgeschrieben hatte. Sie waren einfach verschiedene Abschnitte desselben physikalischen Prozesses, der auf beiden Seiten des Tores gleichzeitig und nebeneinander für die Dauer einer gewissen Zeit ablief.

So wie auch er selbst Teil dieses Prozesses gewesen war – an einem bestimmten Nachmittag.

Er wünschte, daß er das ausgediente Notizbuch nicht weggeworfen hätte. Wenn er es jetzt zur Hand hätte, könnte er sich selbst überzeugen, daß beide identisch waren, bis auf die Abnützung durch die zunehmende Entropie.

Doch wann hatte er die Sprache gelernt, um dieses Wörterbuch überhaupt anlegen zu können? Erst als er es kopierte, *beherrschte* er die Sprache – das Kopieren war eigentlich überhaupt nicht notwendig gewesen.

Aber er *hatte* es kopiert.

Der physikalische Prozeß war ihm völlig klar, aber die verstandesmäßige Erklärung der Sache lief völlig im Kreise. Sein älteres Ich hatte sein jüngeres Ich eine Sprache gelehrt, die das ältere Ich beherrschte, weil das jüngere Ich, nachdem es sie gelernt hatte, zum älteren Ich wurde und daher die Fähigkeit besaß, seine Kenntnisse weiterzugeben.

Aber wo hatte es angefangen?

Was war zuerst dagewesen, die Henne oder das Ei?

Man füttert die Katzen mit Ratten, häutet die Katzen und füttert mit ihren Kadavern die Ratten, die man dann wieder den Katzen vorwirft. Die Pelztierzucht als *Perpetuum mobile!*

Wenn Gott die Welt erschaffen hat, wer hat dann Gott erschaffen?

Wer schrieb das Wörterbuch? Wer startete den Kreislauf?

Er war am Rande der geistigen Verzweiflung, die jeden aufrichtigen Philosophen heimsucht. Er wußte, daß er ungefähr die gleiche Chance hatte, diese Probleme zu begreifen, wie ein Collie verstehen kann, auf welche Weise Hundefutter in Konservendosen kommt. Angewandte Psychologie entsprach mehr seinen Fähigkeiten – das erinnerte ihn an verschiedene Bücher, die seinem früheren Ich gut zustatten kommen würde, die politischen Angelegenheiten des Landes zu regeln, das er beherrschen sollte. Er prägte sich ein, eine Liste anzufertigen.

Der Mann am Fußboden regte sich und richtete sich auf. Wilson wußte, daß jetzt die Zeit gekommen war, seine Vergangenheit zu sichern. Er machte sich keine Sorgen; er spürte die unerschütterliche Zuversicht des Falschspielers, der *weiß,* wieviel Augen ihm der nächste Wurf bringen wird.

Er beugte sich über sein jüngeres Ich. »Geht's jetzt besser?« fragte er.

»Ich glaub schon«, murmelte der jüngere Mann. Er faßte sich mit der Hand in sein blutiges Gesicht. »Mein Kopf tut weh«, sagte er.

»Das kann ich mir denken«, stimmte Wilson zu. »Sie sind ja auch Hals über Kopf hindurchgekommen. Ich glaube, Sie sind dabei ganz schön mit dem Kopf aufgeschlagen.«

Sein jüngeres Ich schien den Sinn der Worte nicht gleich zu begreifen. Der Mann blickte benommen umher, als gäbe er sich Mühe, sich zu orientieren. Schließlich fragte er: »Hindurchgekommen? Wo hindurch?«

»Durch das Tor natürlich«, erwiderte Wilson. Dabei deutete er mit dem Kopf zu dem Tor hinüber, weil er meinte, daß dessen Anblick den immer noch recht angeschlagenen jüngeren Bob ein wenig ernüchtern würde.

Der junge Wilson blickte über seine Schulter in die angedeutete Richtung, richtete sich mit einem Ruck ganz auf, schüttelte sich ein wenig und schloß die Augen. Nach einer kleinen Weile, in der er im stillen ein Stoßgebet gesprochen haben mochte, öffnete er sie wieder, blickte noch einmal hin und fragte: »Bin ich da hindurchgekommen?«

»Ja«, versicherte Wilson ihm.

»Wo bin ich?«

»In der Torhalle des Regierungspalastes von Norkaal. Viel wichtiger aber ist, in welcher *Zeit* Sie sich befinden«, fügte Wilson hinzu. »Sie sind etwas mehr als dreißigtausend Jahre in die Zukunft gesprungen.«

Dieses Wissen schien den jüngeren Bob Wilson nicht zu beunruhigen. Er stand auf und machte einen unsicheren Schritt auf das Tor zu. Wilson legte ihm eine Hand auf die Schulter und hielt ihn zurück.

»Wohin wollen Sie?« fragte er.

»Zurück!«

»Nicht so rasch.« Er wagte es nicht, ihn zurückgehen zu lassen, bevor er das Tor neu eingestellt hatte. Außerdem war sein jüngeres Ich noch betrunken – sein Atem ging unregelmäßig und roch bedenklich. »Sie können zurückgehen – darauf gebe ich Ihnen mein Wort. Aber lassen Sie mich zuerst Ihre Verletzungen behandeln. Und außerdem sollten Sie sich ausruhen. Ich muß Ihnen einiges erklären, und wenn Sie zurückgehen, könnten Sie einen kleinen Auftrag für mich erledigen – zu unserem beiderseitigen Vorteil. Eine große Zukunft wartet auf uns beide, mein Junge – eine große Zukunft!«

Eine große Zukunft!

CLIFFORD D. SIMAK

An der Grenze

Zuerst fanden sie zwei Planeten, die ihrer sämtlichen Erze beraubt und von Minen und Stollen durchzogen waren, gewissermaßen den Geistern des Weltraums zur Beute überlassen.

Danach stießen sie auf einen Planeten mit einer Märchenstadt, einem Ort, der sie an frischbetaute Spinnweben denken ließ, einer Stadt aus Glas und Plastik voll so wunderbarer Anmut, daß es ihnen beim Anblick die Kehlen zuschnürte.

Doch es gab nur diese eine Stadt. Der ganze restliche Planet wies kein weiteres Zeichen der Bewohntheit auf, und auch die Stadt war verlassen – vollkommen in ihrer Schönheit, aber leer wie der Nachhall eines Lachens.

Schließlich entdeckten sie noch einen metallenen Planeten; er war, vom Zentrum her gesehen, der dritte seines Sonnensystems. Doch es war kein roher Erzklumpen, sondern ein Planet mit einer Oberfläche – oder einem Dach – aus spiegelglattem Metall, das wie polierter Stahl glänzte. Im reflektierten Licht strahlte er wie eine zweite Sonne.

»Ich kann mir nicht helfen«, sagte Duncan Griffith, »ich habe das bestimmte Gefühl, daß diese Stadt nichts mehr als ein Durchgangslager gewesen ist.«

»Und ich glaube, du hast einen Vogel«, entgegnete Paul Lawrence scharf. Er wischte sich mit dem Ärmel über die Stirn.

»Sie mag nicht wie ein Durchgangslager aussehen«, meinte Griffith beharrlich, »entspricht aber trotzdem dieser Definition.«

Für mich ist es eine richtige Stadt, dachte Lawrence. Das war schon so, als ich sie zum ersten Mal sah, und das wird auch so bleiben. Groß und vital, trotz ihres märchenhaften Anblicks – eine Stadt, in der es sich leben und träumen läßt und in der man die Kraft und den Mut finden kann, die Träume Wirklichkeit werden zu lassen. Große Träume, sagte er sich. Träume, die der Größe der Stadt entsprachen – einer Stadt, für deren Bau die Menschheit tausend Jahre brauchen würde.

»Ich kann nur nicht verstehen«, sagte er laut, »warum sie die Stadt verlassen haben. Es gibt keine Anzeichen von Gewalt – nichts, was auf Tod schließen ließe.«

»Sie sind freiwillig gegangen«, entgegnete ihm Griffith. »Sie sind einfach aufgebrochen und haben die Stadt verlassen. Und das konnten sie nur tun, weil die Stadt für sie keine Heimat bedeutete. Sie war nur ein Durchgangslager, ohne Vergangenheit und ohne jede Überlieferung. Und als Durchgangslager verkörperte sie keine Gefühlswerte, die ihre Erbauer an sie binden konnten.«

»Ein Durchgangslager«, sagte Lawrence hartnäckig, »ist, wie schon der Name sagt, nur für einen kurzen Aufenthalt bestimmt; ein Wohnplatz auf Zeit, den man rasch zusammenbaut und nur eben so wohnlich macht, wie es mit den am Ort vorhandenen Mitteln möglich ist.«

»So?« meinte Griffith fragend.

»Diese Leute aber wollten mehr, als sich nur kurze Zeit hier aufhalten«, fuhr Lawrence fort. »Diese Stadt wurde nicht zusammengehauen. Sie wurde vorausschauend geplant und liebevoll errichtet.«

»Vom menschlichen Standpunkt betrachtet, ja«, gab Griffith zu. »Hier aber haben wir es offensichtlich mit nichtmenschlichen Wertsetzungen und einem uns fremden Standpunkt zu tun.«

Lawrence ließ sich im Schneidersitz nieder, riß einen Grashalm aus, steckte ihn sich zwischen die Zähne und kaute nachdenklich darauf herum. Durch den grellen Mittagssonnenschein blinzelte er zu der stummen, verlassenen Stadt hinüber.

Griffith kauerte sich neben ihm nieder.

»Siehst du denn nicht ein, Paul«, sagte er eindringlich, »daß es ein vorübergehender Aufenthaltsort gewesen sein muß? Auf dem ganzen Planeten gibt es auch nicht die Spur einer früheren Kultur oder Zivilisation. Keine Werkzeuge oder Geräte. King hat ihn mit seiner Mannschaft abgegrast und absolut nichts gefunden. Nichts als diese Stadt. Überleg doch einmal – ein völlig jungfräulicher Planet mit einer Stadt, von der auch nur zu träumen eine intelligente Rasse eine Million Jahre brauchen würde. Zu Anfang sucht man unter einem Baum Zuflucht, wenn es regnet, und in der Nacht kriecht man in eine Höhle. Später baut man sich ein Zelt aus Reisig, oder einen Wigwam, und dann eine Hütte. Und dann drei Hütten, und das erste Dorf steht.«

»Ich weiß«, sagte Lawrence, »ich weiß.«

»Eine Million Jahre intelligenten Lebens«, fuhr Griffith unbarmherzig fort. »Zehntausend Jahrhunderte, ehe eine Rasse eine solche Märchenstadt aus Glas und Plastik bauen kann. Und das Leben dieser Million Jahre hat sich nicht auf diesem Planeten abgespielt. Eine Million Jahre Leben hinterläßt Spuren auf einem Planeten. Hier aber finden sich nicht die geringsten Spuren. Dieser Planet ist nagelneu.«

»Du bist also überzeugt, Dunc, daß sie von irgendwo anders gekommen sind?«

Griffith nickte. »Das müssen sie.«

»Von Planet Drei vielleicht?«

»Das können wir nicht wissen. Noch nicht.«

»Vielleicht werden wir es nie erfahren«, sagte Lawrence. Er spuckte den Grashalm aus. »Dieses Sonnensystem«, sagte er, »ist wie ein Magazinpreisrätsel: ›Wer ist der Täter?‹ Überall stolpert man über eine Spur, und jede Spur führt ins Nichts. Es sind einfach zu viele Rätsel, Dunc. Diese Stadt hier, der metallene Planet, die beiden ausgeschürften Planeten – der Bissen ist zu groß zum Schlucken. Und ausgerechnet wir mußten in so eine Sache hineinstolpern.«

»Ich habe das Gefühl, daß eine Verbindung zwischen all diesem besteht«, sagte Griffith.

Lawrence grunzte.

»Es ist ein Gefühl für geschichtliche Zusammenhänge«, sagte Griffith, »wie es früher oder später jeder Historiker entwickelt.«

Schritte knirschten hinter ihnen, und sie standen auf und drehten sich um.

Es war Doyle, der Funker, der vom Landeplatz des Hilfsschiffes auf sie zueilte.

»Sir«, sagte er zu Lawrence, »ich hatte gerade Verbindung mit Taylor auf Planet Drei. Er fragt, ob Sie nicht kommen könnten. Anscheinend haben sie eine Tür gefunden.«

»Eine Tür!« rief Lawrence aus. »Eine Tür in den Planeten. Was haben sie drinnen gefunden?«

»Das konnte er nicht sagen, Sir.«

»Konnte er nicht sagen?«

»Nein. Sehen Sie, Sir, die Tür rührt sich nicht um den Bruchteil eines Millimeters von der Stelle. Niemand weiß, wie man sie öffnen könnte.« –

Von der Tür war nicht viel zu sehen.

Zwölf Löcher befanden sich in der Oberfläche des Planeten, angeordnet in vier Gruppen zu je drei, als seien sie eine Art Griffe für ein Wesen mit drei Fingern.

Und das war alles. Man konnte nicht erkennen, wo die Tür begann und wo sie endete.

»Es ist ein winziger Spalt da«, sagte Taylor, »aber selbst mit einem Vergrößerungsglas kann man ihn kaum sehen, ist er nicht mehr als eine haarfeine Linie. Die Tür ist so vollkommen eingearbeitet, daß sie praktisch ein Stück mit der Oberfläche bildet. Eine ganze Zeitlang merkten wir nicht einmal, daß es eine Tür ist. Wir saßen lediglich herum und strengten unsere Köpfe an, was diese Löcher wohl zu bedeuten hätten.

Scott fand sie. Während er aufs Geratewohl herumschlitterte, ist er beinahe über diese Löcher gefallen. Anderenfalls hätten wir suchen können, bis uns die Augen aus dem Kopf fielen, und hätten die Tür doch nur durch Zufall gefunden.«

»Und es gibt keine Möglichkeit, sie zu öffnen?« fragte Lawrence.

»Wir haben jedenfalls keine gefunden. Wir haben sie anzuheben versucht, indem wir unsere Finger in die Löcher steckten und zogen. Genausogut hätte man versuchen können, den Planeten aus den Angeln zu heben. Und außerdem kann man hier sowieso nicht viel mit Kraft ausrichten. Man kann sich kaum auf den Füßen halten. Dies Zeug ist so schlüpfrig, daß man fast nicht darauf gehen kann. Man geht auch nicht eigentlich – man schlittert. Ich denke mit Grausen daran, was passieren würde, wenn ein paar von unseren Jungens herumzualbern begännen und einer dem anderen einen Stoß versetzte. Wir würden eine Woche brauchen, um ihn wiederzufinden.«

»Ich weiß«, sagte Lawrence. »Ich habe das Hilfsschiff so vorsichtig wie nur möglich heruntergebracht, und trotzdem sind wir fünfundsechzig Kilometer oder mehr weitergerutscht.«

Taylor lachte leise in sich hinein. »Ich habe unser großes Schiff mit allen verfügbaren Magnetkräften verankert, und selbst jetzt ruscht es noch zur Seite, wenn man sich bloß dagegenlehnt. Eis ist rauh im Vergleich zu dieser Oberfläche.«

»Aber was ist nun mit dieser Tür?« fragte Lawrence.

»Haben Sie daran gedacht, daß es sich bei den Löchern um ein Kombinationsschloß handeln könnte?«

»Sicher ist uns das eingefallen«, sagte Taylor und nickte. »Und wenn es so ist, besitzen wir auch nicht die Spur eines Anhaltspunktes. Nehmen Sie als einen Faktor den Zufall und multiplizieren Sie ihn mit der Unberechenbarkeit einer fremden Denkweise.«

»Sind Sie der Sache nachgegangen?«

»Und ob«, antwortete Taylor. »Wir haben eine Photosonde in alle diese Löcher gesteckt und die Innenwände von allen Seiten photographiert. Nichts. Absolut nichts. Ungefähr zwanzig Zentimeter tief und unten etwas weiter als oben. Aber völlig glatt. Keine Vertiefungen. Keine Ausbuchtungen. Keine Schlüssellöcher.

Wir haben sogar ein Stück aus dem Metall herausgesägt, um es analysieren zu können. Drei Sägeblätter sind dabei draufgegangen. Der Hauptbestandteil ist Stahl, der aber mit einem anderen Stoff legiert ist. Müller kann nichts damit anfangen, und die Molekularstruktur macht ihn beinahe wahnsinnig.«

»Habt ihr sie herauszureißen versucht?« fragte Lawrence.

»Auch das. Ich habe das Schiff herangeholt und einen Hebekran über der Tür errichten und das Geschirr in den Löchern verankern lassen. Wir haben mit aller verfügbaren Kraft gezogen. Das Schiff schwankte wie ein Pendel, aber die Tür blieb zu.«

»Vielleicht sollten wir uns nach weiteren Türen umsehen«, sagte Lawrence mit entmutigtem Gesicht. »Sie brauchen nicht alle genauso zu sein.«

»Wir haben's bereits getan«, erwiderte Taylor. »So verrückt Ihnen das auch vorkommen mag, wir haben uns umgesehen. Jeder verfügbare Mann, alle sind wir auf den Knien rutschend auf die Suche gegangen. Wir haben das ganze Gebiet in Sektoren eingeteilt und sind meilenweit auf Händen und Schienbeinen umhergekrochen, bis wir nur noch blinzeln konnten und die Augen uns fast aus dem Kopf fielen, so blendete uns die reflektierte Sonne, während wir uns ständig selbst anstarrten wie Insekten, die über einen riesigen Spiegel krabbeln.«

»Wenn ich's recht bedenke«, meinte Lawrence, »werden sie die Eingänge wahrscheinlich nicht besonders dicht beieinander gebaut haben. Alle hundert Kilometer einen, vielleicht – oder sogar nur alle tausend.«

»Da können Sie recht haben«, erwiderte Taylor. »Es mögen tausend sein.«

»Dann können wir nur noch eins tun«, erklärte Lawrence.

»Ja, ich weiß«, sagte Taylor. »Aber ich tue es äußerst ungern. Vor uns liegt ein Problem, das wir mit dem Verstand zu lösen versuchen sollten. Wenn wir sprengen, haben wir schon bei der ersten Prüfung versagt.«

Lawrence wand sich unbehaglich. »Ich weiß, was Sie fühlen«, sagte er. »Wenn sie uns schon beim ersten Versuch schlagen, haben wir beim zweiten oder dritten überhaupt keine Chance.«

»Andererseits können wir aber auch nicht die Hände in den Schoß legen«, sagte Taylor.

»Nein«, stimmte Lawrence zu. »Das dürfen wir wohl nicht.«

»Ich hoffe, es klappt«, meinte Taylor.

Es klappte. – Die Explosion riß die Tür heraus und schleuderte sie weit in die Höhe. Ungefähr anderthalb Kilometer entfernt kam sie herunter und sauste auf der spiegelglatten Oberfläche davon.

Etwa ein halber Morgen von der Oberfläche selbst wurde aufgerissen und hochgerollt, so daß er wie ein Fragezeichen in der Sonne funkelte.

Das unbemannte Hilfsschiff, von seinen schwachen Magneten nur wie eine flüchtig angeleckte Briefmarke festgehalten, löste sich bei der Erschütterung durch den Sprengschuß. Wie ein schwerfälliger Schlittschuhtänzer walzte es noch gut zwanzig Kilometer weit, bis es zur Ruhe kam.

Der Metallmantel der Oberfläche war nur fünfunddreißig Zentimeter stark, eine papierdünne Hülle, wenn man in Betracht zog, daß die Kugel die Größe der Erde besaß.

Eine metallene Rampe, deren oberste drei Meter von der Gewalt der Explosion zerrissen und zerschmettert waren, wand sich wie eine Wendeltreppe ins Innere hinab.

Nichts kam aus dem Loch. Kein Laut, kein Licht, kein Geruch.

Sieben Mann schritten auf der Rampe hinunter, um zu sehen, was sie finden würden. Die anderen warteten oben, vor Aufregung und Sorge schwitzend.

Nimm eine Trillion Bastelkästen.

Laß eine Billion Kinder darauf los.

Stell ihnen soviel Zeit zur Verfügung, wie sie wünschen, und sag ihnen nicht, was sie tun sollen.

Wenn einige von ihnen keine Menschenkinder sind, ist es sogar noch besser.

Dann nimm dir eine Million Jahre, um herauszufinden, was aus den Baukästen geworden ist.

Eine Million Jahre, mein Lieber, würde nicht ausreichen. Du wirst es nie schaffen – nicht in einer Million Jahren.

Selbstverständlich war es eine Maschine. Etwas anderes konnte es nicht sein.

Aber sie sah wie eine Spielzeugmaschine aus, wie ein Gebilde, das ein Kind aus überströmender Begeisterung am Morgen nach der Bescherung aus den Teilen eines teuren, raffinierten Baukastens zusammensetzen würde.

Es gab Spindeln und Spulen und Scheiben und Reihen schimmernden Kristallstäbe, die genausogut Röhren sein mochten, nur konnte man es nicht mit Sicherheit erkennen.

Sie erstreckten sich über Kubikkilometer, silbrig glitzernd wie ein verschwenderisch geschmückter Weinachtsbaum im Licht unzähliger Kerzen, als hätte man jedes Teil vor nicht viel länger als einer Stunde frisch poliert. Doch als Lawrence sich über eine Seite der Rampe lehnte und mit einem behandschuhten Finger über einen schimmernden Stab strich, zog er den Finger staubbedeckt zurück – mit einem Staub, der feiner war als Puder.

Sie waren herabgestiegen, die sieben Mann, immer der Rundung der Rampe folgend, bis sich ihnen die Köpfe drehten – und ständig erstreckte sich um sie herum diese Maschinerie, nach allen Seiten, soweit ihre Lampen die Dunkelheit durchdringen konnten.

Eine Maschinerie, die stumm und bewegungslos war – bewegungslos seit unschätzbaren Jahrhunderten, wie es ihnen aus einem unerklärbaren Grunde schien.

Und eine Maschinerie, die immer die gleiche blieb, sich ständig wiederholte in stets derselben, scheinbar sinnlosen Anordnung von Spindeln und Spulen und Scheiben und Reihen schimmernder Kristallstäbe.

Schließlich mündete die Rampe auf einer Art Bühne, die sich waagerecht nach beiden Seiten erstreckte, soweit sie mit Hilfe ihrer Lampen sehen konnten; darüber lag wie ein Dach das Spinngewebe der Maschinerie, während Möbel – oder was sie für Möbel hielten – den metallenen Boden in bestimmter Anordnung hier und da bedeckten.

Sie standen dichtgedrängt beieinander, die Strahlen ihrer Lampen stachen wie abwehrend in die Finsternis, und ein merkwürdiges Schweigen senkte sich über sie inmitten der Stille und des Unerklärlichen, die der Geist einer anderen Zeit und eines fremden Volkes um sie verbreitete.

»Ein Büro«, sagte Duncan Griffith schließlich.

»Oder ein Kontrollraum«, meinte Ted Buckley, der Maschinentechniker.

»Vielleicht auch ihre Wohnräume«, sagte Taylor.

»Oder auch eine Werkstatt«, schlug Scott vor, der Mathematiker.

»Haben Sie gar nicht daran gedacht«, fragte Herbert Anson, der Geologe, »daß es vielleicht nichts Derartiges ist? Es mag etwas sein, das zu keiner der uns geläufigen Vorstellungen eine Beziehung hat.«

»Wir können nichts anderes tun«, sagte Spencer King, der Archäologe, »als es, so gut es geht, in Ausdrücke unseres Begriffsvermögens zu übersetzen. Ich tippe auf eine Bibliothek.«

Sieben blinde Männer, dachte Lawrence, die durch Zufall auf ein Mammut gestoßen sind.

Laut sagte er: »Laßt uns doch nachsehen. Wenn wir's nicht tun, werden wir's nie erfahren.«

Sie sahen nach.

Und waren hinterher noch genauso klug.

Man stelle sich einen Aktenschrank vor. Er ist ein sehr nützliches Möbel.

Man nehme etwas Raum und wickle etwas Stahlblech darum, und schon hat man seinen Aufbewahrungsplatz. Dann setze man Borde ein, die den Innenraum unterteilen, und stelle darauf fein säuberlich alphabetisch bezeichnete Aktenordner. Braucht man dann einmal ein bestimmtes Schriftstück, findet man es fast immer.

Zwei Dinge sind vorauszusetzen: Raum und etwas, diesen Raum einzufassen – ihn von anderem Raum zu unterscheiden, so daß man einen bestimmten Aufbewahrungsort augenblicklich wiederfindet.

Die Borde und die alphabetisch aufgestellten Ordner sind Verfeinerungen. Sie unterteilen den Raum, so daß man unverzüglich jeden benötigten Sektor herausfinden kann.

Das ist der Vorteil des Aktenschrankes gegenüber der

Methode, alles, was man aufzubewahren wünscht, einfach in einer bestimmten Ecke des Zimmers aufzustapeln.

Aber nun stellen Sie sich einmal vor, jemand hat einen Aktenschrank ohne irgendwelche Öffnungen gebaut.

»He«, sagte Buckley, »das Ding hier läßt sich anheben. Hilf mir mal einer.«

Scott trat rasch zu ihm, und mit vereinten Kräften hoben sie einen Aktenschrank vom Boden und schüttelten ihn. Irgend etwas klapperte darin.

Sie stellten den Schrank wieder hin.

»Da ist etwas drin«, sagte Buckley atemlos.

»Ja«, bestätigte King. »Es ist ein Behälter, daran besteht kein Zweifel. Und es ist etwas darin.«

»Etwas, das klappert«, meinte Buckley.

»Mir scheint«, erklärte Scott, »daß es eher ein Rascheln als ein Klappern war.«

»Es wird uns jedenfalls nicht viel nützen«, stellte Taylor fest, »wenn wir nicht herankönnen. Wir können nichts Wesentliches darüber aussagen, solange wir nur zuhören, wie ihr beide schüttelt.«

»Alles ganz einfach«, sagte Griffith. »Das Ding ist vierdimensional. Man spricht nur ein paar magische Worte, langt um eine Ecke und fischt heraus, was man haben will.«

Lawrence schüttelte den Kopf. »Laß diese Witzchen, Dunc. Die Sache ist ernst genug. Hat jemand von Euch eine Vorstellung, wie das Ding konstruiert ist?«

»Es kann überhaupt nicht konstruiert sein«, jammerte Buckley. »Das Ding ist einfach nicht gebaut worden. Man kann nicht ein Stück Blech nehmen, und daraus einen nahtlosen Würfel machen.«

»Denken Sie an die Tür an der Oberfläche«, erinnerte Anson ihn. »Auch dort konnten wir nichts erkennen, bevor wir ein Vergrößerungsglas zu Hilfe nahmen. Dieser Schrank muß sich irgendwie öffnen lassen. Irgend jemand oder irgend etwas hat ihn einmal geöffnet, um das hineinzulegen, was da geraschelt hat, als Sie ihn schüttelten.«

»Und niemand würde etwas hineinlegen«, ergänzte Scott, »wenn er es nicht wieder herausnehmen könnte.«

»Vielleicht war es etwas«, meinte Griffith, »das sie loswerden wollten.«

»Wir könnten ihn aufbrechen«, sagte King. »Holt einen Schweißbrenner.«

Lawrence hielt ihn zurück. »So etwas haben wir schon einmal gemacht. Wir mußten die Tür aufsprengen.«

»Da steht noch ein ganzer Kilometer von diesen Schränken«, sagte Buckley. »Alle in einer Reihe hintereinander. Laßt uns noch ein paar davon schütteln.«

Sie schüttelten ein ganzes Dutzend.

In keinem klapperte oder raschelte etwas.

Alle waren leer.

»Ausgeräumt«, stellte Buckley betrübt fest.

»Laß uns hier verschwinden«, sagte Anson. »Mir läuft hier eine Gänsehaut nach der andern über den Rücken. Wir sollten ins Schiff zurückgehen und dort in Ruhe darüber reden. Hier unten schnappen wir bei diesem Wirrwarr nur noch über. Seht euch zum Beispiel mal die Schalttafeln dort drüben an.«

»Vielleicht sind es gar keine Schalttafeln«, mahnte Griffith ihn. »Wir dürfen keine voreiligen Schlüsse ziehen, auch wenn uns etwas selbstverständlich erscheint.«

Buckley mischte sich ein. »Jedenfalls haben sie einen Funktionszweck, ob es nun Schalttafeln sind oder nicht. Daher scheint mir diese Definition auch zutreffender als alles andere, was mir im Augenblick einfällt.«

»Aber sie haben keinerlei Markierungen«, nahm Taylor das Thema auf. »Auf einer Schalttafel müßten Skalen, Zeiger, Kontrollampen oder etwas Ähnliches zu sehen sein.«

»Aber nicht unbedingt etwas, das ein Mensch sehen können muß«, sagte Buckley. »Im Vergleich zu diesen Wesen mögen wir stockblind sein.«

»Ich habe das unangenehme Gefühl«, meinte Lawrence, »daß wir nicht von der Stelle kommen.«

»Wir haben an der Tür eine Niederlage einstecken müssen«, sagte Taylor, »und auch hier ist es uns nicht anders ergangen.«

»Wir müssen einen regelrechten Erkundungsplan aufstellen«, regte King an. »Das Ganze hier erst einmal vermessen – das Wichtigste zuerst in Angriff nehmen.«

Lawrence nickte. »Ein paar Mann bleiben auf der Oberfläche; der Rest geht mit uns wieder hier herunter und richtet ein Lager ein. Wir werden gruppenweise arbeiten und die Lage so rasch wie möglich klären – die allgemeine Lage. Danach können wir uns mit den Einzelheiten befassen.«

»Das Wichtigste zuerst«, sagte Taylor. »Was kommt zuerst?«

»Ich weiß es nicht«, gestand Lawrence. »Was schlagt ihr vor?«

»Laßt uns herausfinden, was wir eigentlich vor uns haben«, schlug King vor. »Einen Planeten oder eine Planetenmaschine.«

»Wir müssen weitere Rampen suchen«, sagte Taylor. »Es müssen noch andere Rampen vorhanden sein.«

Scott meldete sich zu Worte: »Wir sollten herauszubekommen versuchen, wie ausgedehnt diese Maschinerie ist. Wieviel Raum sie einnimmt.«

»Und ausfindig machen, ob die Maschine arbeitet«, fügte Buckley hinzu.

»Soweit wir gesehen haben, arbeitet sie jedenfalls nicht«, erklärte Lawrence.

»Was wir bisher gesehen haben«, entgegnete Buckley, »ist vielleicht nicht mehr als nur ein winziger Teil einer unermeßlichen Maschine. Nicht alle ihre Abteilungen brauchen auf einmal zu arbeiten. Vielleicht geschieht es nur alle tausend Jahre oder so, daß ein bestimmter Teil der Maschine benötigt wird, und auch dann nur für ein paar Minuten oder sogar nur Sekunden. Danach steht er dann wieder tausend Jahre lang still. Es müßte schon *hier* sein, daß er dieses eine Mal in tausend Jahren gebraucht werden sollte.«

»Inzwischen sollten wir aber wenigstens einen intelligenten Versuch machen«, sagte Griffith, »den Zweck dieser Maschinerie zu erraten. Was arbeitet sie? Was produziert sie?«

»Aber laßt eure Hände davon!« warnte Buckley. »Nicht hier mal schieben und dort mal ziehen, bloß um zu sehen, was dann passiert. Gott allein weiß, was dabei geschehen könnte. Rührt nichts an, bis wir genau wissen, was mit diesem Ding los ist!«

Ja, es war ein Planet.

Zweiunddreißig Kilometer weiter unten stießen sie auf seine eigentliche Oberfläche – nachdem sie sich die ganze Strecke durch das verwirrende Labyrinth der schimmernden, toten Maschinerie hinabgekämpft hatten.

Es gab Luft, fast so gut wie auf der Erde, und sie errichteten ihr Forschungslager auf einem der unteren Stockwerke, froh, sich ihrer Raumanzüge entledigen und wieder wie normale Menschen leben zu können.

Aber es gab kein Licht und kein Leben. Nicht einmal ein Insekt, nicht ein krabbelndes, kriechendes Geschöpf.

Obgleich hier einmal Leben geherrscht hatte.

Die Ruinen von Städten erzählten die Geschichte jenes Lebens. Die Geschichte einer primitiven Zivilisation, wie King berichtet hatte – einer Zivilisation, die auf nicht viel höherer Stufe gestanden hatte als die der Erde des zwanzigsten Jahrhunderts.

Duncan Griffith kauerte sich neben dem kleinen Atomofen nieder und streckte seine Hände der willkommenen Wärme entgegen.

»Sie sind auf den Planeten Vier umgezogen«, sagte er überzeugt. »Hier hatten sie keinen Raum mehr zum Leben, also gingen sie dorthin und errichteten eine Übergangsstation.«

»Und schürften zwei andere Planeten aus«, fügte Taylor hinzu, »um das benötigte Erz zu erlangen.«

Lawrence beugte sich entmutigt vor. »Was mir Kopfzerbrechen bereitet«, sagte er, »ist die Triebfeder hinter dem ganzen Geschehen – der einfach unverständliche Drang, der Geist, der eine ganze Rasse von ihrem Heimatplaneten auf einen anderen treibt, der sie befähigt, Jahrhunderte damit zu verbringen, ihren eigenen Planeten in eine ans Unermeßliche grenzende Maschine zu verwandeln.«

Er sah Scott an. »Es besteht doch wohl kaum noch ein Zweifel daran, daß dies etwas anderes als eine Maschine sein kann?« fragte er.

Scott schüttelte den Kopf. »Natürlich haben wir noch nicht alles gesehen«, antwortete er. »Dazu würden wir Jahre brauchen, und diese Zeit haben wir nicht. Aber wir sind so gut wie sicher, daß alles eine einzige Maschine ist – eine Maschine, die eine ganze Welt in einer Höhe bis zu zweiunddreißig Kilometern bedeckt.«

»Und zwar eine stillstehende Maschine«, ergänzte Griffith. »Tot, weil jemand sie angehalten hat. Sie haben die Maschine abgestellt, alle Aufzeichnungen und Werkzeuge eingepackt und sind fortgegangen, eine leere Schale zurücklassend. Genauso, wie sie auch die Stadt auf Planet Vier zurückgelassen haben.«

»Oder sie wurden vertrieben«, meinte Taylor.

»Vertrieben wurden sie auf keinen Fall«, erklärte Griffith bestimmt. »In diesem ganzen Sonnensystem haben wir nirgends ein Zeichen von Gewaltanwendung gefunden. Nirgends das geringste Zeichen von Hast. Sie haben sich beim Kofferpacken Zeit gelassen und nicht ein einziges Stück vergessen. Nicht die geringste Spur haben wir entdeckt. Irgendwo müßte es Baupläne geben. Man kann eine Anlage wie diese weder bauen noch unterhalten, ohne eine Art Straßenplan anzulegen. Und irgendwo müßte es Aufzeichnungen geben – Aufzeichnungen mit den Resultaten oder Produktionsziffern dieser Weltmaschine. Doch wir haben sie nicht gefunden. Warum nicht? Weil dieses Volk sie bei seinem Auszug mitgenommen hat.«

»Wir haben nicht überall nachgesehen«, sagte Taylor.

»Wir haben aber Behältnisse gefunden«, entgegnete Griffith, »wo sie logischerweise aufbewahrt sein müßten. Sie waren jedoch nicht da. Nichts ist mehr darin.«

»Und die Schränke, die wir nicht öffnen konnten, erinnern Sie sich? Die wir am ersten Tag im obersten Stockwerk gefunden haben?«

»Wir haben Tausende von anderen Behältern gefunden, die wir öffnen konnten und auch geöffnet haben«, erklärte Griffith. »Aber wir haben weder ein einziges Werkzeug noch eine Aufzeichnung noch einen Hinweis darauf entdecken können, daß sich irgend etwas darin befunden hat.«

»Aber die Schränke im Obergeschoß«, wiederholte Taylor hartnäckig. »Sie sind der logische Aufbewahrungsort.«

»Wir haben sie geschüttelt«, entgegnete Griffith, »aber sie waren alle leer.«

»Alle außer einem«, sagte Taylor.

»Ich bin geneigt, deine Annahme für richtig zu halten, Dunc«, sagte Lawrence. »Diese Welt wurde aufgegeben, geräumt und dem Verfall überlassen. Wir hätten das erkannt haben müssen, als wir sie unverteidigt vorfanden. Sie müssen Abwehranlagen gehabt haben – automatische, wahrscheinlich –, und wenn man uns nicht hätte hineinlassen wollen, wären wir nie hier eingedrungen.«

»Wenn wir dahergekommen wären, als diese Welt noch belebt war«, führte Griffith diesen Gedanken weiter aus, »wären wir pulverisiert worden, ehe wir sie überhaupt zu Gesicht bekommen hätten.«

»Sie müssen eine gewaltige Rasse gewesen sein«, sagte

Lawrence. »Schon allein die mit einer solchen Anlage verbundenen volkswirtschaftlichen Aspekte genügen, um einem graue Haare wachsen zu lassen. Ihre Erbauung muß viele Jahrhunderte hindurch die gesamte Kraft der ganzen Bevölkerung erfordert haben und noch viele Jahrhunderte danach, um sie in Gang zu halten. Das bedeutet, daß sie ein Minimum an Zeit für die Nahrungsmittelproduktion und für die Herstellung der Millionen Dinge, die eine Weltbevölkerung zum Leben braucht, aufwendeten.«

»Sie müssen ihr Leben bis auf die Befriedigung der allernotwendigsten Bedürfnisse vereinfacht haben«, sagte King. »Das allein ist schon ein Zeichen der Größe.«

»Und sie waren Fanatiker«, stellte Griffith fest. »Das dürft ihr keinen Augenblick lang vergessen. Nur ein von einer Idee besessenes, blindwütig und eingleisig auf die Erreichung eines Zieles hinstrebendes Volk konnte eine Arbeit wie diese hier vollenden.«

»Aber warum?« fragte Lawrence. »Wozu haben sie dieses Ding gebaut?«

Niemand antwortete.

Griffith lachte leise und etwas gekünstelt. »Nicht einmal eine Vermutung?« fragte er. »Nicht *ein* halbwegs intelligenter Versuch einer Lösung?«

Langsam erhob sich ein Mann am Rande des kleinen Lichtkreises, der von dem Ofen ausging.

»Ich habe eine Vermutung«, sagte er. »Ja, ich glaube sogar, ich weiß es.«

»Schießen Sie los, Scott«, forderte Lawrence ihn auf.

Der Mathematiker schüttelte den Kopf. »Ich muß erst einen Beweis dafür haben. Sie würden mich sonst für verrückt halten.«

»Es gibt keine Beweise«, erwiderte Lawrence. »Für nichts gibt es hier einen Beweis.«

»Ich weiß einen Ort, wo dieser Beweis sein könnte – aber eben nur *könnte*.«

Die Männer in dem kleinen Kreis um den Ofen saßen stocksteif und rührten sich nicht.

»Ihr erinnert euch an den Schrank«, sagte Scott. »Den einen, über den Taylor gerade sprach – in dem es klapperte, als wir ihn schüttelten. Den wir nicht öffnen konnten.«

»Wir könnten ihn immer noch nicht öffnen.«

»Gebt mir Werkzeuge«, sagte Scott, »und ich werde ihn aufkriegen.«

»Das haben wir einmal gemacht«, erwiderte Lawrence. »Mit Gewalt und Ungeschick haben wir uns den Eingang in diese Welt freigemacht. Wir dürfen nicht so weitermachen. Die Lösung dieses Problems erfordert mehr als Gewalt. Sie erfordert Verständnis.«

»Ich glaube, ich weiß jetzt, was darin geklappert hat«, sagte Scott.

Lawrence schwieg.

»Sehen Sie«, redete Scott auf ihn ein, »wenn Sie etwas Wertvolles besitzen, einen Gegenstand, den niemand stehlen soll – was würden Sie damit tun?«

»Nun«, erwiderte Lawrence, »ich würde ihn in einen Safe legen.«

Das Schweigen, das seinen Worten folgte, konnte man fast fühlen.

»Ich könnte mir keinen sichereren Ort vorstellen«, sagte Scott schließlich, »als einen Schrank, der sich nicht öffnen läßt. Diese Schränke dort oben enthielten etwas, das sehr wichtig war. Aber einen dieser Gegenstände – etwas, das sie übersehen haben – ließen sie zurück.«

Lawrence stand langsam auf.

»Wir wollen die Werkzeuge holen«, sagte er.

Sie fanden eine längliche, völlig unbedeutend aussehende Karte, in die viele Löcher in unregelmäßigen Mustern gestanzt waren.

Scott hielt sie in der Hand, und seine Hand zitterte.

»Ich hoffe«, sagte Griffith in bitterem Ton, »daß Sie nicht enttäuscht sind.«

»Ganz im Gegenteil«, antwortete Scott. »Es ist genau das, was ich zu finden erwartete.«

Sie warteten.

»Dürfen wir Sie an unsere Gegenwart erinnern?« fragte Griffith endlich.

»Es ist eine Lochkarte«, antwortete Scott. »Die Antwort eines Elektronen-Rechenautomaten auf ein Problem, das man ihm gestellt hat.«

»Aber wir können sie nicht entziffern«, meinte Taylor. »Wir besitzen keine Möglichkeit, das herauszufinden.«

»Wir brauchen sie ja gar nicht zu entziffern«, erklärte Scott ihm. »Sie verrät uns auch so, was wir vor uns haben. Diese Maschine – diese ganze Maschine – ist ein Rechenautomat.«

»Aber das ist doch Wahnsinn«, rief Buckley. »Ein mathematisches Monstrum –«

Scott schüttelte den Kopf. »Kein mathematisches Monstrum, oder wenigstens kein rein mathematisches. Es ist schon mehr, wozu man einen solchen Apparat braucht – Logik, höchstwahrscheinlich. Vielleicht sogar Ethik.«

Er blickte in die Runde und sah den Unglauben, der auf ihren Gesichtern geschrieben stand.

»Ihr braucht euch doch nur umzusehen«, rief er. »Die endlose Wiederholung, die monotone Gleichförmigkeit der ganzen Maschine – so sieht ein Elektronengehirn aus – Hunderte oder Tausende oder Millionen oder Billionen integrierende Schaltblöcke, wieviel man eben braucht, um eine gegebene Frage zu lösen!«

»Aber einmal gibt es doch eine Grenze!« sagte Buckley scharf.

»Die Menschen haben sich nie viel um Grenzen gekümmert«, erwiderte Scott. »Sie sind vorangegangen und haben sie überwunden. Offensichtlich hat auch diese Rasse sich nicht besonders um Grenzen gekümmert.«

»Aber es gibt welche«, sagte Buckley hartnäckig, »die man einfach nicht ignorieren kann.«

Ein menschliches Gehirn hat seine Grenzen.

Es kann sich nicht auf eine Sache konzentrieren.

Es vergißt zu leicht, zu viel – und stets die unrechten Dinge.

Es ist anfällig für Sorgen – und für ein Gehirn bedeutet das den teilweisen geistigen Selbstmord.

Wenn man es zu schwer belastet, flieht es in den Wahnsinn.

Und schließlich stirbt es. Gerade wenn es gut zu werden beginnt, stirbt es.

Also baut man ein mechanisches Gehirn – ein großes, das sich in einem zweiunddreißig Kilometer starken Mantel um einen ganzen Planeten von der Größer der Erde hinzieht – ein Gehirn, das sich ganz seiner Aufgabe widmet, das nichts vergißt und nicht wahnsinnig wird, weil es keine seelische Verzweiflung kennt.

Dann geht man fort und gibt es auf – und das ist Wahnsinn in Hochpotenz.

»Diese Spekulation«, sagte Griffith, »ist völlig sinnlos, denn wir besitzen keine Möglichkeit, herauszufinden, wozu sie es benutzt haben könnten. Du bestehst darauf, die Bewohner dieses Systems als menschenähnliche Wesen zu betrachten, obgleich sie es wahrscheinlich gar nicht waren.«

»Sie können sich nicht so sehr von uns unterschieden haben«, entgegnete Lawrence. »Die Stadt auf Planet Vier zum Beispiel könnte von Menschen erbaut worden sein. Hier auf diesem Planeten sahen sie sich denselben technischen Problemen gegenüber, denen wir uns gegenübersehen würden, wollten wir ein ähnliches Projekt starten – und sie lösten diese Probleme auch auf ähnliche Weise, wie wir es getan hätten.«

»Du übersiehst dabei gerade die Tatsache«, erwiderte

Griffith, »die du selbst so oft betont hast – den Fanatismus, der sie alles der einen großen Idee opfern ließ. Menschen könnten nie so eng oder so fanatisch zusammenarbeiten. Irgendeiner würde einen groben Schnitzer begehen, jemand würde einem anderen die Kehle durchschneiden, schließlich würde jemand eine Untersuchung verlangen, und am Ende würde sich alles in alle Winde verstreuen.

Diese Leute aber waren gründlich«, fuhr er fort; »erschreckend gründlich. Es gibt hier kein Leben mehr – jedenfalls keines, das wir entdecken konnten. Nicht einmal ein Insekt. Und warum nicht? Vielleicht, weil ein Insekt sich in das Räderwerk verirren und die ganze Maschinerie blockieren könnte. Also mußten die Insekten verschwinden.«

Griffith wiegte seinen Kopf. »Man möchte fast meinen, dem Denkergebnis von Insekten gegenüberzustehen. Ameisen, zum Beispiel. Einer Kolonie von Ameisen. Einer seelenlosen Gemeinschaft, die in blindem, aber intelligentem Gehorsam auf ein gewähltes Ziel hingearbeitet hat. Und wenn es sich so verhalten hat, mein Freund, ist deine Theorie, daß sie das Elektronengehirn zur Lösung wirtschafts- und sozialtheoretischer Probleme benutzt haben könnten, der reinste Quark.«

»Es ist nicht meine Theorie«, verteidigte sich Lawrence. »Es ist nur eine von mehreren Überlegungen. Genausogut mögen sie versucht haben, eine Antwort darauf zu finden, was das Universum ist, warum es ist und wohin es sich bewegt.«

»Und wie es sich bewegt«, ergänzte Griffith.

»Du hast recht – und wie. Und wenn das so ist, so bin ich sicher, daß sie es nicht nur aus eitler Neugier getan haben. Sie müssen unter irgendeinem Druck gehandelt haben, einem zwingenden Grund, der sie eben dies und nichts anderes tun ließ.«

»Erzählen Sie weiter«, sagte Taylor. »Ich kann es kaum erwarten. Spinnen Sie das Märchen aus bis zu seinem bitteren Ende. Sie lösten das Rätsel des Universums und –«

»Ich glaube nicht, daß sie es gelöst haben«, mischte Buckley sich mit ruhiger Stimme ein. »Was sie auch immer gesucht haben mögen, die Chancen standen gegen das Finden einer endgültigen Antwort.«

»Ich bin anderer Ansicht«, meinte Griffith. »Ich möchte glauben, daß sie die Antwort auf ihre Frage gefunden haben. Warum sollten sie sonst fortgezogen sein und diese gewaltige Maschine zurückgelassen haben? Sie fanden das gesuchte Ergebnis und hatten danach keine weitere Verwendung mehr für das Werkzeug, das sie sich erbaut hatten.«

»Sie haben recht«, sagte Buckley; »aber nur teilweise. Sie hatten keine Verwendung mehr dafür, aber nicht, weil es seine Aufgabe gelöst hatte. Sie ließen es im Stich, weil es nicht groß genug war – weil es das Problem, mit dem sie zu tun hatten, nicht lösen konnte.«

»Nicht groß genug!« rief Scott aus. »Sie brauchten doch weiter nichts zu tun, als einen weiteren Mantel um den ganzen Planeten zu ziehen!«

Buckley schüttelte den Kopf. »Erinnern Sie sich daran, was ich über Grenzen sagte? Nun, hier haben wir eine, über die sich niemand hinwegsetzen kann. Setzen Sie Stahl unter einen Druck von mehr als dreitausenddreihundert Kilopond pro Quadratzentimeter, und er beginnt zu fließen. Das Metall, das sie in dieser Maschine benutzt haben, konnte wahrscheinlich einem weit größeren Druck widerstehen – aber es gab eine Grenze, die sie nicht überschreiten konnten. Diese Grenze hatten sie zweiunddreißig Kilometer über der Oberfläche des Planeten erreicht. Mehr durften sie nicht wagen.«

Griffith stieß einen langen Atemzug aus. »Also veraltet«, sagte er.

»Die Leistung eines Elektronengehirns hängt von seiner Größe ab«, erläuterte Buckley, »Jeder Integrator entspricht einer Zelle des menschlichen Gehirns. Seine Leistung und seine Funktion sind begrenzt. Was eine Zelle tut, muß jeweils von zwei anderen Zellen überwacht werden – nach dem Prinzip der dreifachen Absicherung gegen mögliche Irrtümer und Fehler.«

»Sie hätten die gespeicherten Daten ausräumen und von neuem beginnen können«, sagte Scott.

»Das haben sie wahrscheinlich auch getan«, erwiderte Buckley. »Viele, viele Male. Obwohl jedesmal ein Unsicherheitsfaktor bestanden haben muß, daß dieses Ausräumen nicht – nun, ich will einmal sagen – vernünftig oder moralisch gerechtfertigt gewesen sein könnte. Das Ausräumen einer Maschine dieses Ausmaßes muß einem Schock gleichkommen, wie er zum Beispiel als Folge einer Korrektivoperation am menschlichen Gehirn auftritt. Zweierlei kann passiert sein: sie haben die Grenze der möglichen Ausräumungen erreicht; zu viele Resterinnerungen blieben in den Zellen hängen –«

»Unterbewußtsein«, sagte Griffith. »Es müßte interessant sein, zu erfahren, ob eine Maschine ein Unterbewußtsein entwickeln kann.«

»– oder«, fuhr Buckley fort, »sie mögen auf ein so kompliziertes Problem gestoßen sein, ein Problem mit so vielen Verästelungen, daß diese Maschine es trotz ihrer Größe nicht bewältigen konnte.«

»Also machten sie sich auf die Suche nach einem größeren Planeten«, sagte Taylor, immer noch halb ungläubig. »Nach einem anderen Planeten, der klein genug ist, um darauf leben und arbeiten zu können, aber groß genug, um ein größeres Elektronengehirn darum zu errichten.«

»Es klingt wenigstens nicht völlig unsinnig«, sagte Scott widerstrebend. »Sie könnten mit den Resultaten, die sie hier erlangt haben, von neuem anfangen – und mit verbesserten Plänen und Techniken.«

»Und das Menschengeschlecht«, sagte King, »tritt hier ihr Erbe an. Was wir wohl damit anfangen werden? Bestimmt nichts dergleichen, wofür seine Erbauer es vorgesehen hatten.«

»Das Menschengeschlecht«, meinte Buckley, »wird zumindest innerhalb der nächsten hundert Jahre nichts damit anfangen können. Kein Fachmann wird es wagen, auch nur ein einziges Rädchen dieser Maschine zu bewegen, bevor er genau weiß, wie sie funktioniert, wie sie erbaut ist und zu welchem Zwecke. Millionen von Leitungen müssen aufgedeckt werden, Millionen Röhren überprüft, Schaltpläne neu gezeichnet und Techniker ausgebildet werden.«

»Das ist nicht unser Problem«, sagte Lawrence scharf. »Wir sind nur die Hühnerhunde. Wir stöbern das Rebhuhn auf und jagen es in die Luft, damit der Jäger es sieht, damit ist unsere Pflicht getan, und wir wenden uns einem neuen Ziel zu. Was unser Geschlecht mit den Dingen anfängt, die wir für es finden, ist eine andere Sache.«

Er hob ein Bündel mit Lagerausrüstung vom Boden und warf es sich über die Schulter.

»Alle bereit zum Aufbruch?« fragte er.

Sechzehn Kilometer weiter oben lehnte Taylor sich über das Schutzgeländer der Rampe, um einen Blick zurück in das Labyrinth der Maschine unter sich zu werfen.

Ein Löffel glitt aus seinem nachlässig gepackten Rucksack und fiel kreiselnd hinunter.

Noch lange Zeit hörten sie ihn während seines Falles klingen.

Selbst als sie nichts mehr hören konnten, blieben sie noch eine Weile stehen, lauschten und bildeten es sich ein.

JAMES BLISH

Die Falle

Als Meister an jenem Dienstagmorgen das Deckbett zurückschlug, dachte er, es sei noch vor Morgengrauen. Seit einiger Zeit benötigte er nur selten einen Wecker – ein schwacher Lichtstrahl, der auf seine Augen fiel, weckte ihn bereits, und manchmal jagten ihn seine Träume schon lange vor Sonnenaufgang hoch.

In dieser Nacht schienen ihn keine schlimmen Träume heimgesucht zu haben; doch wahrscheinlich hatte er sie nur vergessen. Nun, er war jedenfalls früh wach geworden. Er schwang die Beine aus dem Bett, tappte zum Fenster hinüber, schloß es und zog den Rolladen hoch. Dann sah er hinaus.

Die Straßenbeleuchtung war noch nicht abgeschaltet, aber der Himmel hatte bereits ein einheitliches Dunkelgrau angenommen. Meister hatte noch nie so einen Himmel gesehen. Selbst der dichteste Wolkenvorhang vor einem Schneefall weist noch leichte Helligkeitsunterschiede auf. Dieser Himmel jedoch – soviel er davon zwischen den Dächern der Apartmenthäuser erkennen konnte – sah wie die Innenseite einer Bleiglocke aus.

Er zuckte mit den Schultern und drehte sich um, nahm den Wecker vom Tisch und wollte das Läutewerk abstellen. Eines Tages, nahm er sich dabei fest vor, würde er lange genug schlafen, um es klingeln zu hören. Das würde ein herrlicher Tag werden: es würde bedeuten, daß die Träume aufgehört hatten. Im Konzentrationslager Dora hatte man im selben Augenblick aufwachen müssen, in dem die Tunnelbeleuchtung angeschaltet wurde; anderenfalls wurde man wachgeschlagen – oder man erwachte überhaupt nicht mehr. Das hing ganz davon ab, wieviel man vertrug oder wo es einen traf. Meister war seither auf einem Ohr taub. An den ersten drei Tagen im Lager Dora hatte man ihn wecken müssen.

Er merkte plötzlich, daß er unverwandt auf das Zifferblatt der Uhr starrte, während in seinem Unterbewußtsein Alarmglocken schrillten. *Neun Uhr!* Nein, das war nicht gut möglich. Offensichtlich war es erst kurz vor Sonnenaufgang. Benommen schüttelte er den Wecker, obgleich er ihn doch seit seinem Aufwachen ticken gehört hatte. Hastig prüfte er den Aufzug des Läutewerks an der Rückseite des Weckers.

Das Läutewerk war abgelaufen.

Das war einfach lächerlich. Die Uhr ging falsch. Er stellte sie auf den Tisch zurück und schaltete das kleine Radiogerät an. Nach einem Augenblick antwortete es mit einem schrecklichen Dröhnen, als sei ein Staubsauger in seinem Innern in voller Tätigkeit.

›B‹, dachte Meister automatisch. Er hatte zwar nur noch ein gutes Ohr, besaß aber immer noch das absolute Gehör – die Vorbedingung für einen Resonanztechniker. Er drehte den Skalenzeiger weiter. Das Brummen wurde lauter. Hastig drehte er nach der anderen Seite zurück. Bei 830 Kilohertz, wo WNYC einfiel, war das Brummen fast verschwunden; aber natürlich war es noch viel zu früh, als daß der Stadtsender seine Tätigkeit aufgenommen haben konnte –

»... in Ihren Wohnungen«, erklang deutlich eine Stimme über dem leisen Brummen. »Wir erwarten einen Bericht aus dem Armeehauptquartier. Jeder Auflauf in der Nähe der Barriere behindert nur die Arbeit der Untersuchungskommission der Stadtverwaltung ... Soeben erhalten wir eine Meldung von der Hafenmeisterei: jeglicher Fährverkehr ist bis auf weiteres eingestellt worden. Nur die Untergrundbahnen fahren noch nach außerhalb; der Ortsverkehr läuft weiterhin normal.«

Barriere? Meister trat wieder ans Fenster und sah hinaus. Der Ansager fuhr fort:

»NBC in Radio City streitet jedes Wissen um die Herkunft des Dauersignals ab, das seit Mitternacht den Empfang aller Stationen mit einer Frequenz von über neunhundert Kilohertz blockiert. Dazu gehören alle Sender innerhalb der City. Es wird angenommen, daß dieser Ton in Zusammenhang mit der Glocke steht, die gegenwärtig über Manhattan und dem größten Teil der übrigen vier Bezirke der Innenstadt liegt. Einige der außerhalb befindlichen Sender können noch empfangen werden, aber mit weniger als dem fünfzigsten Teil ihrer normalen Eingangsenergie.«

Die Stimme fuhr fort: »Der Dekan der Naturwissenschaftlichen Fakultät der Columbia-Universität schätzt, daß ungefähr der gleiche Anteil des Sonnenlichtes durchdringt. Wir haben noch keinen Bericht darüber, ob auch Luft durch die Barriere sickern kann. Das Wasser von East und Hudson River, soweit sie unter der Glocke hindurchfließen, soll weiterhin wie gewöhnlich strömen; die Messungen der Gezeitenstation an der Whitehall Street weisen keine anormalen Ergebnisse auf.«

Eine Pause trat ein; das Brummen tönte unverändert weiter. Dann erklang ein kurzer, scharfer Pfeifton, und die Stimme des Ansagers verkündete: »Mit dem Ton des Zeitzeichens war es genau neun Uhr Sommerzeit an der Ostküste der Vereinigten Staaten.«

Meister ließ das Radio angestellt, während er sich ankleidete. Die alarmierenden Nachrichten gingen weiter, aber außer wegen Ellen war er nicht sonderlich beunruhigt. Sie mochte sich ängstigen; aber wahrscheinlich würde nichts Ernsthafteres mehr passieren. Um diese Zeit sollte er sich eigentlich schon im Laboratorium befinden. Die Leute seiner Arbeitsgruppe, die diese Glocke während der Nacht errichtet hatten, würden ihn unbarmherzig damit aufziehen, daß er das große Ereignis verschlafen hatte.

Aus dem Radio erklangen unablässig neue Bekanntgaben, Warnungen, Nachrichten. Die Stimme des Ansagers hörte sich an, als sei er kurz vor einem hysterischen Anfall; offensichtlich hatte man ihn noch nicht eingeweiht. Meister band sich gerade seinen linken Schuh zu, als ihm zum Bewußtsein kam, daß die Nachrichten unheilverkündend zu werden begannen.

»Soeben erreicht uns eine Meldung vom La-Guardia-Flugplatz, daß man ein ferngelenktes Versuchsflugzeug an einem Punkt über der blockierten Tiboro Bridge durch die Barriere geschickt hat. Es ist nicht auf der anderen Seite über der City erschienen, und man nimmt an, daß es verlorengegangen ist. Von dem Unheil, das heute in den frühen Morgenstunden der *Miss New York* widerfuhr, besitzen wir noch keinen vollständigen Bericht. Die Behörden von Staten Island ließen verlauten, daß die Fähre um diese Zeit fast zweihundert Personen zu befördern pflegt, aber bisher sind lediglich elf aufgefischt worden. Einer dieser Überlebenden wurde von dem Schlepper *Marjorie Q* zu einer Helling in Manhattan gebracht; er hat einen schweren Nervenzusammenbruch erlitten, und das Bellevue-Hospital meldet, daß vor morgen mit keiner Aussage von ihm zu rechnen ist. Wie es jedoch den Anschein hat, ist er *unter* der Barriere hindurchgeschwommen.«

Seine Stimme übermittelte die Erregung, die ihn offenbar ergriffen hatte: »Außerhalb der Glocke herrscht dichter Nebel – der gleiche Nebel, der die Barriere den Blicken des Fährschiffskapitäns entzog, bis sein Schiff fast bis zur Mitte zerstört war. Das Polizeikommando fordert nochmals alle New Yorker auf, in ihren Wohnungen –«

Endlich auch beunruhigt, drehte Meister das Radio ab und verließ die Wohnung. Sorgfältig schloß er die Tür ab. Wenn diese Idioten ihre Glocke nicht bald abstellten, würde es noch vor Tagesende zu Panik und Plündereien kommen.

Unten in dem kleinen Gemischtwarenladen diskutierte eine kleine Menschenmenge mit leisen, entsetzten Stimmen; ihre Gesichter waren grau wie der unheildrohende Himmel. Er drängt sich zum Telephon durch.

Der Ladenbesitzer saß hinter dem Apparat. »Der Telephonverkehr ist behindert, Mr. Meister«, sagte er mit heiserer Stimme.

»Ich glaube, ich kann durchkommen. Was ist geschehen?«

»Wenn Sie *mich* fragen: das ist das Werk einer ausländischen Macht! Eine riesige Glocke aus einem unbekannten Stoff liegt über der ganzen City. Niemand kann hinein oder hinaus. Steckt man seine Hand hinein, zieht man einen blutigen Stumpf zurück. Was man auf der anderen Seite hineinschickt, kommt auf dieser Seite nicht wieder zum Vorschein.« Mit zitternden Händen ergriff er das Telephon und schob es hinüber. »Viel Glück.«

Meister wählte zuerst Ellens Nummer. Er mußte wissen, ob sie sich sehr ängstigte, mußte sie beruhigen. Die Leitung blieb eine Weile stumm; dann ertönte eine weibliche Stimme: »Es tut mir leid, mein Herr, aber während der Dauer dieses Notstandes dürfen keine Privatgespräche geführt werden, es sei denn, Sie besitzen eine Sondergenehmigung.«

»Nun gut, dann geben Sie mir Notruf-Kode B-Neunzehn«, sagte Meister.

»Ihre Einsatzgruppe, Sir?«

»Resonanzforschung.«

Ein schwacher Laut am anderen Ende der Leitung

hörte sich an, als hole das Mädchen überrascht Atem. »Jawohl, Sir«, sagte sie. »Sofort.« Ein monotones, mehrfach unterbrochenes Rattern im Hörer kündete an, daß eine Nummer gewählt wurde.

»Projekt B-Neunzehn«, meldete sich eine Stimme.

»Resonanzabteilung bitte«, sagte Meister, und nachdem er verbunden worden war und sich zu erkennen gegeben hatte, grollte eine andere Stimme in der Leitung.

»Hallo, Jake, hier spricht Frank Schäfer. Wo, zum Teufel, stecken Sie? Ich habe Ihnen ein Telegramm geschickt – aber wahrscheinlich haben Sie's nicht bekommen; die Leitungen sind überlastet. Kommen Sie so schnell wie möglich her!«

»Nein, ich habe kein Telegramm bekommen«, erwiderte Meister. »Wem darf ich gratulieren?«

»Niemandem, Sie Narr! *Wir* haben das nicht gemacht. Wir wissen nicht einmal, wie es gemacht worden ist!«

Meister fühlte, wie es ihm kalt den Rücken hinunter lief. Ihm war, als sei er wieder in die Stollen von Konzentrationslager Dora zurückversetzt worden. Er schluckte und fragte: »Aber es ist doch der Bombenabwehrschirm?«

»Genau!« antwortete Schäfer mit bitterer Stimme. »Nur ist uns jemand anders damit zuvorgekommen – und wir sind darunter gefangen.«

»Ist er absolut bombenfest – sind Sie ganz sicher?«

»Er ist undurchdringlich! Nichts kann hindurchkommen! *Und wir können nicht hinaus!*«

Es dauerte eine ganze Weile, bis sie die Geschichte unter sich aufgerollt hatten. Die Forschungsstelle für die Abwehr nuklearer Angriffe, ein Millionen Dollar schweres Staatsgeheimnis unter dem nichtssagenden Namen Projekt B-Neunzehn, befand sich in hellem Aufruhr. Ein großer Teil der Laboratoriumsbelegschaft befand sich außerhalb im Einsatz oder in Washington, als es passierte, und die Überlastung der Telephonleitungen hatte es fast unmöglich gemacht, die Leute, die noch in der Stadt waren, an ihren Arbeitsplatz zurückzuholen.

Frank Schäfer knetete nervös auf einem großen Zeichengummi herum. »Die Lage ist folgendermaßen:«, begann er, »diese Glocke ist in der letzten Nacht hochgegangen. Sie läßt etwas Licht und ein paar der stärksten in der Nähe gelegenen auswärtigen Radiostationen durch. Aber das ist auch alles – beziehungsweise alles, was wir bis jetzt herausfinden konnten. Es ist eine allseitig geschlossene Kuppel, die über Manhattan, Teilen der vier anderen Citybezirke und über New York liegt. Sie durchdringt nicht den Boden oder das Wasser, aber die einzige große Wassergrenze liegt weit draußen im Hafen, so daß im Ernstfalle wohl nur wenige Leute wie jener Mann von der *Miss New York* darunter hindurchschwimmen könnten.«

»Wie ich gehört habe, laufen die Untergrundbahnen«, sagte Meister.

»Das schon, wir können die Stadt evakuieren, wenn es sein muß, aber nicht rasch genug.« Die rastlosen Finger lösten kleine Stückchen von den Kanten des Zeichengummis. »Es wird nicht lange dauern, bis die Luft hier drin aufgebraucht ist, und wenn irgendwo Feuer ausbricht, geht es noch schneller. Außerdem liegt an der ganzen Innenwand der Kuppel eine ungefähr sechs Meter starke Schicht Ozon – aber fragen Sie mich nicht, wieso! Selbst wenn keine großen Feuersbrünste ausbrechen, verlieren wir mit erheblicher Geschwindigkeit Sauerstoff durch Ozonbildung und Oberflächenoxydation des ionisierten Gebietes.«

»Ionisation?« fragte Meister stirnrunzelnd. »Sehr stark?«

»Unheimlich!« antwortete Schäfer. »Wir haben es noch nicht bekanntgegeben, aber in weiteren zwanzig Stunden werden Sie aus dem Radio nichts anderes mehr zu hören bekommen als ein Geräusch, wie wenn ein Traktor über einen Berg von Cornflakes rasselt. Was für ein Zeug es auch sein mag, das sich zur Zeit als Himmel über uns spannt, es lädt sich sehr rasch auf.«

Ein Bote trat ein und warf eine Meldung auf Franks Schreibtisch. Der Physiker überflog sie und reichte sie dann an Meister weiter.

»Genau, wie ich's mir gedacht habe. Da sehen Sie, in welcher Klemme wir uns befinden!«

Die Meldung besagte, daß Sauerstoff ungefähr in der gleichen Menge und Geschwindigkeit zu den Eingeschlossenen durch die Kuppel drang, wie es bei einem Osmoseprozeß der Fall sein würde. Die Zahlen über den Verlust von CO_2 ließen sich noch weniger genau bestimmen, schienen sich aber auch in osmotischer Größenordnung zu bewegen. Der Bericht war von einem der ersten Universitätschemiker unterzeichnet.

»Unmöglich!« rief Meister aus.

»Nein, es ist schon so. Und New York ist eine viel zu große Gemeinde, um davon leben zu können, Jake. Wenn wir nur durch Osmose Sauerstoff beziehen, werden wir alle in einer Wochc ersticken. Und haben Sie schon einmal gehört, daß ein Stück Kohle oder eine Tomate durch eine halbdurchlässige Membrane geschleust worden ist? Luft, Heizung, Nahrung – alles ist abgeschnitten.«

»Was sagt die Armee?«

»Was sie gewöhnlich dort sagen: ›Tut etwas, und zwar schleunigst!‹ Wir haben Glück, daß wir Zivilisten sind, sonst würde man uns standrechtlich erschießen!« Schäfer lachte ärgerlich auf und schleuderte den Zeichengummi fort. »Auf eine Art ist es schon ein reizvolles Problem«, sagte er. »Wir haben unseren Bombenabwehrschirm, wenn er auch nicht von uns stammt. Und nun müssen wir herausbekommen, wie wir uns wieder für die Bomben verwundbar machen können – oder wir können uns beerdigen lassen. Und in sechs Tagen –«

Das Telephon läutete, und Schäfer riß den Hörer zu sich. »Ja, Sie sprechen mit Dr. Schäfer ... Es tut mir leid,

Oberst, aber wir haben hier jeden verfügbaren Mann an der Arbeit, außer denjenigen, die der Kommission des Bürgermeisters angehören... Nein, ich weiß es nicht. Vorläufig kann das noch niemand sagen. Wir spüren jetzt der Überlagerungsfrequenz im Radio nach. Wenn es irgend etwas mit der Kuppel zu tun hat, können wir den Generator orten und zerstören.«

Der Physiker knallte den Hörer auf die Gabel und starrte Meister finster an. »So geht das heute schon den ganzen Morgen! Ich wünschte, Sie wären früher aufgetaucht. Hier noch einmal kurz die Lagebeschreibung: die Stadt liegt im Sterben. Telephon- und Telegraphenleitungen sind die einzige Verbindung mit der Außenwelt, und für kurze Zeit können wir innerhalb der Kuppel auch noch Radio hören. Einsatzgruppen versuchen, von außen die Barriere zu sprengen, aber alle bedeutungsvollen Phänomene finden innerhalb statt. Von draußen erblickt man nur eine riesige schwarze Kuppel – keine Strahlung, kein Ionisation, keine Überlagerungsfrequenz, nichts!

Die Evakuierung hat begonnen«, fuhr er fort, »aber wenn die Kuppel bleibt, werden über drei Viertel der gefangenen Bevölkerung sterben. Bricht jedoch eine Feuersbrunst aus oder kommt es zu Gewalthandlungen, müssen wir fast alle sterben.«

»Sie reden da«, sagte Meister, »als ob Sie von mir verlangen wollen, daß ich die Kuppel allein auflöse.«

Schäfer grinste unangenehm. »So ist es, Jake! Diese Barriere reagiert offensichtlich nicht einmal auf nuklearen Beschuß; sie hält sozusagen alles auf. Fast alle hier sind jedoch Atomspezialisten, also völlig machtlos gegenüber diesem Problem. Alle Daten, die wir bisher haben erlangen können, deuten darauf hin, daß dieses Ding ein gewaltiger und unendlich komplizierter Fall von Schwingungsresonanz ist – und Sie sind der einzige Resonanztechniker, der sich innerhalb der Kuppel befindet.«

Das Grinsen verschwand. »Wir können Ihnen alle Elektronentechniker zur Verfügung stellen, die Sie brauchen«, fuhr Schäfer fort, »eine Menge offizielle Unterstützung und allgemeine theoretische Hilfe. Das ist nicht viel, aber alles, was wir besitzen. Wir schätzen, daß sich ungefähr elf Millionen Leute in diesem Sarg befinden – elf Millionen Leichen, wenn Sie nicht den Deckel lüften können.«

Meister nickte. Aus irgendeinem Grunde bedrückte ihn dieses Problem nicht so sehr, wie es eigentlich hätte der Fall sein sollen. Er dachte an Dora, an die unzähligen Leichen unter den Treppen, in den Lagerräumen, die, immer fünf zur gleichen Zeit, in den Verbrennungsofen wanderten. Man konnte fast alles überleben, wenn man Übung im Überleben hatte. Da war nur Ellen –

Ellen befand sich wahrscheinlich in diesem Sarg – unter der Kuppel. Das bedeutete etwas, während elf Millionen nur eine Zahl war.

»Entdecken«, murmelte er vor sich hin.

Schäfer sah ihn an; Funken schienen aus seinen blauen Augen zu sprühen. Seinem Aussehen nach würde wohl niemand in Schäfer einen der besten Atomphysiker der Welt vermutet haben; er war ein sandhaariger Zwerg – dem die Bedrohung durch die Bombe stets wie ein Fallbeil an einem Seidenfaden über dem Kopf schwebte.

»Was sagten Sie?« fragte er.

»Dasselbe wie Sie eben«, antwortete Meister, »nur mit einem anderen Wort: entdecken – das scheint der erste Schritt sein zu müssen. Um den Deckel lüften zu können, müssen wir zuerst den Sender, den Generator, entdecken.«

»Ich habe Suchtrupps mit Rahmenantennen ausgesandt. Das geometrische Zentrum der Kuppel befindet sich genau über der Spitze des Empire State Buildings, aber die WNBT behauptet, daß sich dort oben nur ihre Fernsehsender befinden.«

»Die Leute meinen«, sagte Meister, »daß sich vor einer Woche nichts anderes dort oben befunden hat. Am Ausstrahlungspunkt *muß* sich ein Sender befinden, wie gut er auch verkleidet sein mag.«

»Ich werde eine Gruppe hinschicken«, meinte Schäfer und stand auf. Er suchte nervös nach dem Zeichengummi, den er fortgeworfen hatte. »Ich glaube, ich werde selbst hingehen. Hier halte ich es doch nicht aus.«

»Mit Ihren Zähnen? Das würde ich Ihnen nicht empfehlen. Sie würden auf dem Schlachtfeld der Ehre sterben, wie schon die alten Römer sagten!«

»Zähne – wieso?« Schäfer kicherte nervös. »Was hat das mit dem Sender zu –«

»Sie haben Metall in Ihrem Mund. Wenn der Mast dort oben tatsächlich die Ausstrahlungsquelle dieser Schwingungen ist, könnten Ihre Kiefer Ihnen aus dem Kopf gebrannt werden. Stellen Sie eine Gruppe mit gesunden Zähnen oder höchstens Porzellanfüllungen zusammen. Und sie dürfen nichts aus Metall auf sich tragen, nicht einmal an den Schuhen.«

»Oh!« sagte Schäfer. »Ich wußte, daß wir ohne dich nicht weiterkommen würden – daß wir dich brauchten.« Er fuhr sich mit dem Handrücken über die Stirn und langte dann in seine Hemdtasche nach einer Zigarette.

Meister schlug sie ihm aus der Hand. »Nur noch für sechs Tage Sauerstoff«, sagte er.

Schäfer fuhr aus seinem Stuhl hoch, holte zu einem Hieb nach Meisters Kopf aus und fiel bewußtlos über seinen Schreibtisch.

Die düstere Stadt stank nach Ozon. Die Straßenbeleuchtung brannte immer noch. Trotz der über Radio durchgegebenen Warnungen, in den Wohnungen zu bleiben, schoben sich überall zusammengerottete Haufen sinnlos auf die Barriere zu. Hustende, keuchende Massen drängten ihnen entgegen, halb erstickt von dem unatembaren Zeug, das durch die Sperre sickerte. Noch mehr Leute drängten sich in den Untergrundbahnstationen;

schreiend trampelten die Menschen übereinander hinweg. Sonderbarerweise waren die Einnahmen der Bahnverwaltung an jenem Tag enorm hoch. Nicht einmal eine Katastrophe konnte die tief eingewurzelte Gewohnheit brechen, eine Münze in das Drehkreuz am Eingang zu werfen.

Die New-York-Central- und Long-Island-Eisenbahnen, deren Geleise an den Stellen, wo die Glocke eine unüberwindliche Barriere bildete, überirdisch verliefen, hatten ihren Betrieb einstellen müssen; das gleiche traf für die Untergrundbahnlinien zu, die noch innerhalb der Kuppel an die Oberfläche traten. Sonderzüge, die mit Flüchtenden bis zum Überlaufen vollgestopft waren, gingen alle drei Minuten von Pennsylvania Station ab.

Bei den Hudson-U-Bahnen war die Lage noch schlimmer. So groß war dort der Andrang der Flüchtlinge, daß die Züge kaum noch fahren konnten. Die Kuppel zog eine Todeslinie zwischen Hoboken und Newark, so daß die Bahnen den längeren der beiden Wege wählen mußten, um ihre Passagiere in die Freiheit zu bringen. Eine kurze Stromunterbrechung hielt einen Zug zehn Minuten lang in völliger Finsternis unter dem Hudson River fest, und Angst und Grauen brachen unter den Reisenden aus.

Die Queens- und Brooklyn-U-Bahnen konnten ein wenig von dem Andrang abschöpfen, ihr Anteil fiel jedoch kaum ins Gewicht. Bei Katastrophen größeren Ausmaßes drängen die Menschen instinktiv nach Norden; der von den Landkarten noch genährte Aberglauben, daß Norden gleichbedeutend mit ›oben‹ ist, treibt sie unwiderstehlich dorthin.

Barkassen der Kriegsmarine lagen auslaufbereit, um alle Leute, die den Versuch wagen wollten, zum Fuß der Kuppel in den Hafen hinauszufahren; doch bisher hatte sich noch niemand eingefunden. Nur wenige Leute können weiter als sechs Meter unter Wasser schwimmen; und vorher zum Luftschöpfen an die Oberfläche kommen zu müssen, wäre genauso tödlich gewesen wie das Auftauchen unter der Barriere: Ozon in hoher Konzentration zerstört die Lunge. Das allein hielt schon die meisten tollkühn veranlagten Leute davon ab, unter der Barriere hindurchtauchen zu wollen – das und der mit Gasmasken bewaffnete Polizeikordon.

Von Governor's Island, das zur Hälfte innerhalb der Kuppel lag, brachten kleine Armeebarkassen mehrere Kisten mit Handfeuerwaffen, die an die Wachtposten der Untergrund- und Eisenbahnlinien verteilt wurden. Zwei Sonderkommandos Infanterie wurden ebenfalls in die Innenstadt beordert, um die Polizei ein wenig zu entlasten.

Meister, der mit zwei Technikern und dem Piloten in einem Hubschrauber über einem Gebäude am Rande der Barriere schwebte, blickte verwirrt hinab. Es war schwierig, etwas aus den geometrischen Schatten dort unten herauszulesen.

»Das Mikrophon bitte«, sagte er.

Der ältere der beiden Techniker reichte es ihm herüber. Ein verhältnismäßig langwelliger Kanal war von einer größeren Sendestation für die Benutzung durch Einsatzgruppen und Streifenwagen der Polizei geräumt worden, da auf den kurzen Wellen alles von dem ewigen Brummen übertönt wurde.

»Frank, hören Sie mich?« rief Meister. »Haben Sie schon einen Bericht von Ellen?«

»Nein, aber ihre Vermieterin sagt, daß sie gestern nach Jersey gefahren ist, einen Besuch machen«, kam die Antwort über Funk. Zwischen beiden Männern herrschte ein unausgesprochenes Einverständnis, den hysterischen Anfall von vor einer Stunde nicht zu erwähnen. »Sie werden wohl die Kuppel zerstören müssen, Jake, wenn Sie mehr hören wollen. Schon etwas gefunden?«

»Nichts als noch mehr Ärger. Haben Sie schon einmal über die Erhaltung der Wärme nachgedacht? Ich erinnere mich daran, daß wir Sommer haben; wir werden bald in einem Backofen sitzen.«

»Daran habe ich auch gedacht, aber es ist nicht so«, antwortete Frank Schäfer. »Es scheint nur wärmer zu sein, weil wir keinen Wind haben. In Wirklichkeit *verlieren* wir, wie das Wetteramt meldet, sehr rasch Wärme; man erwartet, daß die Temperatur auf minus sechs bis minus neun Grad fällt.«

Meister pfiff durch die Zähne. »So niedrig! Aber das Wasser ist doch ein ständiger Kalorienspender –«

»Wasser ist ein schwacher Wärmeleiter. Was mir die meisten Sorgen bereitet, ist dieser verfluchte Ozon. Er kriecht langsam in die Innenstadt – hier riecht es schon wie in einem Transformator!«

»Und was ist mit dem Empire State Building?«

»Fehlanzeige. Wir haben schon Seifenschaum an den Kraftleitungen entlanglaufen lassen, um herauszubekommen, ob jemand Strom von WNBT abzapft, aber nirgends ist ein Leck. Am besten kommen Sie selbst einmal herüber, wenn Sie an der Barriere fertig sind. Wir haben hier ein paar Dinge, die uns Kopfzerbrechen bereiten.«

»Wird gemacht«, antwortete Meister. »Ich verschwinde hier, sobald ich einen Brand entfacht habe.«

Schäfer begann überstürzt zu sprechen. Meister lächelte fein und reichte Mikrophon und Kopfhörer dem Techniker zurück.

»Macht die Masken bereit«, sagte er. »Wir können hinuntergehen.«

Das Dach neben der Barriere war eine Hölle, wie sie nur ein Wahnsinniger erträumen konnte. Bei jeder Bewegung sammelte sich an der Oberfläche des Körpers eine kleine statische Ladung an, die sich stechend aus den Fingerspitzen und sogar aus der Nasenspitze entlud, sobald man einem geerdeten Gegenstand zu nahe kam.

Nur ein paar Schritte entfernt erhob sich die rätselhafte Mauer, glatt, dunkelgrau und unbestimmbar, doch von einem geheimnisvollen Pseudoleben durchpulst – ein schimmernder Nebel, der nur zu dicht war, als daß man ihn durchdringen konnte. Eine feste Grenze ließ sich nicht erkennen. Die Dachpappe begann lediglich langsam vor den Augen zu verschwimmen und löste sich nach etwa dreißig Zentimetern völlig in dem geheimnisvollen Phänomen auf.

Meister starrte auf die graue Wand. Das Fehlen eines jeden Anhaltspunktes für die Augen war schwindelerregend. Die Phantasie zauberte Muster und Lichtblitze von verwirrendem Farbenreichtum hervor und projizierte sie auf die graue Fläche. Manchmal schien der Nebel sich meilenweit zu erstrecken. Ein maskierter Polizist trat von der zur Straße gelegenen Brüstung zu ihm herüber und berührte ihn am Ellbogen.

»Ich würde an Ihrer Stelle nicht zu lange daraufstarren, Sir«, sagte er. »Unten mußten schon Ambulanzen die Schaulustigen abfahren, die wieder fortzusehen vergaßen. Nach kurzer Zeit meint man, die Augen nicht mehr abwenden zu können.«

Meister nickte. Das Ding besaß tatsächlich eine hypnotische Wirkung. Und das um so mehr, als diese graue Wand die einzige Lichtquelle für die Eingeschlossenen in dieser Gegend bedeutete und daher unwillkürlich die Blicke auf sich zog. Die Ionisation war so stark, daß sie Strom von den Leitungen abzog, so daß die Straßenbeleuchtung in den Bezirken entlang der Barriere erloschen war. Vom Hubschrauber aus hatte die City ausgesehen, als sei ihre Grenze mit einem dicken schwarzen Tintenkreis gezogen. Meister fühlte, wie sämtliche Haare an seinem Körper sich als Folge der elektrischen Aufladung aufrichteten und bewegten; ihm war, als sei er von Ungeziefer befallen. Nun, im Lager Dora hatte an Läusen kein Mangel geherrscht!

Hinter ihm luden die Techniker ihre Apparate aus dem

Hubschrauber. Meister winkte einen herbei. »Versuchen Sie zuerst die Feldstärke festzustellen«, sagte er mürrisch. »Der Urheber dieser ganzen Geschichte muß eine Unmenge Energie zur Verfügung haben. Nicht so einfach, ionisiertes Gas zu –«

Er unterbrach sich plötzlich. Nein, so schwierig war es ja gar nicht. Die City war völlig eingeschlossen – war in der Tat eine riesige Geißlersche Röhre. Natürlich war die Konzentration von Edelgasen nicht hoch genug, um ein sichtbares Glimmen zu bewirken, aber –

»Ziemlich hoch«, sagte der Techniker mit der Rahmenantenne; »zwischen fünfundvierzig- und fünfzigtausend. Scheint noch etwas anzusteigen.«

»Zwischen –« Meister trat rasch an das Instrument. Tatsächlich, die schwarze Nadel pendelte so rasch zwischen den beiden genannten Zahlen hin und her, daß sie einen fächerförmigen Schatten erzeugte. »Das ist lächerlich! Ist dieses Meßgerät zuverlässig?«

»Ich habe gerade erst die Plombe des Prüfers abgenommen«, antwortete der Techniker. »Wie erklären Sie sich denn sonst den Ausfall einer solchen Menge Ozon?«

»Ich hatte an ein Äquivalent zum Beschuß mit UV-Strahlen gedacht. Das ändert die Sachlage. Kein Wunder, daß Licht durch die Kuppel dringen kann! Sergeant!«

»Jawohl, Sir?« murmelte der Polizist unter seiner Maske.

»Wieviel von dem Gebiet dort unten können Sie von der Bevölkerung räumen?«

»Soviel Sie benötigen.«

»Gut.« Meister griff in seine Jackentasche und zog den Stadtplan heraus, den der Pilot ihm gegeben hatte. »Wir befinden uns zur Zeit hier, nicht wahr? Lassen Sie also von hier bis da einen Kordon ziehen.« Sein weicher Bleistift zog eine schwarze Linie um vier Gebäude. »Und dann holen Sie so viel Feuerwehr heran und stellen sie außerhalb dieser Linie auf, wie Sie auftreiben können.«

»Erwarten Sie ein schlimmes Feuer?«

»Nein, ein *gutes*. Aber beeilen Sie sich!«

Der Polizist kratzte sich verwirrt den Kopf, ging jedoch nach unten. Meister lächelte. Die Angehörigen der Schirmforschungsabteilung gehörten jetzt zu den ganz großen Leuten in der Stadt. Vor zwanzig Stunden noch hatte kaum jemand von ihrer Existenz gewußt.

Der mit nervöser Hast arbeitende Techniker versuchte, ein Oszilloskop in den Stromkreis der Rahmenantenne zu schließen. Meister nickte beifällig. Wenn dieses Phänomen schon Schwingungen aufwies, war es auch gut, ihre Form zu kennen. Er schnippte mit den Fingern.

»Stimmt was nicht, Doktor?«

»Mein Gedächtnis ist wiedergekehrt; ich muß wohl heute früh beim Aufstehen meinen Kopf verkehrt aufgesetzt haben. Wir werden die Wellenform photographieren müssen; sie wird zu komplex sein, um sie an Ort und Stelle analysieren zu können.«

»Woher wissen Sie das?« fragte der Techniker.

»Aus dem Brummen im Radio«, antwortete Meister. »Ihr Amerikaner arbeitet mit den Augen. Es gibt fast keine Resonanzelektroniker hier in diesem Land. In Deutschland haben wir genausoviel mit dem Gehör wie mit den Augen gearbeitet. Wo Sie eine Welle in ein sichtbares Muster verwandeln, haben wir sie in ein hörbares umgesetzt. Bei uns gab es ein Sprichwort, nach dem Resonanztechniker enttäuschte Musiker sind.«

Auf der Röhre erschien plötzlich eine tänzelnde grüne Gestalt. Es sah wie der Tanz eines Verrückten aus. Der Techniker blickte mit geradezu verzweifeltem Gesicht darauf. »Das gibt es einfach nicht«, rief er aus. »Ich möchte in keiner Wissenschaft arbeiten, wo so etwas existieren kann!«

Meister grinste. »Das ist genau, wie ich's mir gedacht habe. Der Grundton des Geräusches im Radio war ein B, aber von Hunderten von harmonischen Unterschwingungen und Obertönen eingekreist. Sie haben noch nicht das ganze Feld erfaßt.«

»Habe ich nicht?« Er überzeugte sich. »Tatsächlich! Aber wenn ich das tue, können Sie die Modulationsformen nicht mehr erkennen.«

»Wir werden sie abschnittsweise photographieren müssen.«

Der andere Mann brachte die Kamera herbei und stellte sie auf. Sie arbeiteten rasch, bedrückt von dem unnatürlichen perlmutterartigen Schimmer der Barriere, den Atemmasken, dem beißenden Geruch des Ozons, der an den Rändern der Masken durchsickerte, der prikkelnden Elektrizität am ganzen Körper und vor allem von der stummen Angst, wie sie jedes eingesperrte Lebewesen empfindet.

Während sie arbeiteten, kam der Polizist zurück und sah ihnen schweigend zu. Die Atemmaske verhüllte seinen Gesichtsausdruck, aber Meister fühlte förmlich das Vertrauen, das von dem Mann auf ihn überstrahlte. Zweifellos waren diese Instrumente für ihn unverständlich – aber ähnliche Instrumente hatten auch diese riesige Falle errichtet, die kein Polizist und kein Präsident wieder abreißen konnte. Männer, die mit solchen Instrumenten umzugehen verstanden, kamen in seinen Augen Göttern gleich.

Falls sie nicht versagten.

»Das genügt«, sagte der Techniker.

Der Polizist trat zu ihnen. »Ich habe das von Ihnen bezeichnete Gebiet absperren lassen«, sagte er schüchtern. »Wir haben alle Apartments durchsucht; in den Häusern ist niemand mehr. Wenn hier ein Feuer ausbricht, werden wir verhindern können, daß es sich weiter ausbreitet.«

»Ausgezeichnet!« erwiderte Meister. »Denken Sie jedoch daran, daß dieses Gas die Flammen noch aufpeitschen wird. Sie werden alle verfügbaren Leute brauchen.«

»Jawohl, Sir. Noch weitere Anordnungen?«

»Verlassen Sie selbst auch den abgesperrten Bezirk.«

Meister kletterte in den Hubschrauber und blieb in der offenen Luke stehen. Er blickte auf seine Armbanduhr und gab dem Polizisten zehn Minuten Zeit, das Gebäude zu verlassen und sich hinter die Absperrung zurückzuziehen. Dann riß er ein Streichholz an und warf es auf das Dach.

»Hoch!« rief er dem Piloten zu.

Die Rotoren begannen zu kreisen. Der Teer auf der Dachpappe fing an zu schwelen. Eine Flamme züngelte in die Höhe. Innerhalb von drei Sekunden war das ganze Dach ein loderndes Meer am Rande der grauen Barriere.

Der Hubschrauber pendelte und gewann langsam Höhe.

Hinter ihnen öffnete sich eine grelle, furchterregende gelbe Hölle. Meister verschwendete keine weiteren Blicke daran. Er hockte sich mit dem Rücken zum Feuer hin und wedelte Photopapiere über einem Flaschenhals hin und her.

Die Ammoniakdämpfe waren unsichtbar und drangen nicht durch das Maskenfilter, aber auf den Trockenpapieren erschienen sich schlängelnde Linien. Während Meister sie studierte, nagte er behutsam an seiner Unterlippe. Mit ein wenig Glück würden diese Linien zumindest eine Frage beantworten: sie würden verraten, wie die Kuppel beschaffen war. Mit etwas mehr Glück würden sie sogar verraten, wie sie erzeugt wurde.

Sie würden jedoch *nicht* verraten, *wo* sie erzeugt wurde.

Die gleichmäßige Vorwärtsbewegung des Hubschraubers änderte sich plötzlich, und Meisters Magen krampfte sich unbehaglich zusammen. Er verstaute die Papiere und blickte auf. Der perspektivisch verkürzte Zeigefinger des Empire State Buildings wies durch den durchsichtigen Boden des Hubschraubers zu ihm empor; ein anderer Hubschrauber schwebte über seiner Spitze. Die Fernsehantenne war jetzt in einem dunklen, kugelförmigen Gebilde verschwunden.

Meister griff nach dem Radiotelephon. »Schäfer?« rief er fragend, mit Blick nach dem Empire State Building.

»Nein, hier ist Talliafero«, kam die Antwort. »Schäfer ist zum Laboratorium zurückgegangen. Wir wollen auch gerade abhauen. Brauchen Sie irgendwelche Hilfe?«

»Ich glaube nicht«, antwortete Meister. »Ist das Metallfolie dort um den Fernsehmast?«

»Ja, aber es ist nur eine Vorsichtsmaßnahme. Der ganze Turm strahlt. Die Folie strahlt jetzt, nachdem wir sie herumgezogen haben, ebenfalls. Bis später.«

Der andere Hubschrauber schwankte ein wenig und strich dann seitwärts ab.

Meister schaltete den Empfänger auf kurze Welle um. Das Brummen schwoll an; er drehte den Lautstärkeregler zurück und lauschte konzentriert. Der Ton war irgendwie anders. Nach einem Augenblick hatte er den Unterschied herausgefunden. Der Grundton B war unverändert da, aber einige der Obertöne waren verschwunden; das bedeutete, daß Hunderte andere, die der kleine Verstärker nicht wiedergeben konnte, ebenfalls verschwunden waren. Er hörte jetzt mit einem FM-Gerät; sein Tischempfänger zu Hause war ein AM-Gerät! Die Welle wurde also über beide Achsen moduliert, und wahrscheinlich fand auch noch eine Pulsphasen-Modulation statt. Aber warum vereinfachte sich die Schwingung, wenn man sich ihrer Quelle näherte?

Resonanz natürlich. Die Obertöne waren Echos. Doch ein simpler Primärton in einem wohlbekannten Frequenzbereich konnte nicht allein diese Kuppel errichten. Die harmonischen Unterschwingungen waren es, die diesen Effekt hervorriefen, und diese harmonischen Unterschwingungen wiederum konnten nicht ohne eine Resonanzbox, wie es zum Beispiel die Kuppel war, auftreten. Als Ergebnis dieser Überlegungen war die Kuppel eine Vorbedingung ihrer eigenen Existenz! Meister merkte, wie sein Kopf zu schwimmen begann.

»He«, rief der Pilot; »es fängt an zu schneien!«

Meister stellte den Empfänger ab und sah hinaus. »In Ordnung«, sagte er, »wir können nach Hause fliegen.«

Trotz der stark verminderten Belegschaft schlugen Meister in der Schirmforschungsstelle alle Zeichen größter Aktivität entgegen: das heißt, es herrschte eine geradezu atemberaubende Stille, hier stets das Merkmal höchster Konzentration bei wichtigen Arbeiten. Frank Schäfers Tür war geschlossen, aber Meister hielt sich nicht mit Anklopfen auf. Eine Idee begann sich in seinem Kopf zu bilden, und mit Formalitäten durfte er keine Zeit verlieren.

Eine Anzahl uniformierter Männer befand sich in Franks Büro; außerdem erblickte er einen großen Mann in einem teuren Maßanzug sowie einen kleinen, dunkelhaarigen, der so aussah, als benötigte er dringend Schlaf. Er hatte dunkle Ringe unter den Augen, aber Meister erkannte ihn trotz seines elenden Aussehens wieder: es war der Bürgermeister. Der große Mann kam ihm weder bekannt – noch angenehm vor. Und was die Offiziere betraf – niemand in Uniform war für Meisters Augen ein angenehmer Anblick.

Er drängte sich hindurch und warf die Aufnahmen auf Schäfers Schreibtisch. »Die Ergebnisse der Resonanzbeobachtung«, sagte er. »Wenn wir die Grundwelle im Labor nach –«

Ein förmlicher Aufschrei entrang sich dem großen Mann. »Doktor Schäfer! Ist das der Mann, auf den wir hier warten?«

Schäfer machte eine müde Handbewegung. »Jake, das ist Mr. Roland Dean«, sagte er. »Den Bürgermeister kennen Sie ja wohl. Die anderen Herren hier sind Offiziere des Sicherheitsdienstes. Sie scheinen anzunehmen, daß Sie die Kuppel erzeugt haben.«

Meister erstarrte. »Ich? Das ist einfach idiotisch!«

»Jeder Ausländer befindet sich automatisch unter Verdacht«, sagte einer der Uniformierten. »Aber Dr. Schäfer übertreibt etwas. Wir wollen Ihnen nur ein paar Fragen stellen.«

Der Bürgermeister hustete. Er war offensichtlich übermüdet, und der Ozongeruch machte das Atmen nicht gerade sehr angenehm.

»Ich fürchte, es hängt für Sie noch etwas mehr an der Sache, Dr. Meister«, mischte er sich ein. »Mr. Dean hier besteht auf Ihrer Verhaftung. Ich persönlich möchte Ihnen versichern, daß ich die ganze Aufregung für reichlich überflüssig halte.

»Vielen Dank«, erwiderte Meister. »Was für ein Interesse hat Mr. Dean an unserer Sache?«

»Mr. Dean«, grollte Schäfer, »ist der Eigentümer jenes Häuserblocks, den Sie an der Nordgrenze in Brand gesteckt haben. Übrigens, das Feuer breitet sich weiter aus. Als ich ihm erklärte, ich wüßte nicht, warum Sie das täten, ist er beinahe in die Luft gegangen.«

»Und warum sollte ich mich nicht aufregen?« verlangte Dean mit einem wütenden Blick auf Meister zu wissen. »Ich sehe nicht ein, wieso dieser Notstand als Vorwand für die unverantwortliche Zerstörung von Privateigentum dienen soll. Können Sie irgendeinen Grund dafür anführen, daß Sie meine Häuser niederbrennen, Meister?«

»Haben Sie irgendwelche Beschwerden beim Atemholen, Mr. Dean?« fragte Meister zurück.

»Was für eine Frage! Sie etwa nicht? Glauben Sie uns das Atmen erleichtern zu können, indem Sie die Kuppel vollräuchern?«

Meister nickte. »Ich sehe, daß Sie keine Ahnung von den einfachsten chemischen Vorgängen besitzen, Mr. Dean. Die Kuppel verwandelt unseren Sauerstoff sehr rasch in eine nicht atembare Form. Ein schönes heißes Feuer verzehrt zwar einen Teil davon, bricht aber gleichzeitig die Ozonmoleküle auseinander. Das Verhältnis ist ungefähr zwei zu eins: zwei Sauerstoffatome werden für jedes freigesetzte Sauerstoffatom verbrannt – zwei von dreien, die in der zusammengesetzten Form von Ozon überhaupt nicht eingeatmet werden können.«

Schäfer seufzte genußvoll. »Ich hätte es mir denken müssen. Ein feiner Plan, Jake! Aber wie ist das Verhältnis zwischen der Reduktion von Ozon und dem gesamten Sauerstoffverbrauch?«

»Der Freisetzungsprozeß von Sauerstoff ist groß genug, um uns noch fünf Tage der sechstägigen Galgenfrist zu verschaffen, mit der wir rechnen zu können glaubten. Hätten wir die Ozonbildung ungehindert fortschreiten lassen, wären uns keine vierzig Stunden mehr geblieben.«

»Fauler Zauber!« verkündete Dean ungerührt und wendete sich an Schäfer. »Halbe Maßnahmen! Das Problem ist doch, uns hier herauszubekommen, und nicht durch Verletzung von Eigentumsrechten unsere Leiden um drei Tage zu verlängern. Dieser Mann ist Deutscher, wahrscheinlich ein Nazi! Wie Sie selbst zugegeben haben, ist er der einzige Mann Ihrer ganzen Abteilung, der zu wissen schien, was man tun müsse. Und nichts, was er bisher getan hat, verrät auch nur die geringste Aussicht auf Erfolg; lediglich meine Gebäude hat er erfolgreich niedergebrannt!«

»Sagen Sie uns jetzt bitte, Mr. Meister, *was* bisher erreicht worden ist«, forderte ihn ein Oberst des Sicherheitsdienstes auf.

»Bisher nur ein paar Probeuntersuchungen«, antwortete Meister. »Von den meisten Sekundärerscheinungen haben wir graphische Darstellungen angefertigt.«

»Graphische Darstellungen!« schnaubte Dean verächtlich.

»Können Sie uns eine verbindliche Erklärung geben, daß die Kuppel rechtzeitig beseitigt wird?« fragte der Oberst.

»Das«, erwiderte Meister, »wäre sehr töricht von mir.

Die Möglichkeit dafür existiert, das ist aber auch alles. Natürlich braucht es Zeit – wir haben bisher kaum die Oberfläche des Problems angekratzt.«

»Es tut mir leid, aber in diesem Falle müssen Sie sich als unter Arrest befindlich betrachten –«

»Hören Sie, Oberst!« rief Schäfer und sprang mit gerötetem Gesicht hoch. »Wissen Sie denn nicht, daß er der einzige Mann innerhalb dieser verdammten Kuppel ist, der sie knacken könnte? Die Anlage des Feuers entsprang nur gesundem Menschenverstand. Wenn Sie meine Leute verhaften, weil sie *nichts* getan haben, werden wir nie etwas getan bekommen!«

»Ich bin nicht völlig verblödet, Doktor Schäfer«, erwiderte der Oberst abweisend. »Mr. Deans Grundstücke interessieren mich nicht, und falls der Bürgermeister sich gezwungen sehen sollte, Dr. Meister ins Gefängnis zu werfen, würden wir ihn sofort wieder herausholen. Das einzige, was mir Kopfschmerzen bereitet, ist die Möglichkeit, daß Dr. Meister die Kuppel *aufrechterhalten* könnte, anstatt zu versuchen, sie zu *knacken.*«

»Erklären Sie das doch bitte«, sagte Meister gelassen.

Der Oberst richtete sich auf, nahm eine steife militärische Haltung an, räusperte sich und sagte: »Sie befinden sich innerhalb der Kuppel; wenn Sie sie errichtet haben, kennen Sie einen Ausweg und wissen, wo sich der Generator befindet. Sie dürfen sich weiterhin völlig frei bewegen, aber von jetzt an wird eine Wache Sie begleiten ... zufrieden, Dr. Schäfer?«

»Aber ich bin nicht zufrieden!« polterte Dean. »Wo bleibt der Ersatz für mein Eigentum? Wollen Sie diesem Verrückten weiterhin gestatten, Häuser anzuzünden, und ihm noch eine Wache zur Hilfe geben?«

Der Oberst musterte den Hausbesitzer. »Mr. Dean«, sagte er ruhig, »Sie scheinen zu denken, daß diese Kuppel nur errichtet wurde, um Sie persönlich zu belästigen. Die Armee besitzt nicht das technische Wissen, um sie zu zerstören; aber sie besitzt genug Verstand, um zu erkennen, daß hier mehr als nur New York auf dem Spiel steht. Der Feind, wer er auch sein mag, hält diesen Schirm für unzerstörbar – anderenfalls würde er uns nicht die Chance dazu gegeben haben, indem er nur eine Stadt damit überspannt. Wenn die Kuppel nicht in, sagen wir, acht Tagen herunter ist, wird er wissen, daß New York versagt hat und gestorben ist – und jede Stadt im ganzen Land wird am nächsten Morgen nur noch ein Schutthaufen sein.«

Schäfer setzte sich mit saurem Gesicht wieder hin. »Warum?« fragte er den Offizier. »Warum sollten sie Atombomben verschwenden, wenn sie die Städte einfach einsiegeln können?«

»Weil diese Methode unzureichend ist. Amerika ist ein zu großes Land, um es rasch besetzen zu können. Sie haben keinen Grund, sich darum zu sorgen, daß große Teile eine Zeitlang unbewohnbar sein würden. Die vordringlichste Aufgabe ist für sie, uns als Militärmacht auszuschalten, als eine Macht in der Weltpolitik.«

»Wenn sie aber alle Städte mit einemmal einschlössen – «

Der Oberst schüttelte den Kopf. »Wir besitzen eine Menge geheimer Raketenbasen, und die sind *nicht* in großen Städten. Weder Kuppeln noch Bomben würden mehr als ein paar davon erreichen. Nein, sie müssen wissen, daß die Kuppel unzerstörbar ist, damit sie ihre eigenen Städte gegen unsere Bomben abschirmen können, bis unser ganzes Land vernichtet ist. Mit der Kuppel würde das über eine Woche dauern, und ihre Städte würden mit unseren leiden. Mit Bomben würden ein, zwei Tage ausreichen. Daher haben sie uns diesen Test gestattet. Wenn New York ihn besteht, wird kein Angriff erfolgen – zumindest nicht, ehe sie einen besseren Schirm haben. Bisher jedoch scheint die Kuppel gut genug zu sein!«

»Politik!« sagte Schäfer, angewidert den Kopf schüttelnd. »Diese Argumente sind für mich viel zu geschraubt! Ist denn diese Kuppel kein Angriff?«

»Gewiß – aber wer ist der Angreifer?« fragte der Oberst zurück. »Wir können es vermuten, aber wir können es nicht beweisen. Und ich bezweifle sehr, daß der Feind irgendwelche Spuren hinterlassen hat.«

Meister erstarrte plötzlich. Ein Schauer der Überraschung jagte ihm das Rückgrat hoch. Schäfer sah ihn verblüfft an.

»Spuren!« rief Meister aus. »Selbstverständlich! Das hat uns so lange auf der Stelle treten lassen. Natürlich darf er keine Spuren hinterlassen. Mit der Suche danach haben wir unsere Zeit vergeudet. Frank, der Generator befindet sich nicht im Empire State Building. *Er befindet sich nicht einmal in der Kuppel!*«

»Aber Jake, er muß sich darin befinden«, entgegnete Schäfer. »Es ist physikalisch unmöglich, daß er sich außerhalb befindet.«

»Ein Trick!« polterte Dean.

Meister wedelte aufgeregt mit den Händen. »Nein, nein! Diese Überlegung hat ja gerade unsere Arbeit so ergebnislos gemacht. Wie der Oberst sagte, würde es der Feind nicht wagen, Spuren zu hinterlassen. Nun, der Ursprung eines technischen Erzeugnisses läßt sich feststellen, besonders aber, wenn das Gerät revolutionär ist wie dieses. Finden wir den Generator, so wissen wir sofort, aus welchem Lande er stammt. Man erkennt das Prinzip, und man sagt sich: ›Ach ja, richtig, da waren doch Berichte, Gerüchte, Andeutungen eines solchen Prinzips, aber wir haben sie als Phantasie abgetan; sie stammten aus dem Lande X.‹ Können Sie mir folgen?«

»Ja, aber –«

»Aber kein Land würde einen solchen Fingerabdruck an einer Stelle hinterlassen, wo man ihn finden könnte. Darauf können wir uns verlassen. Dagegen wissen wir bis jetzt noch so gut wie nichts über die physikalischen Eigenschaften der Kuppel. Wenn es also physikalisch unmöglich zu sein scheint, daß sich der Generator außerhalb der Kuppel befindet, bedeutet das noch lange nicht, daß wir weiter innerhalb der Kuppel danach suchen müssen. Es bedeutet, daß wir ein physikalisches Prinzip entdekken müssen, das es gestattet, den Generator außerhalb zu stationieren!«

Frank Schäfer warf beide Hände hoch »Physikalische Grunderkenntnisse innerhalb einer Woche revidieren! Nun, wir wollen es versuchen. Ich nehme doch an, Oberst, daß Meister im Labor arbeiten darf?«

»Gewiß, solange meine Wachen sich im Laboratorium aufhalten dürfen.«

Dreißig Stunden später hörte der Schnee zu fallen auf; eine etwa zehn Zentimeter dicke Schicht lag auf den Straßen. Der zügellose Mob streifte nicht mehr umher. Hoffnungslos verkeilte Menschenmassen verstopften Untergrund- und Eisenbahnstationen. Der vorrückende Ozon hatte sie zusammengedrängt und in die Häuser und Keller getrieben, wo sie die Räume gegen den beißenden Geruch abdichten konnten.

Tausende waren bereits entlang der Peripherie gestorben. An den Küsten von New Jersey und Brooklyn türmten sich die Leichen derjenigen, die über den Fluß Manhattan und damit reinere Luft hatten erreichen wollen. Zwanzig Häuserblocks an der Westseite der Insel brannten noch, aber das Feuer hatte die Ninth Avenue nicht zu überspringen vermocht und verlosch langsam aus Mangel an Nahrung. Sonst war es überall kalt. Die Stadt lag im Sterben.

Die Kuppel über allem war unsichtbar. Die dritte Nacht war angebrochen.

Im großen Hauptlabor der Forschungsstelle verschwanden plötzlich Schäfer, Meister und die beiden Techniker unter einer eigenen kleinen Kuppel, während vier verzweifelte und entsetzte Soldaten davorstanden. Meister seufzte genußvoll und blickte auf den schwarzen, ein paar Schritte entfernten Schirm.

»Jetzt wissen wir's«, sagte er. »Frank, Sie können das Licht einschalten.«

Die Tischlampe flammte auf. Meister sah, daß Schäfer die Tränen über die Wangen rannen.

»Nein, nein, weinen Sie nicht, unsere Aufgabe ist noch nicht vollbracht!« rief Meister. »Aber sehen Sie nur – so einfach und so wunderbar!« Er deutete auf einen Metallklumpen, der genau im Zentrum des eingekesselten Gebietes lag. »Hier sind wir – vier Männer, ein Eisenklumpen, ein leerer Schreibtisch, eine Lampe, ein Stück Metallfolie. Und wo ist der Schirmgenerator? Draußen!«

Schäfer schluckte. »Aber nein, das ist er nicht«, sagte er heiser. »Oder doch? – Ja. Sie hatten recht, Jake – der *Hauptsender* ist draußen. Aber er erzeugt nicht den Schirm; er erregt nur das Eisen hier, und das verrichtet die Arbeit.« Er blickte auf die verstreuten graphischen Darstellungen auf dem Schreibtisch. »Ich hätte nie geträumt, daß ein solches Störungsfeld möglich sein könnte! Seht euch nur diese Wellen an, wie sie einander jagen, sich gegenseitig überlagern und verlangsamen, während die Spannung ansteigt; kein Wunder, daß die ganze Raumstruktur weichen muß, wenn sie schließlich auf dieselbe Schwingungszahl gelangen!«

Einer der Techniker starrte nervös die Wand der kleinen Kuppel an und räusperte sich. »Ich begreife aber immer noch nicht, wieso Licht, Sauerstoff und so weiter durchsickern können, so wenig es auch sein mag. Die Kuppel sollte doch das vollkommene Äquivalent eines Reflektors darstellen und müßte demnach schwarz sein. Aber sie ist grau.«

»Nein, sie ist schwarz«, erwiderte Schäfer. »Aber sie besteht nicht ununterbrochen. Wenn das so wäre, könnte die Erregerstrahlung nicht eindringen. Der Apparat ist ein perfekter elektromagnetischer Impulsunterbrecher. Der außerhalb befindliche Sender schickt den Erregerstrahl hinein. Der Eisenklumpen – in unserem Falle das Empire State Building – wird erregt und reflektiert das Spannungsfeld des Schirmes, die Kuppel geht hoch. Die Kuppel schneidet den Erregerstrahl ab. Die Kuppel bricht zusammen, der Erregerstrahl tritt wieder ein. Und so geht das weiter. Der Dreh an der ganzen Sache ist aber, daß man ohne dieses rasche An-aus-an-aus-an-aus überhaupt nichts erzeugen könnte – die Kuppel könnte nicht existieren, weil erst durch die Unterbrechung die erforderlichen harmonischen Unterschwingungen entstehen.«

Er grinste kläglich. »Hier stehe ich und doziere, als verstände ich etwas davon. Sie sind ein guter Lehrer, Jake!«

»Wenn man erst einmal erkannt hat, daß der Schirm hoch sein *muß*, bevor er überhaupt hoch sein *kann*, hat man auch bereits den fehlenden Rest«, sagte Meister und grinste zurück, » – oder doch wenigstens das meiste zur Lösung des Problems.«

»Wie kommen wir also heraus?«

»Rückkoppelung«, erwiderte Meister. »In dem einfallenden Strahl muß eine enorme Kraft stecken, mit der wir den Sender einfach ausbrennen können.« Er blickte prüfend an einem Kreidestrich entlang, der vom Fuße der kleinen Kuppel bis zu dem Eisenklumpen in der Mitte führte; dabei ergriff er die schalenförmig gewölbte Metall folie und richtete sie an dem Kreidestreifen zur Wand der Kuppel hin aus. »Der ganze Trick beruht nicht auf Abschwächung der Strahlung«, sagte er dabei nüchtern, »sondern auf Verstärkung –«

Das helle Licht der Deckenbeleuchtung blendete sie plötzlich. Das Laboratorium war ganz mit Soldaten vollgestopft, die alle ihre schußbereiten Waffen auf die vier Männer gerichtet hielten. Von einem Apparat am anderen Ende des Kreidestriches drang der Geruch nach verschmortem Isolationsmaterial herüber.

»Oh«, meinte Schäfer. »Das Wichtigste haben wir vergessen! In welche Richtung mag wohl unser Kreidestrich vom Empire State Building führen?«

»Überall hin oberhalb des Horizontes«, antwortete Meister. »Aber versuchen Sie doch erst einmal, Ihren Reflektor senkrecht nach oben zu richten.«

Schäfer fluchte. »Wenn Sie einmal ein Diplom für die Ergründung des Unergründlichen brauchen sollten, Jake«, sagte er, »schreibe ich Ihnen eins mit meiner eigenen Nase!«

In der City herrschten Kälte und Stille. Die Brände an der West Side, wo sich einer der schlimmsten Slums des ganzen Landes befunden hatte, verloschen langsam, flakkerten nur hier und da noch qualmend ein wenig auf.

Die Luft war ein schleichendes, ständig an Stärke zunehmendes Gift. Es war sehr dunkel.

Auf der Spitze des Empire State Building drehte sich eine große, glänzende Schale in eine bestimmte Richtung, hielt an und verharrte. Viele hundert Kilometer darüber, wo weder Luft noch Kälte im menschlichen Sinne eine Bedeutung haben, begann sich ein unförmiger Torpedo langsam zu erwärmen. Feine Drähte, Röhren, Meßinstrumente fingen in seinem Innern an zu glimmen, glühten auf – schmolzen. Weiter ereignete sich nichts; der Satellit rührte sich, relativ zur Erdoberfläche, nicht von seinem Standpunkt, während er gleichzeitig mit rasender Geschwindkeit seine Kreisbahn beschrieb. Und dort würde er für immer bleiben.

Die Kuppel verschwand. Das Licht der Morgensonne fiel einen Augenblick hinein, wurde aber sofort von einem furchtbaren Unwetter ausgelöscht, als die Kaltfront mit der warmen Juliluft zusammenprallte. Innerhalb weniger Minuten war die City wieder so verdunkelt wie zuvor, aber von grollenden Gewitterwolken. Die Menschen quollen aus den Häusern, stellten sich mit nach oben gerichteten, verzückten Gesichtern in den strömenden Regen, füllten ihre Lungen mit der reiner werdenden Luft, schrien wie von Sinnen vor Freude gegen den Donner an, umarmten einander und tanzten im zuckenden Schein der Blitze.

Das Gewitter war rasch vorbei, doch das Tanzen auf den Straßen hielt noch eine Zeitlang an.

»Spuren!« sagte Meister zu Frank Schäfer. »Wo sonst hätte man sie verbergen können? Ein Erdsatellit war die einzige Antwort!«

»Die Sonne ist doch etwas Herrliches!« meinte Schäfer. »Sie sollten lieber nach Hause gehen und sich zu Bett legen, Jake, bevor man Sie zur offiziellen Siegerehrung abholt.«

Doch Meister schlief bereits fest und traumlos.

Nachweis

Herausgeber und Verlag danken folgenden Autoren, Verlegern und Agenturen für die Erteilung der Rechte: Frau Dr. Ruth Liepman, Zürich, für die Erzählung von Isaac Asimov (aus ›I, Robot‹, Doubleday, New York); Mr. J. T. McIntosh, Aberdeen; Mohrbooks AG Zürich, für die Erzählungen von J. Christopher und A. C. Clarke; Mr. Scott Meredith, New York, für die Erzählung von P. Anderson; Mr. L. Blassingame, New York, für die Erzählung von R. A. Heinlein; Mr. R. P. Mills, New York, für die Erzählung von C. D. Simak; K. S. White, Westport (Conn., USA), für die Erzählung von J. Blish. Die Erzählungen von W. M. Miller und A. E. Nourse sind beide im ›Galaxy Magazine‹, New York, erschienen. Die Erzählung ›Marionetten, e. V.‹ stammt aus dem Band ›Der illustrierte Mann‹ von Ray Bradbury (detebe 20365).

Phantastische und Science-Fiction-Literatur im Diogenes Verlag

● **John Bellairs**
Das Haus, das tickte
Roman. Aus dem Amerikanischen von Alexander Schmitz. Mit Zeichnungen von Edward Gorey. detebe 20368

● **Ambrose Bierce**
Die Spottdrossel
Ausgewählte Erzählungen und Fabeln. Auswahl und Vorwort von Mary Hottinger. Aus dem Amerikanischen von Joachim Uhlmann, Günter Eichel und Maria von Schweinitz
Mit Zeichnungen von Tomi Ungerer
detebe 20234

● **Ray Bradbury**
Die Laurel & Hardy-Liebesgeschichte
Erzählungen. Aus dem Amerikanischen von Otto Bayer. Leinen

Die Mars-Chroniken
Roman in Erzählungen. Deutsch von Thomas Schlück. detebe 20863

Der illustrierte Mann
Erzählungen. Deutsch von Peter Naujack
detebe 20365

Fahrenheit 451
Roman. Deutsch von Fritz Güttinger
detebe 20862

Die goldenen Äpfel der Sonne
Erzählungen. Deutsch von Margarete Bormann. detebe 20864

Medizin für Melancholie
Erzählungen. Deutsch von Margarete Bormann. detebe 20865

Das Böse kommt auf leisen Sohlen
Roman. Deutsch von Norbert Wölfl
detebe 20866

Das Kind von morgen
Erzählungen. Deutsch von Hans-Joachim Hartenstein. detebe 21205

Die Mechanismen der Freude
Erzählungen. Deutsch von Peter Naujack
detebe 21242

Familientreffen
Erzählungen. Deutsch von Jürgen Bauer
detebe 21415

Der Tod kommt schnell in Mexico
Erzählungen. Deutsch von Walle Bengs
detebe 21641

Der Tod ist ein einsames Geschäft
Roman. Aus dem Amerikanischen von Jürgen Bauer. detebe 21774

● **Fredric Brown**
Flitterwochen in der Hölle
SF- & Schauergeschichten. Aus dem Amerikanischen von B. A. Egger. Mit Illustrationen von Peter Neugebauer. detebe 20600

● **Karel Čapek**
Der Krieg mit den Molchen
Roman. Aus dem Tschechischen von Eliška Glaserová. detebe 20805

● **Wilkie Collins**
Ein schauerliches fremdes Bett
Gruselgeschichten. Aus dem Englischen von Elizabeth Gilbert und Peter Naujack. Zeichnungen von Bob van den Born. detebe 20589

● **Guy Cullingford**
Post mortem
Roman. Aus dem Englischen von Helmut Degner und Peter Naujack. detebe 20369

Wenn Wünsche töten könnten
Roman. Deutsch von Irene Holicki
detebe 21591

● **Walter de la Mare**
Phantastische Erzählungen. Herausgegeben und aus dem Englischen von Elizabeth Gilbert
Mit Zeichnungen von Edward Gorey

Sankt Valentinstag
detebe 21197

Die Orgie – eine Idylle
detebe 21236

● Alexandre Dumas Père

Horror in Fontenay
Roman. Aus dem Nachlaß herausgegeben von Alan Hull Walton. Deutsch von Alexander Schmitz. detebe 20367

● Lord Dunsany

Smetters erzählt Mordgeschichten
Fünf Kriminalgeschichten. Aus dem Englischen von Elisabeth Schnack. Zeichnungen von Paul Flora. detebe 20597

Jorkens borgt sich einen Whisky
Zehn Clubgeschichten. Deutsch von Elisabeth Schnack. Zeichnungen von Paul Flora detebe 20598

● Egon Friedell

Die Rückkehr der Zeitmaschine
Phantastische Novelle. detebe 20177

● Gespenster

Englische Gespenstergeschichten von Daniel Defoe bis Elizabeth Bowen. Herausgegeben von Mary Hottinger. Mit 13 Zeichnungen von Paul Flora. detebe 20497

● Mehr Gespenster

Die besten Gespenstergeschichten aus England, Schottland und Irland. Herausgegeben von Mary Hottinger. detebe 21027

● Noch mehr Gespenster

Die besten Gespenstergeschichten aus aller Welt, von Balzac bis Čechov. Herausgegeben von Dolly Dolittle. detebe 21310

● Rider Haggard

Sie
Abenteuerroman. Aus dem Englischen von Helmut Degner. detebe 20236

König Salomons Schatzkammer
Roman. Deutsch von V. H. Schmied detebe 20920

● W. F. Harvey

Die Bestie mit den fünf Fingern
Gruselgeschichten. Aus dem Englischen von Günter Eichel und Peter Naujack. Mit Zeichnungen von Peter Neugebauer. detebe 20599

● Patricia Highsmith

Geschichten von natürlichen und unnatürlichen Katastrophen
Aus dem Amerikanischen von Otto Bayer Leinen

Der Schneckenforscher
Gesammelte Geschichten. Vorwort von Graham Greene. Deutsch von Anne Uhde detebe 20347

Leise, leise im Wind
Erzählungen. Deutsch von Anne Uhde detebe 21012

Keiner von uns
Erzählungen. Deutsch von Anne Uhde detebe 21179

● Carol Hill

Amanda
The Eleven Million Mile High Dancer. Roman Aus dem Amerikanischen von Manfred Ohl und Hans Sartorius. detebe 21757

● Edward D. Hoch

Frankensteins Fabrik
Roman. Aus dem Amerikanischen von Monika Elwenspoek. detebe 21561

● Joris-Karl Huysmans

Gegen den Strich
Roman. Aus dem Französischen von Hans Jacob. Einführung von Robert Baldick Essay von Paul Valéry. detebe 20921

Tief unten
Roman. Deutsch von Gustav Gugitz. Mit einem Nachwort von Manfred Ach detebe 21446

● Gerald Kersh

Mann ohne Gesicht
Phantastische Geschichten. Aus dem Englischen von Peter Naujack. detebe 20366

● Sheridan Le Fanu

Carmilla, der weibliche Vampir
Vampirgeschichte. Aus dem Englischen von Helmut Degner. detebe 20596

Der ehrenwerte Herr Richter Harbottle
Unheimliche Geschichten. Deutsch von Helmut Degner und Elisabeth Schnack detebe 20619

● W. Somerset Maugham

Der Magier
Ein parapsychologischer Roman. Aus dem Englischen von Melanie Steinmetz und Ute Haffmans. detebe 20165

● Hans Neff
XAP oder Müssen Sie arbeiten? fragte der Computer
Ein fabelhafter Tatsachenroman
detebe 21052

● Edgar Allan Poe
Die schwarze Katze
und andere Verbrechergeschichten
detebe 21183

Die Maske des roten Todes
und andere phantastische Fahrten
detebe 21184

Der Teufel im Glockenstuhl
und andere Scherz- und Spottgeschichten
detebe 21185

Der Untergang des Hauses Usher
und andere Geschichten von Schönheit, Liebe und Wiederkunft. detebe 21182
Alle Bände herausgegeben von Theodor Etzel. Aus dem Amerikanischen von Gisela Etzel, Wolf Durian u.a.

Die denkwürdigen Erlebnisse des Arthur Gordon Pym
Roman. Deutsch von Gisela Etzel. Mit einem Nachwort von Jörg Drews. detebe 21267

● Herbert Rosendorfer
Der Ruinenbaumeister
Roman. detebe 20251

● Saki
Die offene Tür
Ausgewählte Erzählungen. Aus dem Englischen von Günter Eichel. Mit einem Nachwort von Thomas Bodmer und Zeichnungen von Edward Gorey. detebe 20115

● Hermann Harry Schmitz
Buch der Katastrophen
Tragikomische Geschichten. Vorwort von Otto Jägersberg. Holzstichmontagen von Horst Hussel. detebe 20548

● Science-Fiction-Geschichten des Golden Age
Von Ray Bradbury bis Isaac Asimov. Herausgegeben von Peter Naujack. detebe 21048

● Klassische Science-Fiction-Geschichten
Von Voltaire bis Conan Doyle. Herausgegeben von William Matheson. detebe 21049

● Bram Stoker
Draculas Gast
Sechs Gruselgeschichten. Aus dem Englischen von Erich Fivian und H. Haas. Mit Zeichnungen von Peter Neugebauer
detebe 20135

● Roland Topor
Der Mieter
Roman. Aus dem Französischen von Wolfram Schäfer. detebe 20358

Der schönste Busen der Welt
Zweiundfünfzig Geschichten und eine Utopie
Deutsch von Ursula Vogel und Lislott Pfaff
Leinen

● Jules Verne
Werke
in 24 Bänden. Diverse Übersetzer. detebe

● H. G. Wells
Der Krieg der Welten
Roman. Aus dem Englischen von G. A. Crüwell und Claudia Schmölders. detebe 20171

Die Zeitmaschine
Eine Erfindung. Deutsch von Peter Naujack
detebe 20172

● Cesare Zavattini
Liebenswerte Geister
Erzählung. Aus dem Italienischen von Lisa Rüdiger. Mit einem Vorwort von Vittorio de Sica und Illustrationen von Corina Steinrisser
detebe 21058

Ray Bradbury
Fahrenheit 451

Roman. Aus dem Amerikanischen
von Fritz Güttinger
detebe 20862

»Die Unterdrückung der Phantasie oder aller Bücher ist ein Aspekt der konformistischen Gesellschaft, der auch von anderen Autoren erwähnt wird, aber für Bradbury ist es eine Spezialität. Von allen Höllen des Konformismus, die in der Science-fiction vorkommen, ist keine mit so viel Können beschrieben wie bei Bradbury.« *Kingsley Amis*

»Eines der überzeugendsten Beispiele jener Romanform, in der ein Zeitgenosse im Besitze jener Darstellungskraft erscheint, mit welcher die visionäre Kulturkritik in den Bereich der literarischen Kunst erhoben wird.« *Neue Zürcher Zeitung*

»Es geht Bradbury letzten Endes um den Konflikt zwischen der menschlichen Vitalität und der Maschine, zwischen dem sich entfaltenden Individuum und der einengenden Gruppe, zwischen der Fähigkeit zu staunen und der Stumpfheit des Konformismus. Heimweh nach der Vergangenheit oder der Zukunft ist eine der wesentlichen Metaphern, in denen sich diese Spannung ausdrückt. *Fahrenheit 451* ist kein Roman über die Technologie der Zukunft, es geht nur in zweiter Linie um Zensur und Bücherverbrennungen. Es ist nichts anderes als die Geschichte von Bradbury, verkleidet als Feuerwehrmann Montag, und von seiner lebenslangen Liebesaffäre mit Büchern.« *Willis E. McNelly*

Egon Friedell
Die Rückkehr der Zeitmaschine

Phantastische Novelle
detebe 20177

Eine literarische Kuriosität von Gewicht: Egon Friedell (Autor der ›Kulturgeschichte der Neuzeit‹) fügte als ironische Hommage an H. G. Wells (Autor der ›Geschichte unserer Welt‹) dessen *Zeitmaschine* seine *Zweitmaschine* zu.
Nach unerhört lebhafter Korrespondenz mit Mr. Wells (bzw. seiner Sekretärin, Miss Hamilton) kommt Egon Friedell einem weiteren Vertrauten des Zeitreisenden auf die Spur, der endlich das Geheimnis lüftet und von der letzten großen Reise mit der Zeitmaschine berichtet – darunter übrigens ein schrecklicher Besuch im Jahre (nein, nicht 1984, sondern) 1995.

George Orwell

1984

Roman. Aus dem Englischen
von Kurt Wagenseil
detebe 21087

»Dieser Roman, als Warnung gedacht und als Satire geschrieben, ist zur Chiffre geworden für alles, was die Welt an Totalitarismus und Personenüberwachung, an Gesinnungsterror und Bürokratie, an amtlicher Verlogenheit und Manipulation der geschichtlichen Wahrheit, an psychischen Schrecknissen und verletzter Menschenwürde, an Vernichtung von Liberalität und Persönlichkeit, ob Liebe oder Religion, erfunden hat.«
Der Spiegel, Hamburg

»Keiner unter den englischen Schriftstellern dieser Generation reagierte empfindlicher auf die historischen Zwänge als George Orwell und keiner schuf mit solcher Brillanz ein Werk, das sich inhaltlich wie ein Lexikon eben dieser Zwänge liest und stilistisch ein so wirksames Gegenmittel zu ihren demoralisierenden Einflüssen darstellt.«
The New York Times Book Review

George Orwell
Farm der Tiere

Ein Märchen. Aus dem Englischen
von Michael Walter
Mit einem neuentdeckten Nachwort des Autors
detebe 20118

»Dem Roman liegt die Überzeugung zugrunde, daß alle Revolutionen letzten Endes nur eine Verschiebung im Kaleidoskop der Macht herbeiführen, daß die Grundstruktur der Gesellschaft aber immer die gleiche bleibe. Dieser Pessimismus, der in dem Roman *1984* noch weit grimmiger zum Ausdruck kam, zeigt, daß die *Farm der Tiere* mehr ist als nur eine Satire auf die kommunistische Revolution in Sowjetrußland, deren Verlauf das Handlungsmodell der Erzählung abgibt. Die Satire zielt nicht nur auf den einmaligen historischen Tatbestand, sondern auf jede Revolution überhaupt, deren Ursachen und Antriebe, deren Versagen und endliche Verkehrung ins Gegenteil Orwell an einem animalischen Staatswesen demonstriert.«
Kindlers Literatur Lexikon

»Seit *Gullivers Reisen* ist keine Parabel geschrieben worden, die es an Tiefe und beißendem Spott mit der *Farm der Tiere* aufnehmen kann.« *Arthur Koestler*

Karel Čapek

Der Krieg mit den Molchen

Roman. Aus dem Tschechischen von Eliška Glaserová. detebe 20805

Karel Čapek (1890 – 1939) ist nicht nur einer der wenigen tschechischen Autoren, die in der ganzen Welt gelesen wurden und werden, er ist auch einer der seltenen, die ein Welt-Wort gemünzt und in Umlauf gesetzt haben: der »Roboter« ist eine Erfindung von Karel Čapek. Er war ein Kosmopolit der tschechischen Republik, Freund des Präsidenten Thomas Masaryk, Übersetzer der Werke des Pragmatikers William James, Verfasser zahlreicher Erzählungen, Stücke, Feuilletons, Garten- und Reisebücher, Pamphlete, Satiren und Romane, von denen als letzter 1936 *Der Krieg mit den Molchen* erschien, eine Satire auf den ewigen Faschismus der Menschen.

»Seine Werke machen Karel Čapek zum Vorbild aller antifaschistischen und antimilitaristischen SF-Schriftsteller der Welt – vom späten H. G. Wells und Sinclair Lewis bis zu den amerikanischen und slawischen Nachkriegsautoren. Und er ist immer noch der beste von ihnen.«
Darko Suvin, Metamorphoses of Science Fiction

»Ich kann mir nicht helfen, aber eine Literatur, die sich nicht um die Wirklichkeit kümmert und darum, was mit der Welt tatsächlich geschieht, ein Schrifttum, das hierauf nicht so stark reagieren mag, wie es Wort und Gedanken erlauben – eine solche Literatur ist nicht mein Fall.« *Karel Čapek*

H. G. Wells im Diogenes Verlag

Die Geschichte unserer Welt

Aus dem Englischen von
Otto Mandl, Helene M. Reiff und
Erna Redtenbacher
detebe 20217

H. G. Wells (1866–1946), der ›Vater der Science-fiction‹ und Weltfriedensphilosoph, trug sich erstmals 1918, am Ende des Ersten Weltkriegs, mit dem Gedanken, eine Weltgeschichte zu schreiben, »die den Leser von einem neuen Wertsystem überzeugt«. Er wollte die »Geschichte als Geschichte vom Menschen« erzählen, entwarf so ein moralisches Programm, das gerade heute von höchster Aktualität ist: »Wir wollen die Völker der Erde die Wahrheit lehren: daß sie alle einen gemeinsamen Ursprung haben, daß sie alle an einem gemeinsamen Werk beteiligt sind und daß alle zum gemeinsamen Endzweck beitragen.«

»H. G. Wells ist mein Konkurrent, und noch dazu der siegreiche.« *Egon Friedell, Autor der ›Kulturgeschichte der Neuzeit‹*

»H. G. Wells wendet sich weniger an Historiker als an Menschen, die nie Zeit finden würden, die großen historischen Werke zu studieren. Man liest das Buch gleich einem Roman von dem großen Abenteuer der Menschheit.« *Luzerner Tagblatt*

Der Krieg der Welten

Roman. Aus dem Englischen
von G. A. Crüwell und Claudia Schmölders
detebe 20171

H. G. Wells – nach und mit Jules Verne Vater und Meister der Science-fiction – schuf 1898 mit dem *Krieg der Welten* den ersten Roman einer interplanetarischen

Invasion, der das Vorbild zahlloser Marsmenschen-Märchen wurde.

»Die Schockwirkung, die das Buch auf die zeitgenössischen Leser ausübte, ist wohl nicht zuletzt darauf zurückzuführen, daß Wells mit exakten Orts- und Zeitangaben gearbeitet, die Handlung also im vertrauten Erlebnisraum seiner Landsleute angesiedelt hat. Er wollte sie aus ihrer viktorianischen Selbstgerechtigkeit aufschrecken, wollte ihnen die Kehrseite des technischen Fortschritts zeigen. Sie sollten verstehen lernen, wie es etwa den Eingeborenen einer Kolonie zumute war, wenn ein waffenstrotzendes englisches Kriegsschiff dort vor Anker ging.«
Kindlers Literatur Lexikon

Orson Welles produzierte 1938 nach diesem SF-Klassiker das vielleicht berühmteste, sicher wirkungsvollste Hörspiel aller Zeiten: obwohl als Hörspiel angekündigt, brach Panik aus, die Menschen verließen fluchtartig die Städte, schrien, weinten, beteten und glaubten an das Ende der Welt.
H. G. Wells ging es weniger um solche Horror-Effekte, dennoch waren sie die Probe auf sein Exempel: wie im Ausnahmezustand die Zivilisations-Tünche abfällt und wie der Einbruch einer imperialistischen Macht auf den technisch Wehrlosen wirken muß.

Die Zeitmaschine

Eine Erfindung. Aus dem Englischen
von Peter Naujack
detebe 20172

Die Zeitmaschine bleibt H. G. Wells' berühmteste Erfindung; eine negative Utopie im Gewand einer Abenteuergeschichte, die auf Jules Vernes Erzählung vom ›Ewigen Adam‹ zurückgeht und das direkte oder indirekte Muster kritischer Zukunftsromane wurde: Samjatins *Wir*, Orwells *1984*, Aldous Huxleys *Schöne neue Welt*, Ray Bradburys *Der illustrierte Mann* bis zu Arno Schmidts *Gelehrtenrepublik*.

»Wells verkündet in allen seinen Schriften, daß Wissenschaft allen Übeln der Menschheit würde abhelfen können, wäre der Mensch nicht, jedenfalls jetzt noch, zu blind für seine Möglichkeiten.« *George Orwell*

Die Fortsetzung der *Zeitmaschine* schrieb

Egon Friedell
Die Rückkehr der Zeitmaschine

Phantastische Novelle
detebe 20177

Eine literarische Kuriosität von Gewicht: Egon Friedell (Autor der *Kulturgeschichte der Neuzeit*) fügte als ironische Hommage an H. G. Wells dessen *Zeitmaschine* seine *Zweitmaschine* zu.
Nach unerhört lebhafter Korrespondenz mit Mr. Wells (bzw. seiner Sekretärin, Miss Hamilton) kommt Egon Friedell einem weiteren Vertrauten des Zeitreisenden auf die Spur, der endlich das Geheimnis lüftet und von der letzten großen Reise mit der Zeitmaschine berichtet – darunter übrigens ein schrecklicher Besuch im Jahre (nein, nicht 1984, sondern) 1995.

Carol Hill
Amanda

The Eleven Million Mile High Dancer
Roman. detebe 21757

Amanda sah die Morgennachrichten im Fernsehen. Danach ging sie zum Kühlschrank, um Milch zu holen. Es war 7.30 Uhr – also Zeit, Schrodinger *zu wecken.* Schrodinger *war Amandas Kater, und er war ganz sicher keine gewöhnliche Katze.* Schrodinger *war nach dem berühmten Physiker* Erwin Schrödinger *benannt.*

»Ereignisse sind nicht vorhersehbar. Die Entdeckung der Quantenmechanik hat die Rolle des Beobachters dramatisch verändert. Man konnte nicht länger sagen, die Welt sei ›dort‹ und der Beobachter ›hier‹. Vielmehr stellte man fest, daß der Beobachter beeinflußte, was er beobachtete. Er war am Ergebnis beteiligt. Seine Beobachtung führte zur Verwirklichung der einen oder anderen ›Realität‹. Dieses Wissen stellte in Verbindung mit anderen Erkenntnissen die klassische Physik ebenso wie die Vernunft völlig auf den Kopf. Erwin Schrödinger, Physiker und Philosoph, griff zum Experiment mit der ›Katze in der Kiste‹, um das ›Unheimliche‹ der Quantenwelt zu demonstrieren.« *Carol Hill*

»Eine Mischung aus Funk, Phantasie, Physik und Feminismus.« *Washington Post*

»Ein Roman, der einem das Nachdenken über physikalische Zusammenhänge so schmackhaft macht wie das Nachdenken über eine Liebesaffäre.«
Sender Freies Berlin